如果我一去不回

Zhang Zonglan

陈伟忠 著

有女名宗兰,
出身诗书门。
窈窕逐燕瘦,
刚烈似纯金……

《烈女——悼张宗兰同志》

中国华侨出版社
北京

图书在版编目（CIP）数据

如果我一去不回 / 陈伟忠著 . -- 北京：中国华侨出版社 , 2020.8
ISBN 978-7-5113-8282-5

Ⅰ . ①如… Ⅱ . ①陈… Ⅲ . ①长篇历史小说—中国—当代 Ⅳ . ① I247.5

中国版本图书馆 CIP 数据核字 (2020) 第 133172 号

●如果我一去不回

著　　者 /	陈伟忠
责任编辑 /	姜薇薇　桑梦娟
封面设计 /	百悦兰棠
经　　销 /	新华书店
开　　本 /	787 毫米 × 1092 毫米　1/16　印张 /21　字数 /280 千字
印　　刷 /	北京军迪印刷有限责任公司
版　　次 /	2020 年 8 月第 1 版　2020 年 8 月第 1 次印刷
书　　号 /	ISBN 978-7-5113-8282-5
定　　价 /	78.00 元

中国华侨出版社　北京市朝阳区西坝河东里 77 号楼底商 5 号　邮编：100028
法律顾问：陈鹰律师事务所
发行部：（010）64443051　　传真：（010）64439708
网　　址：www.oveaschin.com　E-mail：oveaschin@sina.com

如发现印装质量问题，影响阅读，请与印刷厂联系调换

我的生命
被敌人撕碎,
然而,
我的血肉呵,
它将,
化作芬芳的花朵,
开在你的路上。

——引自陈辉诗作《献诗——为伊甸园而歌》[①]

[①] 萧三主编:《革命烈士诗抄》1962年6月北京第二版 162—163页

目录

寻找张宗兰 / 1

歌或曲：玫瑰花开惊醒血的羽翼 / 24

双城复仇记 / 65

如果我一去不回 / 99

张宗兰和她的嫂嫂 / 312

寻找张宗兰

我是一个经常做梦的人，我是一个诗人。

诗人可能是人群中的另类。大约会有一些与生俱来的高傲，不合群、偏激、敏感、易激动，有时对某些看不惯的人和事非常愤怒。诗人的眼光总是愿意移到别人不注意的事物上去，如果被感动，便会提起笔来写一首诗。不管别人是否看得懂，都乐此不疲，因为诗人对万物怀有一颗爱心，是一个情感动物，所以想干什么就干什么，并不在意别人的看法如何，特别是在写作方面。

川端康成说："美在于发现，在于邂逅，是机缘。"是的，说得很对！就在某晚我喝了一场大酒，第二天清晨，我迷迷糊糊在双城堡一个早市散步，从旧书摊上拾起一本书来，随手翻开便是第 48 页。一张女孩的黑白小照映入眼帘：女孩明目秀眉，头发黑密齐肩，文静儒雅中透着一股坚毅之气，不像现今的女孩子浮华而又无端的傲气。照片右侧赫然印着三个大字：张宗兰。下面是一篇很短的文章，开头是这样写的：

"张宗兰，1918 年生于黑龙江省双城县一个贫农家庭。1935 年入党，曾任佳木斯市委妇女部长。1938 年在敌人的追捕中光荣牺牲……"

也就是说，张宗兰在这世界上只生活了短短 20 年。从这名字和年龄，我不禁想到刘胡兰，15 岁牺牲，死在中国人的铡刀下，而张宗兰死在日本鬼子的手里，我不禁心生惊奇而又暗暗叹服。况且，张宗兰是我的老乡，以前竟全不知晓。往下看张宗兰的事迹介绍，我被感动了，就有了以此为题材写一首长诗的念头。

合上书，见封面是八女投江的群雕，书名是《黑龙江妇女的抗日斗争》，黑龙江人民出版社1990年出版的，由中共黑龙江省委党史研究室编写，只印刷发行了1500册。一问价钱，只要三块！毫不犹豫地买下来，兴冲冲回家，像是淘到了一件宝贝。

我偏爱那些有阅读难度的诗，接触的多是外国的现代诗歌。但我对后现代诗歌在中国的泛滥不以为然——花样繁多，照葫芦画瓢而又空洞无物。而那些现代主义大师们却多是我的诗神，所以我的诗也沾染了那些东西。张宗兰的题材把我难住了，少得可怜的可调动资源，和我以前的创作完全不搭界。于是，我给这首尚未完成的诗定下了基调：不能仅仅停留在赞颂的层面上，还要闪耀出人性的光辉，诗味还得浓郁，要不同于那些纪念性的东西。之后我拿起了笔。

长诗的开头写得很顺利，洋洋洒洒100多行过去之后，我没词了！诗人需要刺激，如果没有更多的东西刺激我，恐怕写不下去，我已经被掏空了。

我首先找到了双城作协主席汪老师。汪老师对我的写作计划大加赞赏，告诉我必须写主旋律的东西，以前那些朦朦胧胧的诗不能再写了。我含笑点头称是。汪老师给我提供了一个信息，双城党史办的齐老师写过一篇《一门三英烈》的文章，选在《双城文史丛书》第一辑里面。他有这本书，由于书太多，压在哪里不知道了，说找到了一定提供给我。我万分感谢，增强了信心，决定把这件事干到底。

我以前写诗大多是这样一种情况：若是被什么感动，留下了深刻的印象，先把种子埋藏起来，让诗的幼芽在血液里缓缓流淌，让悸动的心安静下来一段时日。说不上什么时候，偶然遇到的刺激和那颗种子有一丝牵连，就像找到了出口，便会一气呵成写下来。我写一二百行的诗也是如此。献给张宗兰的这首诗，我预备写九个章节，已经有了骨架，只等着附着上血肉，这首诗就会自己站起来行走了。这是一个命中注定不能一气呵成的作品，打破了我以往的创作习惯。我无从下手，不免急躁，心中像是扭缠了一个结，解散不开。我整日里神经兮兮，见人就打听张宗兰的下落，只要这人和文字工作有些渊源，或是与佳木斯有关，便不放过。

双城殡仪馆已经转卖给了个人经营，丧葬费用和相关物品的价钱都涨上来了。死人的事是经常发生的。人，不得不活，又不得不死。人死了也只能掺和到这独家买卖里来。城里的人大多有些钱，又没有一寸土地，死了人都要到这里火化，然后放到黑屋子里寄存。农村人死了，可以埋在田间地头，或是防风林带里，享受着阳光雨露。我的母亲对我说过，她要是有那一天，就用家里留存多年的上好松木板打个棺材，不用烧，也省了骨灰盒钱。母亲这是为了我们这些后代着想，但我不知道母亲是否有旧观念，其实我赞成火葬，却不忍对她说出来。与其在泥土里面慢慢腐烂，只剩下吓人的骷髅和骨骼，不如在火中化作一把尘土。人死了，又能留下什么呢？那些烈士们留下了一个新的中国，或一种精神，但就个人而言，有几个还能找到完整的骨头？他们早已化作了一缕春风，在大地上轻轻掠过，能有多少人想起他们？人们只是为那永无止境的物质生活忙碌着，常没工夫理会阳光下那一缕春风。

紧挨着殡仪馆的双城烈士陵园不知是否被一起卖了。我妄想着到这里寻找张宗兰遗骨的时候，只有那些松树还在，一棵棵腰杆挺直，向地上铺盖下阴影。烈士纪念碑都不知了去向，只留下许多大坑，坑里面堆满了烂纸枯叶和牛羊粪便，不知道烈士们的遗骨都到哪里去了。我不知道自己是否有权力发出疑问，新闻媒体对这件事至少报道了五次，不知道新的烈士陵园现在是否完全建设起来了。在这里找不到张宗兰，也不可能有她的位置，我心生失落之感，继而隐隐作痛，痛中或许还藏了愤怒。张宗兰啊！你到底在哪里呀？

我找到了在双城党史研究室工作的一位同学，她说见过一本书中有那一篇齐老师写的《一门三英烈》，那本书不是《双城文史丛书》

第一辑，但也找不到了。又打听齐老师的下落，已经退休了，可以找到电话号码。齐老师是我的一位诗友，我们很熟悉，对彼此的诗作也相互倾慕过。我立刻给齐老师打了电话，齐老师说当年确实写了那样一篇文章，是在一次研讨会上，用佳木斯党史办的魏燕茹老师提供的资料写成的。为了评职称发表在松花江地区某个刊物上了。现在双城归哈尔滨市管，那本刊物根本找不到了，齐老师那篇文章的底稿也在历次搬迁过程中遗失了。我的心凉了半截，但至少还有一个魏燕茹。

我在网上到处和诗友们打听张宗兰的事。由于把张宗兰领上革命道路的是她的二哥张耕野，张耕野牺牲在依兰县，我的诗友依兰县公安局的亦木知道张宗兰，他还有一位老师手上有张宗兰的详细资料。他的老师是一位退休在家的老太太，但不是魏燕茹。这哥们儿挺够意思的，从他老师那里借来一本书，里面有相关的文章，让我有时间去取，到时候还要请我喝酒。还说他老师知道张宗兰有一个侄子还健在。我凉了的心又热了起来，但那段时间工作太忙，家里老的老小的小，总有事情羁绊，没有时间去取。亦木的老师对那本书非常珍视，过了一段时间，他老师就把那本书从他那儿要回去了。我至今不知道那是怎样一本书，里面都写了些什么。

从某些方面来说，网络是个好东西。我继续在网上搜寻着有关张宗兰的信息，作家莫小米的一篇小文进入了我的视野：

女孩很漂亮，神情里有一种不由分说的坚定。

她在县里当文书，写一手漂亮的小楷，待人接物端庄大方。同事们谁也不知道这个20岁的女孩是中共学生党员，是受组织指派打入伪县公署的谍报人员。

革命年代风云多变，革命队伍里出了叛徒，当年的二十岁女孩，泄露的不是春光，而是真实身份；危及的不是隐私，而是生命。女孩通知同志们转移，销毁党的文件，重要的文件和情报，塞在一个掏空了的大萝卜里，交给"乞丐"安全转移。

她是最后走的，她被特务跟上了，在下榻的客栈被捕，三天后被害。

这些日子，为纪念反法西斯战争胜利60周年，一些已经逝去的人物，和领导、专家、富豪、绯闻、股票等一起挤上了报纸版面。

那天，我在等人，无聊之时，我把手里已经翻过去又翻过来的报纸重新拿起，才在某个边角上看到了她。那个版叫综合版，的确，在今天的新闻中，她已没法归类。

她的一生，只用了豆腐干大小的版面，包括一帧小小的照片。她是黑龙江人，叫张宗兰。她的名字应该被人铭记，但在通常情况下，或是我不那么空闲，极有可能错过她。"

文章虽短，却对比了我们现在的生活状态，在纪念反法西斯战争胜利60周年的日子里，我们的抗日英雄被挤在报纸的角落里，多愁善感的作家也只是偶然发现了她。经过时间的磨砺，历史和诗歌一样边缘化了，但好在还有那张报纸，还有莫小米的这篇小文章，虽然它们一样会被淡忘。

在网络这个偌大的虚拟世界里，我找到了很多张宗兰的信息，内容大同小异，信息量也不大，网上张宗兰的照片也和《黑龙江妇女的抗日斗争》里的照片一样。在搜索的过程中，我找到了一个祭奠烈士的网站，令我惊喜的是里面有张宗兰的位置，看着那张漂亮坚毅的面庞，我突发奇想，献上了一朵带刺的玫瑰花，这让我很激动，为她把这首长诗写完的愿望愈发强烈。由此我也想到了一个象征物——野玫瑰，这种花叶子小巧，煞是可爱，花朵却硕大鲜艳，颜色主要是粉和红，我特别喜欢红色的，和血液的颜色相近，象征意义再明显不过了。记得乡下家中的小园里有几簇野玫瑰，不敢碰触，怕被花枝上面的尖刺扎到手。后来我在父亲20世纪70年代的物候观测本里看到了野玫瑰的记录，野玫瑰在双城的土地上，是5月15日开始展叶（这个日子正是我的生日，是不是某些人和事发生联系冥冥中早有定数，也未可知），6月10日出现花蕾，6月24日进入盛花期。再后来，我了解到野玫瑰曾是佳木斯的市花，而张宗兰的青春岁月正是在佳木斯度过的，野玫瑰的美丽和张宗兰心灵的美丽，花枝的尖刺和张宗兰的性格正好相同。

大约不到一个月的时间，汪老师在百忙中找到了那本《双城文史丛书》第一辑，我十分感谢，如饥似渴地读了起来。看了几遍齐老师写的那篇《一门三英烈》，从中知道了一些新的信息：张宗兰的父亲名叫张国荣（后来我买到了那本《松花江大地上的共产党员》，在同一篇文章中，齐老师所记张宗兰的父亲名叫张国英），在哈尔滨道外天泰客栈被抓走并牺牲的还有张宗兰的二嫂金凤英，而张耕野和金凤英三岁的女儿也被特务摔死了。张耕野不久后在抗联部队中和鬼子遭遇，也壮烈牺牲了。这样张家一门为了民族独立奉献了四条生命，而且从我后来了解到的情况看，还不仅如此。

人生际遇的悲惨，为了一个大目标献出自己的生命，和我们现在庸庸碌碌地活着形成了鲜明的对比，用伟大、高尚这样单调的词汇已不能表达我复杂的感受，长诗继续写了下去，又完成了两个章节。虽然写作的目的不一定是为了感动别人，但作者首先要被打动，激情过多在写作上是危险的，但我已经管不了那么多了。如果说第一章节的《引曲：当清晨的露珠从睡梦中惊醒》只是一条溪流，接下来的《思乡曲：回家或走向远方》和《爱之歌：春天收集着春风扇动不灭的火焰》已经逐步展开，起码有了汇入江河之势，一些事件和被歌唱者的死已露出端倪，收也收不住了。

接下来还要感谢我的同学冉，她在哈尔滨市图书馆工作，为我提供了许多重要的资料，尤其是在图书馆内部网站可以浏览很多史志资料，包括《双城县志》《佳木斯市志》和《桦川县志》。我最关心的问题是张宗兰到底是怎么牺牲的，这三本书的记述详略不同，也有出入。

　　3月15日，佳木斯市伪警宪特全部出动，进行大搜捕。中共佳木斯市委负责人及地下党的大部分同志以及进步师生相继被捕。在这十分危险的关头,张宗兰和金淑英带着15岁的弟弟张宗信,及6岁的侄子张树镂等6人离开了佳木斯,乘火车至牡丹江,再绕道哈尔滨准备回双城老家避难,在哈尔滨被敌人发现,几次想办法摆脱,但都没有成功。为了不使敌人从她身上得到任何线索,天黑时,张宗兰与金淑英等人全部吞服了大量的鸦片,当敌人发觉时,只有张宗兰还一息尚存,则被送到医院抢救。张宗兰视死如归咬紧牙关,拒不服药,为革命献出了宝贵的生命。

——《双城县志》

3月15日,佳木斯市的军警宪特一齐出动,进行大搜捕了。中共佳木斯市委负责人、地下党的同志及部分进步师生相继被捕,危险越来越大。宗兰和嫂子金凤英带着十几岁的弟弟宗信、五岁的小侄树镂和小侄女及嫂子的堂姐一行六人离开了佳木斯,绕路牡丹江,准备回双城老家暂避。19日晚在哈尔滨下车后,住进道外的天泰客栈。

当夜查店的询问:"从什么地方来?"

"牡丹江。"

"什么牡丹江,你们是从佳木斯来。"

这时,宗兰和凤英才意识到她们的行动,一直是在特务的监视之下。

3月20日,宗兰和凤英装着要上街买东西的样子观察敌人的动静。这时,发现特务就住在她们对面的房间里,她们的一切行动都在特务的严密监视之下。宗兰姑嫂几次试图摆脱敌人的尾随都没有成功。她和嫂子商议先把弟弟宗信和小侄打发走,让他们到街上去,她们留下来应付敌人。果然,特务们等不及了,把她们抓了起来,审问,她们一句话也不说。敌人想用严刑拷打逼她们说出秘密,她们仍然不说一句话。特务们一直打下去,把姑嫂几人打得死去活来,遍体鳞伤。她们抱定宁可一死也不说一句话的念头,始终一言不发。敌人将昏迷的张宗兰、金凤英等用车带到警察署。在敌人长时间拷打下,姑嫂三人为保卫党的机密献出了生命，张宗兰当时年仅20岁。

——《桦川县志》

1938年3月15日，日伪警特机关对地下党组织开始大搜捕。张宗兰与其嫂金凤英带家人往双城老家转移隐蔽。为迷惑敌人，取道牡丹江去哈尔滨，但仍未能摆脱4名暗探的跟踪。3月20日夜，尾随的特务闯入张、金所住哈尔滨道外景阳街天泰客栈，强行逮捕。张、金奋起反抗，展开搏斗，终因势单力孤身受重伤，被敌逮捕，不久被特务机关秘密杀害，光荣牺牲。

——《佳木斯市志》

在这三本书里，明显不同的是姑嫂二人牺牲前是否吞服了鸦片，以及张宗兰的二嫂到底是叫金凤英还是叫金淑英，《双城县志》和另两本书的记录完全不同。后来我在地摊上买了一本《征途岁月——陈雷回忆录》，里面说张耕野的夫人叫金淑英；而我在网上查到桦川县烈士陵园有一座革命烈士纪念碑，三英烈的名字都在上面，是金凤英；在吉林大学出版社出版的《黑龙江抗日烽火》中佳木斯党史研究室孔繁莉写的一篇文章《抗日一家人》也没提到吞食鸦片的事，张宗兰的二嫂是叫金凤英。在另一本书里，陈雷的诗集《露营集》中又叫金淑芬了。我后来找到一本《佳木斯革命人物传》，里面说在佳木斯西郊猴石山上，有一座东北抗日联军战绩纪念塔，上面镌刻着金淑英的名字，后经考证，孔繁莉确认应为金凤英。

我不想质疑史志工作者的真诚，这里面可能有很多复杂的原因，第一手材料的可靠性，材料提供者的记忆是否准确，以及书籍校对的问题，况且由于地下工作的原因，革命者经常更换名字。

我的收获是，通过陈雷的回忆又了解到一些情况，张宗兰的二哥张耕野是陈雷的老师，也是冷云的老师，张宗兰和这两个人是同学，虽然不在一个班，但经常接触。特别是陈雷《露营集》中记载了一些

真实的事件,其中《烈女——悼张宗兰同志》共有两首:

一

有女名宗兰,
出身诗书门。
窈窕逐燕瘦,
刚烈似纯金。
昼间巧隐蔽,
夜暗展精神。
灯侧刻蜡板,
笔下传隽文。
篇篇呼救国,
唤醒苦难人。
深更印复送,
工作无晨昏。
立志雪民耻,
存心招汉魂。
由衷为革命,
迟迟独不婚。

二

兄长游击去,
老母泣无依。
宗兰思踌躇,
关系何处觅。
脱尔罗裙衫,
换上村姑衣。
跋涉他乡找,

鬼卒盘查急。
拷问闭口紧,
囹圄风雨凄。
炮烙施妲刑,
焦肤几昏毙。
姑嫂同罹难,
塞北山河泣。

随着收集的资料越来越多,张宗兰的形象逐渐展现在我的面前,而且越来越清晰,对于张宗兰为了民族解放所做的事情也有了大致的了解:刻写蜡板印制传单并发送,为抗联购买衣物药品,掩护救治伤员,为秘密会议站岗放哨,护送革命干部出城,冒着生命危险打入敌人内部并将获取的情报连夜抄写、传送,保护了革命同志免受逮捕,让抗联部队及时转移免受损失……最可贵的是在"三一五"大搜捕中及时通知革命同志转移,销毁文件,重要文件及时送出城去安全保存,这件事山东大学文学院的王延晞写了《张宗兰智送机密》发表在《下一代》(2007年第3期)上:

1938年2月天,
佳木斯朔风凛冽刺骨寒。
桦川县公署走出人一个,
浓眉大眼瓜子圆圆的脸。
身材结实中等个儿,
留着女式剪发齐着肩。
年龄大约二十一二岁,
办事利索挺精干。
棕色皮包肩上挎,
青色棉袄身上穿。

她的公开身份是县公署的文书,
实际是,中共地下交通员张宗兰。
她刚走到福顺商店西侧胡同口,
一回头,见一人跟踪在后边。
张宗兰不禁暗思量:
莫非是革命队伍出了内奸?
她急忙转身赶回家,
得通知,果然是叛徒出卖了组织和党员。
她立刻把一些材料焚烧掉,
可有一份机密必须立马儿送到城外狮子山。
她有心把这份机密快速送出去,
怎奈有人跟踪我张宗兰?
更何况,城门口警察一大帮,
搜身检查戒备严。
(白)"怎么办?怎么办?"
张宗兰沉思片刻有妙计,
面对二嫂凤英悄悄谈:
"二嫂,你快到交通员李淑云家里走一趟,
就让她,'如此这般'把机密材料转。"
(夹白)凤英是何人?她是张宗兰的二嫂,
姓金,名凤英,时为中共地下党员。
凤英嫂向淑云"如此这般"说了一遍,
商定了转送机密的好方案。
金凤英当天返回家中且不表,
单说地下交通员张宗兰。
第二天上午十点整,
她穿戴一新梳洗完。
先把书籍衣物装到挎包里,

又放上一包甜饼干。
原正准备出门去，
这时刻，一个乞丐来到她面前。
(夹白)这乞丐是女地下交通员李淑云化装的。
看年纪，约有50岁，
披头散发脏兮兮的脸。
补丁棉袄露着肉，
青色夹裤衣正单，
转向袜子皮掌子鞋，
踢里趿拉脚上穿。
右手拄着要饭棍，
左臂挎着讨饭篮。
她从篮里掂出一个破饭碗，
乞求施舍开了言：
"小姐，俺已经两天没吃饭，
你行行好，给点吃的吧！可怜可怜俺！"
张宗兰佯装厌烦瞪了她一眼，
转身走进屋里边。
端出半筐萝卜、发了霉的土豆和一些烂帮的白菜，
一股脑儿倒进了乞丐的讨饭篮。
那乞丐，感恩戴德连声道"谢谢……"
急转身，一瘸一拐走向大街前。
这时刻，张宗兰快步走出大门去，
她发现，又有人跟在身后边。
她从容、镇静又沉着，
言谈举止挺自然。
她一会儿到这个商店买点小商品，
一会儿去那个商店问价钱。

走几步，停一停，看一看，
走走停停，停停走走，总是离那乞丐不太远。
跟踪人鬼鬼祟祟像警犬，
两只眼，紧紧盯着张宗兰。
眼看太阳平屋脊，
已近中午十二点。
城门口，行人越聚越多，
吵闹哄哄乱成团。
眼看形势不妙难控制，
伪警察，张牙舞爪狂叫喊：
（白）"快排队检查！不经检查谁也不准出城门！"
张宗兰挤向前去靠近城门口，
声言事情紧急出城关。
跟踪人一跳三跃追上来，
伸手夺去她的挎包乱翻检。
"这是我的衣物和书籍，
你胡乱翻检为哪般？"
跟踪人见宗兰阻拦他，
更相信，机密材料藏在包里面。
这一边，宗兰与跟踪人正争吵，
那一边，惊动了看守城门的日酋叫松山。
贼松山，仁丹胡子蜡黄脸，
人送外号"胡纠缠"。
这家伙，看见来了一个"花姑娘"，
两只眼，死死盯住张宗兰。
他嬉皮笑脸凑过去，
邪念生，不知羞耻死纠缠。
这时刻，乞丐急忙提着篮子跑过来，

赶紧站在松山他面前。
一股霉臭气味扑面来，
熏得松山捂着鼻子瞪大眼：
（白）"蔬菜大大的坏了。你的，开路一码司！"
那乞丐，假装害怕身颤抖，
哆哆嗦嗦出了城门奔正南。
宗兰看着淑云已远去，
石头落地喜心间。
原来是，她早把机密材料装在挖空了的萝卜里，
这时候，已由乞丐——淑云送上城外狮子山。

  这篇类似唱词的东西有演义的成分，但基本事件大致如此，同时也说明不是我一个人在关心这些人和事，中央电视台和一些新闻媒体也曾多次报道过张宗兰的事迹，虽然大多内容简短。其实，据某些资料记载，掩护张宗兰转移文件的还有她的同学董杰（董若坤），是佳木斯地下党书记董仙桥和共产党员李淑云的女儿。佳木斯当时是东北的"小延安"，很多都是一家子一家子地参与到抗日队伍中来的，其中就包括来自双城后来到抗联四军任团长的陈芳钧，还有当时张宗兰的同班同学新中国成立后到双城当过县长的白云龙。当然到这里线索也是断的，陈芳钧三十三岁就牺牲了，董杰已经不在了，董杰的妹妹董秀坤后来在东北烈士馆工作过，包括白云龙在内，这几个人我也无法找到了。

  虽然这些资料某些地方有待甄别，却是弥足珍贵的，我从中吸收了一部分有用的成分，把长诗写了下去。由于写作的信心越来越足，第四章节《重奏曲：黑夜里的眼睛》用的是散文诗的形式，主要写张宗兰在佳木斯期间所做的事情，但后来觉得体例不统一，又改回了成行排列。虽然韵律和节奏差了一些，但诗味却更加浓重了。

  包括张宗兰在内的仁人志士不畏牺牲反抗侵略的原因是什么？首

先是人性的问题，然后是民族大义问题，因为侵略者的残暴是令人发指的。除了搜集和张宗兰有关的书籍，我还找到了很多记载日本鬼子在华期间灭绝人性屠杀中国人的书，我粗略统计了一下，种种酷刑先不算，单单杀人的方法就有二十二种之多，而我的统计肯定不是完全的，酷刑的种类，后来有人统计有500多种。这样长诗的第五章节《恨之歌：血流动如群山》成了全诗的中心，我试图找到问题的答案，最起码提出了我的问题。如果非要说出文学作品的功用，肯定不是解决问题，文学或诗歌没有那么大的作用，只能是提出问题，这已经足够了。

长诗的第六章节《变奏曲：雪花凝视过的道路没有被阳光扫过》，写的是"三一五"事件后，张宗兰一行六人转移回双城一路上的情景，这六人是金凤英、金凤英五岁的儿子张树偻、金凤英三岁的女儿张万荣、金凤英的姐姐徐金氏、张宗兰、张宗兰十六岁的小弟张宗民。问题是这六个人后来只有三个活了下来，具体情况又是怎样的呢？如果搞不清楚，我真的无法再写下去了。

写作的痛苦折磨着我，无处发泄，逢人便讲张宗兰的故事。听者大多表示同情，唏嘘不已，记得诗人胡国听后还落下了眼泪。与此不同的是竟有少部分人认为张宗兰这些人就是傻瓜，说什么在东北的大地上并没有抗联，日本鬼子也不是来侵略的，而是来帮助我们搞建设的，真是无知透顶，再加上恬不知耻！这也可能是当年汉奸遍地的原因之一。

有一次我喝得大醉，奋力踢了一脚其中一个持此观点的人，然后高喊着"打倒日本帝国主义！打倒某某某！"的口号夺门而出，后来他们把这件事当作笑谈，给那人起了一个外号"汉奸"，给我起了一个外号"陈爱国"。爱国当然是好事情，但不容易做到。而像张宗兰这样的人，不仅爱国，还能为国牺牲自己宝贵的生命，当然是值得敬佩的。

那次夺门而出之后，我鬼使神差地打车直奔双城堡火车站，可惜火车站大门紧锁，当时虽然满天星斗，我却感觉阴风阵阵，火车站就像一个人间地狱,这是当年赵毅和日本鬼子血战的地方。

终于隐忍不住,一天晚上,我上佳木斯寻访的欲望强烈到了极致,到哈尔滨去的汽车已经没有了,但我还是打车到了哈尔滨火车站,买了直达佳木斯的火车票。

车厢里人很多,只有我旁边的座位是空的,对座的人问我旁边怎么没人,我回答可能没上来车吧。火车在夜幕中穿行,人们渐渐睡去,我思绪万千,不能入睡,感觉旁边好像坐着一个人,穿着蓝士林旗袍,苗条秀丽,眼神神秘莫测,这不是张宗兰吗?当我侧过脸来,身边空空如也,心中一惊,才知是幻觉。

一轮红日从东方升起,火车已把平原甩在后面,满目的山峦,奔腾的松花江,佳木斯终于要到了。火车穿过江桥时,两个炮楼赫然矗立,用来射击的枪眼黑洞洞的,仿佛还有枪炮隐在后面。问了旁边一位佳木斯的大学老师,才知道那是当年日本鬼子守桥的炮楼,经过岁月的磨洗,炮楼还在,这也是好事情,历史是不应该被忘记的。

下车以后,我先洗了一个澡,家乡来的人身心都收拾干净了,才敢面对我们的烈士。本来想找佳木斯写诗的哥们陈树照当向导,但他在哈尔滨开会,正要往回赶,这哥们也是性情中人,在电话里痛骂日本鬼子,还要我等着他别着急走。但我心情急迫,等不得他了。我在花店里买了鲜花,打车直奔佳木斯烈士陵园,司机师傅还问我是不是烈士的亲属,我回答不是,但在我心里我们是一家人。

烈士陵园中最显眼的纪念碑是邵云环的,佳木斯人,在我国驻南斯拉夫大使馆被美国炸毁时牺牲。我在陵园里流连,看到了很多没听说过的名字,有一面墙刻着我最关心的三个双城人的名字。我也找到了张耕野的碑,金凤英的碑,分别献上鲜花,但是没找到张宗兰的碑。我在碑林里穿梭,渐渐失去了信心。

陵园里的人多了起来,都是工作人员,我找到了他们的领导,领导也问我是不是烈士的亲属,我说不是,要找一些资料写东西。领导派了一个女同志,把我领到张宗兰的碑前,我眼泪差点没掉下来,寻访快一年了，终于找到了。

碑的正面刻着张宗兰的名字，文字是鲜红的，像三朵玫瑰花。碑的背面是事迹简介，并没有给我新的信息。这时候，阳光普照，陵园里肃穆安静，松树已经现出新绿，在碑的四周一根杂草都没有。我在张宗兰的碑前献上了一束黄花表示祭奠，又献上一朵红玫瑰表示我的特殊的敬意。我在碑前默立了很久，不忍离开，但也有些许的释怀，对自己的心总算有一个交代，因为写这首诗也不是什么伟大的事情，不过是为自己的心来写。

我想找到一些文字资料，但烈士陵园里没有，陵园的领导推荐我到刘英俊纪念馆去，那里可能会有。刘英俊纪念馆的馆长派了一个小同志领我到展厅参观，令我惊喜的是看到了金凤英的照片，金凤英梳着短发，看起来温柔干练又不失坚毅。问到烈士陵园的烈士墙上、纪念碑上和这里怎么一会叫金凤英，一会又叫金淑英，小同志说可能不是一个人，我只是一笑，并没有说别的。然而纪念馆里除了三个人照片下面的简介，也没有别的文字资料，我决定到佳木斯党史办查找。

佳木斯党史办在佳木斯市委办公大楼里，我来得匆忙，身上没带介绍信，根本不让进。后来好说歹说，加上千里而来的诚意，在登记之后，我终于进去了。一打听魏燕茹老师，很多年前已经调到青岛工作了。但党史办的同志允许我在他们的资料室查阅，大约两个小时的时间，我终于找到了一本《抗日战争时期佳木斯地下党》，里面有一篇《难忘的岁月——回忆张耕野、张宗兰、金凤英烈士》，是张宗民口述魏燕茹整理的，这里面给我提供了一个重要信息：张宗民家住双城县五家子镇新丰村。我异常兴奋，匆匆复印了资料，当天中午就登上了返双的列车。

在火车上，我接到了陈树照的电话，说他已经从哈尔滨往回赶了，我表示了感谢和歉意，说该找的资料已经找到了，这哥们还说可能诗歌在表达上还有局限性，要和我一起写小说，当然，那是以后的事了。

因为这篇文章是当事人张宗民口述的，基本上是第一手资料，我在火车上通读了好几遍。许多信息都是我以前不知道的，文中引用了1938年3月24日《滨江日报》第三版上的报道（后来我在哈尔滨市图书馆找到了这张报纸，这是当时日伪控制的报纸）引起了我的注意，标题是《道外天泰客栈内一幕旅客自杀惨剧——一行五人两死两伤一病吞毒自杀原因迄未判明》，报道的内容是：

道外景阳街天泰客栈，突于日前（二十一日）由佳木斯来男女旅客五名，住于该栈楼上二十号内。该旅客一名金朋年（女三十八岁），张玉兰（女二十岁），张胖丫（女二岁），徐金氏（女四十六岁），张恩明（男十一岁），以上五人，原籍均系双城人，后迁至佳木斯落户。此次来哈，系结伴前往双城探亲。路过哈地，未及购买车票，即住天泰客栈内，并于哈市购买零星物品，及送人礼物。于日前（二十二日）下午十一时，天泰客栈管栈谢山，曾赴二十号屋内看视。不料甫行进屋，见张胖丫仰卧床上，已无气息，金朋年及张玉兰二人，分卧床铺之两端，但面色苍白，口中微吐白沫，谢山情知有异即大惊失色，直赴帐房向执事报告，谓店客五人，同时服毒。该栈执事陈某，即派人看守，并电知救急车。及救急车赶至时，将张玉兰及金朋年二人，送往市立医院，施行救治。终因服毒过多，且毒势已漫延，无法救治，金朋年于昨日（二十三日）上午五时，即行死去。张玉兰毒势亦未减消。徐金氏因张金二人服毒，一时赫得魂不附体，立时旧病发作，亦由天泰客栈将其送往市立医院救治。至于张玉兰及金朋年二人，服毒之原因，谓系张玉兰之女张胖丫，于来哈之际，突然病死，将来归家时，无言再见丈夫，故金朋年及陪服毒自杀。至于是否如此，抑或另有别情，尚在调查中。

简直是一派胡言！

"至于是否如此，抑或另有别情，尚在调查中。"这一句书中本无，是后来我在哈市图书馆找到那张《滨江日报》原文，根据原文又添加上去的。这一句显然是在为谎言开脱。

细想这里面存在很多问题，首先人数不对，六人变成了五人，少了一个张树偻，而据张宗民回忆，两个大人遭毒打后被拖走，小万荣当场被摔死，后来特务和日本鬼子折磨拷打了张宗民20多天，当时就让张树偻在旁看着，孩子小，才五岁，吓得天天尿裤子，而在报纸中的文章却平白无故少了这个人。几个人的年龄和姓名也不对，这里当然有地下党人为了不引起敌人怀疑的虚报，但这篇文章编排得太乱套了。再有人物关系也不对，万荣是金凤英的女儿，不是病死的，这张可恨的报纸竟说孩子是张宗兰的，并由此编造了三个人的死因，极其牵强。最重要的问题就在这里，他们摔死了孩子，又编造两个大人服毒自杀，完全是为了掩盖他们滥杀无辜的事实。有些史志资料提及二人是吞服鸦片而死，来源可能就是这张撒谎的报纸，但我实在没有能力考证下去了（我曾联系省档案馆，试图查阅当年伪满警察局的原始档案，但他们说档案已经封存，不允许查阅。后来想到，即使我能看到那些档案，为了掩盖事实，里面也可能是胡编乱造），我的目的是写诗，搞清基本事实就可以了，至于其他的，本不在我的工作范围。

据《哈尔滨市志》记载，《滨江日报》创刊于1937年11月1日，是在日本驻哈尔滨特务机关操纵下出版的。社长王维周，社址在道里经纬街和水道街口（今兆麟街1号）。1945年8月15日，日本投降，《滨江日报》也随之终刊。这是一张臭名昭著的报纸，在这里我不想多说了。

关于天泰客栈，阿成老师曾写过一篇《天泰客栈》（《长城》1999年第3期）的小说，那是双城的天泰客栈。而哈尔滨景阳街的天泰客栈，也有一些事件和这里发生过联系。双城的抗日英雄关耀洲曾在这里搞过活动，并因此被捕；李兆麟将军初到哈尔滨，也是在天泰客栈和时任满洲省委秘书长的冯仲云接上关系的；张宗兰和金凤英也是在天泰客栈被打得半死，然后被捕牺牲的。但这座见证过众多历史事件的老房子现在已经被拆掉了。

回到双城的第二天，我就来到了新丰村。一打听张宗民，有一些老人家还真知道。在村民的指引下，我来到了张宗民的二儿子张树春家，这是一间半一面青的老房子，已经有三分之一沉到地面以下了。

一看张树春的眉眼和他的姑姑张宗兰十分相像，但腿部生有查不出原因的怪病，走路很不方便。我拿出了身份证、工作证和作协会员证（其实面对这个朴实的农民大哥，我此举显得有些多余，我不是骗子，骗子也不可能关心这些事），问起他父亲张宗民，他说已经在1993年去世了。一唠他们家的事，我都知道，便越来越投机，张树春就拿出来三张照片。

一张是张宗兰的照片，已经发黄了，是各种书籍和网上张宗兰照片的原件。一张是张宗兰和董杰的合影，是当年在佳木斯红光照相馆照的，照片背面有董杰的亲笔字："我和宗兰学友，三六年在佳市，给宗民弟，二姐董杰，八六年十二月二十日"。

这可能是当年魏燕茹老师采访张宗民时，把他们爷俩接到佳木斯，见到董杰后，董杰题赠给张宗民的照片。第三张照片是佳木斯党史办的戴主任和张宗民及张树春的合影，也是20多年前的照片了。这三张照片都是非常珍贵的，应该妥善保管（回双城后，我把这三张照片放大了，连同原件一并送了回来，但送还抗日烈士照片时，我坐的是日本进口车，稍稍有一些尴尬和无奈）。

我一边了解情况，一边记录，不知不觉已至中午。为了更好地交流，我买了熟食、罐头、白酒、啤酒，在张树春家的炕上，张树春、我，还有一个张树春的邻居——家里房子同样摇摇欲坠的农民大哥，喝上了。虽然初次见面，我为了采访，脸也挺大，况且农民的朴实热情也不容许我客气，我第一句话就是："我也是农民的儿子啊！写字和种地没有什么区别，都是一样的。"我们越说越投机，感觉这里就是我的家。提到张宗兰的牺牲，张树春说日伪的报纸纯属造谣，两位烈士是敌人殴打致死的，根本没有吞服鸦片的事，他父亲张宗民当年就为此事异常气愤。我最关心的是张宗兰的埋骨地在何处，张树春说，当年天泰客栈管事的通知他三大爷张宗义认领的三具尸体——张宗兰和金凤英脸上手上都是伤痕，身上被衣服掩盖的伤痕就可以想见了。由天泰客栈出钱买的薄皮棺材，夜里偷偷埋在哈尔滨郊外的荒山（皇山）

了，后来去上坟，满目都是荒坟，已经找寻不到了。70多年过去了，荒山公墓现在变化很大，已经没有希望了。

在我们交流的过程中，张树春家一只刚生完小猫的瘦猫引起了我的注意。这只猫安静而又听话，在旁边默默坐着，听我们谈话，眼神忧郁，仿佛历尽沧桑的样子。我喂它鱼吃，它优雅地吃掉，然后静静地看着我们，不乞求也没有馋相，好像一个懂事的孩子，心里什么都明白，就是不说出来。看着这只猫，让我想起人生的无常、烈士牺牲的惨烈，而我此时就坐在烈士后代贫穷的家里，不禁心生悲悯，第一次为张宗兰落下泪来，想停也停不下来了。也许众多的疑惑解开了，长时间的寻访得到了不可想见的结果，有为烈士遗骨最终不能回归故里的遗憾，可能还有内心中创作的痛苦和憋闷，是这些让我泪奔不止。

回望了一眼那快要沉落下去的小破房子，我抹净了泪水，匆匆回到家里。写作当然不是激情的发泄和浪费，需要安静下来。我理了理思绪，在张树春家我得到了很多重要的信息：

张家原籍河北抚宁县，闯关东来到双城，张宗兰的父亲名叫张国英（张国荣这个名字可能是校对失误），给一家毡帽店当账房先生，身体不好，孩子又多。

大儿子张宗福12岁到馃子铺当学徒，帮助父亲养家糊口。

二儿子张宗儒（张耕野），吉林高师毕业，后来和妻子金凤英双双参加了革命，1938年在依兰县黑背子和鬼子遭遇负重伤，冯仲云要背他走，张耕野坚决不肯，掩护抗联撤退，打完最后一颗子弹，埋骨青山了。

三儿子张宗义，是个木匠，后来和妻子敖氏到庆城村（镶黄头屯）种地。

女儿张宗兰，在桦川中学读书期间受哥嫂影响17岁入党，20岁牺牲。据张树春说他好像还有一个姑姑，排行在张宗兰身上，不是夭折就是失去联系了，年代久远已经搞不清楚了。

四儿子张宗民，也叫张宗信，在天泰客栈被折磨20多天（特务们审问了十几天，为了在天泰客栈放长线钓大鱼，没有结果后，日本人来了，开始灌辣椒水，用皮鞭抽，还让小万灵在旁边看着，把张宗民折磨得口吐鲜血，不吃不喝不睡……），几近丧命，没有让敌人得到任何线索，回家后精神失常，稍有好转随四野抬担架到南方，回来后冯仲云给他改名张忠民，安排到哈尔滨亚细亚电影院工作，由于精神不好，孤僻，加上想家，回庆城村务农，再后来投奔其舅舅来到赵家窝棚（新丰村）。张宗民共有五个儿子，老大张树林已亡故，老二张树春、老三张树文生活在韩甸乡，老四张树忠、已亡故，老五张树凡也生活在新丰村。

而张耕野的妻子叫金凤英，至于那两个名字，张树春也不知道是怎么回事，张树春说金凤英有一个弟弟，在农丰乡正白四屯，有个叫金代江的，就是她娘家的后人。

张耕野和金凤英的小女儿万荣被敌人摔死，儿子张树镂，小名万灵，在张宗民被拷打时受到惊吓，尿炕到十几岁，身体一直不好，1949年以后被冯仲云送到哈尔滨行知师范学校预备班读书，1952年分配到佳木斯四小当老师，1957年因肺结核病逝，生年不满25岁。这样张耕野烈士一家就没有后人了。

还有一些重要信息都在张宗民的口述文章中和董仙桥、陈雷、姚建中和白云龙的回忆录里。在张宗民的口述中，值得一提的是，在天泰客栈张宗兰和金凤英与特务进行了殊死的搏斗，她们用茶碗打得特务头部流血，张宗兰还把一个特务咬伤，特务把张宗兰的头死命往墙上撞，撞得鲜血横流，特务们拖走姑嫂二人时是拽着腿的，两人头发蓬乱，满脸是血，当时已经不知是死是活。躲出去的张宗民抱着小侄子回到房间后，看见墙上地上到处是血迹。这应该是当时真实的场面，虽然后来张宗民精神失常，但对于亲人所遭遇的法西斯暴行，印象必定深刻，他也没有撒谎和胡说的必要，我也不忍怀疑。

坐在电脑前，我静下心来，用了三天的时间把长诗写完了。第七章节《死之歌：我们命中注定要失去所爱的人》，我写了张宗兰牺牲时的场景。第八章节《安魂曲：仅有一朵的红玫瑰比鲜血还要鲜艳》，写了我的思考和张宗兰牺牲以后的她的战友们。第九章节《尾曲：幸福和痛苦只能由活着的人来承担》，写了张宗兰家人后来的悲惨遭遇和一些不得不说的话。

  2010年5月26日中午，我敲完了最后一个字，抡起拳头在电脑桌上猛地一砸，大喊了一声。我是怎么了，莫不是疯了？当然不是。长期压抑在心中的结解开了，漫长的写作过程结束了，艰难的寻访过程告一段落了，这首1000多行的长诗终于完成了。我当天没有吃午饭，接下来兴奋了好几天。冷静下来我想，作为一个诗人，我只能做到这些，写一首长诗是对我写作技艺的考验，也是安慰自己的内心，而对于张宗兰和那些已经埋骨青山的无名英烈们能有多大意义？谁敢保证将来有一天张宗兰的悲剧不会重演？这首诗对我现今的生活和漫长的人生道路会有多大影响？对浮躁的人心会起到振聋发聩的作用吗？我们还要在惯性的作用下平淡地生活下去，而我接下来还能做些什么？我一无所知，无能为力。

歌或曲：玫瑰花开惊醒血的羽翼

——献给张宗兰烈士

一、引曲：当清晨的露珠从睡梦中惊醒

在春天里最寻常的一天

当诗人的肉身缠绕太阳四十圈以后

被这个漂泊了七十年的灵魂

撞痛了双眸

有三十年的漫长时日空空如也

照耀过杜甫的月光

寻不到两个人的踪影

三十年里有多少人老死床帏

有多少人在祖先的土地上抛洒过热血

有多少人因为爱

来到这个世界

在这值得生命成长的地方

二十年后

太阳晒热我嘎嘎作响的骨头

有多少泪水只为诗人自己的心流淌

有多少诗篇只能掷向滔滔松花江

是这张发黄的照片照亮了我的胸膛
温柔的眼泪落进我干涸的眼眶
慈祥的母亲
如水的妹妹
黑土地的好女儿——
黑夜里烧死黑太阳的熊熊烈火

当清晨的露珠从睡梦中惊醒
只有诗人仰望苍穹赞颂
滴血的花朵
远眺江水洗去血迹后
浑黄如皮肤的万年颜色
江水还是同一条江水哺育千里沃野
太阳不是同一个阳光普照的太阳
那饮血的太阳如旗帜升起
也如风筝坠落
那所有摩罗诗人都应该诅咒的太阳
还躲藏在东方的大海狂风浪涛之上
那饥饿的没有心肠的
黑太阳
鬼太阳
吞掉一朵玫瑰
嘴巴腥气流淌
玫瑰的尖刺穿透饕餮者的口腔
吐出的气息没有一丝花朵的芬芳
如果和她血脉相连的诗人还有良心
就会看到金钱正在粉刷大象的身躯

在麻木的时间里
血液已被蚂蚁偷偷吸食
你们一言不发是心存追慕永恒的高雅
我高声歌唱是历史的血迹让我不得不发
不得不打开时间封锁的
胜利者的坟墓

当七十年的灰尘被无形的手轻轻抚去
没有丝毫改变的只有她自己
全世界最快的马
已经遗忘了这朵花
琐碎而短暂的生命
已经忘记了燃烧
我是多么喜爱这三个普通的汉字啊
我可以滔滔不绝畅游其间
魂绕梦牵时就暂时闭上如刀的嘴巴
诗人总是最先看到灾难将要重临
空洞的内心足以使时间
倒流百年

二十岁女孩的爱与死决定事情的发生
一列火车穿过广阔的原野和茂密的森林
七十年了还没有到达故乡的小站
只有我一路风尘来迎接她回家
沿着松花江顺流而下
抱着满怀的鲜花
火车已经不是那列轰鸣驰过的火车
大地还是白茫茫一片的大地

家乡已经是热气腾腾的家乡

睁开双眼看一看

我能看到的一切吧

二、思乡曲：回家或走向远方

曾经驻足并感到惊叹的世界

死神是这里的常客

不知道等待你的将是什么

信念和激情支撑着生命

追逐着太阳一路奔腾

陪伴成长的松花江流向远方

将要逆着流水的方向

沿着两条钢轨赶往水深火热的家乡

双城的承旭门

像个孩子偶然来到世上

太阳也不愿意多施舍一丝光芒

眼看它张开血盆大口吞吃来往的行人

十字街的长弓何时射落乌黑的太阳

花子房的乞丐如鬼魅在地狱里挣扎

文庙里的孔夫子已不能

让仁爱在大地上生长

关帝庙里那把生锈的大刀

攥在谁的手上

魁星楼上立着久久遥望的白发老娘

城外的野花曾经别上乌黑的秀发

旋即被腥风血雨的铁蹄

无情践踏

四年前启程的人生起点
玲珑剔透的双城堡火车站
曾让杀人如麻的魔鬼心惊胆战
那年灶王爷的嘴巴
刚刚被糖浆糊上
从两列火车上窜出一群小鬼
走遍世界的寒风让它们上蹿下跳
篝火刚刚照亮鬼影幢幢的站台
屎尿还没来得及喷上铁轨
积蓄已久的烈火风卷残云一般燃烧
小鬼们顿时灰飞烟灭
冰冷的子弹已经让饿狼们吃饱
东方莫斯科的美食只能到地狱中寻找
没有想到"病夫"会突然
在大地上挺立
没有想到滴血的樱花猝然落去
随风而来的铁鳖和天空的铁鸟
让平原上的梁山好汉摔倒
魔鬼们剖开好汉滚热的肚肠
没有找到传说中的及时雨宋江

一连持续了七个黑夜
闻腥而来的乌鸦比鬼魅的数量还多
这么多肉这么多圆睁的眼睛
在饥馑的年代多么难得
无家可归的
狼兄弟

狗哥哥

这么多肉

有这么多鬼帮我们看着

为了恬不知耻地继续活着

你撕一块大腿

我啃一口胳膊

只是这些骨头差点把门牙硌折

七个黑夜

七个暗无天日的黑夜

上帝已经干完了所有的活

这两万两千两百四十八块骨头

只能被活着的人——收留

承恩门外肥沃的黑土堆起一座座梁山

四年前的两年里

常去荒野流连

坟头上野草疯长野花鲜艳

十四岁的女孩

浊泪痛洒襟前

如今还有谁会在坟头上

怦然心动

还有谁的骨头钢铁般坚硬

群魔乱舞的艰难岁月

细腰的谷子垂下了金黄沉重的头颅

肥硕的土豆把心脏深深埋进湿润的泥土

玉米直挺挺站立

腰间别着层层包裹的炸弹

高粱把血红的头颅昂向青天

大豆满身披挂随时准备射出浑圆的弹丸
就在这些庄稼的旁边
根须下埋葬着过早已病逝的老爸
和他那为人家拨弄了一生的算盘

匆匆烧毁的文件能否当一回纸钱
纷飞到老爸雪白的坟前
死亡不会把未来毁灭
丧失希望的不是生命的火种
扶老携幼登上这列火车
穿越紫陌红尘的永久时空
佳木斯的血红雪白和家乡有何不同

家乡啊
哪里还有什么家乡
难道死亡只有杀戮能够完成
大雪怎能覆盖血性的踪影
那座鲜血染红的车站
已融入万物的冷漠怀抱之中
俯仰之间
已成梦里陈迹

当年踏上追踪太阳的列车
哪有时间挑选无用的爱情
飘飘秀发有什么用
明眸善睐有什么用
红唇温润有什么用
没有爱情

反而有更多的事物能去爱

比如流水不需要松土和喂养

比如土地剔除了虚无和梦幻

只有飞翔的血液

才是真实的生活

只有天地能为奇迹作证

两座见证奇迹的城

大地上的两条路合成一条

被内心的根本力量驱策

回家或是走向远方

独自来到无人旷野

神秘的体验

忘却自我

驰骋于万物之间穿过黑夜

成长得已经超出了自我

就要离开家乡走向远方

不能选择自己出生的地方

一列驶向生命终点的火车

要自己决定自己的死亡

三、爱之歌：春天收集着春风煽动不灭的火焰

这是生命中最美好的一天

车窗外已经是春暖花开

一棵树在胸膛里把翠绿的手张开

生命中不会再有第二个人如此消磨我无用的时光

同一条回家的路陪你再走一遭

你把爱奉献给未来的每一个人

我只能把仅剩的热情
留给你
一百年的生生死死教会了我们什么
谁能看清时间在什么地方拐弯

你悄无声息地来了
默默坐在我的身边
千万人暂时拥有却又抛弃的一个人的空间
接纳了你就像接纳了我柔情似水的小妹
气息如花香渗入我的身体
久藏内心的黑暗被一洗而去
田野上玉米苗纷纷伸出头来张望
铁路旁的树木向这列火车注目
翩飞的彩蝶在窗边一闪而过
远山岚气萦绕如梦重现
白云飘过万里
一色青天
这一切现在属于我
永远属于你
就像你永远属于这片土地

这片土地曾养育着你黄皮肤的亲人
他们饱受黑太阳的血腥蹂躏
沉重的铁蹄和
沉闷的小城不会想到
一朵花的怒气竟能淹没大海狂涛
桦川中学的校园不仅生长知识之树
宽广的胸怀也盛开爱的花朵

课桌在光亮处露出血迹

握笔的手高高举起

如树枝被摘去叶子

在寒风的隙间指纹和骨节清晰

冷酷的乌云饱含了一朵纯洁的雪花

绵绵春雨从血液温热的根部打开花瓣

沉雷是乌云催生的轰鸣

有如一匹白驹从原野深处驰来

你们的心里装着伤痕累累的国

口里闪耀着振聋发聩的雷电

渗进泥土的血

从脚跟爬上双眼

踏遍荒山的鞋和疗救枪伤的药

像春天收集着春风煽动不灭的火焰

一团刚燃起的火焰被寒风击伤

你在鬼蜮和奴隶们中间珍藏

呵护着火焰

三个月一点点增添火焰的光芒和热量

让火焰有力量烧死豺狼虫豸重入林莽

那一年小延安的雪覆盖寒凝大地

在冬天的一角时间认真地流过

爱和苦难泡肿的手指收拢

和许多伸直的手臂一样

全部重量切入肤内胸中

旗帜的颜色是热血的颜色

镰刀用来收割鬼影

铁锤用来砸碎狗头

九十年了
党发展壮大
有多少党员前仆后继
其中包括吐气如兰的你

当我举起鞭子抽自己时
你已匆匆驰过
如春风轻轻拂过我的脸皮我的诗歌含在燕子的嘴里
伸出树的手指试图抓住你
此时太阳降下立于河流擎起屋顶
远远望着屋顶不再记起什么
如果你有一封留给二哥的信
文字会在苦难的水中溶解
陷在历史的内部血和泪的深渊里
成为死亡的一部分无人拾起
只有我凭着一颗还在跳动的心能把它重新书写：

亲爱的耕野二哥
我们无法知道你现今在哪里
只能让鸽子带上这封信去寻你
在山林中你是否找到了珍贵的火种
春天要来了
我们这里越来越寒冷
叛徒已经被恶虎吞吃了灵魂
如行尸走肉散发着耻辱的恶臭
长着红心的人成了伥鬼的目标
上百个散发人味清香的也会被吃掉
我已经做完了我能做的事

鸽子们已经开始传递流血的腥气
下江来的火种我已替你保存好
那些重要的纸片已在炉膛里烧掉
我们的命根子已经被大萝卜带走
哥哥你就放心吧
妹妹不会轻易低头
既然你把我领上了这条通向未来的大道
小妹虽九死也要仰天大笑
黑太阳不灭我绝不能独活人间
纷杂万物不会比生命新鲜
如今爱的力量只能把仇恨依靠
哪怕未来的人把我们全部忘掉
像人一样活着这一生已经足够
我会和凤英嫂子一起走
还有二嫂的老姐姐也跟我们回老家
弟弟
侄子
侄女
都会慢慢长大
他们将来会知道我们只有一个国一个家
昨天有几个哈巴狗闯进咱家
口口声声要找二哥问话
我知道你已疾行于茫茫雪岭
没有什么能把熊熊烈火铲平
我知道留在狼窝没有任何意义
我们六个人只好踏上回乡的列车
一路上也许会有荆棘缠身
我已下定誓死不屈的决心

如果万一我不幸牺牲

请哥哥把我埋在承恩门外

紧挨着城西那高山般的烈士陵墓

我要注视着原野上的庄稼风风火火长大

那饮血的太阳怎样在我身旁落下

我要看着大地上万物升腾

孩子们在我的胸膛上把胜利吟诵

哥哥

请你保重爸妈给你的身体

火焰还等着你把它传遍荒原

倒伏的庄稼还等着你一一扶起

如果我死了

请不要为我哭泣

只要哥哥顶天立地

对这片土地爱到骨髓

来生我还要做你至死无悔的妹妹

四、重奏曲：黑夜里的眼睛

黑夜里有两盏蓝莹莹的灯在晃动着……

大地山川和森林都悄无声息地睡去了

只有这两盏灯在寂静的山林里飞翔着

像两颗流星划过夜空

又像两支银箭掠过山间——

这是两只燃烧的眼睛

两只黑夜里的眼睛

她在山林里徘徊着

像是在寻求着什么

又像是在思索着什么

终于
她停了下来
两盏灯溢着光芒
射着火焰
流着泪血
是什么使灯光猩红耀眼
像两颗太阳
又像是灯塔一动不动地矗立在夜空里
不知不觉间
灯光熄灭了
不知是熬干了血泪还是被风吹灭了

夜更深了
偶尔的几声猫头鹰的叫声才让人相信这个世界还没有死去
也许这两盏灯是在休息
为世界保持片刻的沉默
果然这两盏灯又燃烧起来了
而且显得更亮更红更热
开始游动奔驰飞翔
随之有轰隆隆的声音在响
整个山林被震撼了
这声音在山谷里回荡
传得很远很远
不知落到什么地方
又被弹了回来
于是这声音便重叠起来
此起彼伏
像有千军万马在奔腾

这黑夜里的两盏灯是一头雄狮的双眼
是一个女孩血液奔涌的心脏
这个女孩把身体收缩成一根雪亮的铁钉
刺进了城市腐朽的心脏
让红的血在黑的血里打开一条通道
传递出魔爪挥舞的隐秘信息
那一年夏天
这双黑夜里的眼睛看见一只爪子正要向大赉岗（今大来村）中学伸去
那里有几朵闪耀着星光的火花
花朵要在夏天开放
不能在暗夜里被拔掉根须
女孩变成白色的鸽子
从茫茫夜空飞回了温暖的巢穴
抖落一片带血的羽毛
上面沾满了风雨欲来的秘密尘埃
火焰或花朵飞上了原野
那里有更广阔的土壤适于扎根
适于把馨香和热量抛洒得更远
而鸽子又还原成如玉的女孩
女孩还原成黑夜里那双美丽的眼睛
而魔鬼是那些被狗吞吃了良心的同胞
是那些由看客变成的奴隶
由奴隶变成的魔鬼
它们不知道有一双眼睛在盯着它们的血盆大口
它们不知道活着的耻辱和死亡的惨烈和荣光
它们不知道暗夜里还有一双美丽的眼睛

它们不知道

不知道……

吸血的魔鬼要依靠吸取最热的鲜血苟延残喘

永远不会闭上长满獠牙的嘴巴

鹤立和兴山

那里的阳光更加明亮

那里的野花更加火红

让魔鬼们垂涎欲滴

这一次

阴谋刚刚停留到纸上

就被雪亮的铁钉穿透

魔鬼们只是闻到了血腥

却没有喝到鲜血

反倒咬断了自己的舌头

那几袋有毒的面粉

已经无法变成凶残的诱饵

却找到了更加贪婪的肚肠

有几个不知情的小鬼

被扯断漆黑的肠子去见了阎王

从毒药到鲜血只有一步之遥

而魔鬼只能回到地狱

暗夜里的眼睛笑了

不是爱情的甜蜜

而是仇恨的火光

暗夜里的眼睛不需要泪水的洗濯

也能变得更加明亮
她正在等待着更黑的黑夜来临
也只有黑夜才能擦亮火焰的光芒
其实那算不上一场浩劫
只是一次日食暂时蒙上了人们的眼睛

这时
女孩的眼睛放出了三道光芒
第一道光芒和大地上那些火花链接
让他们隐藏在广大的荒原
散落成星星点点的火种
第二道光芒照亮了通往下江的道路
姓刘的大姐保留了一腔热血
随时准备洒向漆黑的夜空
第三道光芒啊
埋藏在大萝卜里
大萝卜被盖在装烂菜叶的破筐底
破筐挎在"乞丐"的胳膊上
这道光芒照耀着"乞丐"出城
把门的魔鬼只认衣服不认人
躲闪着火焰就像躲闪着瘟疫
它们不知道火焰的力量
不知道光芒的智慧
魔鬼就是一条摇尾的狗
追腥逐臭
金子从身边走过
它们根本看不到光芒
它们需要黑夜淹没自己的鬼影

不像黑夜里的眼睛能看透一切

这个兰心蕙质的女孩

这根插进腐肉里的钉子

这双暗夜里雪亮的眼睛晃动着……

大地山川和森林

都悄无声息地睡去了

只有这两盏灯在寂静的山林里飞翔着

好像两颗流星划过夜空

又像两支银箭掠过山间

她的光芒在宇宙间继续流淌着

变得更亮更红更热

随之有轰隆隆的声音在响

整个山林被震撼了

这声音在山谷里回荡

传得很远很远

不知落到什么地方

又被弹了回来

于是这声音便重叠起来

此起彼伏

像有千军万马在奔腾

五、恨之歌：血流动如群山

人生之酒稀释着血

我们赖以相爱的液体全然盛起

世界的血正在浸泡我们的骨头

弥漫楼群挤压的天空

现在的日子睁不开的眼睛

透过血的缝隙
泪和汗
成为苦咸苍白的部分
成为脱离腐烂的部分
而血流不到肉体之外
浸于脸皮一面的颜料透明无光
给我刀子
给我石头和铁的磨砺
让血在刀口上睁开双眼
歌声和呐喊在刀口上闪光
我的爱让花朵和果子露出伤口
我们的恨让血凉在植物的茎上

红色和流淌是血的母亲
燃烧是血拼命捧起的杯子
你是站立起来的血看见了血的流淌
当你看见鸡蛋还坐在母亲的手上
母亲的身上已经插满了刀子：
那些被刺刀挑开肚肠的婴儿
那些被奸杀的母亲和女儿
那些被塞进冰窟窿里的人
被装进麻袋摔死的人
那些被吊死的人
被扔进井里的人
那些被扒光衣服冻死的人
被扒光衣服喂蚊子的人
那些被扔进狼狗窝被撕咬的人
被活生生开膛破肚取出心脏的人

那些被扔进焚尸炉活活烧死的人

那些被神经毒气窒息的人

被化学武器腐蚀的人

被细菌武器屠戮的人

那些被铡刀切下头颅的人

被军刀劈成两半的人

被用作拼刺练习的人

被火焰喷射器烧死的人

那些被机枪扫射的人

那些被炸弹崩碎身体的人

那些被活埋进万人坑的人

那些被赶进大江里的人

血流过之后一切就能变得安静吗

人的历史啊

你虚掩着门

谁的血干在树桩的脸上

谁的血正在被雨水洗刷

谁的血融入黄昏永远的云里

谁的母亲篮子里盛满血红的杜鹃

是谁决定了他们的死亡和死法

什么样的生命有权决定另一个生命的终结

难道只有屠杀是唯一通向死亡的道路

是谁的手上沾满了鲜血

笑看着另一个人的血液流尽

魔鬼啊魔鬼

比魔鬼还不如的魔鬼

痛恨和咒骂有什么用

撕心裂肺的呐喊有什么用

黑土地百年一遇的好女儿啊
你咬碎了皓齿鲜血崩流
瞪起双眸如血红的灯笼
你看见了嫩江桥上的血流进江里
双城堡铁轨上的血渗进了石头
你看见车玉堂的血憋在愤怒的腔子里
关耀洲的头颅在东门外高悬如旭日
血一滴一滴打在家乡的土地上
你看见赵永新把血变成了火红的子弹
傅显明的血喷出悲壮的呐喊
你看见五个家乡的大学生高举血红的火炬
把五条起舞的血练抛洒在太平桥上
你看见赵伯元的傲骨如梅花在血中开放
于大头的软骨头里包着一摊狗血
大头变成了东三省最大的狗头
它的爪牙上滴淋着同胞的鲜血
狗儿子张冠英的人心也被恶狗吞吃
老三屯的四十七名无辜百姓变成了尸体
一百零二间房屋烧成了灰烬
四百零七垧庄稼颗粒不剩
狗啊狗
连狗都不如的狗
我把鲜血刻成石头的时候
也要把狗头刻成石头
然后砸碎
当雄狮在东方醒来

地球已经变成了旋转不停的人血馒头
大雪覆盖的原野不再洁白
只有血流动如群山
残阳如血的原因是什么
血的母亲和坟墓又在哪里
血寄食于肉身
蚊子比刀子多一万倍
有关血的话比血多一万年
旗帜在无风天静垂血衣
每一滴血都升上了云端
升上了人类情感的空旷处

你这一根鲜血淋漓的肋骨啊
与世界的心一起渗进血里
这世界的血让你痛快淋漓地活着
搜寻着大地上的苦难
和永远响在耳边的母亲的呻吟
我只能把灵魂交还给你
你只能把肉体交给火焰和土地
我的血是水已没有形状
你的血是火已在大地上熊熊燃起
我的血是野草匍匐在地
你的血是鲜花要开遍原野
你的血是翅膀只能选择一种风向
血的每一种形状都在敲打世界心形的铜钟
我只能作为伤口没有鲜血横流的机会
而你作为血的子弹还在纷飞如雪
你已托住血跳起的湿润火苗

把红唇紧贴在母亲的胸膛上

六、变奏曲：雪花凝视过的道路没有被阳光扫过

天空中的每一颗星星

都在对照着大地上的一个人

那一天最亮的星星是一个女孩

她和红太阳一道起身

把灰烬撒在大门口

暗示着灰烬后面充满了危险

蓝士林旗袍

雪白的围巾

黑亮的秀发

还有炯炯的双眸和一颗跳动的心

跟随着太阳一起走上大路

柔情似水的妹妹走在母亲的路上

这是一条回家的路

即使雪花凝视过的道路没有被阳光扫过

她也深知家的方向

关心路上每一粒石子

愿意接受过路人的目光

她知道她的行程是太阳光的行程

却不知道家的方向就是死亡的方向

四个纠缠不休的鬼影

长着八只恶狼的眼睛

窥视着滑向西南的六颗流星

松花江桥的两端各趴着一个冰冷的炮楼

黑洞洞的窗口隐藏着黑洞洞的枪口

一冬的大雪还没有完全融化

一场春天的大雪又覆盖在雪上
仿佛深冬的大雪
一层层在面前洁白地铺开
沉重的心升起又落下
也许雪花已无法把她层层覆盖
无法覆盖这游荡的滴血灵魂

风啊
她已站在你的上头
听地下的律动
如果揭开圣洁的面纱
这是一块沃土
更是一块热土
雪花在春天也不敢相信自己洁白富有
落雪的声音也是她的声音
是她祈求春天的大风吹醒大地
雪花只能注视她的来临
好像自己又回到了乌云翻滚的青天
家乡一闪而过的幻觉
还会重现吗
佳木斯的野玫瑰还没有开放
灰色的树木在远山上生出茸毛
像是马匹和雪花在奔跑
金黄或碧绿的叶子还没有站在枝头歌唱
歌声来自泥土下深深的根须
不能躺在座位上酣睡
也别给她末梢运不回来的疼痛
别给她安慰

别给她的骨头涂上银子的冷光
其实雪一直在下
太多的树已经睁开眼睛
在灵魂出入的门边
包藏着整个春天
丝丝缕缕的阳光和雨水
大雪覆盖不了太多的东西

在牡丹江弯曲浑浊的水里映出了魔鬼的獠牙
东永德客栈的一夜
四个鬼影在隔壁摇晃
六个想回到家乡的人在没有光时安眠
醒来时听见石头在流泪
听见某些物质的腐烂之声
还有雁的鼓翼之声从远方穿过黑夜
一生都是在路上
我们都是在路上
和魔鬼踏在同一条路上
包括抱在怀里的孩子
身心干净的儿童
正在成长的少年
如花盛开的女孩
包容一切的母亲
历尽辛酸的老人
她们的眼睛和耳朵同时开启
惊起一路的尘埃
下过雪的云又盛满了雪
沉甸甸向黑土地上张望

哈尔滨的有轨电车在空气中撞出火花
刺啦啦如一些难以握在手里的东西在闪烁
四个魔鬼没有被晃瞎了眼睛
歪歪斜斜如影子跟随着站立的身躯

家乡啊
怎能把影子带回家乡
即使生命之河在此处干涸
也要走到太阳里去
路
只有一条
路
永无尽头——
互相缠绕
人也是一条路
生死之间辉煌地走过
谁会感到遥远？
夜行人的路还很远很远……
风停下来等她
我是在松花江的另一边
在时间的另一条锁链上
静卧于家的屋顶之下
没有睡着
听见了风声……

七、死之歌：我们命中注定要失去所爱的人

是说出死亡和壮烈的时候了
虽然不想在世界暗淡的灯光下用心灵的伤疤说出结局

还是不希望这个故事只拯救我一个人的灵魂

在漫长枯燥的时日里

我们命中注定要失去所爱的人

最起码七十年前的血已经渗入我的脑海开始展示

哈尔滨天泰客栈二十号房间最血腥的一夜

五岁的小万灵和三岁的小万荣已经在睡梦中回到了家乡

春风在树梢寻觅着春天的嫩芽

他们的身体里已经开满了鲜花

四条疯狗突然闯进来吠叫

没有睡意的四个人懒得和狗轻哼一声

夜越来越黑

天上所有星辰的光芒也没有屋子里的灯光透彻耀眼

逼迫人心

四条狗夹着尾巴溜了出去

屋子里的空气干净了许多

十六岁的张宗民眼中闪过一丝乌云

心里面的塞满了沉重的石头

徐金氏脸上几缕皱纹堆砌着沧桑

一生的苦难化作一声轻叹

金凤英抚摸着两个孩子泛红的小脸

一滴冰冷的泪水砸在冰冷的炕上

张宗兰为这一天已经储存了二十年的一腔热血

秀发如比黑夜更黑的利剑

眸子里闪过比闪电

更锋利的刀光

近在咫尺的家乡只是中国一个小小的村庄

不能回去

就让善恶光明在这里分出胜负

只有姑嫂二人心里印烙着镰刀和斧头

如果不能脱离魔掌就

拼个你死我活

只是不能和家人在一起就是不能和所有还有良心的人在一起

这老老小小明天一定要找一根红线引导他们前行

灯在黑夜里暂时熄灭了

只剩下两个人头顶各有一颗星星眨着眼睛

汽车刹闸的声音

吵吵嚷嚷的声音

急促杂乱的脚步声

乒乒乓乓的砸门声

划过了空旷无垠盛装一切的夜空

更多的疯狗

更多的恶狼

更多的魔鬼

打开地狱的大门闯入了黑夜

灯亮了

黑暗的一幕和悲壮的历史被又一次撞开了

凤英的板凳砸向狗头

宗兰的双眼血红如残阳卷集着火烧云

祖宗灵光制成的茶碗投向了鬼眼

尖利的皓齿咬得恶狼哭爹喊娘

孩子们从睡梦中惊醒

小万荣的哭声引来了黑太阳豢养的野兽

把她猛摔在地狠踩一脚

孩子啊

三岁的孩子还会有多少被时间眷顾的未来
还会有多少凝望明月的遐想
童年的欢乐
甜美的爱情
做另一个孩子的母亲
这是活过不到三个年头的女孩能过完的一生吗
母亲啊
孩子的母亲像一头发疯的母虎
被一群恶狼咬翻在地
二十岁的女孩被揪着头发撞向斑驳的墙面
墙上的血画出了一朵野玫瑰的花瓣
疯狗
恶狼
魔鬼
都不是人啊
不配在地球上披着一件人皮
大智的佛陀
你的慈悲之心应该奉献给谁
万能的上帝
你的儿子用生命能赎清谁的罪责
茫茫的宇宙是谁在主宰着人间的正义
我不相信
不相信两个血淋淋的被拖走的人
如明日黄花即将凋零
化作尘土
我不相信
死亡只能带走肉体
胜利的只是坟墓和大地

不相信人类的全部精神之血会被狗吃掉

但这是如此惨烈的事实
真正的中国人的血已经流过
爱或者恨
在死亡面前多么苍白无力
三岁孩子的死是灵魂要选择另一个新鲜干净的肉体吗
一个年轻母亲的死是要提前完成她的宿命吗
二十岁女孩的死就正是时候吗
是要趁着血正鲜红滚烫一次性击碎周围一片黑暗的虚空吗
我不知道
不知道腥风血雨是谁的意志
不知道为什么我们命中注定要失去所爱的人

八、安魂曲：仅有一朵的红玫瑰比鲜血还要鲜艳

像灵魂寄寓于肉体
我寄寓在这世界上
朦胧的双眼仿佛看见
你正在时空的某处等着我的来临
如果毁灭地球
能让我直视你的双眸
我宁愿死上千回
我可以对环球的垃圾视而不见
我可以忘掉一路的辛酸和疲倦
丢失身后沉重的足迹
和眼前无尽的荒原
当时间再一次流过这片土地
我不能只在回家的路上等你

爱的星辰知道了你是谁

我才知道我是谁

我才有力量爬过失去的锁链不知不觉走到你这里

紧闭的大门如沉默的士兵竖起一排乌黑的扎枪

雪白的墙终于张开手臂拥抱所有的阳光

睡了一冬的松树睁开了浑浊的双眼

泥土里渗入了太多的血

没有一根杂草敢于在你身边露头

纪念碑上的芳名还在滴着鲜血

仅有一朵的红玫瑰比鲜血还要鲜艳

这是我从千里之外

带来的一颗火红的心

仅有一滴粘连着家乡气息的泪水

只有我能同你面对面相立

我不知道在你心中我是什么

即使你悲哀的唇穿透时空愉悦地绽开

你又能对我说些什么

此刻我心的门扉已全部开启

对你的思念也将不复存在

也许天空需要流泪

太阳也需要微笑

而我只能

在你的面前弯下腰身

四百多个日日夜夜只为这一刻活着

泪水已无法把你全部怀念

就让这太阳骑着白云守住天空

第一只蝶绕过沉重的屋顶

昨日之泪挂动双拐飘动

桃枝引一千种风无声地哭泣

花朵仿佛立于云端

只是为了陨落才降临于世

你的二哥就在你的身边

为了让能烧死黑太阳的熊熊烈火燃遍原野

他毅然熄灭了自己的火星

幸福地沉睡在一座被物质包围的城市边缘

和你一起成为一切

我因为爱而看见了你

大理石的墙上刻着馨香的名字

纪念馆里盛开着你的笑颜

佳木斯的红色书籍记载着残缺不全的往事

魏燕茹那支真实的笔成为你的墓碑

张宗民的回忆刺破了历史的缝隙

永远的丰碑在中央电视台的高塔上竖立

和你在一起的

不到五分钟的光阴

洗涤了我堆垒半生的尘埃

我好像在百年前有过一生

回到过去一千次却只能看见一个你

只是当我终于再次站立起来

你已经倒下多年

岁月筑起的墙挡不住死亡的阳光

活着的一切必死无疑

只有死亡完全彻底

妄想着连精神也不留一丝痕迹

而且只有死亡知道生命还在冒着热气
知道屠杀永远阻挡不了爱的继续

死亡啊
何其容易
而活着更加艰难
睡梦中都是魑魅魍魉
醒来就会想起唯一的你
想起你那无怨无悔的歌声
从枯树枝头悠然飘落
像落进初春的湖面一般
我试图经历所有的事
包括缺少你的生命参与的苍茫岁月
那些被捕的人没有一个向黑太阳低下沉重的头颅
无论生存或者毁灭都在挺起真正中国人的脊梁
有的人一路追赶着火焰的光芒
有的人如一朵花在黑暗中绽放
一朵云和
七个凝固成石头的姐妹把热血融入冰冷的乌斯浑河
那些高唱露营之歌的战士如闪电在白山黑水之间划过夜空

长城啊
不会在腥风血雨的太阳旗下轰然倒塌
凶残狭隘狂妄的坏学生怎能征服胸怀博大的好老师
魔鬼们终于在哭号声中滚回了太阳还未升起的地方
人惧怕时间
而时间又能惧怕什么
黑暗不能永远都是黑暗

总要有一个光辉灿烂的明天来结束一切

当正义的火焰照亮了整个天空

那些紫丁香

红罂粟

野玫瑰

饮尽了十四年的血泪在初日之西、蓝天之下漫山遍野开放

这辈子最美的焰火我不曾看见

它是天空归还大地最亮的光芒

它属于你

属于天地间堂堂正正的中国人

和我一起蹚过时间的河流回家吧

小万灵已经背起翠绿的书包走向烈属子弟学校

张宗民抬着担架跟随着向南中国涌动的洪流一路狂奔

家乡的历史上铭刻着你们一门三英烈的事迹

佳木斯的太阳只能照耀我洗净灵肉的一个白天

我们要趁着灯火辉煌的夜晚走上大路

也许诗歌没有能力还原最暗的夜里最亮的光芒

我还是要一路歌唱着前行

歌唱死亡的荣耀和生活的幸福

你就跟着这首诗把灵魂充满我闪耀着生命光辉的内心吧

愿你成为我身体里唯一的

一朵鲜花

让我的血温暖你火红的花瓣

只有我能带你回到七十年后的家乡

让你安眠在生你养你的土地上

你就在我宽敞洁净的心里沉睡吧

我的歌声如妈妈轻唱的催眠曲会轻抚你不安的灵魂

我的爱属于所有人

今夜我把它给你

愿你安眠

今夜的月光也照不见你灵魂流淌出来的幸福泪水

九、尾曲：幸福和痛苦只能由活着的人来承担

天空下行走着多少大国？

天空下善良的人走在雪里呼出热气

天空下树木一只手抓住大地一只手伸向天空

天空下你已经变成了泥土空气和水

那么我是谁

用清水洗去灰尘在阳光下大口喘气

世界为何只留下我一人去面对阳光和苦难

难道三月的种子落到土里就是为了死亡吗

六月的花瓣落到水里就是为了飘走吗

腊月的雪花落到路上就是为了融化吗

你的灵魂是一块沉重的石头在梦中长出翅膀

你的骨头和万物一样有千条大路回到故乡

可是太阳滚过的天空燕子衔着泥巴还在飘荡

我又回来了

却不知在家乡的土地上何时能安放你的灵魂和骨头

世界啊

在通往远方的路上你是怎样走向万物的时间平原

像积蓄了一生寒冷的雪片再也不会返回中天

魔鬼和恶狗是用怎样的酷刑毁坏二十岁少女的肉身

你是怎样在那个平静的春天把冰冷铁硬的骨头留下

你是怎样像一棵烧死的树笔直地站立在大地上

像一把指问青天的利剑让人类和万物心惊胆寒
我相信吞服鸦片自戕绝对是魔鬼的谎言
善良的人们没有机会看到已被尘土掩盖的难以叙述的真相
佳木斯烈士陵园的墓碑下
也找不到你的一渣忠骨
哈尔滨荒山野岭成千上万的土馒头
哪一个上面正飘荡着你的游魂
阳光隐藏了太多的东西
包括美和死亡
我深知大地痛苦的歌唱
当我在不留痕迹的春风中猛然站起疲惫的身躯
你正走在哪一条通往死亡的路上
这血肉和骨头喂肥的大地上万马是怎样从你的头顶驰过春天
活着的人们没有谁去寻找你能拯救麻木灵魂的骨头
还有谁会把你用血液点亮的灯盏拿来烛照内心
死应该安静美好或壮烈
谁有能力在阳光下阻挡悲剧的发生
谁会在死亡面前保持敬畏如敬畏多年以后的春天

只有我独自一人来到家乡曾经的烈士陵园
那些松树腰杆笔直如惊叹号还在站立着
哪怕有针尖大的故乡泥土能包裹你一渣骨头
我也不会流下冰冷的泪水
是谁逼迫我做一个诗人用你的死亡来拯救我的生命
陌生的人啊
我不得不从你们身边走过注视你们犹疑的目光
你们不知道死神的头发如波浪正向你们心口撞来
你们不知道我捧着一个鲜花盛开的灵魂回到了家乡

生养你的镶黄旗头屯没有人知道这个芳香的名字
他们不知道当年还有一朵血红的野玫瑰曾在这里绽放
他们不知道如今的幸福和痛苦曾由一朵花来承担

世界啊
我的双手握不住你
我的双脚却踏在你的大地上
当我的脚步伸展到地图上十分渺小的赵家窝棚
一座将要陷进泥土里的土坯房接纳了我们
你的侄子张树春蹒跚着取出了你当年的照片
你炯炯的双眸正注视着我
水样的头发流到了今天
你生前站立的姿势捧起一春的众叶
七十年的香魂与大地和太阳交流着血液
到家了
一滴漂泊了七十年的思乡之泪我终于替你砸在了家的屋檐之下
我的肉体已经满溢得能让诗歌和热血冲出来
起舞

张宗兰啊
饱经沧桑漂泊了七十年的老祖母
珍藏着我纯洁的灵魂的好妈妈
揉碎我诗心的永生永世的好妹妹
让我用穿透一生的血来呵护的好女儿
让我用一生幸福的翅膀来接纳你
让你这些贫穷而快乐的侄子们用血液来接纳你
他们和这些草一样茂盛于地球之表的乡亲
一直和玉米站在一起捧着人民的口粮和自己的胃

他们是我的父亲和兄弟

是能小心收藏你的灵魂的每日皆见的中国的太阳

我终于知道想起你的时候不是我一个人的时候

他们还知道那些已成的往事或即将发生的一切

当你被魔鬼拖走或已经血肉模糊在阳光下露出骨头的时候

佳木斯的四个魔鬼还在折磨着你十六岁的小弟宗民

宗民没有透露一丝小延安的隐秘信息

魔鬼们也没能用这条小红线钓到大鱼

面对十几天之后被狗引来的日本鬼子他的回答还是不知道

上老虎凳

灌辣椒水

用皮鞭抽……

还让五岁的小万灵在旁边眼睁睁看着

这个年龄的孩子本不该看到的对另一个孩子的酷刑

太阳底下的残暴景象把五岁的孩子吓得天天尿湿裤子

二十几天后的宗民

已经

不吃不睡

口吐鲜血

精神失常

当叔侄二人带着肉体和心灵的伤痛回到老家

你的三嫂敖氏用冰凉梆硬的北炕接纳了他们

小万灵天天尿炕薄薄的小褥子结满了冰碴

直至后来不满二十五岁因肺结核病逝

你的小弟宗民虽然到了亚细亚电影院

由于精神不好经常想家终于回到了赵家窝棚当了一辈子农民

当我来到你贫穷的家时他早已故去多年

我没有寻访到的你二嫂的老姐姐
徐金氏也应该早已不在人世
至此当年乘着同一列火车赶往家乡的六个人
都已从时间的锁链上坠落

"一切都会过去"
一个皇帝曾把这几个字刻进钻石
钻石和皇帝在空间的罗盘上已无处寻觅
一切都已经过去
只有你的名字火光闪亮
在我的诗里活着
我靠你活着
轻轻陷在生活里面用你的血液把自己慢慢点亮
曾经浪费掉的阳光足够我再活一次
在学会飞翔以前
只能用你在我心里蛀出的小洞筑一个灵魂的巢穴
我像一个待在窝里的蜂王
偶尔能见你鼓动空气的影子在深深的爱里吟唱
我接过来的红灯血一样模糊不知能把谁引入天堂
虽然这个世界暂时不需要你们三颗头颅和我百无一用的诗歌
我还是相信走远的星星都将归来
相信一滴水能在大海里越磨越亮
一块骨头能作为上好的牺牲献给大地

大地上我身边的人们正在做着一些有用无用的事情
他们拼抢的黄金最终不属于任何人
比世界的孤独更加沉重
人类制造的一切也可能都将变成未来的垃圾

更有那不肯弯腰谢罪的魔鬼
还在用隐秘的文明方式吞噬着我们的血汗
那些用别人的鲜血涂成的疯狂笑脸
把毒素埋藏在子孙无知无畏的血里
一步一步妄想着返回已经无法返回的七十年前的血腥岁月
我的同胞们的血在自己的身体里流过没有任何感觉
反倒显现着轻松迷醉胸怀博大以德报怨的坦然形象

当世界只有我一人时
吸血的长脚蚊子向我飞来盘旋于我的头顶
当那柄长矛刺进我反射阳光的脸皮
我禁不住打了自己一个耳光
冰冷的松花江水
从冬天站起来走向秋天
明天的路已成为大海可以通向任何地方
我眼含热泪凝视着太阳一步步退去
光彩照人的香躯停留过的地方已被空气占满
也许繁星会注视着秋叶一片片落下如你折断了梦的翅膀
也许月光是你的眼睛照亮我春风抚过的胸口

我心有电
于你死后还能闪出火花
还没有把一生挥霍干净
生死之间隔着一滴泪水
你像鸟儿在天空爱着大地
柔软的翅膀在夜里没有一丝阴影
我滚烫的血在天空无法到处飘洒
只能凭借着你的力量冲洗着生命的时间平原

宇宙啊

能存活多久

爱啊

在最美的一瞬能淹没或拯救谁的前世今生

人类啊

大雪覆盖着大地

也覆盖着祖先

泪水不足以淹没祖先漆黑的翅膀

新生儿的第一声啼哭每隔一会儿在雪上回荡一次

松花江水里的我是真实的我

我是岸上为倒下去的人存活着的影子

你抖落的露水清澈无形

带走的种子坚硬闪亮

我的心如乞丐在没有你的日子里呼出最后一口热气

用尽全身力气鞭打魔鬼和恶狗

赞颂花朵和血液的诗歌

只能奉献给把阳光凝固成石头的生命姐妹

谁会在即将隐入黄昏的阳光下来诵读这些血淋淋的诗句

只要你们皮肤浑黄

认得几个汉字

并且是人类之一

双城复仇记

　　诗歌的有用性一般不会马上显现出来，特别其物质的有用性是否存在是有争议的。如果诗歌物质的有用性存在，也是不可见的，诗歌可能只是一种催化剂，物质利益不过是副产品罢了。如果哪个诗人在创作之前，便预想物质的回报，这首诗的创作肯定不会成功的，即便成功，也是暂时的，迎合了某一具体环境中的某些人的口味罢了。

　　而在精神方面，诗歌的有用性是显而易见的。对于作者而言，可能在诗歌写作完成以后，很短的一段时间内，会有些许的愉快或激动，面对脱离自身独立出来的语言和文字，他是轻松的，正如女人生产阵痛结束后平静而又会心的微笑。初为人母的人会常常谈起她的孩子，即使在任何不相关的话题中，也会突然转向她创作的"伟大作品"，滔滔不绝，不管别人是否愿意听。很多诗人有时也是这样，就是说，我有时也是这样。

　　诗歌在精神方面的有用性，在很大程度上，需要读者来完成。大多数人都是有情感的、有思想的，也是有人生经验的，这些正是诗人在诗歌中融入的东西。诗歌的伟大之处在于穿越时间和空间的栅栏来到读者面前，唤起他与诗人相通的生命感受。前提是读者不仅要有生命体验，还要有一定的诗歌阅读经验和审美素养。正因如此，我把这首长诗第一个拿给任老师来读。

　　任老师是我多年的诗友，在现代诗歌的创作上有一定成绩，文学鉴赏方面也有一定见地。从上高中开始，我写的自己比较满意的诗歌，一般都拿给他看，读到好的诗句他会击节叹赏，存在问题的他也直言不讳，每次说得都很到位。我把这首长诗打印出来送去，首先说出自己不满意的地方，1000多行的长诗，一直在抒情，未免空洞无物，叙事的成分起到把长诗连缀起来的结构作用，而我又不想把这首诗弄成叙事诗的样子，这就存在一个诗体归类的问题。也许这个问题并不重要，但我很困惑，很纠结，并逐渐萌生对自己创作的怀疑，那种诗成初期的激动也被不满意所占据。

其实，我把这首诗称为长诗，也是权宜之计。首先它不是叙事诗，不是诗剧，更不是史诗。史诗大多为多人创作整理，在民间流传的东西，有其历史形成过程中，有民族文化童年期的烙印，脱离了远古的社会环境，凭借一人之力是无法完成的。我不知道歌德倾尽六十年的心血写就的《浮士德》算不算史诗，但我知道自己已经写不出这样的东西了。

我的这首长诗也不是海子所说的"大诗"，我没有他那样的创作雄心，也没有他那样的气魄。说起来，但凡有些创作理想的诗人，可能都有长诗的写作冲动和实践，中国当代诗人写的长诗，外国诗人写的长诗我基本都搜集到了，还曾经做了一个目录，加起来有100多首。这些可以作为我写作的参照——人家是怎么写的，有什么长处，哪些长诗是失败的，原因是什么，我能从中吸取多少教训。我发现大多数长诗写得很成功，比较起来，我的长诗不伦不类，太高亢，大而无当，激情释放太多，于是越发自卑，对自己的创作越发不满意起来。

任老师是一个做人诚实、做事认真的人，一两天之后，我等待的信息就反馈回来了。首先是肯定了这首诗的诗性、血性和人性，认为创作非常成功。问题是诗中提到的某些人物只出现了名字，又没有必要展开，因为每个人物后面都有一个故事，且这些人物只有本地一些文化人稍有了解，这样就形成了生典的问题，任老师的建议是做一些注解来补救。

做注解我不认可，因为一首诗用典太多，且注释烦琐，会影响阅读的顺畅性，掉书袋的事我不想干。我也曾试着修改一下，去掉那些人名，变通一下。但不成功，因为诗中很多段落是一气呵成的，改过之后，本来贯通的气脉便断了，内行人一看就露馅。而任老师提出的问题确实存在，需要想办法解决。

本地文化馆有一文化刊物，刊物设有"古堡怀旧"栏目，刊物主编赵老师向我约稿，希望我为这个栏目写点东西。说实在话，通过对张宗兰这个题材的发掘，我也捎带了解了一些本地历史，但不全面。我想，既然是怀旧，其他方面可以放弃，因为没有做过深入调查，最熟悉的还是和张宗兰有关的事情，我决定从这个方面入手。于是，我以这首长诗的创作过程为线索，再加上寻访张宗兰的经历这条线索，用了两天的时间，写出了这篇《寻找张宗兰》，修改完毕后，我把电子稿发了过去，但很长时间不见回音。可以说，这篇稿子是对长诗的说明，部分地解决了任老师提出的问题，对于深入理解这首长诗是有帮助的。

忽然有一天半夜，赵老师发来几条信息，大意是她父亲读了这篇稿子以后，大为感动，情不自禁地哭了。她连夜读这篇稿子，读完已是半夜，激动不已，便发来信息说出感慨，并对打扰到我深表歉意。接下来赵老师要我提供一些和张宗兰有关的照片，对这个请求我责无旁贷，我把从张树春家复制回来的照片电子稿发了过去，又加上我在网上找到的张宗兰在佳木斯居住时的老房子照片，以及天泰客栈拆迁的照片。后来赵老师觉得照片还不够，我又把记载张宗兰事迹的书籍照片发过去一些。

《寻找张宗兰》这个文本，有点像报告文学，有点像小说，若长诗可以单独出版，作为序言或后记也未尝不可。因为这首诗太长了，在刊物上发表的可能性不大。但赵老师爱屋及乌，想在她主编的刊物上发表这首诗，我委婉回绝了，理由也是诗太长，要占去刊物几十页的版面，会影响其他作品上刊，我觉得这样做不好。这首长诗能作为这部小说的一部分，是我后来想到的，完全是受了帕斯捷尔纳克《日瓦戈医生》的启发，《日瓦戈医生》最后一章，也就是第十七章由二十五首诗组成，成为《日瓦戈医生》重要的组成部分，且能体现《日瓦戈医生》这部小说的独特性。

这里还要说明一下，提供给赵老师的天泰客栈拆迁的照片是从李兆麟将军的女儿卓娅的博客上发现的。这首长诗写完后，曾经在我的新浪博客连载过。有一天，我发现一条来自卓娅的留言，她希望加我为博客好友，且想转载这首长诗。我希望张宗兰的事迹为更多的人知道，所以不假思索地加了好友并同意她转载。卓娅的博客上，有很多关于其父亲李兆麟的信息，也有很多和抗联有关的信息，我在浏览的时候，发现一些东西对我的创作有用，其中就包括这张天泰客栈拆迁的照片。便把它下载下来保存，没想到还能对刊物有用。卓娅的博客转载了我这首长诗的一个章节，并把长诗所有章节的小标题列在下面，这令我十分感动，不管这首长诗写得怎么样，毕竟张宗兰的事迹有了传播的可能，而且第一个传播的还是抗日英雄的女儿，这是我事先没有想到的。

这里还要说一下，我毕业的学校就叫兆麟中学，是以抗日英雄李兆麟的名字命名的学校，当年李兆麟遇害后，曾在这所学校开过追悼会，会上展示了李兆麟的血衣。大约是1986年，学校举行校庆，同时举行了李兆麟将军塑像揭幕仪式，记得是李兆麟将军的儿子揭的幕，当校歌《露营之歌》唱起的时候，我就站在李兆麟塑像后面。这些抗日英雄就在我们身边啊！时刻提醒我们不能忘记过去。

那次校庆的校史展览上，我看到了伪满洲国时期的学生照片，他们当时的校服和日本兵的军服很像，很多同学提出疑问，我也很纳闷，现在知道那是奴化教育的产物。有一年夏天，我和几个朋友到双城乡下的野营训练基地去玩，打过了真人对战游戏，免不了要喝酒。我玩得高兴，酒也喝了不少，稍微有些醉意。老板拿出戏服给我们穿着玩，给我穿的是汉奸的衣服，礼帽、黑衫、斜挎匣子枪，我脚往凳子上一踩，大家都乐了,说太像了。老板又给我穿上清朝皇帝的衣裳,由于我长脸、尖嘴、有眼袋,加上戴着近视镜,他们都说像溥仪。后来老板拿出一套黄色军服,刚给我穿上一个袖子,我就觉得不对,张口骂道:滚!把这鬼皮给我扒下来,日本鬼子的衣服我能穿吗?想想那时我就是一个愤青。

校庆时还来了一个伪满洲国时期在学校任教的日本女教师,就是一个身高一米四左右的小老太太,她给学校捐款四万日元,校长在早会上不无感慨地说,相当于人民币 3000 元,那时这些钱在我们看来已经很多了,我父亲种地两年下来也挣不了这么多钱,我们在学校食堂吃一顿饭也就几毛钱的样子。学校里有一个老师,是个身高一米五左右的小老头,好几次我们看见他笑嘻嘻地跟在日本小老太太后边说日语,这个情景我一直记得,同学们说什么的都有。那次校庆给我很大触动,至今想起来,很多事情连在一起,也不知道心里是什么滋味。

我这首长诗挂到新浪博客上以后,得到了很多诗友和博友的好评。其中有一个西北的王姓博友,读了以后非常喜欢,因为他正在写一篇以他所在地一名烈士为原型的长篇小说,我们惺惺相惜,有很多同感,经常用博客纸条交流。有一天,他提出想在他即将出版的小说前面引用一段我的诗,并说要注明诗的作者,没有什么报答的,小说出版后给我寄两本。我非常爽快地答应了,这对我们俩来说都是好事,不应拒绝。

大约三个月以后,答应送我的两本书寄来了,而且他还把他所有已出版的长篇小说都寄来了。那篇引用我诗句的长篇小说,书前引用的诗句支离破碎,不可能反映我诗歌的原貌。寄书前他曾来信息说,原想引用我诗的某个章节,但出版社由于页码的问题让他压缩,他只好引用喜欢的段落,并对肢解我的诗歌表示抱歉。说得很诚恳,我也没说什么,毕竟我答应了,他又喜欢,觉得能为他的书增色,再说是人家的书,由他酌情处理好了。

我大略翻了一下这本小说,前言后记,读头看尾,中间跳跃。对于借鉴不大的书，我一般采取这种读法。在小说的结尾处，我读到了一段似曾相识的文字，猛然想起这是我给胡国诗兄写的诗评中的一段，拿来对比，基本一字不差。究其原因，我那篇诗评在印成铅字之后，也曾在新浪博客发过，他肯定是看到了，没打招呼就用了。我们现在的出版环境和版权意识当然是有些问题的，有种种因素，更多的是人的问题。而这位老兄我想原谅他，事后也没有找他，最起码他还有一点版权意识，宽容一点，让他自己醒悟，总比我不依不饶地质问要好些。有什么办法呢？中国人都是这样"中庸"过来的，我也不能免俗。

其实，过了不长时间，《寻找张宗兰》这篇稿子就在赵老师主编的刊物上发表了。一些文友读到后很有感触，有的即便在路上遇见我，也要就此聊上一番，还有一个诗友因此事请我喝酒，说我做这件事是有功德的。这个诗友姓岳，是南宋岳飞的后代，据说还会岳家拳，我一般管他叫岳哥，他在民政部门工作。据他所知，烈士陵园搬迁到了城西。在布展的时候，他想把张宗兰一家的事迹加上，让我提供相关照片和这首长诗，这也是好事情，我毫不犹豫地把相关的资料给他了，看来诗歌还是有用的。至于布展的效果怎么样，我一直没有抽出时间去看，因为我有一个更大的愿望，就是能建一座三英烈纪念碑，来彰显这块黑土地上不屈的精神，让后人知道先辈们为我们今天幸福的生活所做的一切，从而思考我们今后的路应该怎样走。当然，这事我只是想想，个人的能力有限，我不抱太大希望。

单这样看来，一首诗的作用还是有限的。在我给亲朋好友讲述张宗兰事迹的时候，很多人提出要我写一部长篇小说，也许作用更大，更有力量。一个人一生只能干一件事，我就会写诗，短篇小说倒是写过几篇，也不怎么样，写长篇真是不敢想的事。岳哥在和我喝酒的时候，说他想以自己的坎坷经历为素材写一个长篇，也劝我就张宗兰的素材写一个长篇，要不然这么好的一个东西就浪费了。当真人不说假话，在写这首长诗之前，我已经开始写了，完成了两万多字。岳哥一听顿时来了兴致："稿子在哪？我想先睹为快。"我说在我手机里，他说反正今天没事，念念！我借着酒劲儿说："念念就念念，只要你不嫌长，别打断我。"

车窗外的太阳惨白惨白的，没有一丝血色。大地上的雪还没有完全融化，今年的春天怎么来得这么难呢？

我们一行六人越发觉得冷了，二嫂紧紧抱着三岁的小侄女万荣，不时把孩子的小手放进怀里温暖着。五姐照看着五岁的侄儿树镂，怕他冻坏脚，时常把他从座位上抱下来，让他跺跺脚。二嫂的姐姐徐金氏，自从徐大哥被日本鬼子打死后，越发显得苍老了，她身体也不好，由我照看着。

小树镂忽然问道："姑姑！双城还有多远啊？"

"在火车上不能乱说话，越说话越冷，咱们一会儿就到了。"五姐怕孩子说走了嘴，就哄着他，拿出炒熟的苞米豆给他吃，好堵上他的嘴。

"我也要吃！"

小万荣看见树镂吃得嘎嘣嘎嘣的，觉得好玩，也伸出小手嚷着要吃。徐金氏逗她："你个小孩伢子，牙还没长全，能咬动咱东北的苞米豆子吗？"

"能咬动！咱家的大萝卜那么大！我还能咬动呢。"

这时，邻座的四个人都侧过头来盯着我们，那个金鱼眼睛还剜了我一眼。从佳木斯一上车，这四个人就鬼鬼祟祟的，还吆五喝六地把邻座的几个人赶走，霸占了他们的座位。那个大金牙不停地抽烟，呛得小万荣直咳嗽。其中一个长得尖嘴猴腮贼眉鼠眼的，一看就不是好人，只有那个年轻的大个子还有点人样。

两个孩子嘴里有了吃的东西，老实多了。

在牡丹江换车的时候，那四个人又跟上来了，还是坐在我们的邻座。我想这几个人肯定是特务，他们是在跟踪我们。我隐隐约约知道，二哥、二嫂和姐姐都是共产党员，二哥前几天到林子里去找部队，我们几个在佳木斯也没法待下去了，只好匆匆忙忙赶回双城的老家。可是这几个家伙一直跟着我们，在牡丹江也没有把他们甩掉，只好到哈尔滨再想办法了。

到了哈尔滨，我们上了一辆有轨电车。没想到眼看车门要关了，那四个人又跳了上来，在车厢后面远远地监视着我们。五姐和二嫂对视了一下，领着我们在道外就下车了，住进了景阳街的天泰客栈二楼的20号房间，那几个坏蛋像跟屁虫一样住进了21号房间。

二嫂低声对五姐说："咱们不能回双城了，得找机会甩掉他们。"

"看来想半夜里走脱也不可能了，他们就住在隔壁，我们又是老的老小的小，都出去太难了！"五姐忧心如焚地说。

"那就和他们拼了！"

二嫂露出刚毅的神情，接着慢慢俯下身，把小万荣紧紧搂在怀里，几滴眼泪落在孩子熟睡的小脸上。

"要不我照顾他们，反正他们不能把我们怎么样，你俩趁着天黑快跑吧，找二哥去！"我试探着说。

"不要说了！宗民。不行！就是死了也不能丢下你们！"在我们家里最倔的除了二哥就数五姐了，我不敢再说什么。

夜太难熬了，我不禁眼皮打架，迷迷糊糊睡着了。

"当！"

门被砸开了，四个特务领着警察冲了进来，五姐抢起茶碗砸在"大金牙"头上，"大金牙"怒不可遏，张牙舞爪地向五姐扑了过来，五姐一口咬在"大金牙"的手上，"大金牙"疼得吱哇乱叫。这时，过来两个警察揪住五姐的头发猛力地往墙上撞。

二嫂也用木头板凳砸在一个警察的头上，"金鱼眼睛"扑向床上的小万荣，二嫂忙去护住，被"贼眉鼠眼"薅住头发也向墙上撞去，"金鱼眼睛"气急败坏，抓起小万荣摔在地上，"大金牙"还上去踩了一脚。

我急红了眼，操起板凳腿就要拼命，"大个子"掏出手枪指着我："别动，再动毙了你！"

这时，五姐和二嫂已经被这些汉奸打昏了，鲜红的血从她俩头上流出来。

我眼睁睁地看着他们把姐姐和嫂子拖上了汽车，我要去追，被徐金氏抱住了："快看看孩子吧！"我轻轻抱起小万荣，小万荣已经是鼻口流血，断了气了。我泪流满面，这可咋和二哥交代啊！我把小万荣脸上的血迹擦干净，把她轻轻放在床上，不知怎么办才好。

小树镂已经吓傻了，独自躲在墙角哭泣，苞米豆子撒了一地。我抱起他，摸摸他的头，在混乱中不知什么时候孩子的头磕了几个大包。

"好孩子，不哭，叔叔给你揉揉！"

"我要妈妈！我要姑姑！"

"妈妈和姑姑办事去了，过一段时间就回来了。"

"不是！妈妈和姑姑让坏蛋抓走了！"

"好孩子，听话，叔叔把你送回老家，就去救她们！"

我心里非常清楚，姐姐和嫂子再也回不来了，现在我要安顿好孩子和嫂子的老姐姐，我已经16岁了，已经是一个大人了。

当我走出天泰客栈的时候，在心里发狠道：

"我是小子！

我要报仇！

我一定要报仇！"

夭折的孩子是不能埋进祖坟的，况且我们穷人家也没有像样的坟地，只能随便找个地方把小万荣埋了。双城是个四方城，城外到处都是乱葬岗子。我抱着小万荣跟着大哥来到西门外，在一棵小树下挖了一个坑，把小万荣放进去。小万荣脸色煞白毫无血色，好像睡着了一样，可怜的孩子呀！你的爸爸一去不回，你的妈妈生死不明，你在这个吃人的世界只停留了不到三个年头，怎能不让我心如刀割。用草袋子盖上她的脸，大哥开始填土，我不忍心看，背过身去默默流泪。男儿有泪不轻弹，哭有什么用？可恨的"金鱼眼睛"，我要把你的眼睛挖出来当泡踩；可恶的"大金牙"，我要把你满口的牙都拔下来！

第二天，我忍不住又来到那棵小树下，凝视着树下小馒头一样的土堆。"啪！"的一声，一只小麻雀从树上掉下来，扑棱几下翅膀没气了，小脑袋都被打碎了。我抬头一看，一个穿着破警服的小要饭的正龇着牙向我笑，他的头发乱蓬蓬的，脸上鼻涕拉瞎的。蒙着一层灰土，大概好几年都没洗过脸。

"找死啊！吓我一跳！"

"呵呵，学生，一个人寻思啥呢？这里埋的是你的小媳妇吧！"

"滚犊子！没你啥事儿！"

"嗨！还挺厉害，有什么难心事跟老哥我说说，你看咱小要饭花子还活得乐呵着呢。"

我看这小要饭花子还有点人味，就和他唠了起来。原来那年日本鬼子进攻哈尔滨，在双城堡火车站被赵团长打死了400多人，日本鬼子红了眼，动用了飞机和坦克，小要饭花子的父母被日本鬼子的炸弹炸死了，他家的房子也被炸塌了。这小子就要饭了，住在南门里的花子房。没穿的，就捡点警察送到花子房的旧警服，吃不饱的时候，就用弹弓打几只麻雀烧着吃，反而练就了一手好弹弓，说打麻雀脑袋绝打不到麻雀翅膀。倒是啥也不想，活得乐呵。听说了我的遭遇，小要饭花子直拍胸脯。

"老哥帮你报仇，我这弹弓送给你！见面礼。"

"那你使什么？"

"我还有呢，跟我好好学。"

我以前玩过弹弓，只是打得不太准，好在这东西是熟套子，和小要饭花子混了一段时间，我倒也和他玩得不相上下了。有一次竟然打了一只乌鸦，这年月死人多，乌鸦也就多了。可是我越想越觉得不对劲，弹弓能打死乌鸦，再大点的东西能打死吗，我报仇是要杀人啊，我要杀死那帮汉奸特务，杀死那帮小日本，用弹弓不是开玩笑吗。最好是弄到一把枪，一枪就能撂倒一个，可是弄枪也太难了。我忽然想到，以前和二嫂的弟弟金鹏宇在他家玩，上房抓麻雀的时候发现一把古代的短剑，那把短剑锈迹斑斑，却是异常锋利，轻轻一碰剑刃就把我的手指就出血了。对！去找那把古剑。

老金家是双城的大户，住在正白四屯，家里有100多垧地，城里的钱号也有他们家的股份。当时二嫂和二哥处对象的时候，金老爷子极力反对，却扭不过闺女，只能听之任之了。听说我要去正白四屯，大哥不让，我这些日子东游西逛没魂似的，他又拿不出钱来让我上学，也挺操心的。我说要去看看树镂，大哥也没再说什么。只是让我去找金鹏宇，和他一起走，也好有个伴儿。

金鹏宇在城里的国高念书，当我到学校找到他的时候，却是一愣。只见金鹏宇穿着日本军服，头戴战斗帽，活脱是一个小日本鬼子。金鹏宇没有注意到我脸色很不好看，塞给我一张《滨江日报》，把我拉到了学校外面。我翻开报纸，上面有金凤英和张宗兰的名字，心里全明白了，她们已经牺牲了。

"要报仇吗？现在还不是时候。"

金鹏宇看我盯着他的衣服，不禁攥起了拳头。

"我敢揍警察，你信不信？"

我知道国高的学生毕业了是可以当国兵的，伪满洲国的警察不敢惹他们。凑巧的是正好一个警察晃晃悠悠走过来，鹏宇上去就是俩耳光，警察被打得晕头转向。我顿时想起了哈尔滨的那几个警察，上去就是一个扁踹，警察爬起来就要冲我来。

"怎么？你还敢还手！"

鹏宇举起拳头还想揍他，那个倒霉蛋只好灰溜溜走开了。等鹏宇消了气，我说明了来意。金鹏宇表示可以把古剑给我，但是他说那玩意也不顶什么用，我要可以拿去玩，量我也不敢杀人，只是不能把她姐姐的事告诉金老爷子。

金家大院很大，院墙有三米多高，四角还有炮楼子。金老爷子还算客气，只是眼神有些暧昧；徐金氏还是老样子，看着小树镂是她唯一的营生；小树镂看见我就问我："妈妈和姑姑什么时候回来呀？什么时候给妹妹报仇啊？"我只好糊弄他说，妈妈和姑姑回佳木斯了，那几个警察和特务已经被叔叔和舅舅打死了。这时我不禁想到，金老爷子肯定什么事都知道了，只是不说罢了，他再有钱又能把日本鬼子怎么样呢？

我和金鹏宇在夜里把古剑偷了出来，第二天就回到城里来，临走时徐金氏给了我一些钱。走到城门的时候，金鹏宇也给了我一些钱，鹏宇还想帮我把剑带进去，我不想让大哥知道，另外也找不到地方练习，就在城外找了棵大柳树，把剑埋在树根底下了。

可是我又犯愁了，这么短的剑怎么使呢？找谁教我练剑呢？

小要饭花子住的地方在西南隅的富翼长胡同里，我走进院子，推门进去，只见一屋子要饭的，里面气味难闻。小要饭花子蹲在炕梢，没有被褥，炕面冰凉，我随即把小要饭花子拽了出来。

从大柳树下面挖出古剑，我们俩胡乱耍了一通，小要饭花子觉得无聊，要去打麻雀。我想这把剑不管怎么说也是一把利器，总比弹弓好使吧，那弹弓打得再准，弹丸也是泥做的，就是用石头子，杀伤力也太小。于是我提出和他比一比。小要饭花子说让我先来，我瞅准了树上一只麻雀，把剑掷了出去。我们这里都把麻雀叫"大家贼"，这东西异常敏捷，剑还没到，听见风声，"忒儿"的一声飞走了。小要饭花子张开嘴刚要大笑，突然怔住了，只见那剑没有刺中麻雀，倒是砍断了一截树杈，随即短剑直冲着小要饭花子落了下来，由于那剑沉重，下落速度飞快。我还没来得及傻眼，只听一股清风卷过，早有一个50多岁的老头儿站立在我们面前，手里已经攥着那把古剑了。老头儿用手指捋了捋剑锋，随手找来一块青砖头，举剑把砖头一砍两半，古剑竟然毫发无损。

"真是一把好剑啊！哪里弄到的？"老头儿说话带着山东腔。

"我捡的，还给我！"

"会给你的，我先帮你保管。"

"不行！我还要用它报仇呢。"

"就你们两个小尕子？找谁报仇？说给我听听，不说明白就不给你们。"老头儿说着说着不禁"噗嗤！"一声笑了。我看他没有恶意，就说："杀小日本，杀狗汉奸报仇！"

老头儿眉毛挑了挑："胆子还不小呢，你们会使这把剑吗？你们会功夫吗？"

老头儿的身手刚才我们已经领教了，很是佩服，我灵机一动："只要是能报仇，你教我功夫，这把破剑就送给你了。"

老头儿又乐了："破剑？你们知道这剑的来头吗？这把剑在古代叫'小剑'，也叫'匕'，和古代的'鱼肠'剑可有一比呀，别看它破旧不堪，乃是由混铁和青铜打造而成，吹毛断发，削铁如泥呀！由于这把剑短小，可以藏在袖子里，所以有人叫它'袖里剑'，这把剑一般人使不了，'一寸短，一寸险'啊，使这把剑必须身法灵活，一招制敌，才能见其功效。你们要是想学，我可以教你们，不过要听我的话，不许乱来。"小要饭花子是个急性子，见老头儿说得头头是道，跪下就要磕头，老头儿赶紧把他扶起来："不忙不忙！你们俩跟我来。"说着老头儿把短剑缠在绑腿里藏好，领着我们进城了。

我们来到一个铁匠铺，铁匠铺门口竖着两个给马钉掌用的木头柱子。老头冲里面喊道："小六子！拿两个大饼子来。"只见屋里出来一个浓眉大眼的小伙子，他一手拿着一个黄灿灿的苞米饼子递给我们，经过那一顿折腾，我们早就饿蒙了，一人抓起一个狼吞虎咽地造光了。

"傻孩子，别噎着，来！上屋喝瓢水。"老头儿从水缸里舀了一瓢水递给我们。吃饱了喝足了，老头儿领我们来到里屋的旮旯，上面供着的竟然是孙悟空，这让我大惑不解。老头儿也不理会，点上香让我们拜见祖师爷，然后给他磕头拜师。磕完了头，师父给我们讲起了事情的来龙去脉。

师父姓王，是山东人，大伙都管他叫"王山东子"。由于山东那边地少人多，又常闹灾荒，十多年前，师父闯关东落脚到我们这里。师父会打铁，就慢慢积攒些钱开了个铁匠铺。山东不仅文运兴盛，而且民风彪悍，人人尚武，师父打小学得一身好武功，十八般兵器样样精通，尤其善于使棍，因为棍乃兵器之祖，能攻能守，而且随处可得，很是方便。这些年我们这里土匪猖獗，老百姓为了自保，纷纷组织起红枪会，师父功夫好，为人又仗义，就被选为红枪会的"老师"，传授会员吞符咒、练拳棒、焚香请神等技能。

我们既然给孙悟空磕过了头，就算入会了。我也就顺理成章地和师父混了起来，白天帮师父打打铁，钉钉马掌，到了晚上就跟师父学起功夫来了。大哥见我找到了吃饭的地方，也就懒得管我了。

师父给我做了两个沙袋子，绑在腿上，白天要一直戴着沙袋子做事情，这是为了练习腿力和轻功，而且随着功力的增长，还要逐渐往沙袋子里增添更多的沙子。每天鸡叫头遍的时候，师父就把我们从炕上叫起来，我们就会各自穿好衣服，绑好腿上的沙袋，跟着师父一直向北面的火车站方向跑去。这段路大约有八里远的样子，即使腿上没有沙袋子，一气跑下来也并不容易，何况我一直上学，缺少体育锻炼，艰难程度可想而知。好在我也是穷人家的孩子，并不怕吃苦，而且时刻想着替姐姐、嫂子和小万荣报仇雪恨，就一直坚持着。小六子大概已经有了根基，跑起来健步如飞，紧紧跟在师父后面，生怕被师父落下。小要饭花子就不同了，他平时饥一顿饱一顿的，身体缺乏营养，总是跑在最后，他穿着破警服呼哧带喘，加上小眼睛滴溜乱转，完全不像是警察在追小偷，倒像是小偷在追警察了。

双城堡火车站原为俄式建筑，后来重建时采用中式宫殿样式，青砖绿瓦，精美绝伦，成为古城不可多得的一景。我对这里备感亲切，因为保卫哈尔滨的第一枪就是在这里打响的，虽然日本鬼子最终占领了双城，却付出了惨重的代价，400多个鬼子在这里命丧黄泉，再也不能回到那海上的小岛上去了。和我心境不同的是小要饭花子，他的爸妈死在这里，他家倒塌的房子也在这里。

没有想到，我们练功的第一天，小要饭花子就惹出了事端。当我们跑到火车站的时候，天还没有亮透，忽见一辆黑色的小轿车疾驶而来，车子一停，身穿和服的一男一女下了车，那女的生得白净，面皮异常美艳，好像在哪里见过。我想起《滨江日报》上选美的照片，那个叫文珏的和这人眉眼有些相似。我正在愣神，哪想小要饭花子见是日本人，旁边又没有别人，不由得怒从心头起，扯出弹弓就是一下，那男的"啊！"的一声捂住了脑袋。师父见势不妙拉起我们就跑，师父还是不放心，怕他们有枪，就让我们钻了胡同。见他们没有追赶，小要饭花子不由得抹了一把鼻涕，嘻嘻傻笑起来了。师父免不得把小要饭花子臭骂了一番，我们就沿着原路跑了回来。

　　白天我们就和师父一起打铁和钉马掌。打铁的时候，要把铁料在炉膛里烧得通红，由一人用长长的铁钳子把它夹出来放在铁砧上面，由另一人抡起铁锤叮叮当当地敲打，打得火星四溅，直到打出形状后，再放到水里面淬火。更多的时候，一次往往不能成形，还要放到炉膛里煅烧，然后再拿出来敲打，多次反复直到成形为止，才能放到水缸里淬火。师父有意让我抡锤，好练练我的臂力，经过一段时间的敲打，我也练得孔武有力了。其实这活并不是有股子傻力气就能干的，里面有很多门道，需要一定的技术，好在有师父教，我也善于琢磨，学起来也并不觉得怎么难。

　　小要饭花子的活儿是钉马掌，由师父和小六子教他。在两个木头柱子上面横一根木头做梁，从梁上顺下两条粗绳子，分别兜在马肚子两端，再从两个柱子引一个大的绳套把马套住，就可以把马的一只蹄子用绳子吊起来了。先用刀把马蹄子下面削平，找一个合适的马掌钉上去。这要比给人剪指甲麻烦多了，而且遇到不老实的马还有危险。

　　小要饭花子的危险就是从钉马掌而来的。那天，来了一个骑着大洋马的日本兵，我心里觉得有些好笑，不知道老天爷创造万物时是怎么想的，把那日本鬼子造得奇小，那小日本骑在马上并没有什么气势，好像马背上蹲了一只猴子。也许是马太大的缘故，小要饭花子没有绑紧它，在钉掌的时候，马发了脾气，一脚把小要饭花子踢出老远。那小日本子以为把他的马钉疼了，跑过去就给小要饭花子一枪托，打得小要饭花子呜啊乱叫。我在佳木斯上学的时候，学过一些日语，赶紧上去解释，日本兵好像听明白了，气喘吁吁地停了手。

小要饭花子的小腿被打断了，在炕上躺了两个多月。师父是练武之人，懂得些疗治跌打损伤的法子，到野甸子上采了一些草药，给小要饭花子敷上，把他的小腿用两块木板固定住，慢慢静养起来。

后院的李婶看这孩子可怜，也时常来照看着，送点好吃的什么的。为了给小要饭花子补养补养，师父又换来几个鸡蛋，用针在鸡蛋壳上扎一个小洞，然后运功把蛋液吸出大半放在碗里，留着给小要饭花子享用。剩有一些蛋液的鸡蛋壳师父另有妙用，把鸡蛋壳有小洞的一面朝上，放在蚂蚁经常出没的地方，用不上一天一夜，鸡蛋壳里就粘满了蚂蚁。师父把这些蚂蚁分给我们吃，说这东西可以壮力，练功的人吃了它，可以达到事半功倍的效果。我是第一次吃活蚂蚁，放到嘴里痒痒的，好像浑身都有蚂蚁在爬，嚼起来也觉得味道古怪。但时间长了也就适应了，吃了一段时间之后，效果非常明显，感觉通身有使不完的劲似的。

晚上是我们真正的练功时间。我们习练的内功非常简单，就是在扎马步的同时，用意念逐个扳动手指，时间长了内功自发。我是在一个月后产生自发功的，而且这自发功没有固定的套路，身法和手法可以随意变换，非常灵活迅捷，适应近战和短剑的使用。而且这套功法不需要意守，随时随地都可以练习，我不禁暗暗称奇，对师父渐生佩服和感激之情。师父随后又教了我一些运用短剑的基本要领，还有劈、砍、刺、割的基本方法。师父教我的功夫看起来简单，似乎可以速成，实则不然，还需要长久的打磨和锤炼才能达到上乘。

在师父的精心调养下，小要饭花子的腿伤好得很快，经过一段时间的恢复后，师父开始教他练习猴棍。棍术是师父的强项，况且小要饭花子手执要饭棍子也不惹眼。练习棍术要求身棍合一，勇猛快速，有"棍打一大片"的特点，而猴棍又兼灵活轻巧戏耍俏皮的特点，更加适合小要饭花子的性格，加上师父教导有方，小要饭花子很快掌握了打、劈、托、盖、压、揭、扫、穿、点、挑、撩、拨等要领，和一些基本步法和套路。我也不时跟着学了几招，只是学了些皮毛，并不精通。

这段时间小要饭花子可乐颠馅儿了，大概他以为自己武功初成，大仇可报了，就偷偷和我商量整死那个打他的日本鬼子，顺便替他爸妈报仇。我们俩一拍即合，慢慢做起了准备。后来我们了解到，那个日本鬼子人们都叫他田中，田中属于关东军"四七二"部队，驻地是在火车站北，负责警戒飞机场和汽油库，只是那里守卫森严，无从下手。但这小子也时常骑着马到城里来，有两个地方他是必去的，一个是瑞华菜馆，一个是金贵馆。

田中到瑞华菜馆必喝我们这里有名的花园酒，花园酒的烧锅在矩古贝勒寨，是金代双城境内的一个古驿站，传说这里曾是大金国四太子完颜兀术妹妹完颜兀鲁的御花园。此处有一眼兀鲁公主浇花用的古井，井水清冽甘甜，后来人们用神井之水烧造的酒就叫花园酒。田中这小子不仅是好酒之徒，也是一个好色之徒。每当喝饱之后，田中就会晃晃悠悠去逛窑子。他专门去日本人开的金贵馆。

要想干掉田中这小子只能从这两个地方下手，只是要等待机会。而机会只要你有耐心，总还是会有的。这一天，田中终于骑着马来了，后面还屁颠屁颠跟着一个小个警察。这个警察双城人都认识他，他就是警务局特务股的马小个子。马小个子也叫马阎王，这小子欺男霸女、敲诈勒索无恶不作，双城的老百姓都恨他，由于有日本人撑腰狗仗人势，大伙也都不敢招惹他。这小子不知什么时候和田中勾搭上了，干脆把他们俩一勺烩了。

只见马小个子跟在田中后面像一条狗一样，直奔瑞华菜馆方向去了，我和小要饭花子一对眼光，偷偷合计起来。

瑞华菜馆人多眼杂，又是白天，无从下手，况且师父也不会轻易让我们出去。我们晚上还要跟着师父练功，也脱不开身，于是我们决定后半夜行动。心里有事觉也睡不踏实，好容易熬到打过三更以后，我悄悄把小要饭花子捅醒，小要饭花子别了弹弓，提了棍子，我袖中藏短剑，假装到院子外尿尿，一前一后向金贵馆方向摸去。

街上万籁无声，天上月光不明，偶尔有星光闪现，迅即就被乌云遮住了。好在我们路熟，眼睛也适应了黑暗，来到金贵馆的时候，我们却有些惶惑了，虽然那匹马还在，却不知田中那小子在哪个房间里，又不能乱杀一气。我们只好跳到房上等着，这段时间沙袋子没有白戴，取下之后只觉得身轻如燕，上房也不是什么难事，只是随着黑夜将尽，身上越发觉得冷了。"吱呀！"一声门开了，田中从房里走了出来，去解马的缰绳。我看机会难得，扭身就要下房。忽然，一只大手摁在我的肩头，回头一看，吓了我一跳，原来是师父！

我们俩在黑夜中被师父揪了回来。"你们两个臭孩子找死啊！没看那鬼子手里有枪吗？你们再快，有子弹快吗？学了几天皮毛的功夫，就以为自己有两下子了？真正的高手首先是要保护好自己，然后再说别的。像你们刚才那样，别说报仇，恐怕小命也要丢了，还拿什么报仇？以后老实儿地给我待着，再敢嘚瑟，看我不把你们两个小犊子捏咕死。"我们被师父臭骂了一顿，谁也不敢还口，只是低着头，手里攥紧了拳头，心里愤愤不平。也怪自己动作太慢，要是早点下手，田中那小子说不定已经被我们打发回老家了。将来一定要想办法整一把手枪，那玩艺方便，只是携带起来不怎么方便。

接下来的日子里，我拼命地练功夫，希望学有所成早日报仇，师父看在眼里，知道也留不住我，便加紧传我功夫。原来师父那套内功，扳指只是初级阶段，重要的是弹指，把内劲运于指尖，由慢到快地弹出去，力道自是了得。要是练到上乘，就是弹出一个棉球，也能伤人于百步之内。我练的时间短，达不到那个层次，却也能弹出石子射落麻雀。小要饭花子懒散惯了，这一手他没有学来，他还是习惯使他的弹弓。

而且练习轻功也远远不是绑沙袋子那么简单，师父在院子里挖了一个一米见方的坑，到了晚上，解下沙袋，师父就指导我们从坑里向上跳，随着我们功力的提高，那个坑也越来越深了。

马小个子像一只耗子到处出溜，闻腥而动，总想抓个"抗联"什么的，好大捞一笔。有一段时间，马小个子总到我们这条街踅摸，探头探脑地向李婶家的院里张望。我心想马小个子是不是惦记上了李婶家的姑娘小芬了。

小芬姑娘长得不算太俊，却很耐看，那一头短发黢黑黢黑的，挺招人稀罕的。我知道小芬姑娘相中小六子了，还时不时地偷偷塞给小六子一个煮鸡蛋。每当这个时候，小六子总是脸一红说："留着给婶吃吧。"小芬就推搡他一下："人家是给你的，你就拿着吧。"说完扭头就走。六子哥老实巴交的，就知道干活练功，浓眉大眼的，体格还好，李婶也很稀罕这小子。这样的事一般李婶要是看见了，也装作没看见一样。其实，李婶家也并不宽绰，娘俩靠给大户人家浆洗衣服被褥挣几个小钱，勉强维持生活。李叔头些年在永兴复烧锅干活，挣钱也不多，后来听说到北面淘金很挣钱，李叔就跟着一伙人去了，谁知这一去就再也没回来。

六子哥从来不把鸡蛋留着自己吃，总是把鸡蛋孝敬给师父，他把师父就当作是他爸爸一样对待。其实，六子哥是师父捡来的，那年秋天，师父早上起来，见有一个约莫十一二岁的孩子在门口哭，就问是怎么回事。小孩说他爸爸领他上城里来，让他在这里等着，爸爸就上茅房去了，他就等啊等，也不见爸爸回来，在这里急哭了。师父就把孩子领到屋里等，还给他做了点饭吃，孩子就接着等，谁知这一等就是十几天，他那上茅房的爸爸也没有露面。师父就明白了，一准是他爸爸不要他了，就把这孩子留下了，这孩子就是小六子。

小六子大名叫田六，他爸爸给他取这个名是六六大顺的意思。小六子家住正蓝四屯，他爸爸是打猎的，在屯子里是外来户，没有地。日本鬼子来了以后，把他爸爸的猎枪收缴了，他家就越来越穷了，而且祸不单行，不久，小六子的奶奶不知得了什么病，瘫痪在炕上了，那里的人迷信，都说六子爸打狐狸做了孽。

那些年跑胡子，大家伙儿都不敢在屯子里过夜，晚上都躲在庄稼地里，怕被胡子绑了票。可是小六子的奶奶起不了炕，不能跟着走，就由小六子妈妈看着。谁知第二天，爷俩回到家，六子妈已经上吊死了。原来六子妈早上到井沿挑水，碰上了一个骑大马的日本鬼子，日本鬼子问她话她听不懂，日本鬼子就打了六子妈两巴掌，把六子妈糟蹋了，六子妈过不去那个劲，就上吊了。六子的奶奶认为儿媳妇是为了她才死的，着急上火没多长时间也过世了。我想大概六子爸看见家也散灶了，没心思过了，就给小六子找个地方，自己说不上去干什么去了。后来师父领着小六子到正蓝四屯找过六子爸，已是人去屋在，他家的土坯房快要变成耗子窝了。

好在师父是一个人闯关东过来的，有了小六子也是个伴儿，两个人过得还算将就。况且李婶是个热心肠，也帮着他们缝缝补补洗洗涮涮的，小六子和小芬姑娘也处得好，两个大人看着心里偷着乐。谁知现今李婶家被马小个子盯上了，不知这家伙要耍什么花花肠子。我把这事悄悄告诉了师父，师父沉吟良久才说：

"得想个招了。那马小个子不是中国人养的啊，从她们娘俩捞不到什么油水，要硬说小芬爸当了红胡子，拿她们娘俩开刀，还可以在日本人那里邀功请赏啊，这种缺德事马小个子可没少干，得想个招！"

我担忧地说："有啥招？除非把马小个子整死。"说完了，我不自觉佩服起自己来了，马小个子得罪人太多，现在不得烟抽，肯定是想捅点啥事，立个功什么的，他一准怕别人抢功，自己偷偷摸摸来干这事，不会告诉别人，要是把他做了，也就一了百了了。

师父看了我一眼："不能和别人乱说，不能告诉小六子，我再琢磨琢磨。"

干掉马小个子白天不行，也不能在家门口下手，最好是三更半夜，在他家里神不知鬼不觉地，要是响动不大，还可以逃出城去。城里的四门和四个城墙角都有警察把守，我想现在凭我的功夫也差不多能翻过城墙。就是不知道马小个子住在哪里，得去侦察一下。可是有师父在脱不开身,自从那次事以后,师父晚上也把我们看得紧了,起夜的时间要是长了些,师父就要假装咳嗽一声,意思是他还没睡着。师父是敢作敢为的人,只是我们几个像他的孩子一样,他不想让我们做无谓的牺牲。这次好像不同了,为了小芬娘俩,师父已经有点要干一把的意思了,却不知他想没想出招来。我试探了几次,师父都说不用我管了,他自有办法。哼!不用我管,我偏要管,师父要是有个三长两短,这些人就没人照应了,我则不同,我报仇心切,又没什么牵挂,不如先拿双城的警察练练手,师父要是还没想出招来,我可要出招了。

六子哥和小芬都够命苦的,为了他们我想宰了马小个子,于是忍痛提出要离开了。师父知道拦不住我,默默为我准备行装。小要饭花子早上起来闷闷不乐,这一天竟没有见到他的人影,天黑了才回来,塞给我一些钱,我不想要这些偷来的钱,他怒道:"那些有钱人的钱没有几个好道来的!咱们用来当路费,杀汉奸鬼子也是正事,他们出点钱,也是应该的。"我只好收下,连同徐金氏和金鹏宇给我的钱放到一起,让李婶帮我缝到衣服里。李婶还给我带了一些干粮,留着路上吃。

六子哥跟师父的时间长,功夫比我强,性子也温和,他不知道马小个子瞄上了李婶家,要是知道了恐怕也不会消停的。他不知道我要做什么,还以为我真的要去佳木斯报仇,便告诉我不能丢了功夫,要天天练习才能报得大仇。他说等小要饭花子把家里的活能够拿得起来放得下的时候,他也要离开这里的,日本鬼子还欠他两条人命呢。

师父嘱咐我,干什么都要多动脑筋,算计好了再去做,保护好自己才是最重要的,留得青山在,不怕没柴烧,报仇的事不能急,要有把握了才下手。并且给佳木斯的红枪会首领写了一封信,让他们帮助我。

天渐渐黑透了,我也该上路了。李婶不禁流下泪来:"你这孩子没爸没妈的,又文质彬彬的,报哪门子仇啊?等再长大点再说吧。"

"婶儿,放心吧,我会多加小心的。再说我先去找我二哥,他会照顾我的。"

"万事多长个心眼啊，要是不行，就还回来，我们等着你。"说着，李婶用袖子抹了抹眼睛。

师父以往炯炯的眼光也暗淡下来，小要饭花子那小绿豆眼睛也泛起了微光。我不敢正视他们，头也不回地向黑夜里走去。

城墙是用夯土筑成的，有两米多高，我找了个没有守卫的地方，试了试，竟然也能翻过去，可是我不能就这样走了，于是我又翻了回来，径直向警务局走去。

警务局在南二道街，门口有两个守卫，我迈步上前问道："我是马文喜老婆的亲戚，给马文喜捎封信。"

一个守卫向我龇牙："是他小老婆的亲戚吧？"

另一个守卫说："马小个子放假了，到他家找去！"

"我没来过，他家住哪？"

"同增胡同，你到那自己打听！"

马小个子的家有两趟房，大门里有一条恶狗，看来今天不好下手，必须想办法先把这条狗打发了。把狗硬生打死倒也容易，只怕引起怀疑，再要收拾马小个子就难了，得想个稳妥办法。反正大长的夜，不如先找个僻静的地方慢慢琢磨。

马小个子家离魁星楼不远，那上面没有人，也容易观察动静，于是我向魁星楼方向走去。我很快登上第三层，向外望去，方城轮廓依稀可见，城外村屯偶有犬吠声，天上星光闪烁，伸手可摘。这让我豪气顿生，不禁从绑腿里拔出短剑，霍霍舞了一回。

舞过了剑，觉得身上暖了些，就面向南方，扎住马步运起功来。师父教我这套功法心可二用，我向下看去，影影绰绰第五警察分所就在下面，想不到这些狗小子就在眼皮底下，可是我并没有害怕，最危险的地方，也是最安全的地方，他们做梦也不会想到，近在咫尺就有一个人对他们怀有敌意。我恨日本鬼子，更恨这些没有骨气的汉奸，没有这些汉奸，也不会把鬼子引来，即使鬼子来了，中国人都能同仇敌忾，鬼子也是站不住脚的。我今天不想理会他们，等我收拾了马小个子再说。

马小个子的家也在我的眼皮底下，我想我要是进去，最好从后面的院墙翻过去，前院有狗，还不知道能不能解决得了。我正想着，只见有一个影子一晃，从马小个子家后墙下来一个人，大摇大摆地钻进后趟房去了，他家的狗哼了两声，再无动静。看来是个熟人，多数是马小个子，怕惊动前面的大老婆，偷偷摸摸钻进小老婆房里去了。这下我心里有数了，下定决心从后院进去。

虽然我功夫不高，可是身手也算轻灵，但当我落地的一瞬间，他家那狗还是吼了起来，我只好飞身出去。看来这条狗必须先解决掉，不然没法下手，今天晚上只能是无功而返了。魁星楼的第三层立着一座神像，这魁星佬今天于我却有些好处，单是那神像的底座就可避风，我走到神像后面坐好，琢磨着怎么对付那条恶狗，不知不觉睡着了。

大概是魁星点化的缘故吧，一觉醒来我已经有了对付恶狗的办法。来到南大街德兴厚药铺，天已经大亮了，只见药铺大门两旁有一副对联：但愿人皆健，何妨我独贫。药铺刚刚开门，我走进去买了些巴豆，然后就直奔庙头而去。在猪市旁边就有几家肉铺，我走进一家肉铺，只见一屠户正在操刀剔肉，便买了两块肉骨头提着出来。

如果到师父那里去煮肉骨头肯定会露馅的，我想到了小要饭花子家的破房子，也不行，他家的锅应该早就没影了，我只能回家了。大哥已经老早出去干活了，我就和大嫂说："我师父受了点小伤，我买点骨头煮煮，给他补养补养，怕他让我退回去，带回家里来煮了。"

大嫂随即生火帮我煮骨头，我趁她没注意，把巴豆放进锅里，揭锅的时候，大嫂还是发现有些不对，便问我："老六啊，你放的什么调料，怎么一股药味？"

"放的中药，补气的。"

我嘴上这样说，心里却偷着笑，什么补气的，这是泻肚的，作用正好相反。马小个子家的大狗要是吃了它，准保泻成皮包骨，想叫都叫不动。我告诉二嫂把锅多刷两遍，然后包了骨头走出家门。

马小个子家的院墙并不算高，一探头就能看见院子里的情况，我见院里没人，就把骨头扔到狗窝前面，那狗闻香而来，毫不客气地大嚼。这下事准能成，到了半夜恐怕这狗已经泻得走不动道了。好了，还回魁星楼猫着去。

剩下的时间就是到魁星楼上面等着。天渐渐黑了下来，刚刚打过二更，就见一个人影从马小个子家后墙而入，溜进后趟房去了，和昨晚的情形一样。我准备等他们睡实了，三更以后再动手。天上月光不明，偶有星星向我眨眼，好像在注视着我。我吃了点干粮，喝了口水，又练起功来。当我把那把短剑舞过两趟之后，三更的梆子正好响起。我不敢怠慢，紧了紧裤腿，快步从魁星楼走了下来。

正如我所料，进去的时候，马小个子家的恶狗哼都没哼一声，它大概已经泻得毫无力气了吧。我轻轻拨开门栓，屋里传来一股酒气，这狗小子今天晚上肯定没少喝，下手倒是方便。只见炕上躺着两个人，酒味是从炕头那人处传过来的，我蹑足过去，对着那人脖子便割，也并不见那人有什么动静，大概是死了。没想到杀人这么简单。那人身边的女人听见响动，翻身要起，被我捂住嘴巴，撕下一块被子塞了进去。我不想杀她，就撕了被子做了条绳子，把她手脚牢牢捆住。我怕那人不死，就把手放到他口鼻前探了探，已经没气了。我心下大喜，事已经成了，连忙走人。

当我从马小个子家后墙跳出去的时候，禁不住心怦怦跳了起来。这是我第一次杀人，当时没觉得咋的，现在却有些后怕了。我稳了稳神，不由得从心头生出一股快意，觉得身上轻飘飘的，喝醉了一般。那马小个子祸害死不少人，如今也是罪有应得，我不杀他，他也不会得好死的。除掉了马小个子，也去了我一块心病，师父他们也能过上安稳日子了，过几年，六子哥和小芬也该成婚了吧。

我不敢多想，趁着夜色，从城墙跳了出去，向着茫茫黑夜迈动了脚步。家乡啊，生我养我的地方，如今我就要离你而去了，不知今生还能不能回来。再见了！师父、六子哥、小要饭花子。再见了，李婶、小芬！再见了，大哥、大嫂！再见了！埋着我的小侄女万荣的土馒头！再见了，双城！而当我想起再回头看一眼家乡的时候，那座方城已经淹没在夜色之中了，我不禁滴下泪来，那泪珠重重地砸到土地里面，不见了踪影。

现在我没有什么不放心的了，想再去看一眼小树镂，然后直奔佳木斯完成我的心愿。走到正白四屯的时候，天已经快要亮了，我来到金家大院，大门还关着，到这里来，我是不应该跳墙进去的，于是上去敲门。里面没有人答应，我正想继续敲门的时候，忽然，感到有一个硬邦邦的东西顶到了后心上，顶得我心里发慌，难道是双城的警察狗子追上来了，他们不会有这样的身手吧，我竟然什么觉察都没有。只听后面传来了一个粗重的声音："别动，敢动，插了你！"

我想，警察说话不是这个风格，也没有这种味道，但我总应该知道后面的人是谁吧，大仇还没报，总不能不明不白在这里栽了吧。

"什么人？"

"绑你的人！"

后面的人不紧不慢地说。

我的心一下子凉了半截，这回肯定是落到胡子手里了。

我慢慢静下心来，这些胡子要的是钱，暂时不会把我怎么样，另外我有命案在身，落到他们手里也算安全了。

"当家的，把这小子绑了，也算咱们没白走一趟，捎个活。"

"就这小白面书生，用不着！炮头（土匪中的神枪手），这一票交给你了。"

我被炮头扯上马，炮头骑坐在后面，用枪顶着我的后背说："给我老实点，不老实就给你来个透亮过！"

我第一次被人用枪指着是那个佳木斯的大个子，这回是这些红胡子。我心想，等我有了枪，看谁还敢用那些破铜烂铁吓唬我。我猛然想到，那马小个子肯定有枪，我杀他的时候，怎么忘了搜一搜，顺便把他的枪弄来，也是一个报仇的家伙呀。这次落到胡子窝里，有机会一定要整一把枪。

胡子头儿就是拿枪顶我后背的人，胡子们打马跟在他后面，不敢超过他的马头。这一行人开始还走大路，天亮以后专走小路，看方向是向南面下去了。

路过于家烧锅时，有几个小子提出到烧锅里整点高粱烧酒，也有人害怕老于家不好得罪，"老庄稼人"喝道："老于家咋的，抢他！"

这些胡子一听掌柜的发了话，就行动来，提枪带刀地拥进了酒坊，一袋烟工夫，就装了一马车酒坛子和粮袋子出来了。

"当家的，齐活了。"

"扯乎！"

说话间，这一拨人马就浩浩荡荡地直奔南河沿而去。当我们走近拉林河的时候，只见一矮黑胖子带领一班人马迎了上来："当家的回来了，这趟可有好票？"

"这不，一个小白脸，花舌子（土匪中负责给苦主家送信讲价的），交给你了，敲敲看有多少票？"

我心头一惊，不好了，这是要审问我了吧，和这帮红胡子能不能说实话呢？我被带进一个茅草搭的窝棚里，矮黑胖子一屁股坐在床铺上，床铺撑不住他厚重的身躯，颤了一下，像是要塌折下去。矮黑胖子也不在意，大概是坐习惯了，他向我一瞪眼睛问道：

"金老爷子是你什么人？"

"我二哥的老丈人。"

"一大早到那里干什么？"

"借钱去了，借点路费。"

矮黑胖子一听就急了，掏出枪指着我："芽子（小伙子），给我听好了，看见这喷子（枪）了吗，不说实话老子插了你，看你的嘴硬，还是我这喷子硬！"

看见又一次有人用枪指着我，我可压不住心头的怒火了，一挺脖子吼道:"吓唬谁呀,以为我怕了你?不就有把破枪吗,我就不信你敢崩了我,小样儿,你还要杀人,谁没杀过人?老子杀人从来不用这破玩意,你要是爷们就把那把破枪扔了,比试比试!"

被我一顿骂,矮黑胖子愣了愣,随即一咧嘴笑了:"哼!小白脸,脾气还不小,老子不和你一般见识。你要知道我们的规矩,赶快叫你们家拿钱来赎人,要不然,先把你顺风子(耳朵)割下来送你家去,要是你家还不来人,就把你的招子(眼珠子)剜出来,送你家去,三天之后没人赎你,就把你摘了瓢(脑袋)了!还不说实话?"

胡子审票一般是由秧子房掌柜来做,大概这绺子人手不多,由花舌子代替,一个跑腿学舌的我就怕了你不成:"你以为我怕死吗?我全家都让日本鬼子整死了,也不差我一个,反正我杀了一个警察狗子,也够本了。你要是爷们,咱俩说到外面整整,看谁要谁的脑袋!"

听见我们吵吵,胡子们都围拢过来看热闹,也有不怕事大的跟着起哄。花舌子脸上有点挂不住了:"这小子说他杀过人,还跟我叫号!"

说着,一咬牙几步跨出窝棚,向我撸胳膊挽袖子:"小白脸,我让你见识见识马王爷有几只眼!"

我也不客气,飞身出去和他对峙。花舌子一个恶狗扑食向我抢了过来,我轻轻闪身,用胳膊肘在他后背上一拐,我这胳膊是打铁练出来的,花舌子一个咳声跌了个狗吃屎,爬起来的时候,满嘴都是泥沙。花舌子向地上吐了几口,回身又向我扑来。于是在胡子们的起哄声中,花舌子又被我打倒了几次,花舌子怒不可遏,从腰间拔出枪对准了我:"老子毙了你!"

只听"砰!"的一声,花舌子手中的枪掉了下来,我一惊,只见炮头轻轻吹了吹枪口的白烟,又把枪缓缓插进腰里:"行了,你整不过他,这小子有些来头。"

这时,一直静静注视着我们的胡子头儿踱了过来:"小子,你师父是谁?"他的眼睛直勾勾地看着我,像要把我的心钩出来一般。我心想,师父也是穷人,胡子不会对他感兴趣的,再说凭师父的身手,胡子又能把他怎么样，就说："王山东子！"

胡子头儿的眼睛里划过一丝迷茫，继续问道："就是那个铁匠？"

"啊，是啊。"

胡子头儿没再问我，沉吟了一下，从怀里掏出一把盒子炮，在上面抚摸了几下，把枪递给了我："小子，你要是能把这把枪上了膛，就归你了。"

这胡子头儿真有点邪性，平白无故干吗要整这一出啊。我没有多想，反正这是我向往已久的东西，再说我以前和金鹏宇玩过枪，还打过麻雀，于是抬手就把枪上了膛，刚要往怀里揣，只听胡子头儿又说话了："不过有个条件，你必须认我当干爸！不然你就死定了。"

这下我有点懵了，虽然我没爸没妈，也不至于认胡子当干爸呀。我转念一想，这胡子头儿虽然打家劫舍，却并不祸害穷苦百姓，在他这里学学枪法也是一个将来报仇的本事。我正在迟疑间，炮头过来一脚把我踹跪在地上，揪住我的脑袋就给胡子头儿磕头，并在我后面喊道："还不叫干爸？"

"干……爸。"

这下胡子头儿乐了："好小子，以后你就跟着炮头学打枪，将来给我当个字匠。好啊，好，我老庄稼人有干儿了，咱们喝酒去。"

折腾了一天，我还真是饿了，跟这些胡子在荒郊野外能有什么好吃的吗？

在家里或是在师父那里，整天吃的就是大饼子、土豆子、咸菜疙瘩。没想到今天是河水炖河鱼，烤得焦黄发亮的野兔，这些野味从来不曾入口，再加上高粱米饭，今天可是大饱口福了。我吃这些东西是解馋，胡子们吃惯了这些东西，一个个都死劲灌酒。我向胡子头儿望过去，他也不言语，只是闷头喝酒。

那时的绺子一般都有完整的组织。总头目叫"大当家的"或"大掌柜的"，老庄稼人就是我们大当家的，因为这个绺子是他拉起来的，他平时说一不二，那威严自不必说。大当家的下面有二掌柜的，大当家的不在的时候由二掌柜的说了算,我们没有二掌柜的,由于炮头很有威信,基本上相当于二掌柜的。

再往下有"四梁八柱",四梁分里四梁、外四梁,合起来即为八柱。"里四梁"指的是炮头、粮台、水香、翻垛的。炮头是执法行刑的,他必须管儿直(枪法准),百发百中。我们的炮头管儿相当直,在和敌人交锋时,他能在关键时刻一枪定大局,所以很得胡子头儿赏识。粮台管粮食、蔬菜的储备、供应,到百姓家就食时,还要检查该户有无传染病,食品是否有毒。水香负责分配站岗、放哨。每砸开一个窑,他的第一件事就是放卡子(哨兵)。翻垛的,是绺子里的军师、参谋长。他一般要上知天文,下知地理。行动前,他要占卜凶吉;遇险时,他要祈神庇佑。我们这个绺子人少,暂时没有翻垛的。

"外四梁"指的是秧子房掌柜、花舌子、插签的、字匠。秧子房就是票房,是关押人票的地方。我们没有秧子房,绑了票一般带回来审问。秧子房掌柜的大都心狠手辣,催票时割耳朵、割鼻子,毫不手软;过期不赎票,也由他和手下人撕票。花舌子负责给苦主家送信、讲价。这种人一要善于查明苦主家底,二要巧言善辩,要对方拿出更多的钱来。矮黑胖子就是我们的花舌子,同时兼着秧子房掌柜的。插签的,也叫稽查,主要负责勘察打劫的目标、路线,保证万无一失。字匠主管文墨,给苦主写信,与外界的文字交道,都由字匠负责。

胡子头儿让我担任字匠,平时也没什么事,我就跟炮头学骑马、打枪。胡子头儿很稀罕我,把我当亲儿子一样对待,他不仅给我枪,还给我分配了一匹马,有什么好吃的,都给我留着,抢来的钱也分给我一份,听说了我的一些事以后,对我更是另眼相看了。胡子头儿从来不像管教那些胡子一样管教我,也许他心里明白,我在这里只是暂时站站脚,早晚要飞走的,不会一辈子当胡子的,所以只当我是一个孩子,养着我,惯着我。难道胡子头儿就没有过孩子吗?

由于我是大掌柜的干儿子,胡子们一般都让着我,我也不去惹他们,炮头对我相当不错,教我打枪也很有办法。炮头首先教我练瞄准,晚上的时候，在沙滩上点燃一根香，走到百步开外趴下瞄准香头，在夜里那香头像鬼火一样，时隐时现的，这需要耐性和时间，好在我有打弹弓的老底，随着目力逐渐增强，香头上那一点微火变得越来越大，在我眼中燃起熊熊大火来。可我总是打不中香头，盒子炮后坐力很大，扣动扳机以后，枪身一蹦一蹦的，本来瞄得很准，一开枪就不是那么回事了，这需要慢慢适应才行。练完打固定目标，炮头开始教我打移动目标，什么跑动中的兔子了，飞起来的野鸡、野鸭了，也无非是一个掌握好时间差的问题，需要慢慢感觉和体会。

由于我报仇心切，学得也很刻苦，所以进步很快，经过一段时间的练习，打一些兔子野鸭什么的，也不成问题了。有一次，矮黑胖子，就是那个花舌子，提出和我比试比试，也许他认为我功夫比他强，打枪却不一定能超过他。我当然不甘示弱，就说："你说吧，打什么？"

"打鸭子。"

河边的塔头或者芦苇丛有很多野鸭子，一受惊吓就会飞起来，这些傻鸭子自然就成了我们的目标。胡子们见有热闹看，都围拢过来起哄。花舌子说："我打鸭子左边翅膀！"

"那我就打鸭子右边翅膀！"

"那我就打鸭子眼睛！"

最后一声是从炮头的嘴里发出来的，看见炮头也来凑热闹，胡子们更来劲了，纷纷起哄让我们仨同时打一只鸭子，还有跟着喊号的："一，二，三！"

话音刚落，三把枪同时响了，那只鸭子应声而落，一个胡子颠颠地跑过去把野鸭捡了回来，大伙都围过去看那只倒霉的鸭子，鸭子的左翅膀根被子弹钻了个洞，右翅膀也流出血来。炮头向我点了点头，似乎还算满意。再看那鸭子的脑袋，已经被打碎了，已经看不出来眼睛的模样了。

炮头确实管儿直，不仅管儿直，还眼观六路耳听八方。一次在晚上练习打香头的时候，草窠里忽然有了响动，炮头低声对我说："别出声,跳猫。"

可是我在黑夜里什么也没看着,炮头伏在地上听了听,随后他的枪就响了,我找了老半天,连根兔子毛也没找到,看我有些疑惑,炮头说:"别找了,天亮了再说。"

第二天早上,我终于找到了那只兔子,但它已经变成死兔子了,确实是被枪弹打死的。我是越来越佩服炮头了,整天跟着他学本事,炮头也乐意领着我,这是胡子头儿交给他的任务,教我打枪是一码事,更重要的是保护我。所以除了上茅房,我们俩基本上形影不离。

炮头家住在老三屯,家里除了老妈没啥人了,炮头很有孝心,时不常就回家给老妈送点钱粮什么的。我来到这个绺子不长时间,炮头就领着我到他家去了一次。我们是趁着天黑进屯子的,因为当胡子也不是什么光彩的事,另外,屯子里的红枪会也很厉害,我们不想找麻烦,得躲着点他们。

炮头家是一个茅草房,外屋是厨房,里屋是一铺小炕,炕席已经有些破烂了,炕梢放着一个木头躺箱,炮头的老妈就在炕头坐着。老人家不算太老,但头发却全白了,一见到儿子回来就唠叨起没完:"回来的时候,没碰到啥人吧?可得加小心啊,前几天,屯子里来了个胡子,说是叫蔡什么的,钱哪,是一个大子儿也没抢着,倒是被屯子里的红枪会胖揍一顿,枪也被下下来了,总算给他留条命。你在外边可要少干缺德事啊,这年头兵荒马乱的,老百姓活着都不容易,咱可不能再火上浇油了。"

"妈!你就把心放在肚子里吧,我在外面会小心的,该怎么做我心里有谱。掌柜的是打猎的出身,家里人都被日本鬼子祸害死了,他从来不为难咱们穷人,专门和那些黑了心的大户人家过不去,就是那些汉奸和鬼子我们也不惧。"

炮头说到这里时,我只觉得心里微微动了一下,有一个念头好像要冒出来,可这念头转了一圈之后,又在心里安静了下来。

"还没吃饭吧?我给你们整饭去!"

老太太说着就要下地，炮头连忙拦阻："妈，我们早吃过了，再说现在烟囱冒烟也容易让人怀疑。"

老太太不再张罗了，往烟袋锅里捻了些烟叶，拿出取灯（火柴）点着了，然后慢条斯理地开了口："这些天，城里头也不太平，听说前些日子，有一个警察被杀了，只在脖子上拉了一刀，就死了，看来是个老手，听说还留了个字条，写着什么拉林大侠专杀警察什么的，这家伙可好，把这些警察狗子们可吓麻爪了，一个个都蔫了，谁也不敢像以前那样嘚瑟了。"

炮头的眼光向我这里扫了一下，我心想，人是我杀的，可我没留什么字条啊，难道有一个高人一直瞄着我，我怎么一直没发现呢？我心里狐疑，不禁问道："被杀的警察是不是叫马小个子？"

"不是，好像是警察局长。"

这下子我更吃惊了，难道是我杀错了，也怪自己当时着慌，也没看看到底是不是马小个子。

"这些天风声很紧，你们都消停点吧。也是啊，干什么不好，非得当红胡子，我这心啊，没有一天不提到嗓子眼的。"

说着说着老人家落下几颗老泪，滚到衣服的前大襟上。

"妈，你就把心放到肚子里吧！这不都是让日本鬼子给逼的吗，要不谁愿意吃这碗饭，我会加小心的，你就别操心了。"

我们是趁着夜色离开老三屯的，一路上，我心事重重的，炮头那白发苍苍的老妈的影子一直在我眼前挥之不去，还有那个被我割断了气管的脖子也在眼前晃悠，难道真的是警察局长的脖子吗？

……

停停停，住嘴！你念的是什么破玩意儿，是武侠小说还是抗日神剧？

正陶醉在自我编造的故事中的我一下子被岳哥骂醒了，酒也醒了一大半。

"岳哥，先别生气，你听我解释啊。"

我这篇东西的来历实在不怎么光彩,写的时候对整个事件了解不多,是在去佳木斯走访之前写的一个半成品。

　　当时,我生存压力很大,孩子上学我拿不出高昂的学费,父母年龄渐大,还需要我照顾。正赶上单位效益不好,我放假在家,找了几个临时的工作,看不惯老板的做派,就回到家里玩抗战游戏,天天在虚拟世界里杀日本鬼子,释放自己狭隘的爱国主义激情,用以排遣现实生活中的虚无感受。

　　后来听说在网上写小说很赚钱,有几个老同学鼓励我,说既可以完成我的文学理想,又能赚些银子贴补家用。说干就干,我在小说阅读网注册了,按规定更新,每天完成1500字以上的东西,按点击量算钱。苦于我的想象力有限,没有别的素材,就编造了张宗兰牺牲后,他的弟弟在双城和佳木斯两地杀鬼子汉奸的故事,所以取名《双城复仇记》。里面充满了杀富济贫的侠义情怀和个人英雄主义理想,简单的复仇故事是狭隘的。

　　我学习了《红楼梦》草蛇灰线的结构,比如小要饭花子是胡子头的儿子,警察局长和马小个子老婆通奸,这些都是暗写。我把炮头设计为老三屯的人,为后来张宗民替老三屯乡民报仇做铺垫;我把小六子父亲去淘金失踪,作为张宗民回佳木斯报仇的接引,等等。我还试图表现东北大地的风土人情,一些方言土语和土匪黑话就是为了这个。所有这些其实一文不值,因为根基不牢靠,写作目的不纯粹,说啥都是白费。也就是说,没有怀着一颗真诚的心去写作,必定要失败的。事实证明,这个未完成的《双城复仇记》的确失败了,在小说阅读网连载后,没有几个读者点击,也没有打赏的。况且我情商又差,不会和读者交流,失败是注定的,因此我没有赚到一分钱。

　　当我认识张树春以后,听他说了其父张宗民的悲惨遭遇,我几乎崩溃了。我所编造的大侠,在现实生活中竟然是一个精神失常者,现实往往比文学更有戏剧性!从那以后,我不断在心里面骂自己猥琐、虚伪、无聊,是一个没有立场的名利之徒。为了表示悔改,我把这篇

《双城复仇记》在电脑里彻底删除了。直到后来我鼓起勇气重写这个题材时，想对照一下那时的写作心境和现在有什么不同，在网上开始搜索，小说阅读网上居然没有，倒是在起点中文网上找到了前两章。我不知道两个网站是什么关系，当时和小说阅读网签订的写作合同具体内容我也忘记了，我也没有心思去追究这事了。我又在百度百科搜到如下内容：

《双城复仇记》是连载于起点中文网的综合型小说，作者是爱你如刀。

以抗日英雄张宗兰一家四口被杀害为历史基点，以张宗兰的弟弟张宗民复仇为线索，展现黑龙江的抗日烽火，和日本统治下人民水深火热的生活画卷。通过张宗民的一些奇遇，穿插了一些鲜为人知的历史事件和抗日故事……

"爱你如刀"是我当时注册的网名，这四个字来源于我的一句诗"流星在露水里爱你如刀"。有意思的是，我在百度网盘上找到了这篇还算作小说的东西的十几章，我把它下载下来，一读感觉还是有一些地方可取，即便有些地方还很幼稚。我把这个东西作为整个小说的一部分展示出来的想法，也是后来才有的，目的是对比一下在写作方面是否有长进，也可以让读者理清我思想脉络的前后变化。暗地里是想在文学的技术方面玩一个结构的花样。现在坦诚地说出来，是为了去掉作品的神秘性，不做作罢了。在另一方面，无非是显示自己的高明，看来我这人真是爱耍小聪明，没有大智慧。若是这个东西脏了你的眼睛，完全可以跳过去，阅读后面的内容，尽管对我来说同样没有什么信心。

至于岳哥，我也解释了，我也检讨了，酒便接着喝下去，小说我也还要接着写下去，写完了再给他看，我已经做好了心理准备，等着他骂我。

如果我一去不回

  接下来的小说写作，在我心中慢慢有了骨架。以时间和地点为主，抛弃华而不实的现代手法，从张宗兰上小学写起，一直写到她牺牲。即从在双城生活的十六年，到佳木斯的四年时间，再到她在哈尔滨牺牲的几天里。正好是由慢到快，在这三个部分的篇幅分配上要做到大致平均，才能越来越紧张，越来越吸引人。我预想得很好，能不能做到，我没把握，但有骨头不愁肉，容我慢慢打磨。

  上高中时，我曾写过一个青春题材的长篇小说，由于高考的压力，没有写完。通过写小说来释放青春的迷茫和困惑的想法没有实现，我就直接钻到现实生活的迷茫与困惑之中去了。有趣的是，当时想不出小说的题目，干脆就把小说的题目叫作《题目》，试图暗示青春是一个题目，我们都需面对和完成这个题目。张宗兰正好是牺牲在自己的青春年代，青春这道人生大题，她解答得非常好，用自己的生命去作答，不是谁都能做到的。

  而这部小说的题目，我想了几十个，都不满意。早期的欧洲小说大多以主要人物的名字作为书名，我的小说直接就叫《张宗兰》未免太傻了，叫《野坟垛》，这种象征也完全概括不了我的想法，虽然像《尤里西斯》一样具有象征意味的书名很多。我也曾经试着从我的长诗里面提出一个句子，找了十几个出来，比如《血的羽翼》《黑暗里的眼睛》《血流动如群山》之类的，没有一个令我满意，总感觉味道不对。

我的想法是题目要表现作者对这个世界的认识，米兰·昆德拉在构思小说《不能承受的生命之轻》初期，题目是《缺乏经验的世界》，就是这个原因，他后来改了，我猜测可能这个题目太枯燥，没有特色，才有了《不能承受的生命之轻》这样的好题目。《如果我一去不回》是在我纠结之后某天的梦中所得，这让我很惊喜，这个名字是那种能使人想入非非且具有商业吸引力的名字，同时，也契合了我在小说中要表达一些观念和困惑的愿望。约翰·斯坦贝克说："我们得设法把一个故事的核心部分缩减为一句话，这是一种训练，只有这样我们才会晓得怎样把它扩充到三千、六千或一万个词。"我在无意间做到了，只用了半句话。

劝我写小说的人越来越多，原因是我这人心里搁不住事，想什么都要说出来。我的诗友李野兄听说我要写与抗联有关的小说，不断地给我买参考资料，算下来有十多本，这给我造成了很大的压力，小说写不出来，小说写不好，我辜负的人就太多了。

结构想好了，题目也有了，但在一段时间内，我迟迟不能动笔。我阅读了大量古今中外的小说和"小说作法"之类的书，越读越自卑，越读越不知道该怎么写，不知道我是否应该阅读这些东西。我原不知道写长篇小说这样折磨人，也许我真的不适合写小说，该去干点别的。余华说过："由于长篇小说写作时间上的拉长，从几个月到几年，或者几十年，这中间小说的叙述者将会有很多小说之外的经历，当小说中人物的命运往前推进时，作家自身的生活也在变化着，这样的变化会使作家不停地质问自己：正在进行中的叙述是否值得？"我此时的感受就是这样，不写真是不知道啊！

我已经被逼到绝路上去了，写还是不写，竟然成了一个问题。写吧，我怕对不起文学，因为我的写作能力实在是太差了；也怕对不起张宗兰，我不敢保证我写的张宗兰就是真实的张宗兰，虽然文学允许虚构，但那不是在利用我们的烈士吗？在我的心中，创作是一码事，通过创作认识一个真正的张宗兰，才是我心中想要的，是另一码事。

不写，我的虚荣得不到满足，写小说的事都吹出去了，你写不出来，人家不笑话你才怪呢；况且不写也对不起鼓励我写小说，给我提供资料和提供好的建议的朋友们，更对不起我美好的初心。

为了我自己，为了我的被激荡起来的心，必须写下去，好赖先不要去管，写完了再说。我终于下定了决心，考验我意志力的时候到了。

一、水和城

松花江发源于中朝交界的长白山天池，江水向西北方向蜿蜒前行，接纳了嫩江之后，突然折向东北进入双城地界，流经哈尔滨，再经过千里的跋涉，到达佳木斯时，江面愈加宽阔，波浪翻滚着汇入黑龙江，直向汪洋大海奔涌而去。

哈尔滨是松花江流经的大城市。说来也怪，自从李杜和他的部队撤离哈尔滨转到佳木斯方向以后，这一年夏天就没见过几个晴天。低低的天空涂上了一层灰色，太阳也不知道躲到哪里去了，大地上阴雨连绵，一切仿佛笼罩在梦中。松花江水在憋闷中狂吼着，撕开一个口子冲向了市区。

大约就在这同时，哈尔滨南面的双城堡，松花江和它的支流拉林河决口，从拉林河到双城堡火车站，变成一片汪洋泽国。

一夜没睡的张宗兰从北炕上坐起身。窗外的雨好像停了许久，屋子里的雨并没有停的意思，锅碗瓢盆都离了原位，散落在屋子各处它们不该在的地方，天棚滴下来的水，敲打着它们，本该发出不同的声响构成一组乐曲，而事实上进入耳朵里的是水落入水里的声音，单调，无奈，或许还有些许的落寞。掺杂在这里的还有南炕上三哥宗义的鼾声，折腾了半宿的淘水、接水、倒水让他疲倦了，熟睡大概会让人忘掉一些发生过的事情。三嫂敖氏偶尔会发出一声叹息，伴随着轻微翻身的声音。踏实的睡眠对人们来说有些奢侈，奢侈得就像黑夜里难得的光。

　　雨虽然停了，天还阴着，分不清是白天还是夜晚，宗兰没有点灯，免得打扰南炕上的两个人。

　　宗兰决定走出门去，离开这间屋子，躲开这些仅属于黑夜的声音。

　　外面不一定比屋里有更多的光，视野却开阔，地上的水把一切都拉平了，事物反倒显得清晰，但不厚重，大地上的一切仿佛在水中发抖，没有根基。三年前和二嫂移栽的野玫瑰还在院子里站立着，枝条纤细，却也坚硬挺直，上面的尖刺更硬，随时准备着对试图侵犯它的人施以尖利的一刺。叶子还在，绿色中透着些微的紫，被雨水洗过之后精神了许多，一片片抬起头来张望，不知是在看天还是在看地，或许是在凝望着远方。花朵垂着头，却舍不得落下，本已干枯的花瓣又湿润起来，透出淡淡的血红。宗兰看着心疼，伸出手去抚摸，把花朵一一摆正，花朵却又垂了下去。只有最小的一朵没有低头，血红色也比较浓重，从侧面看像一团火，从上面看则如一张张开的嘴，唇色鲜艳，向着阴沉沉的天呐喊。

　　"小兰起得真早啊！"

　　邻居赵奶奶正从水中捞起柴禾，晾在比柴禾还湿的土墙上。

　　"赵奶比我还早啊！我帮你干活吧。"

　　"不用！不用，陪你赵爷写字去吧。"

　　"赵爷也起了？"

　　"外面大下，屋里小下，外面不下，屋里还下！谁还睡得着？"

　　赵奶奶苦笑着，抢下宗兰手里的柴禾。

　　"不用你啊，衣裳都整湿了。这孩子真懂事，长得多俊，赶明个奶给你找个好的。你三嫂没给你张罗？"

　　宗兰的脸抹过一丝红霞，用手抿了抿头发，咬了咬牙。

　　"她敢！再说我才十五呀，还要念书呢，就不找！"

　　"净说傻话！我像你这么大，也，也没……"

　　赵奶奶停住话茬，脸上掠过一丝阴影，眼睛里浮过点点水影。那水影由模糊变得清晰，里面闪着大雪的影子，雪里的人分明就是当年的自己。

彼时的赵奶奶死了丈夫，在脸上抹了一把灰，披头散发出来要吃的。也不知走了多远的路，饥一顿饱一顿，身子渐渐没了力气。冷风穿透单薄的衣服，往骨头缝里钻。黑夜没有尽头，脚下的雪也没有光彩，她先是低着头走，身躯越来越弯，终于匍匐在雪地里。一条比她还饥饿的狗尾随着她，在风雪中嗅着这团热气不知如何是好。当那被乱发包裹的头颅已经甩不动上面的雪，反倒埋进雪里的时候，狗张开了嘴巴。一声撕心裂肺的叫喊划过夜空，狗被吓住了，它怕人，怕有人味的活着的人。狗远远地逃开了。此时赵奶奶腿上的血滴在雪上，只一会工夫就结成了红色的小疙瘩，而人受了疼痛的刺激似乎有了力气，抬起头用模糊的眼向前面望去。黑暗中隐隐约约的一点光支撑着她向前爬，那里大概有什么在等待着她，越爬越快。当她把最后一点力气用尽的时候，倒在了赵爷的大门前……

宗兰不敢看赵奶奶的眼，低下头，把话岔开去。

"赵奶这些天怎么捡这么多柴禾呀？"

赵奶奶回过神来，一脸的兴奋，又打开了话匣子。

"小兰，你可不知道啊，以前捡柴禾要想多捡就得上城外，在城里头捡柴禾比捡钱还难，现如今满大街漂的都是木头棍子破木板，捡一天够好几天烧的，你说这老天爷多够意思，知道咱穷人没烧的，就派龙王爷给送来了！"

赵奶奶越说越得意，竟然笑出了声。宗兰也笑了，笑过之后抬眼碰上赵奶奶的眼光，又被弹了回来。这年月，笑是多么奢侈，就像黑夜里的光，需要又难得。

街上的水依据地势的不同深浅不一，好在宗兰熟悉这些街道，她挽起裤脚，蹚着水向学校走去。水反射着不知从哪里来的光，把街道两旁灰惨惨的房屋呈现在眼前，那些青砖灰瓦的房子很高，院子也很空旷，水流到大街上，汇入更大的水中；土坯茅草房大多起势低，浸泡在大水中，没有多少人出来淘水，如果大水不撤，从院子里屋子里淘出的水还会漫灌回去。

多数人家的烟囱没有冒烟，大概不是没米下锅，就是干柴禾已经用完了。

街上的水在流动，不知要流向哪里。漂过来的死狗龇着牙，肚子上的毛掉光了，肚皮青白鼓胀，没有一丝血色。要是在往日，被扔掉的死狗早被乞丐们捡走吃肉了，根本没有变成这个样子的机会。

宗兰不忍多看，捂了口鼻低下头，一条小鱼从腿边滑过，白鳞一闪一闪在泥水中打转，这鱼是来自松花江还是拉林河呢？是被洪水冲过来的还是迷了路？这么远的路大概要游好多天吧！鱼是自由的，只要有水就可四处游走，而人却被这大水困住了，人要有一个家，家要有一个国，如今家已经不是国的家了，如今是什么国啊？所谓的"满洲国"，所谓的"大同元年"，不是民国了，不是民的国了！

这么大的水是松花江的一场痛哭吧！

宗兰十二岁那一年，二哥宗儒刚刚结婚，二嫂凤英非常喜欢宗兰这个倔强的小姑子，也许是因为宗兰和宗儒性格相似，不太爱说话，稳重聪明，愿意学习，和二哥走得也很近。宗兰也非常喜欢这个有文化的二嫂，对于二嫂，宗兰从不吝啬她的话语，经常问一些别的孩子问不出来的问题。

日本的军队为什么会住在中国？

中国的军队为什么不把日本军队打出去？

日本人为什么霸占咱们的铁路？

中国人自己不会修铁路吗？

日本货为什么便宜？

中国人为什么造不出比日本强的东西？

二嫂是大户人家的闺女，念过书，又有见识，对于这些"为什么"她的回答总能让宗兰满意，有时也会拿出几本市面上见不到的书给宗兰看。至于学习上的问题，宗兰根本不用别人帮忙，成绩总是名列前茅。

宗兰没事总愿意腻在二哥的屋里，二哥和二嫂谈话时也不背着这个小妹妹。八月十五快到了，家家忙着过节，忽有消息传来，正红旗二屯的关耀洲在哈尔滨被抓了，人们议论纷纷。二哥有很多同学在哈尔滨，同是吉林师范毕业的沈爽和关耀洲很熟悉，常常会带过来一些可靠的消息。关耀洲是一旗人，也是奇人，头方大如斗，读书时曾长叹："国运替凌，四海沸腾，正大丈夫报国之日，立功疆场之时，安可伴老青灯无成就，铁砚磨穿两鬓霜，而不思立功塞外耶？"于是弃文从武。关耀洲伯父无德，侮辱耀洲妹和邻居有苟且之事。一天，耀洲看见妹妹跳墙上邻居家，便开枪恫吓，不想误中妹妹，妹妹捂着肚子忍痛告诉耀洲实情，她是去邻居家描鞋样，回来好给母亲做鞋。不仅如此，耀洲的伯父还霸占公田十二坰。耀洲气愤不过领头状告伯父，县知事敬佩耀洲大义灭亲，赐给他座位，而令他伯父长跪听审。等到公田归复，耀洲伯父羞愧郁闷而死，耀洲反倒大哭，厚葬而不失礼仪，于是名声大震。关耀洲加入国民党，在哈尔滨天泰客栈秘密集会，谋求南北统一，被当局抓捕。由于关耀洲在狱中满不在乎，为了让关耀洲服服帖帖的，那些人在监狱里变着法子整他。有一次枪毙人，关耀洲被一起拉到法场。他一路上有说有笑，根本没有把即将来临的死亡当一回事。真正的死刑犯都被枪毙了，他却毫发无损，在法场上哈哈大笑起来。听了关耀洲的事，宗兰的心怦怦直跳，真想有朝一日见见这个大英雄，可她是个小孩子，除了学校和家，她去的地方并不是很多，只是想，要过节了，家家都在团圆，关耀洲却被关在监狱里，这是多么不公平啊！

　　中秋节很快就过去了，秋天越来越深了，这一天，宗兰突然提出让二嫂买几张大红纸。

　　"你总问我为什么，我也问问你为什么？"

　　"不告诉你，保密！"

　　"不告诉我，我也知道。"

　　"既然知道，赶紧给我买啊！"

"好！我让你二哥想办法。"

第二天晚上，得到红纸的宗兰美滋滋的，没吃饭就钻进了赵爷家。

"赵爷爷！我有事求你。"

"小兰啊，有什么好事，快说吧！"

"帮我写几个大字！"

"哟！你二哥二嫂都是老师，还用我写？"

"赵爷爷是书法家，就用！"

"好！那写什么字呀？看你拿的红纸，不会是写春联吧，过年可还早着呢。"

"写标语，明天上学用！"

"什么词儿啊？"

"一个写，抵制日货，收回南满铁路。一个写，打倒日本帝国主义！"

赵爷爷愣了一愣，山羊胡子动了动，二话没说，提起笔，蘸饱了墨，运足了气，几个刚劲有力的大字跃然纸上，看上去笔画浑似铁铸成的刀剑一般。宗兰看得心惊，不敢言语。赵爷慢慢放下笔，抚摸着宗兰的小脑袋。

"好孩子，小小年纪就知道爱国，拿去吧！"

宗兰让三哥找了一块木板，两面刨平了，又钉了一个柄，自己小心翼翼地把两张标语粘了上去。母亲拦着不让她带到学校去，二哥劝住了母亲。

"学校组织的，让小妹去吧。"

"我上东院问问夏老师，能有这事儿？"

"别去问了，我们学校也一样。"

这一天，天出奇地蓝，出奇地高，风虽不大，但有干枯的叶子被吹下来，那些站在树上的叶子，大多坚持着不使绿色褪去，好像在说，只要我的本色不变，就还是夏天；也有的叶子忍不住空气温度的变化，开始泛黄，只有小城里有限的几棵枫树的叶子变得火红，不招摇，却惹人注目。宗兰的标语最引人注目,大红的纸,浓黑的墨,遒劲的笔力使那字站立起来,要钻到人的心窝子里去。中学生走在游行队伍的前面,小学生紧跟其后,中间掺杂着带队的老师们,浩浩荡荡三四千人,举着标语,发着传单,喊着口号。

"打倒日本帝国主义!"

"抵制日货,收回南满铁路!"

喊口号的声音里,有宗兰的声音,那声音在胸中溢满,从口中冲开来,震动着周围的空气,清脆却不稚嫩,融合在同一个更大的声音里,在街道上回荡着。被吸引过来的人,先是驻足观看,不知发生了什么,继而有的跟着队伍前行,和学生们一起高喊起口号来了。小城的南北、东西两条主要大街被人流划成涌动的十字,这是被人的众多肉体书写的字,随着笔锋在移动,似乎要把人们的愿望写遍小城每一个角落。

谁也不知道日本人是否真的会来。游行过后,老师继续授课,学生接着学习,一些人还在购买着日产的精致无用的小物件。

到了年底,听说关耀洲被放回来了,学校里开始悬挂青天白日满地红的国旗。国旗是红色的底子,左上角一方蓝色的天,天上有一轮白色的太阳,十二道阳光如刀剑围绕着那白色的圆圈。宗兰和同学们都不知道这旗上画的是什么意思,夏老师特意进行了庄重的讲解。青、白、红三色分别象征自由、平等、博爱之精神,以及民族、民权、民生之三民主义。青天同时又象征中华民族光明磊落、崇高伟大的人格和志气;白日象征光明坦白、大公无私的纯正心地与思想,十二道光芒形同十二个时辰,勉励人民奋斗精进、自强不息,芒锋示意革命精锐,意味着民主自由光华四射,又象征着中华文化所传承的美德,即,礼义廉耻忠孝仁爱信义和平的四维八德精神;而满地的红色则象征革命先烈的热血及牺牲奉献、勇敢奋斗的精神。

每天早上,夏老师都要带领着同学们面向国旗高唱国歌:

山川壮丽、物产丰隆,炎黄世胄,东亚称雄。

毋自暴自弃,毋故步自封,光我民族,促进大同。

创业维艰，缅怀诸先烈，守成不易，莫徒务近功。

同心同德，贯彻始终，青天白日满地红。

同心同德，贯彻始终，青天白日满地红。

小孩的心是容易被打动的，一双双闪亮的眼睛看着国旗，胸脯起伏，虽然这些词的发音本身让人张不开嘴巴，但他们却用足了力气，喊得有些走了调子。看得出他们对国歌的内容是认同的，他们也相信这些善良的愿望是能够实现的。

之后就是背诵总理遗嘱，遗嘱一共两段，非常好背。

余致力国民革命，凡四十年，其目的在求中国之自由平等。积四十年之经验，深知欲达到此目的，必须唤起民众及联合世界上以平等待我之民族，共同奋斗。

现在革命尚未成功，凡我同志，务须依照余所著《建国方略》《建国大纲》《三民主义》及《第一次全国代表大会宣言》，继续努力，以求贯彻。最近主张开国民会议及废除不平等条约，尤须于最短期间，促其实现。是所至嘱！

这些话语朴实，里面蕴藏着力量和希望。说这些话的人已经去了，他的形象化作一枚枚像章，别在每一个学生的胸前。宗兰非常喜欢这枚像章，时常摘下来擦拭上面的灰尘。擦拭之后，那老人的形象越加光亮起来，宽阔的额头，浓重的胡须，充满了智慧和善良的深邃坚毅的眼睛。宗兰每天早上都把像章戴得端端正正的，唱国歌背遗嘱之后，就开始了一天的学习生活。

三年后的一天，夏老师阴沉着脸走进教室。

"起立！面向国旗唱国歌！"

这一次，夏老师起头唱第一句之后，转过身来面向那十二道光芒，和同学们一起唱了起来。

"山川壮丽、物产丰隆，炎黄世胄，东亚称雄……"

夏老师的声音低沉，在一片童声里异常震撼，在整个教室里回荡着，又拍向地面。

"请同学们和我一起背诵总理遗嘱！"

"现在革命尚未成功，凡我同志……"

夏老师的举动有些怪异，背完总理遗嘱，便一声不响地扯过一把椅子，站在上面，慢慢把青天白日旗摘了下来，垂下头小心翼翼地叠好放进包里，猛地抬起头，声音有些发颤。

同学们把总理像章摘下来吧！

学生们愣住了，谁也不动，一个个圆睁着眼睛看着老师，宗兰不由自主地用手捂住像章，生怕被谁抢去似的，夏老师的眼泪终于掉了下来。

"孩子们啊！我们亡了国呀！"

……

"都摘下来吧，自己收好，愿意戴在家里戴，不要戴到学校里来，学监要检查的，不能耽误上课啊。日本人待不长的，有良知有志气的中国人不会甘心当亡国奴的。"

学生都听老师的话，虽然不情愿，还是要听老师的话，只有宗兰没有把像章摘下来，嘟着嘴，捂住胸口。夏老师踱过来，帮着来摘，宗兰躲闪着。

"就不摘，看他们能怎么样！"

"你这孩子，听话吧，好好念书，将来还有大事要做，先忍一忍，你还小，长大了你应该怎么做慢慢会知道的。好孩子，别学那么犟，他老人家现在救不了我们……"

孩子们啊！我们亡了国呀！

这声音一直刻在宗兰的心里，回想起来的时候胸口酸酸的，继而变得热辣辣的。现在，宗兰却觉得空落落的，心里头不知道该盛装上些什么才能熨帖一点。那条小鱼打了几个转之后，也不知在浑浊的水中游到哪里去了。只要有水的地方，就是鱼的家，不管是风平浪静，还是波涛汹涌，鱼都要在掺了杂质的水中漂泊下去。人却不同，生在一个地方，就像树木一样从此有了根，即使有一天远离故土，也要想念着。二哥不是经常来信,每次来信都要问问家乡的情况,问问宗兰的学习,问问他工作过的学校。这一场大水让所有的学校都停课了,二哥工作过的学校也不例外,宗兰要去替二哥看看那里的情况,不禁在水中加快了脚步。

宗兰上学的高小也被水淹了,有的教室已经倒塌了,没有倒的在水中打着哆嗦,直不起腰身,看来短时间内没法上课了。操场上没有了同学们的喧闹,只有一片水,静静的、方方的,像一面镜子。这校园从来没有这么平过,不知这是好事还是坏事,没有了学生,学校还有什么用呢,况且那水也浮不起学生们的欢笑声了。离二哥的学校还有一段路,天已经大亮了,卖豆腐的吆喝声响起来,卖油条的吆喝声也响起来了。

一个小男孩在街上玩纸船,纸船叠得有点不像船,不如说是一顶帽子,但孩子很兴奋,用小木棍儿在纸船后面使劲敲打着水面。

"快走,快走!不走揍死你!噢!开船啦,开船喽!"

小男孩眉眼都笑开了,裤腿湿透了,还在蹦啊跳的。他根本不知道自己已经亡了国了,只要能在自己家门口随便玩耍,他就笑得出来。院子里的房门开了,走出一个妇人,先是弯腰挽起裤脚,然后直起身子向孩子喊。

"快回家来!小心掉水沟里。"

那孩子没听见似的,在水里玩得更欢了。卖油条的过来故意向孩子喊。

"大馃子!又香又脆的大馃子!"

孩子妈妈见孩子不听,三步两步蹚出院子,来扯孩子的耳朵,孩子一边转着圈躲避,一边提着要求。

"我要吃大馃子,我要吃大馃子!"

妇人急了,上去拍了孩子一巴掌。

"叫你嘴馋,你长吃大馃子的嘴了吗?饭都吃不上呢!"

孩子也不笑了,也不蹦了,"哇!"的一声大哭起来,妇人把孩子揽过来,眼睛里的水汪着,没有落进脚下的水里。卖油条的自觉没趣,远远地走开,嘴里还不由自主地喊着。

"大馃子!又香又脆的大馃子!大馃子……"

大哥宗福是馃子匠,日本人白面控制得严,白面不好买,起早贪晚地忙活也挣不了几个钱,回老家镶黄头屯种地去了。三嫂也总是念叨着让三哥别做木匠活了,这年月,除了棺材卖得好,哪家人还有心思盖房子或添置家具,而且棺材也不是什么人家都用得起的,还是活人要紧。人死了席子一卷,城外找个地方一埋,就算入土为安了。

三哥舍不得木匠手艺,到处找活干,一年也揽不下几趟活,一家人勉强填饱肚子。对于来年回去种地,估计也没有什么指望,大哥种的地多半是被大水泡绝产了,这一秋一夏还不知道吃什么呢!只有二哥还凑合,佳木斯的学校比双城工资高,可还要养活母亲和小弟……

二哥从吉林高师回家时,领回来一个女同学——金凤英,大眼睛,双眼皮,白白净净的,没几天就和小宗兰混熟了。看不出父亲的态度,不知是觉得把一个女孩子领回家不合适,还是觉得凤英是大户人家的闺女,和二哥不般配。东北隅的金家有田百垧,又是城里银行的四大股东之一。宗兰家只有父亲一个人养家,给人当账房先生,一年下来也挣不了几个钱,老家镶黄头屯的几垧地也卖得差不多了,加上人口又多,父亲身体又不好,日夜操劳,气喘病越发重了。凤英没有千金小姐的架子,人也随和,帮着母亲干这干那,没闲着时候,母亲态度明朗,嘴角眉尖都是笑,说是张罗着毕业后早点成亲,都老大不小的了,她还等着抱孙子呢,把凤英羞得脸都红成苹果了。

父亲的担心是有道理的,金家父母坚决不同意闺女和二哥交往,还找先生算了一卦,说二哥命占妨妻,于女方不利。按理说,二哥长得大眼睛、高鼻梁,人挺精神,有文化,又正直,和凤英又投缘,就是家庭困难点,金家父母为什么反对呢?可反对归反对,又不能在家里把凤英绑起来,总得让孩子上学吧,在学校里二哥和凤英还是好得跟一个人似的。

这所中学比别的学校要大一些，能容纳更多的学生，但现在却一个学生都没有。只有看门的老大爷叼着烟袋坐在门口，烟袋锅里闪着些微的火星，那火被老人吸进去，烟从嘴里慢慢吐出，先是向上升，然后飘散开去。烟袋嘴还有余烟溢出，老人吹了吹，把嘴巴收回去，头不动，脖子也不扭，却奇迹般淬出一口唾沫，箭一样射进恼人的水里。父亲本来也是抽烟的，后来忌了。在宗兰的记忆中，有一个情景久久不能遗忘，大冬天里，父亲回家时身上带着冷风，总要双手拄着炕沿喘一会儿，脖筋暴起，喉结一动一动的，等气儿喘匀了，才能爬上炕去。

看门的人大多是老人，一般许多年也不换一个，二哥在学校里人缘好，看门的老人应该熟悉。

"张耕野啊，调走有三个年头了，算术教得好呀！吉林高师的高材生……"

往常，老人整天看着学生们熙熙攘攘，进进出出，好不热闹，如今偌大个校园只剩他一人，未免有些孤寂，即使你不问他什么，他也愿意把他知道的都倒出来。

"学校里来了个教日语的日本娘们，小个不高，蹦蹦跶跶，生怕别人瞧不见她似的。学生们不愿意学日语，都说好好的中国字被他们偷去了，整得半拉磕叽的，把好好的字都糟蹋了。背地里都说，日本话不用学，三年就会用不着。有几个淘小子，半夜里把黑板摘下来，又提高了半尺，日本娘们愣是够不着写字，气得原地直蹿高。现如今，发了大水，学生们也不来了，日本娘们更不敢出屋了，这水还不把她淹没了脖子才怪，长得跟地出溜似的。嘿嘿！话说回来了，这水怎么不再大点，把这些个人啊，畜生啊，都一块送到阎王爷那儿，岂不干净！腿软头低的，活着可真没劲，魏县长不是出城把日本人迎进来了吗？这年月，只剩下老百姓还有些骨气，赵团长也不知道什么时候能打回来……"

老人唠叨的有趣，也令人心酸，宗兰搭讪几句，接着向前走。

魁星楼就在东南面，和文庙、书院连成一片，是群体建筑，但年久失修，多已破败。宗兰是念书人，对孔老夫子还有些敬意，但现在兵荒马乱、国破家亡，她也提不起什么兴趣了。也许就是这个原因，二哥把名字张宗儒改成张耕野了，父亲骂他数典忘祖，二哥不以为然，这里应该寄托着二哥的志向，二嫂的名字由老师做主改为金鹏年也是这个意思吧。

宗兰瞄了一眼文庙，径直来到魁星楼下，只见门前竖石上刻着：

满汉文武官员军民人等至此下马。

宗兰不禁笑了，我可没马，就差摆船了。

门北一对石狮张牙舞爪很是威武，只是在一片水汽中并无光彩。魁星楼是砖木结构，上中下三层加起来有百尺来高，楼的四面有四根柱子直插到楼顶，飞檐上的小兽叫不出名字。走上楼去，台阶斑驳，楼柱已有腐朽之势。来到第三层，宗兰陡觉有风吹来，寒意灌满身心。

那座神像，是一长髯老者，左手托墨斗，右手提朱笔，做点画之状。传说清朝时道光帝梦流星坠于东北，有大臣观天象说双城堡龙气日盛，有冲紫微之势，便于双城建魁星楼一座，顺便点化些状元，以文运震住龙气。魁星楼是双城一景，由于和文运挂钩，每有学生毕业，都到魁星楼前照相留念。记住了魁星楼，就不会忘了家乡。

要是在以前，站在魁星楼第三层，可以看见南面的拉林河，河水蜿蜒闪亮，白白的如丝带般抖动。如今水已经连成一片，没有了以前壮阔的感觉，倒显得这高楼摇摇欲坠，让人有要掉下去的恐慌。转过头来，方城轮廓分外清晰，护城河已寻不到踪影，土夯的城墙虽说高大，却挡不住什么，最起码这水无孔不入，使这座小城漂浮起来，在天地间失去了重心。

村庄还像往日一样宁静，只是水把生气冲刷掉了。田野上的玉米东倒西歪，有的折了腰杆，把头扎进水里；有的斜着身子，眼看就要倾倒下去；也有的直直地站着，玉米棒绿绿的正在扬花，不知道它们，是否还有机会在秋天的时候，把籽实染上一层金黄色。宗兰一下子想起，小时候常念的关于玉米的歌谣。

　　老玉米呀金黄黄，

　　养活了爹呀养活了娘，

　　养活了一群小儿郎。

　　过了一条河，

　　过了一条江，

　　我捧玉米上山岗。

　　站在山岗回头望，

　　地里站着我的娘。

　　这地方从山东、河北逃荒过来的人很多，宗兰祖上是从河北抚宁过来的，至今不知是第几代了，乡音早已忘却，血脉早已和这块土地融为一体了。宗兰向东北方向望去，白白茫茫看不到尽头，在遥远的佳木斯，母亲的白发也是这种颜色吧。此刻，母亲会不会也站在高处，向家乡的方向遥望，佳木斯就在松花江的南岸，这条发怒的大江，会不会把那座城也淹了？

　　凤英毕业后，金老爷子硬是把凤英弄到阿城教书。年轻人的血总是热的，即使两个人由于地域的关系产生了距离，却能听见彼此的心跳，不知不觉要贴在一起，把那心跳调整成同一频率。张耕野在双城工作了一段时间以后，也跑到阿城去了，金家毫无办法，也只能由他们去了。那段时间，宗兰的母亲经常登上魁星楼向东遥望，仿佛穿透无形的空气能看见两个孩子的笑脸，作为母亲，她没有能力为孩子置办一个体面的婚礼，也不知道用什么样的方法能让金家答应这门亲事，她只能这样站在高处遥望，也许能看到未来，看到两个孩子终于成亲了，亲亲热热地过日子，不到一年就会给她生出一个又白又胖的小孙子来。

　　老家有人来了，父亲脸上的皱纹舒展开，倒水、聊天，送走客人之后，家里的氛围却变成另外一个样子。晚饭父亲没吃几口，只是掰了一个大饼子尖，就着咸萝卜囫囵吃下去，又把烟袋抄了起来。

"不要老命了！又抽。"

母亲去抢烟袋，父亲躲过，坐到炕上，谁也不理，吧嗒吧嗒抽着，烟雾在他面前萦绕，慢慢向天棚上升去。一袋烟没过，父亲就咳了起来，往炕下爬，宗兰麻利地拾起父亲的鞋给他穿上，父亲推开门，到院子里咔出痰来，宗兰忙跟出去扶着父亲，给他捶背。过了好一会儿，宗兰把父亲扶进屋子，父亲双手拄着炕沿，大口大口喘粗气，谁也不敢吱声，只有那喘气声，过了好久才渐渐隐去。

宗兰帮着母亲烧火，外屋热气腾腾，屋里屋外人来人往，个个面带笑容。小弟宗信在院子里又蹦又跳，一下子跳到屋里大喊。

"花轿来了！"

人们争相钻出屋子，只见花轿已经在大门外停下了，唢呐声混合着鞭炮声。二哥掀开轿帘去迎新娘子时，忽然来了一场大水，把花轿冲走了，二哥抓住花轿不放，母亲跟跟跄跄追出去，宗信也在后面喊着，等等我！等等我！只一会工夫，四个人就不见了踪影。

宗兰揉揉眼睛，就是睁不开，只听见父母压低了声音在说话。

"把地卖了吧。"

"你能舍得，看病没钱都没舍得卖地。"

"我能活几年，孩子要紧，卖了吧，给宗儒说媳妇。"

"你同意了？整天没笑模样。"

"有什么不同意的，就是没钱给孩子张罗。"

"也不能全卖啊，着紧着慢也能种口吃的……"

天越来越冷了，阳历年刚过，大地上洁白的雪花就见证了两个年轻人的好日子。和梦中的情景完全不同，没有唢呐，没有鞭炮，更没有花轿，只有大红喜字，喜鹊登枝、和合二仙的剪纸，还有赵爷爷写的喜联。一红一绿两套新被褥，两个年轻人各换了一套新衣服，照了张相，请来左右邻居在家里摆了两桌。二哥来了两个同学，凤英娘家只有姐姐徐金氏领着两个孩子来了。不算太热闹，但喜性、温馨，剩下的就是把日子过下去。二哥的同学刘文翰走的时候留下话，说佳木斯那边缺老师，他先去打个前站，要是行让二哥两口子也过去，希望好像在不太远的地方静静地等着呢。

　　辽阔的天空把白光归还给了大地，田野上的雪饱含着温暖的水，冷风似乎没了力气，一粒雪沫也吹不动。过不了多久春天就会睁开眼睛观望大地上的一切了，可父亲却慢慢闭上了双眼，再也看不见这早已破败只有些许生机的世界了。宗兰攥着父亲的手，感觉着热量一丝丝退去，她的眼里没有眼泪，身上的血似乎被抽空了，脚下也没了根基。从父亲开始咳血，到下不了炕，宗兰已经预感到了这一天的到来，这一天真的来了，她却有些不相信这是真的，怔怔的，异常的平静，好像父亲只是睡过去了，天一亮就会醒转过来的。一直默默为父亲准备着上路的物件的母亲，憋闷的时间太长了，终于撕心裂肺地喊叫了出来。

　　"国英啊！你撇下这一帮孩子可让我咋整啊……"

　　孩子们一开始还是抽嗒着，一看母亲的情形也忍不住大哭起来，哭声混杂在一起，在夜里死寂的空气中旋转着冲出了屋子。

　　先过来的是赵爷，冷静地和孩子们说着。

　　"别哭了，别哭了，别把眼泪落你爸身上，快给你爸换衣裳。"

　　赵奶进屋来先上前扶起宗兰的母亲。

　　"你可要挺住啊，孩子们都看着呢。"

　　赵爷叫过宗义。

　　"拿出家什给你爸打寿材吧。"

　　"家里的木头也不够用啊。"

　　"跟我来，把我的棺材板先用上，以后再说。"

　　左右邻居亲戚朋友都来帮忙。扯孝布的，点长明灯的，剪纸钱的，赵爷拿出画笔帮着画棺材。宗兰和宗信给父亲烧着纸钱，火光映亮了孩子们年轻迷茫的脸，纸灰飞起来迷了孩子们泪水侵红的眼睛。宗信不小心手伸到火堆里，宗兰连忙帮他揉着。

老大老二……一直排到宗信，每个都有人搀扶着，白白的麻布穿在身上，低着头，向西走。宗儒扛着灵幡，宗福撒着纸钱，这条路出奇地漫长，初升的太阳在这一行人的后面，不忍向上升去，看着一个个后脑勺向太阳落下的方向移动着。

方城里的人都是活蹦乱跳的，不知都在忙些什么。城外四个方向都埋着死人，那些土包一年年塌陷下去，到了清明又会有新的土填埋上去，那些没了后人的，土包越来越低，逐渐和大地拉平。而所有的土包，不管它原来怎么丰满，像馒头，还是像乳房，在漫长的岁月中都会干瘪下去。

站在魁星楼上，宗兰向西望去，白惨惨的都是水，看不清那些黑馒头。短短的时间里发生了太多的事，二哥结婚，父亲去世，分家分地，一入秋二哥接到了刘文翰的来信，也要离开家乡到佳木斯教书去了。带着母亲，也领走了小弟，宗兰高小还没毕业，只能留在双城。

城里的轻便铁路横贯东西大街，在十字街向北延伸到双城堡火车站，形成一个长长的倒"丁"字形。行李二哥已经办完了托运，但这一行人还是在身上携带了不少东西。远远望着，那四匹大马拉着四节车厢正从西面奔跑过来，他们加快了脚步。二哥把母亲扶上车，凤英领着宗兰、宗信，三哥最后一个上来，上来之后，车门就咣当一下关上了。宗信八岁，没坐过马拉的火车，什么都觉得新鲜，摸摸这，碰碰那，还不停问这问那。

"十字街的是什么买卖？"

"电灯公司。"

"谁家开的？"

"于大头！"

二哥没好气地说。

"下一站是哪？"

"北二道街，这不，到了。"

"这才多远啊，就一站？"

也许是等客的缘故，马只跑出了二百米，又不得不停下来。有客人陆陆续续上来，车厢门一关，四匹大马撒开蹄子奔跑起来，过了北门车站，还有八里地，就没有站了，车老板扬起鞭子，在空中绕了一下，炸了一个响鞭，四匹马越发撒着欢儿跑了起来。这一段路没有人家，没修轻便铁路以前，单行的客人经常遇见劫道的，现在完全不用担心了。两边的庄稼长到了足够的高度，玉米已经过了盛花期，黑绿的棒子开始鼓胀，站在路边像抱着个胖娃娃，也有抱着两个的，看起来比别的玉米多了一分笑意。高粱头已经开始泛红，一片片在地上铺展开来，像着了火，如果抢掠的盗贼藏在里面，也会被烧得落荒而逃吧。

把四个人送上北行的火车，宗兰拽着三哥的胳膊，望着铁轨上的庞然大物，心和这火车一样沉重。车厢里的人影在晃动着，慢慢安静了下来，车窗开了半扇，母亲的头现出来。

"照顾好你妹妹，过年过节别忘了给你爸上坟！"

三哥点着头，答应着，活着的，死了的，就都交给他了。

家，即使是阴冷的屋子，人多了也会互相传递着热气，如今走了一大半，好像一下子都空了。宗兰看着火车慢慢开动，那隆隆的声音渐渐远去，一点影子都没有了，她还是站在那里，不想转过身来。

一只燕子叫了几声，从檐脊飞到树上，漆黑的羽毛，雪白的肚囊，血红的脖子，在树枝上一抖一抖，不知道哪一个树枝还在等待着它。这一场大水，对于生翅膀的小精灵来说，应该没什么影响，它的家在高处，它的生活轨迹也比人略高出一层，可以展翅高飞，也可以徐徐低回，翅膀可以自由抖动，身子也能获得更多的阳光。

宗兰抬起头，看看天空，觉得宽阔了许多，身子也温暖了许多。北面的火车站趴在那里，一动不动，没有一个铁虫子向它爬过来。那是三年前送走母亲的地方，也是春节时激战的地方。日本鬼子的血流到铁轨上，流过血之后就再也回不到自己的国了，那些魂魄也只能在异国的土地上游荡。中国人的血不会白流，在自己的土地上壮烈地死去，对于一个人来说，难道不是最好的归宿吗？站台上真实的血已经干涸，变成了灰尘，并不是被这场大水冲洗掉的，或许这场洪水还是来得晚了一些。

宗兰站在魁星楼上，望着城里的水，思绪也好像被这水浸泡着散开了。那些房屋好像镶在画框之中，被水分割开来，凸起着，没有沉下去的意思。东西大街从两头开始渐渐向北弯曲，南二道街形成一条直线，组合起来像一把长弓，南北大街如一把利箭，直向火车站方向射去。宗兰心头越来越热，在魁星楼上待不住了，便快步走了下来，蹚着水向城里走去，当他回过头时，只见魁星楼如一把剑直插在那里。

小说的开头本无定法，可景物描写，可场景进入，可对话，也可由警句引入，最简便直接的办法是不顾一切上来就叙述。我的小说是从一场大水开始的。

是的，1932年这场水很大。就是在这一年，在哈尔滨，萧军趁着洪水把萧红从旅馆里救了出来。这是真实的事件，既然这是真实的，在离此不远的双城堡的大水中，张宗兰蹚水走这么一回，也应该是真实的，只是没有记录下来，被我还原了。即便你不相信，我却深信不疑。水是流动的，人的意识也是流动的。借着水的流动，我把张宗兰的心理活动连接起来，穿插回忆和梦境，这一年以前发生的事情都交代出来了。你说这是意识流也行，借鉴蒙太奇也好，反正张宗兰从东南隅的家里到魁星楼走这么一趟，时间仿佛不存在一般，事件就这样串起来了。

说到意识流，我高中毕业之后，曾写过一个短篇小说《犬室》，就用的意识流手法，并且用意识流来讽刺意识流，就像《唐·吉诃德》是反骑士小说一样，"犬室"就是"狗窝"嘛，从题目就可看出端倪来。我把这篇小说拿给中文系的牛老师看过，牛老师是个诗人，他很喜欢这小说，于是职业病犯了，还在我的小说后面作了一番批注。当时，我为此很是得意了一段时间，所以，后来写的几个短篇都有意识流的影子。

意识流不是什么新鲜物，甚至有些老套。意识流的好处显而易见，它把现实世界和精神世界糅合起来，便于叙述过程表现得生动丰富，更有立体感，看似是线性的脉络，实则点和面都照顾到了，且能诱导你去体验小说中人物的心理活动，身临其境。我前面说过，现代派手法我将抛弃，却不知不觉按照我自己的老路子来了，我真拿自己没办法，我不知道这是怎么回事。

其实，"意识流不是一个独立的文学流派，也算不得一种艺术创作方法，它不过是现代文学作品的一种更新了的叙述语言。"这句话我是在一本《现代小说技巧初探》中读到的。这本书里面还有一句话："这种语言无论用哪个人称来写，都离不开人物的自我感受。因此，一般用第一人称的写法。"我用的不是第一人称，但大多以张宗兰看到的、想到的为主，这样问题就来了，以单一的张宗兰的视角来叙述，写其他人物时怎么办？因为这个小说中人物众多，这种写法就施展不开了。

这个问题我想了很长时间，是一个视角转换问题，也是人称转换的问题。而在赫拉巴尔《过于喧嚣的孤独》中就不存在这样的问题，因为主要人物只有一个打包工汉嘉。《现代小说技巧初探》中还有这样一句话："如果一部小说中有好几个人物，叙述者则必须不时变换角度，躲在人物的身后，设身处地来描摹各个人物的'他'的感受。"流落到美国的哈金也说过："在长篇小说里，叙述角度通常不是单一的，而是综合使用的。"问题解决了，就这么简单，人称和视角都可以转换，不必非得统一，也无须过渡，直接转就可以，这是允许的。你能说"小说作法"坑人吗？有时真是不能，这不说得很明白吗？反倒是作者有时把自己禁锢起来，打不开。

说到水的流动，很像一种散文化的小说。散文化的小说不靠设置悬念来吸引眼球，流水般的自然叙述，营造了一种和谐朴素的美。汪曾祺的《受戒》和《大淖记事》是这样，萧红的《生死场》和《呼兰河传》也是这样，就连鲁迅的《故乡》和《社戏》也有散文的特征。

大概只有在中国现在把小说和散文两种文体明确区分，据我所知，在俄罗斯，诗歌以外的文体都可以归为散文，尤其屠格涅夫的《猎人笔记》，我们现在看来，完全是一些诗情画意的散文，其中的《树林和草原》用第二人称，全篇基本在写景，真是绝了。

我非常喜欢这类散文化的小说，不靠故事情节和塑造人物向前推进，自然而然慢悠悠地讲述，举重若轻，而又令人回味无穷。在开始写这篇小说之前，我鬼使神差地购买了《萧红全集》，通读下来，感慨万千。萧红的写法化百法为无法，用一颗透明的略带忧伤的心来写，看似简单，却让人欲罢不能。在这期间，安徽文艺出版社的《蒲宁文集》是我有意阅读的，重点读了长篇小说《阿尔谢尼耶夫的青春年华》，试图对比一下伪满洲国时期革命青年的青春年华，没有得出什么结论，但喜欢里面散文化的叙述。

正因如此，我这篇小说一开始就呈现出散文的特点，可能是阅读这些作品后潜移默化形成的某种语感所致。但我实在没有把握，因为现在大多数小说节奏较快，像迟子建那样舒缓流畅的不多。我把部分章节发给任老师看，让他提提意见。任老师答复时在我信箱中是这样说的：

"小说这部分不错，能读下去，读进去。对我来说是这样，对其他读者我不敢说，读者分多少种的。小说的语言、意蕴很美，情节是淡化的。每一章节，每一段落，都可单独欣赏。不是靠情节推着走，拉着走，这是长处。但把握不好，也能变成短处。看书着急的人，会急着找情节，看人物命运。作品确实有诗化意味，追求唯美，内容也是丰富的。许多历史人物事件都融进去了，而且融得自然巧妙。我看你就按照你的想法把它写完，然后再细讨论。就是按照这个样子写成也是成功的，尽管不一定人人都喜欢它。"

任老师说得很中肯，这种写法的优势和劣势都说了，能否成功，只能靠我自己。好了，既然有人肯定，说明它还有些价值，接着写下去，也是必然的。至于他说的历史事件的融入，主要是指下面的内容。

二、雪和血

大水慢慢退去，天空越来越亮堂了，而人们的心大多湿着、阴着。

三嫂把被褥抱出来到太阳底下晾晒，宗兰拿出扫炕的笤帚敲打着被褥上的灰尘，太阳静静地躲在远处，看着灰尘散开，有的随着热气升起来，有的沉落下去，有的徘徊出去逐渐黯淡了踪迹。

夏老师拿着篮球往院外走去，和宗兰打着招呼，让她别忘了读书，不懂的可以随时来问。宗兰答应着，觉得夏老师手里的球从来没有这么圆过，只是已经打磨得粗糙了，球的表面有一层毛茬，好像如果太阳再毒一些，那球便要涨破了。夏老师近来有些异样，不是出去和老师们打球，就是打麻将，回来的时候满脸通红，酒气熏天的。赵爷闷在家里，轻易不出房门，写写画画，难得见他一笑。三哥有活的时候早出晚归，没活的时候就窝在炕上睡觉，三嫂说他是死人："这些男人都怎么了，一场大水都泡软了？"

麻雀们叽叽喳喳上了墙头，乱说了一气，有的飞起来落到树上，一只小一点的试图落到野玫瑰的枝上，飞绕了几遭，无处站脚，又跑到房子上去了。这场大水对人的影响大约无法估量，而有的东西却因此起了很大的变化，令人想象不到。房上的茅草中，竟然钻出一苗杨树，十几片叶子一闪一闪的，似乎是在摆着手。三嫂把三哥从屋里拉出来，让他把树苗拔了，三哥向房上望了望。

"招惹它干什么，好容易长出来了的，由它去吧。"

"哪有过日子人家房上什么都长的。快去快去。"

三哥搬过梯子，一步一步向上攀去。

狗咬人叫的声音越来越近了，蔡六包子歪戴着帽子敞着怀儿，一脚踹开院门，用手点指着三哥。

"你。下来！"

"干什么？"

"带走！"

说话间上来五六个人拽三哥，宗兰跨步上前一拦。

"凭什么抓我哥，我们犯了什么法？"

"上边有令，年轻力壮的都得给我修铁道去，要不是你们这帮穷鬼扒了铁道，谁管你们吃豆包蘸大酱还是蘸咸盐。"

撕撕巴巴把宗兰挡开，这些人枪一横，把三哥带出了院子，三嫂没了主张，拍着大腿干号。

"这可咋整啊，还没带行李呢……"

"把心放到肚子里吧，管吃管住，下晚黑还有永兴复的老烧酒。"

一行人推推搡搡，离离拉拉已经到大街上去了，接着鸡飞狗跳的声音就在这条街上泛滥开来。

宗兰看那棵树苗叶子也不摆手了，只是那些小手还伸着，收不回来。

"让它长吧，怎么说也是一个活物。"

宗兰拉起三嫂，两个人抬下梯子，放到院子角落里。

屋子里的空气凝滞住了，窗外的热气一点点进来，试图温暖被整个房子盖住的阴影。三嫂怔怔地看着窗外，眼皮也不眨，眼珠也不转，雕像一般。宗兰捧起课本，看了几行，上面的字似乎要溜走，晃动着，让人眼花。宗兰猛地站起，把课本掷向炕里，一转身，迈步出了屋子。

东城门迎着太阳伫立着，上面的青砖灰淘淘的，瓦片有的离了原位滑下来，有的趴在那里一动不动。城门洞子黑洞洞的，南面来的阳光正好没法进来。行人稀稀落落，进城的柴草车慢吞吞地过来，破衣烂衫的乞丐们，看见大车行到眼前，用长钩拽下两捆柴草，堆在路边电线杆子下面。一个老乞丐坐在柴草上，面朝东方眯缝着眼，打着哈欠。一个小乞丐光着脚丫子，跳到护城河边，抠出一块黑泥巴，跑到城门边坐下来，搓着泥弹，身边原来的泥弹已经半干，混黑的颜色和水分褪去，和路面的颜色一样浅淡。

　　毒日头照在路面上，像是起了一层白光，冷冷的铺了一层雪。关耀洲的人头仿佛还挂在电线杠子上，牛一样的眼向宗兰诉说着什么。正月里的雪一层接着一层散在地上，一闪一闪地似星星眯着眼，冷风没有形状，却改变了人们走路的姿势，有的抬起头看了一眼关耀洲的头颅，旋即把头低下，快步走开去。宗兰看那人头下面白白的雪上有几滴冻僵了的血，呼应着关耀洲通红的眼睛，关耀洲的嘴巴张开着，要去撕咬着什么，耳朵在冷风中向上挺着，在寒风中愈加胀大，他还能听见什么，远处的风声，还是近前人的心跳？

　　大冬天里，关耀洲一进屋带着一股冷气，一边骂着日本鬼子，一边摘下棉帽子在腿上拍着雪。一壶热酒下肚，沉默了片刻，便向夫人索要地契，夫人似乎明白了什么。

　　"你要是卖地可得给两个孩子留点。"

　　关耀洲看着一双儿女，心动了一下，把儿子胜远搂过来，拍着他的小脑袋。

　　"爸爸把咱家三十垧地全卖了，买枪买炮打日本鬼子中不中？"

　　"中！也给我买一把枪，把那些小日本子全开了瓢。"

　　"有种，是我儿子！"

　　有枪有炮，在这块土地上，有血性的汉子并不难找，抗日义勇军的大旗一扯，捐钱出枪的人有的是，几百人的队伍说拉就拉起来了。关耀洲自任总司令，沈爽任副司令，得抓紧训练队伍，因为日本人说来就要来了，长春早已失陷，马占山在江桥也快扛不住了，已经转到了三间房一带，双城堡和哈尔滨恐怕也保不住了，不管结果怎样，一个男人还能乖乖地把脖子伸出去等死吗。

　　配合赵团长收拾了汉奸于大头的先头部队之后，关耀洲首先听到的是双城堡火车站的胜利消息，接着赵团撤退的消息也来了，日军和伪军说到就到了。关耀洲杀红了眼，甩开大衣趁着夜黑和敌人激战了一宿。据二嫂的姐姐徐金氏讲，那一晚的枪声如爆豆一般，后半夜轰隆隆的炮声也响起来了，显然这是日本人的大炮，关耀洲不敌，也只好撤退了。

关耀洲没有死在战场上，也不是死在日本人手里的，地主徐长喜放冷枪射杀了他，并把他的人头献了出去。有谁能料到，关耀洲是这样一个结果。关耀洲的头在东门挂了很长时间，在这大雪地上面，太阳底下，一双圆睁的眼睛就这么看着城里的人们，他已说不出话，张开的嘴巴似乎还在大喊。那钢硬的头发上雪光一闪一闪，不知其他人看了是什么感觉，反正宗兰觉得那光像剑一样直刺进心里，在胸中翻搅着，说不出的痛。

正月十五之前，一个月高风清的夜晚，就在伪军的眼皮底下，关耀洲的头神秘地不知了去向。接着几天晚上，月光被雪托起来像是白天一样，冷风也消了，夜暖得怕人。每天天快亮的时候，都会有人听见从东门传来的呐喊声。

"还我头来！还我头来，还我头来……"

站岗的伪军夜里不敢出来，即使壮着胆出来，也不敢抬头看月亮，更不敢向东望去，低着头，抱着冰凉的枪，一个个丢了魂似的。胆子最小的一个，晚上喝得大醉，一开始还能站着，后来便坐下了，慢慢躺倒，天亮的时候已经硬了，那杆放倒的枪管里灌满了雪沫。

城门边的柳树垂下头发来，柳丝上的绿叶子没有水意，似乎要蜷起身子睡去，脊背却没那么多气力弯曲。树枝上的麻雀也不叫了，一个个懒洋洋地打着盹儿。一架飞机喘着粗气飞过，人们抬头观望，老乞丐睁开了眼，向天上咒骂。

"大热天的又出来嘚瑟，也不怕晒化了膀子！"

小乞丐掏出弹弓向飞机瞄着，瞄着，直到飞机在天上剩个黑点。

"有能耐别跑啊！"

乞丐们哈哈大笑。

"够不着了吧，你寻思长膀的都能打下来？"

小乞丐不笑，也不恼，瞄准的姿势没有变，却改变了瞄准的方向。柳树上的麻雀一哄飞散，树枝间滚下一个黑东西。小乞丐奔过去，把麻雀拎起来。

"还热乎着呢！"

小乞丐来了精神，抓起一把干了的泥弹，顺着一排柳树，追打着麻雀，一会儿工夫，捧着四五只麻雀乐颠颠地跑了回来。小乞丐拽过一把柴草拢了一堆火，把麻雀扔了进去。

用木棍挑出一只烧煳了的麻雀，小乞丐捏着麻雀腿，给老乞丐送过来。

"熟了，熟了，爷爷你先吃。"

小乞丐刚转过身，乞丐们扑向了火堆哄抢，抢到的嬉笑着逃走，没抢到的在后面追讨，七嘴八舌，乱哄哄一片，老乞丐便骂。

"小孩子东西你们也抢，几辈子没吃过肉了！"

"蚂蚱子也是肉，蚂蚱子也是肉。"

小乞丐撂下那只麻雀，追打了一圈，一只也没要回来。这时，老乞丐将手里的麻雀递给小乞丐。

"你吃吧，好不容易打的，我老了，牙也不中用了，咬不动了，哎！"

其实太阳并不在意地面上发生了什么事情，它慢慢爬着，把阳光扔下来就不管了。乞丐们背着柴草向花子房走去，宗兰望了一眼吞吐行人的城门，也转过身往回走。

除了收集些柴草，花子房的乞丐们还有一个特别的活计，城里的死倒都是被乞丐们拉走，在城外挖个坑就埋了。到了冬天，土都冻实了，挖坑太费力，加上乞丐们懒惰，就把冻硬的死倒们垛在花子房的院子里，等来年开春挖个大坑一起埋了。今年春节火车站上官兵的尸体，光靠乞丐们去清理已经不可能了。日本鬼子不让百姓收尸，还有一口活气的士兵都被鬼子用刺刀挑了，死了的多数被开肠破肚，血水在雪地上漫延，被冻得铁一般坚硬。大白天里成群的乌鸦盘旋着，吸血鬼似的嘶叫着，然后落下来啄食。到了晚上，野狗和恶狼又逡巡而来，撕扯着勇士们的心肝和肠子，争食的哼哼声，偶尔的狼嚎声，在空寂的夜里混入冷风之中。

除夕的夜晚，是一年中阴气最重的，人们要点起灯笼获取些许的光明，燃放鞭炮驱赶魔鬼和黑暗。天一亮，晚辈们洗漱之后，都出来拜年。宗兰的目光越过矮墙，赵爷爷家昨天贴上去的春联被撕掉了，宗兰似乎明白了什么，从棉衣袖子里伸出手拽自家房门上的春联，却只能拽些边角下来，这些红纸黑字的东西大多冻在了门上。宗兰进屋拎出菜刀，在房门上使劲刮削，落下来的碎纸被她踩在雪里。正在扫雪的三哥不明白来由，放下扫帚去抢菜刀。

"小妹呀，你疯了吗？要干什么啊！"

"死了那么多人，还过什么年？庆祝什么？"

宗义望了望东西两院的房门，春联都不见了，便拾起扫帚，把纸屑扫进雪里，又把掺杂了红纸黑字的雪倒在门外更白的雪里头。

宗兰和宗义踏进赵爷屋里的时候，夏老师已经早来一些时候了，互相拜过了年，过年的喜庆劲儿却没有了。

墙上的四幅画垂下来，上面的花草一个个精神抖擞，似乎要从墙上走下来。竹竿细瘦挺拔，直向天空插去，竹节粗重似骨节，竹叶饱满，片片向上，片片如刀，仿佛有风刮过，却不能撼动竹竿和竹叶的固有姿势；菊花一丛一丛在草间扬起硕大的头颅，高高低低掩盖了茎叶，秋日的光散落下来，在花瓣间跳跃着，似泪光翻滚着不忍落下去；梅的老干虬枝飞舞着，如老人举起的手臂，苍劲中透出风骨，零星的血红的小花点缀其间，在白雪的映衬下，没有一丝一毫的媚气；兰叶细长如鞭，从峡谷甩上天去，小灯一样的花摇着头，把一缕幽香抖出纸外，根须紧凑扎实，抱住泥土不肯撒手，有一片叶子稍弯，像一把弓已经搭上了响箭。

刘四爷风尘仆仆推门进来，抱拳拱手。

"给各位拜年了！……"

"这过的是什么年啊！孩子们还躺在雪地里喂狼呢，咱们白面饺子能咽下去吗？鬼子已经撤了，上哈尔滨去了，商会牵头拿大头，大家伙儿有钱的出钱，有人的出人，有木头的出木头，怎么的也得凑齐棺材板，说什么也要让这些个刚烈的孩子们入土为安呢，要不咱们双城人还算中国人吗？还算是人吗？有劳各位了……"

宗兰把所有的零钱倒出来，夏老师也把兜掏空了，赵爷拿出了自己的润笔，三哥转身出去。

"家里还有几个钱，我回去拿。"

刘四爷的伙计们拉来了木头，三哥和几个木匠帮着赵爷做木碑。宗兰帮着赵爷铺纸研磨，赵爷站在案前，抓起了笔，写下了几个名字：吴永和、张金城、夏振海、刘金胜……赵爷眼睛圆睁，喉头翕动，用力把笔拍在案上，爬满褶皱的手颤抖着，泪水瞬间流到了胡须上面。赵奶用手巾擦着溅在脸上的墨汁，不敢言语，看了赵爷一眼立即收回了目光。宗兰扶着赵爷坐下来，赵爷抹了一把脸，声音低缓沉重。

"那些没有名字的可写些什么啊……"

早在腊月二十三之前，城里的百姓就开始给赵团送饭，大哥宗福把一天的油条都拿出来送到车站去了，三哥也跑到车站去帮着运送弹药，杀狗的狗阎王拎了把刀，说日本鬼子敢来双城就把他们全宰了。

其实那时赵毅已经是旅长了，可双城的老百姓习惯叫他赵团长。赵团长一面迷惑着于大头那些汉奸们，一面排兵布阵。首先联合关耀洲的义勇军解决了伪军刘旅，然后就在大雪地里开了个动员大会。官兵们一个个站得笔直，表情严肃，目光迥然。赵团长向官兵们注视着，在队伍前面徘徊了几步，突然高声发问。

"我们已经把卖国的汉奸部队刘旅打垮了，今后还应当打什么人？"

"打日本！打日本！"

官兵们的心就像被一根线拴在了一起，血脉相通了，心跳也一样齐整，喊出的声音完全相同。这相同的呐喊声互相激荡着，在天地间震动，如大海波涛一般，有气吞河岳之势。赵团长一腔子热血沸腾了，奔涌着灌向了头颅，从一双血红的眼睛里冲了出来，变成了两行热泪。

"你们真是爱祖国的好男儿呀，我代表东北老百姓欢迎你们抗日救国，代表双城老百姓感谢你们抗日救国！"

官兵们被感染了，纷纷把枪举过头顶高呼着。

"打日本！打日本！打汉奸！打汉奸！"

日本人仅用万余军队就打跑了驻扎在关内的东北军，从沈阳到长春基本上没有遇到什么抵抗，只是在嫩江桥受到了马占山的重创，他们根本不会想到，在小小的双城堡会有人起来抵抗。腊月二十三晚上，两列火车到达双城堡火车站的时候，天已经黑透了，鬼子们慢慢悠悠下得车来，有的把枪架起来，有的自己找地方大小便，有的在站台上拢起了火取暖。三面而来的枪炮声让他们蒙头转向，像热锅上的蚂蚁，有的拥作一团不知如何是好，有的索性钻进火车底下，还有的跳过附近的院墙企图逃跑。枪炮过后，又是一顿手榴弹，赵团的战士们端起刺刀冲了上来，中间还夹杂着提刀带棒的老百姓，狗阎王就是其中的一个。

扔下几百具尸体之后，鬼子的装甲车来了，坦克也来了，二十多架飞机也来了，赵团不敌，只好撤退，帮着李杜保卫哈尔滨去了。当刘四爷领着伙计和百姓抬着猪肉炖粉条和油饼赶来的时候，车站上只剩下鬼子们在张牙舞爪了。旁边的树上挂着肠子，房上崩上了碎肉，鬼子们举起刺刀把赵团的伤兵一一刺死，有的鬼子挖出战士们的眼睛，有的鬼子摘出战士们的心肝哈哈大笑着。由于鬼子扬言要屠城，刘四爷灵机一动，把猪肉炖粉条和油饼献给了日本人，日本鬼子接受了，但没敢吃，悄悄挖个坑埋上了，但不让老百姓收尸。

赵爷停坐了一会，缓缓站起。

"小兰，铺纸！"

宗兰把雪白的纸铺在案上，用手平整好，肃立在一边。赵爷猛地提起笔，沉思了片刻，便用尽全身气力把那两个字挥洒到纸上，宗兰看那"忠"字，像一张弓下面燃烧着一颗火红的心，那"勇"字像一把刀刺向一颗头颅，也似一个人正在奋力扛起一座大山。

好在是冬天，战士们的尸身并没有腐烂，老百姓总共清理出一百零八具尸体，擦洗干净，装入棺材，埋在了西门外，有名字的都立了木碑，没有名字的，碑上只刻着"忠勇"二字，赵爷发出了由衷的感慨。

这是一百单八将啊，是一百零八个梁山好汉啊！

西门外的大雪地里突然冒出了一百零八个乌黑的土馒头。没有被雪覆盖的草在北风中摇摆着，树木结着白霜，纷纷把手从雪中伸出来，举上了天空，树杈上乌鸦的巢松散而又模糊，乌鸦们有的在天空徘徊，有的落下来寻找着什么。土馒头下面的人，在长方盒子里沉沉睡去，他们再也看不到平坦的大地上一望无际的白雪，看不到肃立的人群定在雪中，看不见晶莹的泪水滚入洁白的雪里。战士们的血已经流干了，而活着的人，他们的血还在流淌着，如果有合适的机会，这些血也会毫不吝啬地抛洒出去。

从满眼的雪光中回过神来，大水又来了，水一退去，炙热的阳光又铺盖下来，宗兰觉得时间快得让人跟不上趟，而正在行进中的道路却极为漫长，漫长得好似这阳光和雪光水光没有什么分别。宗兰刚迈进院门，二嫂的姐姐徐金氏便迎了出来，拉住宗兰的手，眼泪也掉下来了，三嫂出来把二人拽进屋坐下。宗兰看她们眼睛都有些红肿，定是刚刚哭过，便开口劝慰着。

"我三哥一个大男人没事的，不就是修铁路吗，过几天就回来了。"

三嫂愣愣地看着宗兰，想说不说，但还是说了。

"徐姐夫没了。"

"怎么会？不能吧！没病没灾的。"

徐金氏眼里已经没了泪水，也没了光芒，定定地看着地面。

天空并不是人的天空，不会因为人的心情而发生变化。天空总是该蓝的时候蓝，该晴朗的时候晴朗，时有时无的云彩，偶尔飞过的鸟，都是匆匆过客。日本鬼子的飞机显然不是过客，就像走在大街上、市场上的强盗，看起来悠然自得，即使你不去招惹它，说不上什么时候它就会对你龇牙瞪眼。一座小小的村庄，人们过着平淡的生活，鬼子的飞机时常在上空飞过，由于它张牙舞爪隆隆怪叫，人们一开始还抬头望一望它，时间长了，谁都懒得向它撩一下眼皮。哪知道这畜生随地大小便，竟然向这小小的村庄投下一枚炸弹来。徐姐夫家的房子被炸塌了一间，徐姐夫也平白无故地被炸死了，这能说是天降的灾祸吗？分明是来了妖魔。两个孩子连太和连庆，跪在地上哭着血肉模糊的父亲，哭过之后都嚷着要报仇，而徐金氏已经晕了过去。

好好一个人，说没就没了，天仿佛塌了下来。徐金氏过了一段傻了一般的日子之后，还是把家撑了起来，伺候两个孩子吃穿，到地里干男人的活计，眼泪只能在夜里偷偷地抹。本来殷实的日子，一下子变得惨淡起来，不能告诉父亲，父亲已经老了，凤英的婚事已经让老爷子窝了好长一段的火，转眼间另一个女婿又没了，老人家能扛得住吗？况且嫁出去的女儿泼出去的水，老人又有什么办法。一个寡妇自身敏感得很，怕别人嫌她晦气，更不能拖累老父亲，什么样的日子都得一个人受着。

不知怎的，徐金氏这段时间越来越想念凤英妹妹，走了几十里的路来家打听，正赶上敖氏一个人在屋里抹泪，一问原委，两个女人便对哭起来。一个哭自己死去的丈夫，一个哭突遇凶险不知死活的男人，还有这夏日明晃晃的阳光底下女人凄惨的命运。她们的眼睛都哭红了，同样的红色，同样的泪眼模糊。柔弱的女人一辈子靠的是什么，不管那个男人是怎么站在自己面前的，也不管两个人是怎么走到一起的，只要那个男人还算可心，女人就会把她的身她的心全部交给男人，作为一生的依靠，如果男人突然没了，或者没了踪影，女人就会空荡荡的没法活，即使勉强活下去，也会像水中的浮萍，不知道漂到哪里才是一站。

宗兰看着眼前的两个女人，自己将来也会是这样吗？不！不能这样活，要活就要活出一个自我来。

"对了，明天就是七月十五了，我还要顺便买点草纸给你徐姐夫送点钱花。"

"我陪你去吧,我明天也上西门外看看我爸爸去。"

"对,让小兰陪你去,我在家做饭,今天住下吧,明天上午赶回去烧纸也来得及。"

"不啦不啦,凤英他们在佳木斯过得好就行,我也放心了。今天赶回去,明天好早点上坟。过些日子让小兰来家住几天,也好教教我那两个不争气的孩子。"

徐金氏终于没有住下,在城里买了纸和一些日常用的东西,急匆匆回家去了。

夜没有吃掉所有的光,月也不怎么高,但洒下的光足以罩住这座城,一切仿佛是在虚空里,什么也没有了。宗兰从箱子底翻出二哥留下的一本旧书,凑到南炕上借着月光来看,敖氏盯着书皮,只认得一个"新"字。宗兰轻轻翻开一页,上面的字竟然也能看得清楚。

微风早已停息了;枯草枝枝直立,有如铜丝。一丝发抖的声音,在空气中愈颤愈细,细到没有,周围便都是死一般静。两人站在枯草丛里,仰面看那乌鸦;那乌鸦也在笔直的树枝间,缩着头,铁铸一般站着……

整座城似乎已经沉沉睡去了,两个人睡不着,却没有多余的话。敖氏慢慢闭了眼,宗兰看书看得倦了,双眼转向着几近圆满的月,什么都想,却是什么也没想。

砸门的声音,吆喝的声音,在旁边的院子里响起来。有鬼子,也有狗子,提刀带枪地闯进了夏老师的家。不容分说开始翻箱倒柜,旧衣废纸扬的炕上地下都是,终于发现了一张少帅的照片,还有夏老师上小学时的一篇作文,顿时如获至宝,吵吵嚷嚷,嘻嘻哈哈,离了院子飘到大街上去了,似乎在夜色中抹过一道青烟。

太阳在天上静静燃烧着,学校操场上打篮球的老师们汗流浃背,没有学生可教，他们的汗水只能这样流出。

一辆装满宪兵的汽车开进学校，稀里哗啦下来的宪兵端着枪，向老师们围过来。

"我们打球犯了什么法？！"

抗议的声音没有人听，他们被一一绑了，蒙上眼睛，塞进了汽车里。

办公室的门被砸开，一顿乱翻，一无所获。

夏老师被推搡着坐下来，摘下眼罩。桌子上鬼火一样的台灯映着一颗驴头，笑眯眯的绿豆眼，夸张的嘴巴、厚厚的嘴唇间蹦出的中国话还挺流利。

"请坐，请坐，我们是老朋友了……"

夏老师一愣，这颗驴头？……

打球的老师们把心思都用在涨足了气的皮球上，多数时候并不在意观看的人，这一天，夏老师一个人盘带，过了两名后卫，起跳之后抬手投中。

"好球，好球！"

拍巴掌的正是这颗驴头，看起来也没什么恶意，有时便跟着下场玩一会儿，这人个子高，球技一般，混得熟了，吃饭时也跟着，有时也掏钱结账。

驴头站起来奸笑，夏老师从来没见他这样笑过。

"我们是老朋友了，我叫高桥不二郎。"

一边说着，一边倒茶递烟拿糖果，断断续续的长篇大论就开始了。

"夏老师不要客气，我们是老朋友了，哼嗨……哼嗨……"

夏老师烟茶不进，糖果不吃，听得头大。

驴头见人头没有反应，于是换了腔调。

"你们的组织，你们的活动，我通通知道，只要通通讲出来，我就放了你。"

"我们就是打球喝酒玩麻将，没干别的。"

驴头跳了起来。

"别以为我不知道,打球喝酒玩麻将就不说话吗?"

"我们在一起就是玩,醉生梦死,有什么可说的。"

"你是共产党!"

"我不是共产党。"

"不讲就给你上刑……"

上来两个宪兵扒光了夏老师的上衣,驴头拎起一把竹剑抽打着,一道道红印渗出血来,和着汗水滴下来,夏老师牙紧紧地咬着,驴头狞笑着。

"招不招!招不招?"

有什么可招的呢?夏老师希望自己真是干了点什么,也不枉受这一顿毒打。

黑屋子的老师们东倒西歪躺在地上,有的瘫软着一动不动,有的低声呻吟着,夏老师爬起来,看不到一丝月光。

一夜的月光终于被太阳吞吃掉了。宗兰沿着轻便铁路向西走去,十字街上残留着一些燃尽的纸灰,那些草纸在燃烧之后真的会变成金钱,被送到漆黑的地狱里去吗?在地狱里受苦的人们不需要这些吧。十字街的电灯公司名叫"耀双",这些人造的光芒能照耀双城什么,有人说,这是曾经赋闲的于大头给双城做的一件好事,灯光能照亮的东西毕竟有限,人们心里的黑暗,依靠什么来扫除?于大头终归是把日本子领来了,像一股黑烟朝东北方向蔓延而去,黑烟里只能是隐藏着妖魔。小小的电灯和太阳相比,连牛毛都不如。

夏老师又见到了阳光,摆在他面前的是张学良的照片和几片旧纸。驴头嘿嘿笑着。

"这就是证据,还不快招!"

五内俱焚的夏老师觉得可笑,淡淡蹦出几个字。

"张学良不是和你们一伙的吗?"

夏老师被拉到外面,几个宪兵把他绑在板凳上,拿一个管子捅进嘴里,另一头接到水龙头上,然后钻进屋子喝酒去了。

夏老师在喝水。一时间好像拉林河、松花江的水都来了，好像刚刚退去的水又来了，淹了这座小城。水一开始是凉的，慢慢变得咸涩了，已经不是江河里的水，所有的海水都来了，淹了双城，淹了东北，淹了整个中国，整个天空也被海水淹没了，太阳也被泡在了水里，滚烫滚烫地沸腾开了，整个宇宙仿佛被一个幽深的大洞吸了回去。

一瓢凉水浇在脸上，所有的水又都退去了。肚子里的水顺着口鼻流淌出来，先是凉的，后是热的，最后变成了红色。

大水已经退去，坟间的泥却没有全干。衰败的草间又生出一茬绿芽，嫩嫩地向上蹿去。宗兰在父亲的坟前点燃了纸，火一下子冒了出来，纸灰向上飞去，旋转着却又散开了。如果这些纸不能变成钱，但愿父亲能看见火光，如果那边也是一片黑暗，也许这些微的火光会像星星一样向父亲眨眼，如果父亲能够看见，宗兰便会觉得自己是在天上了。

不远处那108座坟茔变矮了，木头做的碑没有倒下，上面的字迹变淡了，雕刻进去的字的轮廓没有变。白白的木碑个个尖朝上，远远望过去，像一排排的剑指向天空。宗兰快速从火里抓起一把向空中扬去，那火和灰烬向剑的方向飘去，白亮亮的、红彤彤的。宗兰仿佛又看见了冬天里那场大雪，雪里面掺和着血。

属于哈尔滨保卫战一部分的双城堡阻击战这段历史还算完全清晰，但一些文史资料互有出入，当事人的一些说法也有待考证，但基本事实是清楚的。据我所知，至少有两位居住在哈尔滨的双城籍作家在他们的小说中表现过这段历史。这场战斗非常惨烈，一个80多岁的老人家和我讲过，战斗结束后，曾见过挂在树上的半截肠子。我把这一事件从侧面带上作为我小说的时代背景，是因为那一年张宗兰14岁，就生活在这座小城里，最起码枪炮声能够听见，在她的人生经历中，这个事件肯定会起到影响，为她以后投入抗日事业做一个铺垫。

在这次战斗中牺牲的战士，后来由双城百姓出资出力埋在城西，至于牺牲者是不是108名，已无从考证，也许出于对英雄好汉的敬仰，这块土地上的人愿意相信是这样一个数字，也符合他们的心理。这些战士的遗骨后来合葬迁至烈士陵园，原来的墓碑都是单独的，上面大多有名有姓，合葬后这些名字怎么记载的我就不知道了。烈士陵园从城东南迁至城西后，这些遗骨怎么处理的我也不知道，我也无能为力。

抗日义勇军的首领"断头将军"关耀洲，有一本以他为原型的长篇小说出版过，小说写得非常棒！我就不再啰唆了。

三十六友事件，发生得稍晚，地方史志有过明确记载，也确实有一个夏老师，小说中我只不过把几个文化人的悲惨经历都放到夏老师身上，而在时间上，也是张宗兰离开双城之后发生的。这是鲁迅让我这么干的，为了叙述方便，让小说能稍微顺畅且好看一些，我做了一些文学上的处理，希望那些被迫害的人们地下有知，不会责怪于我。

说实在话，我真的不会写小说。在写作过程中，总是惴惴不安，没有把握。在本地有一位很有成绩的小说家邵老师，人老笔健，越写越好，我们在网上交流，有时也见面商讨，我把我小说的一部分给他看，他用电子邮件回复了我：

大作读毕，虽只是局部阅览，但也读出人物走向端倪。不知全貌如何，盼领略全貌风采。

总体印象：人物较为丰满，小说语言特征明显，环境氛围渲染到位。很多诗人写小说，语言都是鲜活的，这是诗人独具的优势吧，你也不例外。这是值得我学习的。这是其一。

其二，小说写作准备充分。这部分对双城特定历史背景下的人文历史风土人情诸多事件都有所涉猎，看起来你写作前准备很充分，写起来得心应手。如关帝庙、魁星楼、火车站、文庙、书院，关耀洲、张耕野这些双城符号让我们读着亲切，自然而然地产生了共鸣。

其三，艺术构思起点高。源于生活又不拘于生活，把事件人物放在国家民族危亡的大背景下加以展现，作品的价值就出来了。

再，我认为对日寇占领双城以后奴役、蹂躏双城人民的罪行应再加强一些，这个背景的渲染有助于凸显人物爱国思想的形成和人物的挺立，也会加强作品的故事性。

因为看到的只是小说的局部，只能说这些。当与不当，望参考。

关于邵老师提到的"日寇占领双城以后奴役、蹂躏双城人民的罪行"，除了一些史志记载之外，我了解得不多。还记得我爷爷讲过的一件事，有一个贫苦的农民到我家偷土豆，那人从我家院内的土豆窖出来之后，被我爷爷撞见了，就立刻给我爷爷跪下，说家里实在没有吃的了，让我爷爷不要报告，若报告他就死定了。乡里乡亲的，我爷爷当然不会报告，反而下窖又给他装了一些土豆带回去。

我爷爷是1916年生人，属龙，比张宗兰大两岁，和张宗兰的桦川中学同班同学白云龙同岁。日本鬼子刚到双城时，原来的政府没有了，日本人还没有站稳脚跟，于是土匪猖獗一时。屯子里的人夜晚不敢住在家里，能走能行的全在野外躲起来。有一天早上，大家伙儿让我爷爷到屯里探听消息，我爷爷进屯后，见一个日本兵正在井沿盘问一个老太太，还打了那老太太一耳光。我爷爷一害怕，弄出了响动，被日本鬼子发现了，向我爷爷开了几枪。幸亏我爷爷年轻，腿脚利索跑得快，并没有伤着。在我的小说中，我把老太太变成了小乞丐的奶奶，用的是伏笔。

我家是满族，200年前从吉林移民过来的。我爷爷念过伪满国高，后来分家没有劳动力，就回屯种地了。他说小时候跟着同学发过抗日传单，也参加过游行，我想这应该是日本鬼子占领双城之前的事。记得爷爷说过，伪满洲国时风调雨顺，种啥得啥，最起码不会挨饿。那时，东北大地上满族人的民族情感是复杂的，孙中山驱除鞑虏的主张曾让他们心生不悦，张学良把他们扔在这里不管了，假皇帝溥仪自己被骗又骗了他们。你让他们爱国，他们还真不知道该怎样去爱。但热爱这片生养他们的黑土地，他们是能做到的，也是发自内心的。一些有文化的觉醒的满族人自发起来抗日，义勇军、抗联、地下党满族人大有人在。仅在《双城县志》中就有关耀洲、傅显明、胡振铎、刘道增、唐聚五、沈爽、金凤英等一大批人。

三、人和狗

　　双城堡是一富庶之地。北、西、南三面临水，一马平川的沃野向东面的大山铺展过去，似一金鸡引颈啼鸣。黑黝黝的土地养育了大豆高粱和玉米，也养育了这块土地上勤劳的人们。铁路一通，实业日兴，商贾云集过来不说，电话局、银行、红十字会、体育场……也一个个兴建起来了。见缝就钻的日本人不会放过这个好地方的，各项买卖都闪烁着一两个鬼影。饱暖思淫欲，看似一派繁华的景象中不免要掺杂些污泥浊水。西北二道街本来只有三家窑子房，日本鬼子来了以后，不知怎么发展到20余家，有名的窑子有海乐堂、桂花堂、艳君堂、红凤堂、迎春院等，还有日本人开的金贵馆，里面不仅有东北姑娘、朝鲜姑娘，还有日本的花姑娘……

　　也许是有了魁星楼的缘故，双城的有识之士历来注重兴办教育，无论穷富都以学业晋身为正途，致使这小地方文风鼎盛，但大多是粗知皮毛，没有多少人真正领悟中华文化的精髓。在这些文化人当中，赵爷的书画独领风骚，由于几十年临摹《神州国光集》，加上无师自通的悟性使然，赵爷的书画早已达到炉火纯青的地步。但要想得到他的墨宝也并不容易，赵爷安贫乐道，知音分文不取，附庸风雅的即使千金也难求得一字。

　　中国的汉字端端正正，每一个都能立得住。书写的人若把骨气和血脉融入其中，便会展现出独特的个性风采，透过这字看出一个人的品格来。赵爷的字似展翅欲飞的鸟，羽翼丰满，指爪精瘦，站在那里稳稳的，浓黑的墨里面隐藏着一双眼睛，炯炯然让人不敢直视。宗兰喜欢赵爷字的气势，虽然没想过成为书法家，不过没事的时候，也常过来学上几笔。宗兰从小就招人喜欢，性情上又和赵爷相合，所以赵爷倾力教她，认为宗兰在这方面很有悟性，只是需要时日打磨。

赵爷捋着胡须在屋里走动，秋日的光在炕上悄悄移动。赵爷立住身，望着墙上的画，老干虬枝上的梅花似乎要渗出血来。宗兰笔握得紧，赵爷试图从后面偷偷去抢，没有成功，不禁哈哈大笑起来，宗兰回身抬头看见赵爷抖动的胡须，也抿嘴笑了。

"好啊，握笔有力，字就不会软，说不准什么时候便能写出一篇大文章来。"

"不过是写得认真，字却不见得好。"

"嗯！世上就怕这认真二字，只要认真，做人做事错不了的。"

两个人写字说话都很认真，案上的纸雪白雪白的，上面的字乌黑乌黑的，乌黑的边缘慢慢向雪白的所在洇开去。

"赵爷在家吗？"

进屋的两个人一高一矮。高的是中国人，年轻轻的腰却有些弯曲，满脸的笑藏不住内心的空虚；矮的是日本人，戴着圆眼镜，眼镜腿套着小耳朵多半圈，鞠躬的时候腰也不弯，屁股向后撅了一下，眼镜腿差点滑脱了耳朵，忙用手扶住，看似异常谦卑，却不说话，高个儿先开了口。

"这是我们金贵馆的老板，慕名而来，想求赵爷一幅画。"

"自从腊月二十三我就不画了。"

高个儿向矮个儿呱啦几句，矮个儿又向高个儿呱啦几句，高个儿又开始说人话了。

"画幅樱花就行，我们老板说多少钱都行。"

"樱花？死亡之花，不吉利吧。我们这地方没有，没见过，画不了。"

高个儿矮个儿互相一呱啦，提出画梅花也行。

"梅花也不画了，自从腊月二十三就不画了。"

矮个儿取出金条，搁在炕上，高个儿盯着金条，目光并不向着赵爷。

"我们老板说了，只要肯画，这金子就是赵爷你的了，还有什么条件都好商量。"

"我的手可是干净的,碰不得这钱。收起来吧,不画就是不画,自从腊月二十三我就不画了。二位请吧。"

听高个儿呱啦完,矮个儿愤愤抓起金条,蹦出了屋子,高个儿颠颠追出去,呱啦呱啦不说人话。

赵爷哼了一声,把右脚使劲跺在地上。

"赵爷你真厉害!"

"厉害什么?让人欺负到家了。"

两个人又都不说话了,宗兰继续练字,赵爷望着墙上的梅花,感觉血红色的花瓣更艳了。

刘四爷靠卖酸茶起家,人们都叫他"刘酸茶",后来在南大街开设了"同裕昌"果脯铺。刘四爷做买卖童叟无欺,薄利多销,创制了三花、三糕,最远行销到北京城,买卖是越做越大。双城老百姓都传说,刘四爷当年从南方买来做糕点的橘子,有一筐里不知什么人藏着大烟,又没人找来,捡了一个大便宜,于是发了家。传说就是传说,未必可信。

刘四爷个子不高,从南大街向东南隅走过来,淡淡的人影和他的个子一般长短。刘四爷行进的方向和地上的人影一致,就靠这人影的引导,走进了赵爷的院子。

刚做出来的槽子糕、芙蓉糕、西洋糕,还有冰花、了花、冰了花,给赵爷尝尝鲜。

"谢过,谢过,老扠快接过来,宗兰倒水。"

刘四爷坐定了身,笑呵呵瞧着赵爷。

"听说金贵馆的日本子来过啦。"

"刘四爷的耳朵真是灵通啊。"

"哪里哪里,赵爷视金钱如粪土,长了咱中国人的志气!"

"哎!和西门外那些孩子们相比,我这把老骨头算什么,活得憋屈,还不如早死。"

"这可怎么说,赵爷是双城一宝啊,得好好活着。话说回来了,日本人咱惹不起啊,火车站那次,没有屠城就算万幸了。要不赵爷到乡下躲几天再说？"

"躲什么？这是我的家，张宗义让他们抓走了，夏老师也被抓走了，让他们把我抓起来好了！"

赵爷说着说着站起来，在屋里来回踱着步。赵奶瞪了赵爷一眼。

"人家刘四爷一片好心，不知好赖。"

赵爷不吭气，继续踱着步。猛然间抓起那些毛笔，狠狠摔在地上，又站在上面使劲踩着。

"我赵伯元从此罢笔了！天王老子来也不行！"

赵爷越说越气，把地上的毛笔搂起来，三步两步填到灶堂里去了。赵奶不敢阻拦，心里又急，眼泪都快下来了。

"这是你的命根子，吃饭的家伙啊，今后可怎么活呀！"

"怎么活？你要过饭，我挨过饿，不也没死？"

刘四爷再也坐不住了，拿出一沓钱来。

"你们先用着，我刘酸茶佩服赵爷大义，一定要收着。"

"多谢四爷了，我看这老头票子就烦。"

"那好，赵爷要是有心思，我可以帮着找个差事。"

"做什么事，挣什么钱，钱一花出去就等于进了日本人的腰包，日本人再拿这钱造枪造炮，回过头来就杀你。"

"说得在理，说得在理，我刘酸茶羞愧难当。"

赵奶脸上有些挂不住，白了赵爷一眼。

"你这倔老头子，明不明白事理？"

"不妨不妨，赵爷这样有骨气的人，双城堡没有第二个！说句不好听的，赵爷要是有那一天，棺材板钱我刘酸茶非出不可，往后要是有个马高镫短的，老嫂子你就吱声……"

送走了刘四爷，赵奶又开始埋怨。

人家刘四爷多仗义个人，你说话就不能不呛着，不知好赖，赶明个给人赔个不是去。

"你懂什么，刘四爷做大事的人，没那么小气。"

秋天的凉是从夜里开始的，半夜里醒来的时候才会感觉得到。宗兰翻了一个身，掖了掖被角，想接着睡去，不自觉又翻了一个身，三嫂轻微的叹息声飘过来。院子里白亮亮的，什么声音都没有，连一丝风声都没有。宗兰坐起来，寻那白光的来由，月亮好像又要圆了。

"你三哥也不知道啥时候能回来？"

"要是真修铁路去也该回来了，说不定就这几天。"

"明天陪我上于家烧锅算一卦去，我总觉得你三哥要出事。"

"三嫂你怎么什么都信，就是算得准，事情要发生，你有什么办法？"

"算算去吧，总比在家干等强。"

"放心吧，我总感觉三哥没事。"

担石头，扛铁轨，干了一天的活，人都疲乏得不愿站起来，吃饭的力气都没有了。能吃饱，也并没有永兴复的老烧酒。临时搭的窝棚里漫进夜的凉气，宗义和衣躺倒，却睡不着，腿软头昏的也起不来。

拉林河水静静流淌着，虫鸣声也很微弱，只有局所里的人吆五喝六地耍着钱，好像全世界就剩这场赌局是热闹的。

枪声响过之后，冲进来的人下了他们十几条枪，收了他们的钱。蔡六包子是胡子出身，有些见识，站出来报号。

"我们是于军，张冠英的手下，张统带是于司令的干儿子。我们是井水不犯河水，不把枪和钱还了，小心我们于司令剿了你们。"

这于大头本是剿匪起的家，几十个土匪用铡刀一齐铡了，眼睛都不眨一下的主。蔡六包子本想镇住这些来路不明的人，却被一个大汉一脚踹趴在地下。

"你个龟孙子，你算哪辈的！我们可不是绺子，响当当的赵尚志的队伍，揍的就是你们这些吃里爬外的汉奸，再给日本人当狗，下一次就要了你们吃饭的家伙。"

这一路人马风风火火地来了，没一顿饭工夫，齐了活，顺着河道一溜烟消失在夜色里。夜的宁静恢复如初了，像是什么也没发生过一样。

"快上窝棚看看,别让干活的都跑了!"

蔡六包子反应快,没有被这帮人吓傻,带着人围拢过来。窝棚里的人听见枪响,不知发生了什么,爬起来便跑,被圈回来的,只剩下十几个人。

"妈了疤子的,看谁还敢跑,都绑上。"

"我看谁敢!"

草丛中,柳条毛子里钻出了二十几条枪,对准了这一伙人。

领头的弓肩曲背没什么派头,眼睛倒是很大,眉毛也粗重,颇有些英气,根本看不出来是一个胡子头。他身后的几个弟兄倒是耀武扬威横眉立目的。

"好你个蔡六包子,给日本人当了狗,就装不认识。爷爷今儿不为难你,听说你这里有几个木匠和泥瓦匠,把这几个人留下借爷爷用用。"

"原来是'老庄稼人'啊,真是大水冲了龙王庙,一家人不认识一家人,当家的说话,好使好使!"

"滚犊子!谁和你是一家人?"

"这说哪里话,咱原来也是喷桶子底下干买卖的,现在领着弟兄们投了于军,要枪有枪,要衣裳有衣裳,吃喝玩乐全都不愁。前些天张统带还叨咕要把你也收了,咱弟兄共享荣华富贵呢!"

"给日本人舔腚的事爷爷不干,你要是觉着滋味好受,舌头伸多长爷爷先不管,要是还在这嚼舌头,我这帮弟兄插了你可比杀小鸡子容易。"

蔡六包子不敢多说,带着他的人灰溜溜地走了,连个影子也没留下。

这"老庄稼人"是有些名头的胡子之一,双城人都知道他的发迹史。

这年冬天,在拉林通往双城的大路上,几辆拉粮食的大车正呱唧呱唧地飞走着,走到红胡子四屯,一个头戴狗皮帽子、脸上埋拉巴汰的人拦下了他们,说是要捎个脚到城里去,管事的看死冷寒天的,就把他捎上了。这人很是感激，一路上和管事的搭讪，无非是拉多少粮食能卖多少钱什么的。

"你们这么多粮食，没什么防备，要是被人劫了可是白瞎了。"

那管事的不知是被这人唠迷糊了，还是怎么了，不禁微微笑道：

"怕啥，我们有枪！"

"那还不错，把握了。这年月要是有了枪就是天王老子也不敢惹了。我一个庄稼人，还没看见过枪什么样呢，能让我见识见识吗？"

管事的见他一脸憨厚，也没怀疑，便拿出枪来给他看。

"小心啊，上着膛呢，别走了火！"

那人稀罕巴查地抚摩着枪。

"就这玩意儿，能好使吗？"

"怎么不好使呢？要是遇见胡子，一枪准保撂倒一个！"

那人把枪口对准管事的脑袋，说话慢条斯理。

"好使就行，这几车粮食归我了，我就是胡子，红胡子。"

这回管事的傻眼了，眼睁睁看着这人到城里把粮食卖了，把票子揣起来，竟然毫无办法，只能讷讷央求。

"请爷报个名号，我好跟掌柜的交代呀！"

"老庄稼人！"

那人说完，挑了一匹马，头也不回地走了。

从此"老庄稼人"的名号就传开了，后来听说这"老庄稼人"用这些家底竟也拉起一股绺子，打家劫舍，专拣大户人家下手，并不为难穷苦百姓，也算义气。

拉林河发源于长白山余脉张广才岭，是松花江的支流，在双城境内已经是下游水段了，所以水流不急，但水面宽阔，南岸的朱尔山更是风景秀丽。这里曾是辽金时代的古战场，现今则成了土匪的避风港了。

宗义跟着这帮人沿着河岸走，红红的太阳从河底跃起，染红了一片河水，水面上起了一层雾，飘飘洒洒也不向上升。只听"老庄稼人"

一声呼哨，从柳条丛中冒出一队人马，吵吵嚷嚷直奔过来。河岸的柳条丛很茂密，里面隐藏着十几个窝棚，从外面根本看不到。茅草搭的窝棚里面，有砖头和木板搭就的临时床铺，上面凌乱地铺着些干草，没有被褥和枕头，宗义没想到胡子窝这么简陋。

十几个人帮着胡子们加固了窝棚，堵严了透风的地方，忙忙活活就是一小天。

粮台开始码人做饭。几个人在野地里支起锅灶，煮了一大锅红鲜鲜的高粱米饭。还有几个人在收拾鱼，说是收拾鱼，其实就是用刀把在鱼头上用力一敲，把鱼打晕，也不刮鳞，也不开膛，直接把鱼扔到锅里，在锅里撒上点盐，添上些拉林河的水，也不放油，采几根野葱塞到锅里，就开始咕嘟咕嘟炖了起来，一会儿工夫，那鱼的鲜香味道就涌了出来。粮台一边忙活，嘴里也不闲着，高声唱道：

"一口饭，两口鱼，死也不把河沿离……"

宗义看得眼馋，口水在嘴边直打转，"老庄稼人"走过来拍一下他的肩膀。

"木匠，过来帮帮忙。"

不知什么时候，"老庄稼人"打了几只野兔，帮他把野兔扒了皮，皮晾在杆子上，"老庄稼人"便将野兔开了膛，挖个坑把下水埋起来，说是怕晚上把张三招来。把这些做完了，两个人用树枝生起火来烤兔肉，那兔子被烤得滋滋冒油，焦黄发亮，勾得人肚肠子直叫唤。

胡子们一边大嚼，一边端起大碗喝酒，"老庄稼人"端着一碗高粱酒，往宗义嘴里灌，呛得宗义浑身着了火一般，顿时觉得比白天还要暖和。"老庄稼人"哈哈大笑，转过身来。

"男爷们儿，都得会喝酒！天当房，地当床，喝死就当睡着了！"

说着，站起身来，右手端了一大碗高粱烧酒，一仰脖子，一口气灌了下去，然后用左手抹了抹嘴巴，大笑。

"好酒啊！"

天渐渐黑了下来，"老庄稼人"招呼道：

"上亮子!"

说话间就生起了几堆篝火,那火光一闪一闪的,在黑夜中直向上钻去,映得这些人脸膛红红的,也像着了火一般。这些男人被高粱烧酒点燃了,吵吵嚷嚷顿时热闹起来。忽地跳出一个人,嘶嘶哑哑地唱了起来:

自从日本鬼子来东北,
杀人放火抓小鸡儿啊,
老爷们变成了老光棍,
死了老娘们丢了儿啊,
来到南河沿当了胡匪,
劫道绑票不是个人啊……

宗义向"老庄稼人"望过去,他的眼里像是有一潭水,莹莹地映着火红的光。"老庄稼人"怔怔的,似睡非睡。那个日本兵仿佛还在怪笑着,孩子的母亲在房梁上挂着,被他扔在城里的孩子衣衫褴褛,到处寻找着父亲……

"掌柜的,李破烂派人来了!"

"老庄稼人"抹了一把泪,霍地站起,那火光映着通红的眼。

"快请!"

天说亮就亮了,姑嫂二人走出南门,秋风便刮过来。田野上已经躺倒了成片的玉米,那些还没有收割的玉米,有的还在站着,叶子已经枯黄,有的早在那场大水中折了腰,茎叶泛出黑色。向日葵大多沉重地垂着头,弯曲了脖颈在风中摇晃着,还有的生了两颗头,一颗在旁侧低垂,另一颗还在把脸仰向天空,两颗头都没有完全成熟。

一棵风滚草在风中打着滚,擦过宗兰的脚边,在一片坟地停下来。那是于翰林的坟,坟上的荒草黄绿纷杂,绊住了风滚草流浪的脚步,又一阵风吹过,风滚草飞跑起来,一路播撒着成熟的种子。

一小青,
长大黄,

满山跑,

不怕狼。

这是宗兰小时候猜过的谜语。这些风滚草,勇敢而又孤独地流浪着,它的子孙要在原野上一个个扎下根来,来年秋天,一样要折断了脖颈,在大地上翻滚,一代一代地重复,没个尽头。

其实魁星楼上的魁星在双城堡一个状元也没有点中,于翰林是由于学养丰厚、年寿又高被皇上特封的。于大头看中了于翰林的坟地,想沾些仙气,况且一笔写不出两个于字,便把祖坟迁过来,顺理成章地抬高了自己的身价。然而坟地毕竟是埋葬死人的地方,对活着的人不会施舍一丝光芒,于大头也根本无法继承于翰林的文脉。于大头自幼喜舞枪弄棒,投身军旅之后杀人如麻,屡立战功,深得张大帅器重,后来郭鬼子反奉,于大头站错了队伍,坐错了屁股,只好赋闲在家了。于大头觉得没面子,谎称大帅派他到热河当省长,由于忌讳鱼到热河等于下了汤锅,犯了小人语,恐有不吉,便不去就任,乡人竟也信了。一日,于家花园飞来数千猫头鹰,老百姓都来观看,由于猫头鹰的粪便臭气熏天,看热闹的人都被熏跑了。于大头惶惑不安,请李先生占卜,李先生随手写出"天分"二字,说是吉兆。你还别说,日本鬼子一来,任命于大头做了吉林剿匪总司令,于大头便搜罗旧部,招兵买马,死心塌地当起恶狗来,赵毅和李杜都被这条狗咬到老毛子那里去了。

于家烧锅屯子不大,李先生的家三间土坯房,院子规整,清扫的没有一丝草刺。菜园子里,大白菜和青皮萝卜长得茂盛,几只白蝴蝶合拢了翅膀抓住菜叶,在风中闪烁着。先出来的是一条小黄狗,水汪汪的眼睛打量着来人,湿乎乎的小鼻子不停嗅着,小尾巴还一摇一摇的。

"迎客儿!快回窝去。"

李先生站在门口叫着小狗,小狗摇着尾巴跑回去,像一个懂事的孩子,坐下来看着主人把客人请进屋。

李先生皱纹堆垒,慈眉善目,毫无大街上打板算命之流的狡黠之气。倒水寒暄之后,问明来意,上了香,便取出纸笔不慌不忙写出四个大字：一日就回！

小黄狗跟在李先生脚后，把两个人送出了院子，宗兰回头时，见小狗还在摇着尾巴。三嫂放心了许多，脚步也轻了，宗兰有点跟不上，便在脚上面加了些力气。

人在路上走，风在身边吹，似乎比来时温柔多了。路旁的树站着不动，偶尔有枯叶被吹落下来，落在杂草间的被缠住不动，落在路上的向前跑了几步，又停下，停了片刻，又向前跑。有一片叶子沾到三嫂的头发上，宗兰上去摘下来，摸摸叶脉，还有弹性，比嫩叶的叶脉硬了许多。宗兰随手把叶子扔掉，那叶子在地上竟然没有动，风在吹，人要一路走过去。

宗兰是多么喜欢清新的野外啊！在菜叶上爬行的甲虫，草尖栖落的蜻蜓，树枝上唧唧叫的小鸟，都不会因为人世的沧桑发生变化。即使天气凉了，野草倒伏下去，野花也残留不多，那一派生机还在。南飞的大雁排成了"人"字，在高空涌动，偶尔的雁鸣飘落在广大的世界里，从容而又清亮。

田野上忙碌的人们，远远的看不出表情。即便不是一个丰收年，成熟的粮食也总要收回到家里去的，籽粒饱满的更要小心保存，放到干爽的地方，来年春天还要播撒到土地里去。

心里轻松，路便短了。走过南门，家就不远了。三嫂在西南隅的店铺里买了几块月饼，宗兰拎了并不觉得沉重，想想明天晚上的月亮，应该和月饼一样的圆。

西南隅的富翼长胡同里，红色的大门上悬挂着"双城府乞丐处"的金字牌匾。这是一个两进院落，里院有海青瓦正房五间，东西配房各两间，正房里住着乞丐头儿张兴邦，大伙都叫他"团头"，也有人开玩笑地叫他"处长"。张兴邦有一个"杆儿"，二尺多长，上黑下红，红的一端系着皮鞭。老百姓把这玩艺叫"黑红棒"，这"黑红棒"可了不得，乞丐要是乱了规矩，可以用"黑红棒"随意责打，打死勿论。"黑红棒"还有一个用处，就是大户人家有了红白喜事把"黑红棒"

请去，可免乞丐们骚扰，当然张兴邦从中是捞了好处的。

外院有东西厢房各五间，矮檐纸窗，一明两暗，对面火炕，这里是乞丐们食宿的屋子。里面乞丐满堂，仿佛恶鬼，屋里秽垢弥漫，气味难闻。小乞丐蹲在炕梢，没有被褥，炕面冰凉，那里没有看门的狗追咬他，但却不是他的家。

小乞丐跳下炕来，摇着弹弓跑到大街上去了。

小乞丐像一个土块被父亲扔到大街上以后，就再也没有见过父亲。

父亲失踪了，小乞丐还要活下去，像狗一样活下去，有时连狗都不如。那些看门的狗并不把他看作同类，总是追咬他。小乞丐是个小孩子，又经常饿肚子，当然跑不快，他的腿被狗咬过很多次。看着腿上的伤痕，小乞丐恨起狗来，用弹弓打那些狗，打完了便飞跑。有时他也觉得自己也是狗，一条无家可归的狗，一条没有毛的狗，在这世界上孤单地行走着。那些大户人家的狗，虽然经常遭到主人的呵斥，却能吃得饱，叫声也大，仗着人势乱咬着。小乞丐靠别人的怜悯活着，肚子里缺少食物，没有力气，他不能喊叫，也不敢叫，便连狗也不如了。小乞丐整天在大街上游荡，衣不蔽体，头发蓬乱，晒黑的皮肤没有一丝光泽，小小年纪生出死的念头，然而他并不知道什么是死，就像他不知道什么是活着一样。

"小孩，过来！"

小乞丐单薄的身影纸一样翻转过来，怔怔地不知是不是叫他。小孩，他已经完全忘记了自己是一个小孩子，经常听到的声音是：小要饭的，拿去！

宗兰从纸包里拿出一块月饼，微笑着向小乞丐递过去。

"小孩，过来，给你月饼吃！"

从那微笑里小乞丐仿佛看到了母亲的笑脸，跑过来双手接过去，又一溜烟跑走了。

秋风里留下了小乞丐甜甜的声音。

"多谢姐姐！"

宗兰包了月饼，跟着三嫂往家去。两个人的影子在土路上平移着，并不知道直立着的人在想些什么。

一个夜晚匆匆溜走，一个白天又平淡地过去，眼看着太阳向于家花园的方向滑落，三哥依然没有回来。

不知不觉间，月从太阳升起的地方露出脸来，又大又圆，白白的，像涂了脂粉的古代美人。这张脸慢慢有了光泽，笑吟吟高升，轻飘飘远去。

三嫂走到大门外，跑到大街上，向远处遥望着，昨日轻松的心又沉了下来。

宗兰走到野玫瑰斑驳的影子下面，看那月时，月慢慢被云遮了，野玫瑰的影子蔓延开来，越来越淡。蟋蟀在墙角唱着歌子，别的东西发不出声音来，只好安静着。

云越来越浓，越来越黑，月已经完全隐去，黑夜在大地上行走着，悄无声息。

大户人家的电灯还亮着，伪军兵营里的酒席还没有撤，电却突然停了，整座城没有一丝光亮。枪声从南门响起，越来越密集，像一锅水被烧得滚开滚开的。城里的伪军被包围了，跑不出来，只好向天上放枪。于家大院的家丁们乱放了一阵枪，跑的跑，藏的藏，一袋烟工夫，金银财宝和枪支弹药被洗劫一空。西门外的张冠英想进城救援，刚一出营门，身边的四个卫兵就倒下了三个，只好龟缩回去，不敢露头了。

冲杀进来的人捣毁了县署，魏县长早已没了踪影，监狱被砸开，那些受苦的人纷纷逃了出来，在黑夜中辨别着家的方向。

除了一条命，一无所有。穷苦的百姓大多并不害怕，只是待在屋里不知外面发生了什么，破城的人也不去滋扰他们。深宅大院里的人交出钱财和枪支，才算安下心来，也不敢探问这支队伍的来头。这支神出鬼没的队伍就像在城里刮起了一阵狂风，狂风过后，一丝影子也没留下。

敲门的声音越来越急促，宗兰三下两下穿上衣服要去开门，三嫂从炕上跳下来拽住宗兰。

"小兰别开门，你知道是什么人啊，我们两个女的，进来坏人咋整啊？"

"什么坏人？三哥回来了。"

"外面打枪呢，不是鬼子就是胡子。"

"城里住着那么多狗，鬼子攻城干啥？胡子哪有那么大胆子，敢到城里来？三哥回来了。"

门开了，宗义站在门口，看着屋里的两个亲人，眼泪差点掉下来。

"吓死我了，外面打枪呢！"

"李破烂的自卫军联合着几股绺子破城了，外边可热闹了！"

"还热闹呢！吓死我了，吓死我了，你可回来了。"

李破烂就是李铁城，张大帅的外甥姑爷，原是马占山的副官，江桥一战后，看不惯马占山搞的那一套假投降，自己扯起"民众自卫军"的大旗，专打日本鬼子。这一天，手下人抓来了32个日本人，说是来谈判的，还带来了大批军火给养，李破烂哈哈大笑。

"杀猪，招待贵客！"

日本人吃饱喝足，一个个洋洋得意，领头的拿出委任状往桌上一展，李破烂顿时脸色一变，把委任状扯得粉碎，一只脚踏上凳子，大喝一声。

"来人，都给我绑了！"

日本人搞不明白，东西收了，酒也喝了，怎么说翻脸就翻脸，领头的是中国通，却也镇静。

"中国有句古话，两国交兵，不斩……"

"少他妈废话，今天就让你们死个明白。中国还有句古话，来而不往非礼也。请你们喝酒，是念你们送来的硬头货，一码是一码。你们日本人不在家里老实待着，占我国土，杀我军民，我李破烂是军人，堂堂正正的中国人，让我给你们当狗，做梦去吧。赖在我们这里不走是吧，今天我就成全你们这些龟孙子，打发你们回老家。来人！拉出营外都给我砍了！"

说罢，李破烂跳上高坡。

"弟兄们，不把国土上的小鬼子杀光，枉为人……"

此事一出，群情振奋，爱国志士纷纷来投。一时间，李破烂便拉起了上万人的队伍，转战黑吉两省，日、伪军闻风丧胆，拿下个小小双城堡，只是小菜一碟。

夏老师躺在铁窗下面，紧闭着眼，思想着那一轮明月变成了一块月饼，油亮亮的，晃的人肚子直叫唤。枪声越来越近，夏老师却爬不起来，浑身的骨头都碎了一般，聚合不到一起，疼痛的感觉渐渐散去。

被抬回家里以后，夏老师觉得身上热了些，夏师母拉着他的手，眼泪噼里啪啦的，有的钻到炕席缝里，有的落到屋里地上，湿了一片。宗义直直地站着，讷讷说着话。

"把夏老师藏起来吧，天一亮说不定特务们还会……"

夏老师叹了口气，干咳着。

"要死的人了，他们又能怎么样，我死过了，死过了……"

外屋，宗兰烧着水，灶堂里的火顺着锅底向上燎着，映亮她的鼻子眉眼，烘烤着白嫩的脸，热气弥漫着，在屋子里游走。

帮着夏老师洗了脸，烫了脚，宗兰走进院子。都团圆了，月亮却不在天上，也没有星星，只感觉天出奇得高远、黑暗。秋风吹落了树叶，安静的事物继续安静着。接下来还会发生什么？人只好等待着一切来临，没有办法吗？

天总会亮的，人也会从睡梦中醒来，第二天的阳光和前一天没什么分别。

徐金氏进屋的时候看见了宗义，很是惊喜，先是问候了一番，继而想起了自己的丈夫，心中暗暗悲伤起来。三嫂把徐金氏拉过来，一唠就没个完。宗兰知道，徐金氏已经忙完了秋，这是来接她的。宗兰喜欢乡下，家里的老房子还在，三哥也打算搬回去种地了，这些年在城里面的风风雨雨，搅得人心不踏实，乡下起码清静些，也看不到这么多狗的面孔。虽然乡下有胡子，有了这次的经历，宗义心里面也坦然了许多。但刚刚回到家里，妹妹就要到徐家去些日子，宗义还是有些舍不得。

"天凉了，早点回来。"

"放心吧，老妹妹就交给我了，听说城里面响了一宿的枪，还是乡下消停，让老妹妹多住几天。"

两口子送她们到大门外，三嫂好像想起了什么，小声对徐金氏说着什么。

"……大户人家……念书的……帮帮忙……"

"别胡说……"

宗兰瞪了三嫂一眼，她心里明白两个人在说什么。宗兰心里面装着很多事，不想早早地把希望寄托在另一个人身上，她还有很长的路要走，向二嫂学习，28岁才嫁人。宗兰总觉得自己还有很多事没弄明白，想接着念书，多懂些做人的道理。整天围着锅台转，或是做一个闲散的少妇，无所事事的有什么意思呢。除了双城堡，还应该有一个更广大的世界在等待着她，她现在心里已经感觉到了。

走在大街上，秋风小了许多，阳光也比前些日子温暖。城里的人们该干什么干什么，大街和往日一样，不安静，也不热闹，昨夜的事好像没发生过。

狗阎王慢悠悠地牵了一条狗走出院门。等到来在大树下，宗兰见那条狗使劲向后坐去，却没有狗阎王劲大，被狗阎王拽过来的时候，已经吓尿了。狗阎王虎着脸，没有一丝笑模样，把狗拴在树上，又拿出一条绳子，在绳子一头拴了个活套，套在狗脖子上，把绳子的另一头甩到树杈上，将原来的狗脖套麻利地解下来，就把那狗吊了上去。那狗凄惨地嘶叫了几声，蹬了蹬腿不动弹了。这场面让人心惊肉跳，狗阎王却旁若无人，把他那腥臭的破上衣扔到地上，取来接狗血的盆子放到树下，用屠刀在狗的大腿根处用力一捅，狗血便流了出来。

狗阎王可真够狠的，他这劲头要是用在杀狗汉奸上就好了，可惜用在宰杀可怜的动物上，也许是生活所迫吧。双城人都知道狗阎王的大名，他杀狗无数，双城所有的狗没有不怕他的。听说他到谁家串门，人家的狗哼都不敢哼一声，见他老早就躲得远远的，狗们都惧怕狗阎王的杀气，几里地以外就嗅到他衣服上的腥臭味了。

小乞丐身上的破衣服有一股馊臭味，散发着穷气，狗见了他就咬。看见狗阎王又杀了一条狗，小乞丐有些幸灾乐祸，看见那条狗挂在树上，狗血还在一滴一滴掉下来，却有些害怕起来了。看看自己身上的破衣服，再看看地上狗阎王的破衣服，没有什么太大的分别呀，狗为什么怕狗阎王呢？小乞丐怕狗，狗怕狗阎王，他们的破衣服都差不多，小乞丐好像明白了什么。

宗兰和徐金氏走过来的时候，小乞丐向宗兰点了一下头。

"姐姐！"

宗兰又看见小乞丐笑了，但那笑里分明隐藏着什么，宗兰有些疑惑。

狗阎王叉着腰，等着那狗血滴尽。等他听到了动静，小乞丐已经拎着腥臭的破衣服跑了。狗阎王气得抓起刀子，在后面猛追。

"小犊子，站住！再不站住，老子捅了你！小犊子！"

一大一小，一个拎着破衣服，一个拎着刀子，一会儿工夫，跑没影了，他们后面是微微的秋风。宗兰觉得挺有意思的，想笑，没笑出声。狗阎王当然不会真的把小乞丐杀了的。

十字街的人比往常多一些，于军的兵丁荷枪实弹，看客们远远的不敢上前。高杆上悬着五颗人头，偶尔有血滴下来。张冠英骑在高头大马上，小眼睛眯缝着，马鞭在手里打着转。

"这就是共产党的下场，八月十五敢打进城里来，老子抓一个铡一个！"

摆在地上的铡刀被血染红了，地上的一大摊血冒着腥气，五个无头的尸身堆在一边。从尸身上的衣服看来，分明就是些平民百姓。

铡刀旁边捆绑着狗阎王和小乞丐，狗阎王使力挣脱摁他的兵丁，把头向上挺去，破口大骂。

"张冠英你个狗儿子，于大头是日本人的狗，你就是狗儿子，狗孙子！我狗阎王就是杀狗的，不怕你们这帮狗。有能耐和义勇军打去，杀几个老百姓算个狗熊！当年老子也和赵团长一起杀过鬼子，你们算什么，不是中国人，不是人，是狗！狗儿子！狗孙子……"

张冠英皱着眉头，从牙缝间蹦出几个字。

"给我铡喽！"

"敢铡我，老子20年后，回来杀你们这帮狗！狗儿子！狗孙子……"

铡刀扬起，又落下，狗阎王的头掉到地上，大头朝下，脖腔子涌出鲜红的血来，遮了狗阎王的脸。另一半脖子涌出的血更多，融进地上的血中，隔着铡刀，够不到头颅里流出的血。

"妈呀！"

徐金氏轻轻叫了一声，人群骚动起来。宗兰转过头去，没有眼泪，只有咚咚跳着的心似要蹦出来一般，徐金氏拉住宗兰的手要走。

"把这个小崽子也铡了！"

小乞丐脸色煞白，眼光灰暗下来，挣扎着向人群里喊叫。

"我是要饭的，不是共产党，叔叔大爷儿们，救救我！救救我，爸爸呀……"

人群中没有人动，宗兰看那小乞丐时，小乞丐也看见了宗兰，那无助的眼神里撑满了乞求。宗兰要上前去，手被徐金氏拽得更紧了，宗兰向前迈步用力，徐金氏向后拖拽，刹那间小乞丐的头滚了下来，宗兰似乎听见了一声——

姐——姐——

绕过人群，宗兰被徐金氏拖拽着，轻飘飘的像一个风筝，双脚似乎离了地，像是风筝坠儿。而那声音在头脑里挥之不去，越来越浓，连汗毛孔里也附着那声音，慢慢地，宗兰被那声音包裹起来，似全身起了一层雾。

宗兰已经不知道自己是怎么来到徐金氏家的，那座被炸塌半截的房子，似一个无头的老牛卧在那里。连太和连庆正在院子里垛柴禾，两个孩子比二嫂结婚时长高了，也懂事了，都跑过来叫小姨，看那亲热劲，让宗兰觉得自己就是他们的亲姨。宗兰耳边又响起了小乞丐叫姐姐的声音，小乞丐的年龄和这两个孩子差不多大小。

吃罢晚饭，宗兰帮着徐金氏收拾碗筷，烧炕焐被。唐屯长和红枪会潘掌包的迈步进了屋子，是来动员连太加入红枪会的。唐屯长说话和气而又良善，丝毫没有强迫的意思。

"嫂子啊，按理说徐大哥走的时间不长，本不该让孩子这么早入会，我于心不忍，你也舍不得。可总得让孩子历练历练不是，先跟着训练武艺，学学规矩，也不用拜香堂，打仗的时候也不让他上，孩子还小嘛。"

"我愿意入会！替我爸报仇！"

连太心里一直有这个结，认为父亲死得冤屈，盼望着快点长大，早点报了父仇。连庆凑过来，看着威武的潘掌包的。

"我也想入会！"

"去！你还小，人家不收。"

徐金氏把连庆拉过来，心里头像挂着15个水桶——七上八下的。

"有志气，连太是个小子！"

天气已经凉了，潘掌包的还穿着一件短褂，黑红的脸膛上双目滚圆，看连太这孩子答应得干脆，忍不住插上话来。

"咱红枪会从不欺压百姓，只为保一方平安。虽比不得义勇军，比不得共产党，对付个把胡子不成问题。前些日子胡子菜六包子攻打邻屯，让我们下了20条枪，狗日的还敢来，就打发他见阎王爷去！"

徐金氏犹豫着。

"那就让孩子先入？……"

"嫂子放心！只要有我姓潘的在，这小子受不了屈。说句不好听的，我姓潘的就是挡了枪子也让这小子活命，给老徐家留后。"

"我想让孩子念书，多认些字儿……"

"哎呀，嫂子，字认多了有啥用？会写个名儿，能算个账就行了。书念多了，能把日本鬼子都念跑啦，能把胡子都念死啦？跟着我干，管保将来出息个爷儿们！"

"这样，咱今天话都别说死，让孩子先跟着看看热闹，愿意比画就比画两下，先不入会，往后再说，先有个准备，行吧？嫂子。"

还是唐屯长说话柔软，又把话岔开去，唠了几句闲嗑，拱手告辞，和潘掌包的走到月亮地儿里去了。

夜漫过来，虫鸣声稀稀拉拉，秋风在外面也息了声。屯子里没有电灯，过日子人家大多不点灯熬油的。四个人各怀着心事，不管能不能睡得着，却也都躺倒在夜色里，呼吸的声音越来越匀称了。

庄稼都从田地里收回来，苞米放在家里苞米楼子上，不上耗子，通风也好。谷子、高粱和大豆堆在场院上晾晒着，等着有了好天气，就可以打场、扬场了，若是这些活计都干完，就应该猫冬了。

刷了牙，漱了口。宗兰舀了一盆清亮的井水，把一双手伸进去，感觉分外松爽。把水捧起来，低下头，先洗了脸，然后是脖子和耳朵，用毛巾擦干了，又梳了头，觉得自己换了个人似的。乡村里和高墙围着的方城大不一样，安静，祥和，视野开阔，大地上的一切看着格外舒坦。清爽的空气吸到身体里，没有憋闷的感觉，泥土的气息混合着干草的味道，轻轻掠过来，人仿佛融化到里面了。

老三屯不算太大，屯外有一个关帝庙，孤孤零零的，里面那个老道也不常出来，泥人土偶的关老爷当然不是血肉之身，庙里那把大刀也早已锈迹斑斑了。

两个半大小子的读书声里透着憨厚，但不稚嫩。要是能做一个乡村里的老师，领着一帮淘气的孩子，教他们认字，教他们做人，该有多好。若是天气晴朗，也可以带孩子们到田野里去，画画，或者观察美丽的景色，作出一篇文章来，然后在明媚的阳光下，踏着青草和野花的气息，一路唱着歌子，蹦蹦跳跳走回到村庄里来，那应该是多么惬意的事情啊！

然而平静的生活中，总要荡起一些涟漪。有时也会有重大的事情发生，影响人们心情的好坏，改变人们的生活轨迹，甚至决定一些人的生死。

下午的时候，屯子里面骚动起来。

蔡六包子被屯里的红枪会下了枪，丢了吃饭的家伙，没有办法当胡子了，带领他的喽啰们投了张冠英。还不到一个月的时间，在南河沿又被游击队缴了枪，蔡六包子是窝脖带冒烟。张冠英更窝火，于大头不在家，八月十五于家大院被砸开了，没法交代，在大街上抓了七个过路的百姓全都铡了，还不解气，又把蔡六包子骂了个狗血喷头。

蔡六包子带着人前来索要枪支，唐屯长只身一人前来应对。

只见蔡六包子带了两个卫兵，气势汹汹进得屯来，骂骂咧咧扬言今天必须还枪，唐屯长笑呵呵张开了嘴。

"原来是贵客来了，要不怎么一大清早就听见老鸹叫。看来蔡大人如今是高升了，底气怎么这么足？看蔡大人的架势，枪我们也不敢不还啊，只不过红枪会散落到各屯，枪也分得哪屯子都有，也得容我们慢慢收来，等我们收齐了，给蔡大人送去怎样？"

"少给我装犊子！枪，爷爷今天必须带走，看见屯外我带的兵了吗，枪今儿个交不出来，就把你这小屯子平了！"

"话可不能这么说，蔡大人原来是胡子，我们保土安民，下了你们的枪也是正理，现如今蔡大人换了身衣裳就来要枪，也得容我们工夫不是？"

"没有枪，就拿钱来！"

"哎哟！我们这些种地的哪有什么钱，这样吧，场院里还剩些没打的粮食，今年遭了水灾，粮食没上成，回去喂猪喂狗总可以的。蔡大人要是看好了哪家的，可以派几挂大车拉走就是。"

"耍我是不是？老子崩了你！"

说话间，蔡六包子掏出枪来，一抬手就扣动了扳机。唐屯长一个趔趄，捂住了肩头，血顺着指头缝流了出来。早已埋伏在一边的潘掌包的怒火中烧，大喝了一声。

"开挑！"

话音刚落，不知从哪里冒出三个红枪会员，三把长枪直中那三人的后心，刚才还直蹦高的蔡六包子和两个伪军，一眨眼工夫，倒了。村外那十几个伪军吓傻了眼，一溜烟跑了。

唐屯长忍着痛动员屯子里的老人、孩子、妇女躲藏起来，没有人听。这是他们的家啊，祖祖辈辈都生活在这里，不会轻易离开的。再说往哪里跑？哪里有更清明的天啊，那些老人们更是不愿动弹，都说死也要死在家里，决不离开这块土地。

第二天清晨，太阳血一般红。洁白的云如奔腾的马群向上散开，散开又聚拢到一起，铺展出起伏的群山来。血色慢慢浸透，从下到上，弥漫出一片阔大的火焰。收割后的田野荒凉而又广袤，好像失去了一切。只有远处稀疏的树木，依稀站在那里，略显模糊，不久变成了一抹薄薄的雾气。

宗兰正看得心惊时，炮声响起来了。炮弹在村中炸开了花，犬吠声涌起，惊慌的鸡飞上了墙头，飞上了树杈，一通乱叫，猪到处乱窜，牛羊哀鸣着，人从屋子里跑了出来。

潘掌包的气哼哼走来，一手提着红缨枪，一手拎着盒子炮，大声喊了起来。

"狗娘养的张冠英来了，红枪会都到村当间儿来！"

唐屯长大声叫嚷着，领着老人、孩子和妇女向西屯撤去，回过头来又带着一伙红枪会向村外打着枪。

一枚炮弹崩塌了徐家半截草房的半面土墙，柴禾垛也燃烧起来，火舌瞬间飞上了房顶。徐金氏把连庆踹出了房门，拉着连太往出跑。宗兰从外面冲进屋子，土墙哗啦啦掉着土，房脊吱呀呀作响，宗兰快速翻出自己带来的几本书往出跑，头发上落满了土面和灰尘。徐金氏看宗兰抢出书来，像是想起了什么，疯了一般冲进屋去，宗兰一把没拉住她，也跟着进了屋子。徐金氏背起了半袋粮食，还想拿别的东西，被宗兰连扯带拽出了屋子。

房子没有完全倾倒，火已经把房上盖满了。

徐金氏放下口袋，大口喘着气，无奈地望着蹦跳着的火舌。

这会儿——都干净了！

往西屯撤去的人们，哭爹喊娘，拉拉扯扯，议论纷纷，乱哄哄一片。

"咱家小三跑哪去啦？他爸你快回去找找哇！好像上关帝庙玩去了。"

"狗汉奸，狗汉奸，步兵、骑兵、炮兵都来了，这是要把咱们全都给灭了呀，回去和他们拼命去。"

"咱家的大黑猪还没赶出来呢，还有粮食也没背出来。"

"怎么没看见老赵家人啊？还没跑出来吗？坐月子的媳妇，瘫在炕上的老爷子，大家伙儿快去帮着抬呀！"

"场院上着火了，都烧着了，这一冬天可怎么活呀？柴禾也着了。"

……

村里的火光亮了，浓烟夹杂着灰尘斜赶过来，呛着人的眼睛和口鼻。枪炮声越来越密了，喊叫声在村里村外聚合到一起，向更远处撞开去。

枪炮声持续了半个时辰，红枪会子弹打光了，于军冲进了村。红枪会会员一个个端起红缨枪和于军肉搏，倒下的还想站起来，站着的不想倒下去。唐屯长在一边高声喊叫着。

"掌包的，快撤吧！留得青山在，不怕没柴烧，不能硬拼啦！"

于军占领了村庄，没来得及逃走的村民全部被杀，村中的钱财被洗劫一空。鸡鸭鹅狗装进袋子里，扔到大车上，粮食和牲口也装上车，见村中没什么活物了，又把没着火的房子全点了。

大火着了一天，已经没法救了。横七竖八的尸体在烟尘中静静贴在地上，像是变成了土地的一部分。

哭号声，喊叫声，咒骂声，响成了一片。

"儿子呀，你咋就不等等妈，自己就走啦？"

"老赵家死了七口人，怕是绝了后啦！"

"一个活口都不留啊，这是人世间的地狱吗？"

"这帮狗啊，不是人妈生的呀！"

"一粒粮食也没留下，胡子都不如啊！"

"天呀！这是活生生的人啊，说打死就打死了，这是人命啊！"

"把张冠英这狗儿子抓住，一枪崩了！"

"不行！把他零割肉！"

……

宗兰见过西门外那108八座坟茔，见过高悬着的关耀洲的头颅，见过十字街头七个无头的尸身。如今面对着的是成片躺倒的人，宗兰站立着，没有眼泪，脚下似有千斤的重量，拽着她轻飘飘的身子。

人们在咒骂，在喊叫，在哭号……

早晨那浓烈的朝霞已经变成了乌云，遮盖了整个天空，没有一丝月光漏下来。

大地上漆黑一片，嗖嗖的冷风里夹杂着烟尘，那些没有燃尽的东西被风吹去灰烬，露出点点的微火，一闪一闪，反倒成了星星。

伪满洲国时期，东北人对于日本人的态度是不一样的。一些麻木的人甘愿做奴才，谁统治都一样，只要能苟活下去，便一无所求了，国的概念是没有的，在这之前你方唱罢我登场的表演，他们已经看惯了，不再有什么感觉。

像赵伯元这样有民族气节的人还是有的，一介义士不能提枪上阵，却可以罢笔，不畏强权，不贪钱财。历史上还有一位坚拒给日本人写字的末代状元刘春霖，当时有"大楷学颜，小楷学刘"的说法。我曾在百度上搜到下面一段文字：

日本侵略中国后，自1931年"九一八"事变到1937年"七七"事变，日本人拉拢他出任"满洲国教育部长""北平市市长"等伪职，他能保持晚节，坚辞不就。为此日伪当局将其历年收藏的书画珍宝洗劫一空。

我曾见过赵伯元书法和画作的照片，据说原件尚收藏在民间。我也问过书画家朋友赵伯元的书画水平如何，他们说出不了百里，也就是其影响仅限在双城境内，但做人方面可圈可点，让人不得不敬佩，和没有立场的文化人相比，赵伯元的骨气远胜他们，和刘春霖有一拼。

最可恨的是那些甘愿做汉奸的，若能四面见光还勉强，那是为了活命，而反过枪口对自己同胞下手的终将遗臭万年。张冠英、蔡宗友之流就是民族败类，本应得到人民的审判。蔡宗友被乡民当场刺死，张冠英因屠杀双城百姓有"功"，被日本人提升为哈尔滨市道里区公安队任团长，1949年后，老三屯组织了一个小分队到哈尔滨去抓他，没见人影，他早已听见风声潜逃了。我想张冠英即便能得终老，后半生也会如丧家之犬，整天提心吊胆，生不如死的。或许他人性尚存，能为自己所作所为懊悔，也可能做过一些好事，这一点我不抱希望，因他屠杀自己同胞的行为是不可原谅的，做什么都无法弥补，用他的命来偿还都不够，况且他还躲在暗处苟活过。

我了解到张宗兰当年和同学们组织的读书会曾读过亚历山大·绥拉菲摩维奇的《铁流》，这本书是曹靖华应鲁迅先生之约翻译的，瞿秋白代译的序言，鲁迅写的编校后记，1931年出版，从时间上来看，张宗兰和她的同学们应该能够读到。这本书我早就听说过，现在想借机会读一读，任老师藏书颇丰，问他借，说没有，不过帮我从双城图书馆借来一本。拿到手后，我一口气读完了，挺震撼的，写老三屯这一段时，不知不觉把小说中那种类似音乐多声部重奏的手法用上了，本没有刻意去这样写，影响是潜移默化的。

关于于大头，不管怎么说，他都是汉奸，即便有人认为他为双城做过一些有益的事情，据说还释放过陈潭秋。在伊老师的一篇文章《大汉奸于琛澂行状》中有这样的评论：

　　学乾以儒起家，舌耕为业，终成正果，诰封资政大夫。子孙为官多有善行。英蕤潇洒平易，造福家乡，以上三世，皆有可颂者。呜呼！及至琛澂，卖国求荣，桀骜贪墨，横行乡里，人以"于大头"目之。孟子云，君子之泽，五世而斩。信哉斯言！

　　在这篇文章中伊老师考证于琛澂是翰林检讨于学乾的后人，颇为可信，原因是伊老师是一个治学严谨的人。但现在于家烧锅一带的老百姓说不是，于琛澂把自家祖坟迁至于家烧锅，属于鹊巢鸠占，冒认是于学乾后代，意在沾其光，我在小说中采信这种说法，是文学的需要。我猜测于家烧锅的老百姓之所以说于琛澂不是于学乾后人，可能是耻于自己的乡亲中出了汉奸，是一种自我保护心理，是一种自我安慰，他们又能有什么办法呢！在虚妄中活着，自己欺骗自己，心里能舒服些吧！有时我也是这样，但我们都需面对事实。

　　双城政协的何老师曾写过一篇《上将副军长、后投日的汉奸于琛澂》，其中有这样一段：

　　1998年元月期间，农历春节前，由时任市委书记的朱清文、市长李学良、市人大主任焦文林带队，我随双城市委、市政府等四个领导班子部分成员及有关部门、局负责人到北京开乡友会。此间，于琛澂的嫡孙女于旻，向市领导问及她祖父先前的情况，市领导责成我向她作了介绍。于旻时任人民大会堂总务科长兼人民大会堂宾馆总经理，年虽30左右，但毕竟在新时代新国家机关任职，开朗豁达。我们相互问候坐下后，她就开门见山地直言："我知道我祖父是汉奸，但具体情况，我不甚了解，特请家乡人毫不隐瞒地向我介绍一下。"她的坦诚之言，使我消除了顾虑，我就将她祖父本文谈及的上述史实，做了介绍。她听后痛哭不已……

　　1998年我30岁，那一年于旻30左右，我们属于同代人，若我的爷爷是汉奸，我也会痛哭不已的。在我的小说中，于大头不算正式出场，侧面的要多一些，这个人物可以另写一本书，我没有时间浪费在这上面，因为当时没有立场的人遍地都是，他们是出于什么心理，需要费一番功夫探讨。据伊老师讲，当年双城上层人士亲日的很多，一些文化人是有留学日本经历的，日本军队一来，他们是准备欢迎去的。双城堡阻击战过后，没有过日本军队直接大规模屠杀双城人民的大事件发生，貌似的和平景象中，人们的真实想法我不敢胡乱猜测。

像赵尚志这样的民族英雄很多，有时土匪和红枪会也能起来抗日，非常难得。正如萨特所说："在黑暗的时代不反抗，就意味着同谋。"大多数昂着头走路的人当然不会眼看着国土沦丧，他们起来反抗，并最终取得了胜利，日本人滚回大海上漂浮的小岛去了。

中国人的胸怀是博大的，没能回国的日本遗孤被抚养成人，中日建交以后大多数回到了日本，过上了幸福的生活。我参加工作后，由于改革初期很多方面不够完善，有将近一年的时间没有领到工资，只好回到农村的家里种地。有一天，我在城里银行工作的堂叔骑着摩托来到我家，吃午饭的时候说明来意，是给我介绍对象。这没有什么值得大惊小怪的，男大当婚女大当嫁嘛，让我意外的是女方是中日混血，她的父亲是日本遗孤，母亲是中国人，现在全家从哈尔滨移民日本东京。由于在日本女人地位低，什么事都唯丈夫是从，而在中国起码法律上男女平等，新中国成立后妇女地位空前提高，一般的中国男人都温柔体贴。基于这种想法，要回国内找对象，结婚后帮助男方移民日本。

我没想到会遇到这样的事，有点懵。看那女的照片也不是喜欢的类型，气质很普通，还比我大一岁。我立即表示不同意，主要是和日本扯上关系，心里有些不舒服。我母亲对我找对象的事很着急，弟弟都结婚了，我还一个人晃荡，看照片和中国姑娘长得一样，也不像外国人，同意我先看看。我弟弟说，结婚以后在日本赚着钱了就把她踹了。我说，那也不是咱男人干的事呀！堂叔答应人家了，说不见一面不好。就这样我被拉到城里，见到了女方的父母，那个老头非常憨厚，也不怎么说话，倒是老太太非常狡猾，说话留三分，不全吐真言。当我明白要这两个人先看中，才能和女方见面，心里也觉得别扭，坐了一会儿，应付一下就走了。后来堂叔又找我,我用各种理由推脱,把这事放下了。

　　随着年龄的增长,我对很多事情的认识发生了改变。战争是一种集体行为,参与进去的个人应该反思,尤其侵略别人的民族是应该反省,然后道歉。这不妨碍战后双方的人民友好往来,互相帮助,甚至通婚,人性中美好的一面都应发扬出来。爱情是美好的,不会受民族或地域的阻隔,恋爱是自然而然的事情,我也一样,张宗兰也是一样,我们都有追求美好爱情的权利。说心里话,通过对张宗兰事迹的挖掘,我真有点喜欢上了这个人,若是我们生在同一时代,我会爱上她的。现在我能做的是宣传她的事迹,为更多的人所知,让更多的人来爱她,这才是一种大爱。关于张宗兰的恋爱,很多反馈给我的信息是她为了民族事业,不想过早结婚。这可能是信念所致,少年时就埋下了的种子。

四、叶和虫

　　也许一夏天的大水浸透了这片土地,已经为来年春天蓄足了水分,这年冬天的雪迟迟不肯来。一直到快过年了,零星飘下的小青雪也没盖住地皮,不几日就被冷风刮得无影无踪。大地黑漆漆一片,在北风中瘦骨嶙峋,颤抖着延伸到远方去。原野上那些成排的土垄像是老人的肋骨,粗糙而又松弛,缺少一件厚厚的棉衣。

　　由于寒冷和黑暗,没有人看见这一夜的大雪是怎样泼洒下来的,早晨一推门,已经是白茫茫一片了。灰尘都被掩盖起来,满城的房子都戴上了一顶雪白的帽子。远处的魁星楼粉妆玉砌一般,似里面果真住了神仙,已经远离了这真实的世界,要升到天上去。

　　宗义先扫出一条道来,然后上了柴禾垛,把上面的雪扬下来。落下的雪在高处还拢在一起,越往下来越分散,越轻飘,仿佛又下了一场雪。宗义把柴禾垛上的雪拍打干净,跳下来抱了捆柴禾,走进屋子。

宗兰写完了信，把洁白的信纸小心折好，放进信封里，工工整整写上地址，用糨糊封严，夹在书页里。

三嫂点燃了三根香，向案上的菩萨拜了三拜，把香一根一根插进香炉里去。屋子里弥散开一缕缕的轻烟，幽香随后漫开来，淡淡地，嗅不出什么味道。白瓷的观音菩萨端坐在莲花上，神态安详，双目微睁，默视着屋里的一切。

三嫂跪下来，双手合十，轻声祷告。

"求观音菩萨保佑，来年风调雨顺，种什么得什么，一家子平平安安，没病没灾，咱家早生贵子，小兰找个好婆家……"

宗义把柴禾放下，又回到门口跺掉了鞋上的雪。

"这场雪好大呀！来年是鸡年，大吉大利，种庄稼是个好年景。"

宗兰不吭声，来到外屋点燃了灶膛，拿起一本书来，一边看着，一边加着柴禾。柴禾要先填进灶膛里半截，着完了，再把剩下的填进去，这样一根一根地烧，能省些柴禾。

三嫂一边忙活着做饭，一边唠叨。

"过了年回屯子种地去，种什么吃什么，总不至于挨饿，比在城里头坐吃山空强……"

灶里的火燃得旺了，宗兰便把眼光移到书上面，不再看那火。

青年之于社会，犹新鲜活泼之细胞在人身。新陈代谢，陈腐朽败者无时不在天然淘汰之途，与新鲜活泼者以空间之位置及时间之生命……

三哥又到院子里扫雪去了，三嫂掀开了热气腾腾的锅，嘴里还是不闲着。

"今儿个早点吃饭，屋子收拾干净了，好像徐姐姐说这几天要来家。嫁出去的女儿，泼出去的水，领着两个孩子回到娘家去，能是啥滋味呢……"

宗兰眼睛盯着书页，点着头，目光向后面的字滑去：

解放云者,脱离夫奴隶之羁绊,以完其自主自由之人格之谓也。盖自认为独立自主之人格以上,一切操行,一切权利,一切信仰,唯有听命各自固有之智能,断无盲从隶属他人之理……

吃罢了饭,宗兰怀揣了信,推门出去。满面迎来的雪晃得她眯了一下眼。

三嫂欠开门缝,露出头来。

"早点回来,徐姐姐说不上一会儿就来家。"

雪在脚下咯吱咯吱响,宗兰鞋底下一会儿就沾上了厚厚一层雪,在路边上蹭掉,走了一段路,感觉鞋底下又厚了起来,走起路来也不稳当。太多的血和火,仿佛又在眼前浮出,挥之不去。

宗兰想离了这方城,到一个光华的世界里去。不知道那世界在哪里,却肯定就在不远处。那是一个属于她的世界,总会有许多事情要去做,那些事情都有重大的意义,让人做起来心甘情愿,又充满了信心。不像这里,除了死亡,便是活的艰辛。

本来,宗兰可以到佳木斯去,可是二哥来信说,日本鬼子占领佳木斯以后,就把学校都做了兵营。学生们放了长假,老师的工资也减了一半。宗兰想到南方去,南方定是不会寒冷,天地也会更加广阔。天下这么大,怎么能没有一个女孩子的位置?那里会有明媚的阳光,满眼的绿色和水的碧波,人们都挺直了腰,眼中闪烁着笑意,迈动的步子也会更加沉稳有力。宗兰仿佛已经走到那群人中间去了,和煦的风吹得皮肤分外舒爽,伸出手来就会抓住几缕阳光。心里面也会暖暖的,完全不同于这雪地里的一切,白亮亮的,没有血色和生机,似在梦幻里或雾气里一派的迷茫。应该逃离这死寂的世界吗?似乎应该做点什么了。

一封信只能诉说自己的想法,并不会因为这些想法变成了文字,就能够实现。多数时候,道路属于准备走出去的那个人,就像在这雪中,虽然分不清道路的轮廓,只要向前去,总会有一条路会伸展开来,在某个地方接纳这个人的双脚,甚至整个身躯。

邮政局挨着东门，乞丐们正在城门边聚成一堆，在北风中瑟缩着，等着进城的柴草车过来，他们好伸出长钩，钩下一捆柴草来，这是早些年留下的规矩。

警察分所门前也没有站岗的警察，大雪在警察分所门前平铺着，上面一个脚印都没有，里面的警察大概在烤火，顾不得外面的大雪和寒冷的北风。

宗兰到家的时候，家里面已经多了两个人。

徐金氏引荐的人棉长袍快要拖了地，头发贴在头皮上，像被老牛舔过一般湿润，瘦长的白脸没有血色，突出的大眼睛看见宗兰，顿时闪出光芒来。

徐金氏扯过宗兰，口中讷讷。

"我表弟也是念书的，你俩唠唠，认识认识。"

宗兰心里明白，却不吭声。一个完全陌生的人，不会知道自己心里想的什么，更不会知道自己想要过的生活是什么样的。屋子里的人都不懂宗兰的心。

"表弟你快说说，家里将来都怎么安置你的事儿。"

"啊，嗯，我爸说了，毕业了不让我当国兵，也不当警察，说是太危险。就让我继承下家里的产业，一时间也不用我干什么，家里养得起我。我爸说要是相看好了，八字也合，过了年就操办。"

宗兰也不言语，看着三嫂的眼神，忽地冒出一句问话。

"平时都看些什么书啊？"

"嗯，啊，除了课本看些个《双美奇缘》《平山冷燕》《定情人》什么的。"

宗兰再也不说话了，内心里生出无名的火来，看着地面，眼也不眨一下。

送走了两个人，回到屋里面，三嫂向三哥努了努嘴，三哥看定了宗兰的眼。

"妹妹呀，咱爸死得早，妈又不在跟前，你的终身大事哥得操心啊，你也不小了，早点找个婆家，有了依靠，给你找个可心的人，哥也放心了。"

"是呀，是呀，小兰，我看这人不错，又是念书的，家财也厚实，嫁过去你就是少奶奶了，享不完的福，我和你哥说不上还能借上光呢！"

宗兰站起来。

"我不嫁人！"

"妹妹呀，谁家闺女不是十四五岁就找婆家，你不着急，哥还着急呢，岁数大了好人家都让人挑光了。"

"小兰啊，找个好人家不容易，可得睁开眼睛。第一家底要厚，你看我，嫁了你三哥，虽说你三哥有手艺，人也实诚，不也一样遭罪受穷。"

"我的事不用你们管，谁愿意谁嫁！"

宗兰撂下话，头也不回冲出门去，在大雪地上快步向远处走。

"宗兰啊，你这是上哪呀？"

宗义跟出来，看妹妹脚步急促，身后扬起了雪沫，不禁小跑起来。

"跟哥回家吧！不嫁就不嫁，不就是相看相看吗，哥又没逼迫你，你这孩子。"

"我不回家！"

宗义抓住宗兰的胳膊不肯放手。

"快跟哥回家，你要是有个三长两短的，我咋和妈交代啊？听哥话，咱回家，都依你，你要愿意念书，等哥种地挣了钱，就供你……"

宗兰站在雪地里不动弹，眼睛望着远方，这场大雪看不到尽头。

"徐家大姐也是一片好心，为你好。她看你好，想帮你找个好人家，咱应该感谢人家。你要是不愿意，这事就拉倒，哥和她说去……快跟哥回家，大道上让人看见该笑话咱了。"

宗兰从没见三哥说这么多话，心软了，紧绷的脸放松下来，一步步往回走。宗义在后面紧跟着，生怕妹妹再跑了。走到院门口，宗兰向屋子里望了望。

"我上赵爷家去！"

"好好，可不行再跑了，别让哥担心，回头吃饭让你三嫂叫你去。"

宗义眼看着妹妹进到赵爷屋里，才推开了院门。

赵爷盘腿坐在炕头上，正看书。他的胡须越发白了，手抖的时候，胡须便蹭到了书页。赵奶把宗兰让进屋，坐下来瞅着她，历尽沧桑的眼里含着淡然的良善。

"小兰有心事吧？和赵奶说说，再怎么说我也是经过事的人。"

"嗨！……"

"我寻思什么事呢，好事呀！女大不中留，留来留去成了愁。女人啊，早晚都是这么回事。"

"我不想嫁人！"

"哎！傻孩子，我当年15岁就嫁了人，命不好，男人死了，婆家人不待见我，我就一赌气离了那个家。可一个女人能怎么活，就要饭呗，该着和你赵爷有缘，要着要着就要到他们家来了。"

"都是老皇历了，陈芝麻烂谷子的，提它干什么？"

赵爷微笑着，剜了老伴一眼。

"你不让我说，我偏要说完全了。你赵爷救了我一命啊，也是这样的大雪天，把我背回来，给我吃的，给我喝的，找人给我扎古病。呵呵，他是个正人君子，孔老夫子的学生，从来不往别处想。可我得想啊，识文断字的，心眼又好，上哪找去？"

"别夸我！自己个儿都养活不了。"

"美的你！你要不是穷，几十岁的人了，怎么说不上媳妇？也就是我吧，要不你就打一辈子光棍，谁理你？"

"穷咋的？穷有穷的志气，冻死迎风站，饿死不弯腰……"

看着两个老人斗嘴，宗兰噗的一声笑了，笑过之后，便心生了敬意。生活虽然艰难，两位老人风风雨雨过来，相互照看着，穷有穷的乐趣，心里面也踏实，那必将来临的死亡，也就不算什么了。

除夕的夜的天空，没有月亮的影子，人们只好点亮灯盏。当一年中月亮第一次圆满的时候，它的光辉普照大地，地上的灯火越发泛滥起来。不管平时的日子多么艰难，穷苦人家也要留一根蜡烛，在大门口挂上一个红灯笼。大户人家或是商铺门前，会有更多更大更红的灯笼挂起来，加上不时冒出地面的烟花，整个方城像是着了火。

人们都来在大街上，观看焰火或各式各样的彩灯，鞭炮声此起彼伏，在被各色光芒照亮的夜里炸响。平时不太出门的女人们相约出来，看见认识的就上去打招呼，然后相跟着，在秧歌队后面、两旁甚至前面游走着。宗兰和三嫂还有赵奶奶在人流里碰见了徐金氏，便裹在一起了。只有夏师母没有来，夏老师年三十晚上就开始吐血了。

秧歌队伍中最显眼的是四个乞丐抬着的轿子，花子头张兴邦威风十足地坐在轿中。他的头上戴着双眼顶戴花翎，脖子上挂一串朝珠，身上穿着海水江涯袍服，外面罩了一件翻毛皮的褂子，足上踏着一双黑缎子朝靴。大冬天里，手里却拿着一把鹅翎羽扇，不时左右扇动，似酷暑提前来了北国。按照双城堡的风俗，他今天晚上是本地最大的官儿——灯官儿。在轿子前面有两排乞丐扮成的衙役，一个个眉飞色舞，鸣锣开道，高喊着"威武"。看这架势，清朝的县太爷似乎已经还了魂了。

秧歌队跟在轿子的后面，天上地下杂七杂八各种扮相无奇不有，挥舞着大刀的红脸关公，耍着金箍棒的孙大圣，扛着九尺钉耙的猪八戒，倒骑驴的张果老，背媳妇回娘家的小伙子，手拿要饭棍的傻柱子……傻柱子摸一下关老爷的长胡子，孙大圣揪着猪八戒的耳朵，张果老拧一下新媳妇的脸蛋——这些个还不算有趣，那个背着乌龟壳的小丑，缩脖哈腰蹦蹦跳跳，手捧着账本，嘴里面叨叨咕咕。

小丑的身边是一个小乞丐扮成的"窑姐"，脸上白粉直掉渣子，嘴唇抹得通红，身上的衣服红红绿绿，走起路来扭腰撅腚，逗得一些人嘻嘻直乐。宗兰看那"窑姐"的眉眼，和死了的小乞丐倒有几分相似，身子也是一样的单薄轻飘，来阵大风便能刮倒。听三哥说，八月十六晚上，"老庄稼人"又打进城里来，在十字街遇上了张冠英的埋伏，身上中了十几枪，第二天，他的头颅就挂到高杆上去了，旁边就是小乞丐的头颅。

秧歌队伍来在电灯公司门前，轿子停下，秧歌照扭，扭两步退一步。小丑拿着账本，哆哆嗦嗦上去收账。

"双城堡你们家欠的账最多，50斤元宵，200支蜡烛。"

管事的笑嘻嘻应答。

"哪有那么多？我们家掌柜的，毛子娘们儿、日本娘们儿都娶到家里来了，哪有工夫上你那里嫖去。"

"窑姐"扭上前去，伸出一根指头，点着管事的鼻子，装作一脸的害羞与管事的周旋。

管事的也不恼，连连认账，元宵和蜡烛也应承下，却没有马上拿出来，只落下个"二百五"的好名声。这已经是老风俗了，正月十五花子官最大，收嫖账只是做个样子，逗大家伙一乐。实际上要来的元宵和蜡烛都卖了钱，揣进了花子头的腰包里，花子们吃不着元宵，蜡烛那点小亮从没有给他们点过。

月子弯弯照九州，

几家欢乐几家愁，

几家夫妻同罗帐，

几家飘零在他州……

宗兰并不觉得眼前的一切怎么热闹，也没有什么可乐的。这是一个团圆的日子，真正团圆的又能有几家呢？母亲远在他乡，不知身体怎样，二哥二嫂减半的工资不知领到了没有，还有小弟宗信是不是上学了，他们这个正月十五是怎么过的呢？还有身边的徐金氏，躺在家里的夏老师，失去亲人的乡亲们，这些有幸还活着的人，会因为一个看似热闹的夜晚，便指望日子就能好起来吗？

朗照的月不能在黑夜里把光芒保持长久，一团团乌云漫过来，遮了月光，一会儿工夫，飘下雪片来。洁白的雪片在灯火中坠落，沾在人们的头上、脸上，人流慢慢瘦了下来，最后只剩下那些乞丐还在游走，他们无家可回。

当雪在地上铺满了一层的时候，夏老师咽下了最后一口气，他身体里的血并没有完全吐出来。城里的灯火没有发生任何变化，鞭炮声还是此起彼伏，在雪地里炸响，雪上面闪着微茫的光。哭声在夜里响起，撞上那些灯火又被挡了回来。宗兰看着夏老师还没有闭严的眼，那里面浑浊一片，什么也没有。课堂上夏老师的声音又回到了宗兰的耳边。

孩子们啊！我们亡了国呀！

并没有感觉阳光变得怎么温暖，路边田头的雪已经开始融化，到了夜里，化开的茬口冻成了冰。风也不那么干燥了，人心也随着湿润起来。

宗兰把书一本本找出，归整到一起，准备捆扎起来。在一本书中夹着二哥和二嫂的结婚照片，宗兰拿起照片仔细端详。二嫂个子挺高，面目柔和，身上的长袍闪着银光。二哥的头发从额头和鬓角的边缘梳到后面去，浓密而黑，圆圆的眼镜架在高鼻梁上，显得分外精神。两个人之间是一盆盛开的菊花，看不出菊花的颜色。花只有两朵，并排向上生长，花瓣如丝般伸展开来，自如而优美。青瓷花盆下面的花架古色古香，稳稳挺立在两个人中间，两人表情庄重，看不出丝毫的甜蜜和幸福，不像是新婚，倒像是历尽沧桑的一对。也许两个人的恋爱历尽波折，照相的时候，反倒淡然了，气定神闲的样子，似乎对未来的生活充满了信心，什么来了都欢迎，没有什么可怕的。

另一本书里面夹着二嫂的来信，二嫂支持宗兰的想法。女人要有新的生活，和男人一样有自己的事业。她还小，不应该急着找人家。二哥二嫂结婚就晚，人也成熟了，锻炼成一个独立的完全的人，才有能力去爱别人。但不希望她走得太远，母亲也不会答应的。佳木斯那边已经复课了,说等自己生完了孩子,就回来接她到佳木斯去读书,也能相互照看着,书读完了会有更广大的世界等待着她。宗兰把照片和信件放到一起,捆进书里面。那些旧衣物已经洗了晾干,该缝补的也缝补了,折叠好打成了包裹。

来帮着忙活的三个女人,赵奶奶曾经失去过一个丈夫,徐金氏领着两个孩子过,夏师母只剩下孤身一人了。但她们把苦埋藏在心里面,总是想着别人,帮着忙活的时候似乎有说不完的话,该说的,不该说的,有用的,没有的,都要说出来,也许再见面就不那么容易了。

一切都收拾齐整,天已经黑透了。一留她们吃饭,却都告辞走了。送她们出门时,院子里飘进一片纸,打了几个旋,落到野玫瑰的细枝上。宗兰上去摘下来,向上面扫了一眼,折好放进衣兜。做饭的时候,宗兰借着灶膛里发出的光来看,由于贴得近,油墨的芳香还在,上面油印的仿宋字横平竖直的。

中共满洲省委"三八"国际妇女纪念节宣言

(1933年3月8日)

今年的"三八",是在资本主义稳定终结的前面,经济危机的深刻化,许多最大的工厂倒闭,生产缩小,一方面千千万万劳动妇女的生活更形恶化,另一方面也和许多男子一样失业,受到饥饿寒冷的痛苦。中国劳动妇女,在战争、灾荒的打击下面,在地主资产阶级残酷的剥削压迫下面,痛苦的情形,当然更厉害!

满洲的劳动妇女,自日本帝国主义占领满洲后,无情的屠杀,奸淫蹂躏,以及日本帝国主义炮弹的轰炸,水灾的洗劫,使我们劳苦妇女姊妹们啼饥,号寒,冻死,饿死,奸死,轰炸死,不能使我们一分钟一刻钟安稳太平的过活。大家都知道日本帝国主义的飞机炮弹的毒恶,大家都记得造成水灾的严重现象,大家还在害怕日本子这些野兽们强奸与蹂躏我们的惨状,我们劳动妇女姊妹们的痛苦,实在比什么都还要痛苦!

只有推翻了帝国主义,地主资产阶级们,才能求得自己的解放。我们不要妄想有什么救命的菩萨,信神信鬼是救不了我们的饥饿寒冷,只有以自己团结的力量,和男子一样的武装起来,进行民族革命战争驱逐日本帝国主义及其他一切帝国主义滚出满洲,打倒帝国主义走狗工具这些地主资产阶级,建立自己的政权,然后自己才能得着解放!同时,只有在共产党领导下,才能得着解放,"共产共妻"的谣言,那是地主资产阶级说的。

日本帝国主义已经又占领了热河,正向华北进攻。全中国的劳动妇女正要和满洲的劳动妇女一样,遭受日本帝国主义的奸淫,蹂躏,许多的生命牺牲!

以民众的武装民族革命战争,打倒日本帝国主义!

反对日本帝国主义的奸淫、蹂躏、轰炸、屠杀!

反对帝国主义国民党的四次"围剿"苏维埃与红军!

反对帝国主义进攻苏维埃、实行中国民众与苏联兄弟的联盟!

向官宪要衣服穿、要饭吃、要房子住!

分粮、吃大家,不完粮,不还债,不缴一切捐税!

"三八"妇女节万岁!

劳动妇女团结万岁!

"小兰,火着出来了!"

宗兰忙把外面的火塞到灶里面,而那颗心还在咚咚地跳着。火在锅底下烧燎着,照亮了宗兰心里面更旺的火。

在这个屋子里的最后一夜漫长而又难挨。三哥三嫂不断翻身,宗兰在黑暗中睁开眼,慢慢适应这无光的世界,模模糊糊的,什么都显得异常沉重。天棚上还挂着那个悠车,母亲说家里的几个孩子都用过这个悠车,宗兰记得自己用它悠过小弟,那时宗信一岁多,刚会说话,五岁的宗兰就能看着他了。白天宗信在悠车里面睡觉,宗兰就悠着他,看着悠车荡来荡去，手里面还要拿一个马尾巴做的苍蝇甩子，抽打蚊蝇，不让这些吸血的小虫子咬了小弟。那情景仿佛还在眼前，那时候她是个小孩子，对未来充满了幻想，那时的阳光也明亮，宗兰当然记得清楚，不像这漆黑的夜，没有光明，需要自己去寻找。

院子里的野玫瑰站在初春的光里，像是在向上用力，枝条虽细，尖刺还在，芽苞也开始鼓胀了。雪一化尽，春风一吹，这一丛野玫瑰便会生出绿叶，过不了几日，花苞也会膨大，现出花蕾来。到了六月中旬，鲜红的花瓣开始打开，慢慢地变成血红色，挤满了枝头，院子里也会弥漫淡淡的幽香。偶尔有蜜蜂在花心上采撷花蜜，也有一些不相关的小虫子在花瓣上爬来爬去。用不了一个月，就不会再有新的花朵来争抢阳光，大自然只留给野玫瑰半个夏天，余下的岁月里，就只有上面的尖刺变得越来越硬了。今年，宗兰已经无法看到野玫瑰开花，人都走了，只留下这一丛野玫瑰看家。宗兰心情落寞，用手轻轻划过枝条的上缘，看那枝条向上使劲的样子，便有些释然了。

"宗兰快上车！"

宗兰跳上大车，回头望过去，房上的雪显得薄了，却压得很实，好像房盖已经撑不住即将化去的雪。若是雪化尽了，或是今年再有大雨，房子还会漏水吧。

住了多年的老房子，里面的人一个个离开了它。

夏师母，赵爷爷，赵奶奶，还站在路上，只是人渐渐模糊起来，变成了影子，直到车一拐弯，都看不见了。

大地上的雪化净，春风一吹，地皮都被抽干了。

乍暖还寒的时候，虽看不到绿色，杨柳的枝条已经开始变得柔软。有时拨开干枯的草叶，也能看见零星的绿色草芽藏在里面，这是春天悄悄来临了。等到路边的草长出二指来高时候，大田已经播种完成。一阵微风吹过，泥土的气息开始在大地上荡漾。不知道蚂蚁们在忙碌什么，一个个小脑袋乌黑油亮，这些小虫子看似是在爬行，其实是在奔跑。喜鹊三三两两在田垄间迈着碎步，时而飞上枝头，喳喳几声，旋即向远处飞去。布谷鸟还在大声叫着：快快播种！快快播种！也许它们并不知道，勤劳的农民早已种完了地，阳光上来以后，土垄慢慢热乎起来，只等着第一场春雨的到来。

宗义并不放心，隔几日便到田里查看。用手扒开土垄，瞧一瞧下面土壤的湿润程度，自家的玉米是否发了芽。

宗兰和三嫂用铁锹挖开房前屋后的土，备上垄，种上了各色蔬菜，茄子、辣椒、黄瓜、西红柿、豆角……每样都种上几垄。只要阳光和雨水充足，就不愁这一夏一秋没有吃的了。姑嫂两个只用了十几天的时间，菜园已经很像样子了。

宗兰和三嫂正在菜园里浇水的时候，宗义兴匆匆地从田里回来。

"苞米芽子已经放粗了，再过几天，就能拱破土皮。雨一上来可就没比的了。"

见他难得的好兴致，三嫂也打算开了。

"秋后卖了粮，要是余富多了，来年咱也养头猪，上山采点野菜，少掺点苞米面，慢慢喂着，就有肉吃了。要不就养几只小鸡，母鸡都留着下蛋，公鸡卖了，留一个过年杀着吃……就看今年的年成了。"

一场春雨过后，谷子苗先钻出地皮，然后是玉米、高粱、大豆依次破土而出，施展开嫩绿的叶片。原野上的猫耳菜、山茄子、蒲公英陆续开出花朵来。这时候，偶尔能听见青蛙的叫声，接着燕子也开始唱歌，布谷鸟还在散布着迟到的消息：

快快播种！快快播种！

宗兰和三嫂拆洗被褥的时候，田野上已经是满眼的绿色了。柳絮雪花般在天地间飞舞着，野花野草间，白色的蝴蝶欢快地闪动翅膀。不知名的小虫子在草叶上爬来爬去，甲虫则趴在叶子上晒太阳，能让它们晃动一下的，只有那微微的熏风。宗兰在池塘边钉下两个木棍，两个人把洗衣板放在上面，被面褥单擦上水，挥动洗衣棒捶打起来。水塘边的草叶上起落着蜻蜓，野小子们也不去捉，脱了衣服，露出黝黑的小身板，跳进水里嬉戏，打闹声、扬水声、捣衣声混杂在夏日炙热的光里。

不知谁家的狗，蹲坐在旁边，舌头伸出老长，哈嗤哈嗤喘着气。

太阳要落下去了，小咬都飞起来，一个个小点浮动着，成了虫子阵，人要穿过去，口鼻和眼睛免不了有小咬钻进去。草丛里的小飞虫泛滥起来，坠在草上的像新长出的多余叶子，飞起来的一些在草间游荡，不知它们是从哪里来的，到底要干什么。

谷子细长的叶片上爬满了肉乎乎的黑绿色虫子，蚕食着叶片，有的叶子只剩下叶脉，像是没来得及上色的纱。

"西屯的谷子被虫子吃光了，怕是咱屯子也够呛了，妈了巴子的！"

"这虫子真邪性，一片地一片地的吃，谷子是保不住了，这可咋整？"

"等着瞧吧，吃完谷子该吃别的了。"

"这老天爷是不让人活了，去年发大水，今年闹虫灾，不让人活了。"

"老刘家全家老小都上地抓虫子去了，一袋子一袋子背回来，喂鸡吃了。小鸡这下可是解馋了，天天吃肉。"

"哼！抓得过来吗？虫子铺天盖地的。等着吧，吃完了庄稼，就该吃人了。"

"狗日的！看咱穷人好欺负，小虫子都来熊咱，一把火点着了，谁也别想活。"

"都他妈吃光杆了，软柴禾也不给留，冬天烧大腿呀！"

……

虫子们不管人们怎么哀叹和咒骂，照样蚕食着庄稼。吃完了谷子，吃高粱，吃完了高粱，吃大豆，最后轮到玉米。虫子们一片地一片地向东推进，风卷残云一般掠过田野。

这些黑绿的虫子在玉米叶子上蠕动，弹性十足的皮上生着毛刺，肚子里一股黑绿的水，眼睛红紫模糊，褐色的爪子一排排挂住叶片，晃动着坚硬的嘴巴爬来爬去。

宗兰捏起一只虫子的后背，摔在地上，用脚一踩，碎了，白色和绿色的汁液沾上了土面。也许虫子的世界里没有道德的概念，它们分不清自然生长的植物和人种的庄稼，但却异常喜欢掠夺别人的成果，用它们罪恶的嘴巴把叶子占为己有，吞下去，经过肚子过滤，排出黑绿的垃圾，就这样，绿色的纤维和汁液在它们肉乎乎的肚子里转换着。一个个好像饿鬼，不曾在这土地上洒下一滴汗水，却张开嘴巴不停地吞噬着人类的粮食。

那些站得直直的玉米一片片光秃下去，满眼是破败和凄惨。宗兰摇晃着玉米秆，虫子散落一地，她便上去使劲踩着，踩也踩不完，还是一路踩下去。

这些虫子不让三嫂有好日子过，三嫂对它们恨之入骨，却又不敢去捉，哆哆嗦嗦伸出手时，便被烫了一下。她瞪了两眼盯着肉乎乎的虫子，口张得老大，不敢再去碰触。而那些虫子一只只爬向她，先是爬到头发上，顺着发根钻到身体里去，接着眼睛、鼻孔、耳朵眼，都有肉乎乎的东西往里面爬，而那大张的嘴，更多的虫子蜂拥而进，一时间身体里面就有虫子到处在爬了。

三嫂疯跑起来。

"虫子！虫子呀！虫子！虫子呀！"

宗兰撵上去，使了全身的力气也没拽住她。宗义也跑过来，两个人拖扯着把她弄回了家。

第二天一清早，张家的门口热闹起来。烧香的，磕头的，上供的，人头晃动，烟气升腾。人们纷纷跪在地上祷告，仿佛张木匠的媳妇一声令下，虫子大军便会一夜间退去似的。

宗兰走出门来劝阻。

"都走吧，都走，我嫂子不是虫王爷下凡。"

"那就是虫王奶奶！"

"别胡说了，别胡说了，我嫂子是吓的，都走吧，让我们家安静安静吧。"

虫子们没工夫看人的热闹，一路向东推进，几天工夫，地里的庄稼就都吃光秆了。

虫子一走，三嫂又变回了人。

只有那些大青杨、乔木柳、家榆们满头绿色。不过秋风一来，那绿色也慢慢褪掉。李树和杏树抢先落了叶子，接着野草开始枯黄，田野上光秃秃一片。收割回到家里的只是些硬硬的柴禾棒子，上面一粒粮食也没有。大雁撇下了家乡荒凉的土地，排成"人"字纷纷向西南飞去，天空中不时落下凄厉的雁鸣声。

只有一个好消息，二嫂在入秋时生了个胖小子，先起了小名，叫万灵。

天气越来越冷了，雪片照样飞回来，盖住了土地。

农闲时，三哥干了几份木匠活，挣了点小钱，又从赵家窝棚舅舅家借了点头一年的存粮，一家人才度过了这个冬天。庄稼不得年年种，三哥东求西借，又作好了种地的准备。鸡年不吉，反遭了虫灾，狗年是旺旺年，不信它就旺不起来。

春风一刮，融雪一净，二嫂便抱了小万灵回来了。这小家伙方脸膛、大眼睛像妈妈，高鼻梁、薄嘴唇像爸爸。除了吃，什么也不知道，不管什么东西，抓到手里就开咬，什么也抓不着的时候，就吃自己手指头。一睡醒了，两只眼睛转来转去，这个世界上的事物，对他来说都是新鲜的，看不够。

一家子人逗着孩子欢喜了几天，心情沉重起来。凤英拉着宗兰的手，看着那双美丽的大眼睛说，我和你二哥商量了，你就跟我走吧，咱们有干的吃干的，没有干的一起喝稀的……

宗兰的眼泪在眼圈里转了几回，终于落了下来，抱住二嫂失声痛哭。四年来宗兰经历了太多的事情，看见了太多的死，太多的生离死别，生活上的困苦，求学的艰难，思想上的困惑，因这一哭，通过泪水把这一切都洗了一遍，一下子觉得自己身上空了，需要新鲜的东西来填满。

离开家乡是不得已的事情，现在变成必须的事情，马上就要实现了。宗兰收拾好东西，和二嫂抱了孩子，上了火车。刚一坐稳，咔哒咔哒的声音便在脚下响起来。汽笛一鸣，火车冒出长烟，旷野从窗口向后退去，前面是更大的旷野。只有远处的树木站着不动，树下的干草窝里已经冒出了绿芽。

博客日渐式微，没人愿意玩了，微博大行其道。我加了一些诗人的微博，也加了一些小说家的微博，其中就包括迟子建的，迟子建在微博上说：

"如果说诗意是艺术的话，那么小说家当然不能放弃对诗意的追求。在这里我要特别强调，我从来没有，将来也不会在作品中回避苦难；我也从来没有，将来也不会在作品中放弃诗意。苦难中的诗意，在我眼里是文学的王冠。"

我喜欢"苦难中的诗意"这种说法。这一章节的后半部分有些诗意，是源于我对这片黑土地的热爱。我在城里出生，在农村长大，熟悉这里的人和事，也熟悉这里的花花草草，小鱼小虫，它们是我童年伙伴，本身就携带了诗意。进入中年以后，我常常想起这些，也经常回到乡村去看父母。我父亲少年时在哈尔滨第九中学读书，参军是在沈阳，自学了大学园艺课程，退伍到建筑部门工作，他不喜欢，觉得学无所用，就回到家乡种树，建果园。《双城县志》曾记载过我父亲种果树的事情，这让他非常自豪。他在农村劳累了一生，从来没有后悔过。我父亲是从骨子里喜欢农村，真正热爱这片土地，他做梦都是彩色的，每一次都要和我讲他的梦，仿佛那美梦是真的一样，他的确在梦里行走过一遭。我也经常做梦，大多是噩梦，黑白的，也不亮堂，大约是与生活环境和生存压力有关，而且情节复杂，故事性强，有时也搞不清梦境和现实生活有什么分别，就像我现在写的小说一样。

在父亲的书箱里，我找到了十几本物候记录。稿纸已经发黄，字迹也已变淡。让我惊喜的是在物候记录中，对花草树木何时发芽、展叶、现花都进行了观测；小动物的始见和初鸣，候鸟何时南迁都有具体日期；庄稼和蔬菜的播种、出苗、乳熟、采摘的时间都有记录。每一个年份都画了几张表进行统计，只是没有从理论上进行总结。写张宗义种地这段生活，我父亲的物候记录对我帮助很大。写小说需要很多生活细节，我的生活经验不多，有时觉得耗尽了自己，只能靠别人的经验，靠阅读获取一些，力求使小说真实可信，和梦境分开。我不知道这样做是否正确，只凭感觉一路写下去，这样写的后果我没想到，反而和做梦的随意性相合了。

直接引用史料原文的写法，我最先是从作家阿成的小说里看到的，一篇《赵一曼女士》我读了好几遍，越咂摸越觉得好，非常真实，和梦完全不同。文学的真实与生活的真实、史料的真实是一种什么关系呢？我不知道批评家们是否涉猎过，我觉得这些可以互相印证，文学的真实大约要高一个层次，来源于另外两者，提炼出精华部分为文学所用，因为文学不是还原现实，是发现问题，并提出疑惑，试图让人们通过阅读对照自己的经验，引起共鸣，从而反思自己的人生，这可能是文学的功用之一。前面我引用过民国的《国歌》，鲁迅作品的某些段落，《中共满洲省委"三八"国际妇女纪念节宣言》全文，相关史志的部分内容，以及报刊上的诗文。同时，我借用了伊老师在史料中发现的一些东西，特别是双城几位重要历史人物及东北民风民俗方面，只不过有些东西被具体化了，有利于人物融入当时的社会环境，能从纸上站起来。

能做到这样，作者首先要真诚，用一颗赤子之心来书写。我不敢说自己绝对真诚，在引用的时候，也有偷懒的成分，但我认为这样做真实，虽然免不了枯燥。如果你觉得碍眼，可以略过，直接关注人物命运。在这篇小说中，你可以关注张宗兰，她在双城堡的生活告一段落，她心中有一个远方，必须离开家乡，至于什么时候回来，她自己也不知道，虽然我已经知道，她再也回不来了。

我要按着曹文轩在《小说窗》中所说的"像事情的发展一样，人物的前行也是有内在逻辑的，小说家只要把握住逻辑，然后顺着人物走下去便是"那样来写。但长篇小说的写作被打断是很正常的，一个偶然接到的电话，一次原因不明的失眠，都会造成写作的暂停。若是在生活中发生了重大的变故，写作路上的急刹车就会被踩下。就在写到张宗兰离开双城之时，我的父亲得了重病，在双城的医院检查后，被建议到哈尔滨详细检查，结果是一种要命的病。我先独自偷偷痛哭了一场，然后是封锁消息，向父母隐瞒真相，揪心地走上了漫长的挽救父亲生命的道路。

我父亲勤劳一生，年过古稀还在农村种地，为人也善良，从来没有和别人闹过矛盾，在我的记忆中，甚至没有听父亲说过脏话。他就像是一个孩子，心灵纯净得像山溪，不会说假话，也不阿谀奉承，总是默默付出，在他心中每一个人都是好人，每一个人都有闪光的地方。我小时候是看不惯农村人的小农意识才努力学习的，当我在城里参加工作以后，才明白我离开的地方的乡亲是多么朴实真诚，而我已经落到一个更大的虚假之中了。父亲正好和我相反，是从城市回到乡村，去实现他的彩色梦想。

我领父亲在哈尔滨做了手术，一个月时间所见的生生死死，比我前面几十年见的还多。经历了各种波折，好在父亲活过来了，100天以后，刚强的父亲就能到院子里劈桦子了。接着是靶向治疗，靶向治疗不适应，就用各种食疗，父亲竟然痊愈了。这可能和父亲一直不知道自己的病情有关，心理作用能够创造奇迹。两年以后，心情慢慢平静下来，我接着写这部小说，载着张宗兰的那列火车终于到达了佳木斯。

五、朝与夕

火车穿过庞大的夜，远远地爬向一片红彤彤的云里。

天空还没有睁开眼睛，松花江延伸到大地的边缘，和广阔的彤云连接在一起。天和地的缝隙中一线光跳出来，慢慢扩大，白中隐藏着黄。大江被染成红褐色，冰块撞击着向前，江岸的渔船黑乎乎的，轮廓模糊，天边的一片火红似和它毫无关系。太阳完全露出地面，白色的圆球镶着黄边，向上是越来越红的天空，血红色由淡到浓，由轻到重，向四周扩散开来，阻挡它的云越来越黑，向下沉落，贴在大地上。太阳再往上升，江上的红色褪尽，现出完全的褐色，似有无数浑浊的微波滚动出阴影，没有水色，似一片荒原。太阳远远地在江中扯过来一条浑黄的光带，愈近愈弱，被这一边的江面吞噬了，渔船轮廓分明起来，被光带摔打着，又模糊了。

　　随之而来的是松花江和横跨松花江的大桥，桥的两边各有一个炮楼，黑洞洞的枪口隐藏在里面，守卫着不属于它们的道路。在家乡，宗兰已经见识过了无数的死亡和活的挣扎，她不知道的唯有未来，那是谁也不能预见的，充满了神秘感的东西。走向它，又不仅仅是接受，做些什么，不仅仅要看结果，只要对得起自己的心，或许生命的意义就在于此。

　　天边的血红慢慢淡去，未来的家就在一片平房中铺展开来，二嫂的指点，小万灵伸出的稚嫩的手指，并不能让宗兰在行进的列车中确定家的准确位置。所有的茅草屋都没有太大的分别，淹没在其中的家仿佛有一股热气冲进宗兰的胸口，让心跳在碧波中荡起浪花。

　　火车掠过了西门三个空虚的门洞，火车站说到就到了。火柴盒似的建筑错落有致，青绿的琉璃瓦给它戴上了古典的帽子，说它和谐，也不尽然，说它进步，那高耸的大烟囱冒出的烟同样来自火焰，而火焰的光和热在时间的长河中，似乎也无法区分。火车站南面的小山上，耸起一座高塔，塔不玲珑也不庄重，和山下的兵营一样，鬼影幢幢，阴森可怖，似乎要镇住这座城，只有泅过松花江去，北边才是一马平川。

　　来接站的二哥变化不大，只是眼中多了些光芒。二哥身边的学生，黑色的学生装，头戴硬遮的黑色呢帽，鼻梁挺高，眼睛清亮，没有丝毫狡黠之气。二哥看见宗兰，有些激动，毕竟四年多了，宗兰已经从一个黄毛丫头出落成一个大姑娘了，个子也高了，修长身材中透出娴雅和英气，眼睛也大了，里面有一汪水，看不到底。二哥没有什么亲昵的动作和语言，但在心里似乎和这可爱的妹妹之间有一束光已经亮了起来，只是来不及感受，便介绍起他的学生来。

"这是我们桦川中学师范班的才子，江诗源，我妹妹张宗兰。"

江诗源伸出手来，宗兰也伸出手，碰了一下，热热的，湿湿的。包裹和箱子被江诗源抢过来，拎着向前走。一行人面对松花江，向西北方向的斜街走去，穿过南岗街，直奔家里头来。一路上，宗兰问着母亲和小弟的情况，对南山上的塔也起了疑惑。

"南面小山上的塔，怎么怪怪的？"

"啊，小南山，鬼子叫育英山，那是'忠灵塔'，幽灵塔，鬼塔……"

去年冬天，说话间也就是四五个月以前，佳木斯城忽然紧张起来。城里面戒备森严，于军都被换了下来，四个城门都由日本兵把守，守备队、宪兵队和防卫队的大门里静悄悄的，也听不见里面狼狗的叫声了。到了农历九月十六，这一天早上是阴天，灰蒙蒙的云连成一片，地上的雾气飘轻而又惨淡。火车站南面的小南山上人影晃动，从日本赶来的政府官员、"满洲国"的官员、日本军官和士兵，围在"忠灵塔"四周，举行揭幕仪式。鬼气森森的歌声过后，就是呱啦呱啦的讲话声，接着排子枪响起，炮声也响起来，最后是军乐队的演奏。随着乐声的扩散，也许那些在嫩江桥、双城堡、哈尔滨被打死的日本兵的魂魄会聚集过来，爬过"忠灵塔"后面的十五级台阶，碰开塔门全都钻进去……

桦川中学师范班的课堂上，张耕野在教室里面听见枪炮声，手上的粉笔摁折了，转过身来，默默走到窗前，向南面的小山望去，那上面似有烟雾升腾起来，向这边蔓延，遮蔽了他的胸膛。那首民谣萦绕在耳边，似烟雾中透出的一点光亮。

马忠显桥、马忠显桥，
人人过桥停步瞧，

斑斑血迹现悲壮，
叠叠弹痕惊心魄，
想起壮烈众英豪，
不禁泪滔滔。

　　日本军舰开进佳木斯的那一年，也是农历九月份，张耕野和董海云领着学生从湖南营回来，正赶上马忠显大桥的激战。吴国文带领的黄枪会，汝有才带领的红枪会，加上李杜手下信志山的队伍和原桦川伪警察大队王勇的人马，会合到一起有近万人。队伍中有戴红布巾的，有戴黄布巾的，有戴军帽的，有戴警察帽子的，杂而不乱，各有各的气势；他们手中的武器大多是长枪和大刀，还有部分火枪，夏天时从日本鬼子手里缴获的四门大炮算是最厉害的武器，由信志山指挥。队伍刚出朱宝屯，就遇上了千余名鬼子，别看武器不好，却人多势众，霎时间就把鬼子围在了中间。

　　最勇敢的是头戴黄、红布巾的人，他们一个个念过了咒语，吞了符水，高喊着刀枪不入，挺着长枪，拎着大刀，冲向鬼子群中。面对着黑压压一片不怕死的人，鬼子兵虽然训练有素，还是有些惊慌，有的还没来得及放响枪，就被砍倒了，捅倒了。仗着武器精良，鬼子扔下一大片尸体，逃之夭夭了。

　　大桥附近村屯的百姓，送来了鸡蛋和粮食，张耕野和董海云领着学生们担水、烧水、送水。天黑下来，篝火烤热了秋风，衰败的草木好像要醒转过来似的，人们的心久久不能平静。学生白长岭和白云龙来见吴国文，被黄枪会员持枪拦住。

　　"大帅正在烧香上法，不得打扰！"

　　师生们已经不是第一次碰钉子了。日本鬼子来之前，李杜的队伍开过来，江诗源就见过李杜的风姿，战马上胖大的身躯沉重结实，脸上坚毅的表情中露出一丝无奈。于是江诗源回到学校，默默提起笔来，写成了一绝——《迎送李杜率军东去》：

偃旗息鼓遁江东，
此去何堪尚送迎。
行客长嗟兵劫苦，
遍听天下虎狼声。

张耕野也曾领着学生谒见吉林自卫军的丁超，要求发给工人和学生武器，共同抗日。丁超鼻子哼了哼，回答非常明确。

"都回去念书去吧，学生娃子不懂打仗。"

日本军队很快就来了，霸占了校舍，书也念不成了。张耕野和董海云住的小四合院里虽然安静，却时常有学生来问什么时候上课。两位老师无法回答，除了气愤、无奈和安慰学生们，私下里和几个学生约定了时日，便把老小暂时送到江北去了。

两位老师领着学生们跋山涉水，终于在湖南营找到了李杜的一个营，营长收留了他们，没有枪发给他们，只好闲着。一天夜里，兵营里面响起了枪声，营长竟然被手下人枪毙了，领头的裹走了这一营人马上山当胡子去了。老师和学生们被撂在那儿，一个个赤手空拳，心也凉了半截，只好往回走，在马忠显桥还真赶上了这一场大仗。

篝火慢慢熄灭，只在灰烬中残留着点点的火星，一闪一闪，渐渐暗去。田野上，夜色和寂静无边无际，鼾声淹没在里面。马忠显大桥像一条黑龙，趴在江面上，一动不动。朱宝屯西面的小山包上，忽然落下数不清的炮弹，火光中鬼影闪现，制高点被鬼子占领了。

来报告的会员，见吴国文轻轻一挥手，只好退出去。烧香，磕头，念咒，吞符……吴国义上完了法，走出土屋，鬼子已经打到村口了。吴国文定了定神，高声喊起来。

"弟兄们，不要慌乱，跟着我，向大桥冲！"

师生们也拿起了棍棒，向大桥方向跑来。经过了两场短兵相接，鬼子被打退了，大桥上又站满了挺枪提刀的人。鬼子的炮弹倾泻下来，在大桥附近开花，鬼子的子弹也雨点般跟了上来，会员们成片倒下。吴国文红了眼，向信志山大骂。

"你他妈炮弹留着下崽啊，还不开炮！"

这边的炮声也响起来了，炮弹落在鬼子群中，会员们又是一阵冲锋，大桥和小山包夺了回来。

天渐渐亮了，晨光中，会员们横七竖八的尸体躺倒着，脑浆子像豆腐在风中打着战，血水流淌下去，染红了江水。

鬼子的援兵还在不断赶来，会员们排成一条线，阻挡着鬼子的子弹。当过伪警的王勇投了敌，调转枪口向会众们射击，吴国文并没有撤退的意思，高喊着冲在前面。

"弟兄们！不怕死的跟我冲，和狗日的小鬼子拼了！"

一串子弹扫过来，吴国文倒在血泊中。

群龙无首的会众们，喊杀着，冲出了重围……

张耕野远远望着马忠显大桥，一片黑乎乎的尸体。广阔的天地间，只有那里冒出的烟，弥散着一直映到眼前，和小南山上的烟雾完全不同。学生们看老师不说话，也都不敢言语，小南山上的烟雾也同样堵了他们的胸口。张耕野一步步踱到黑板前面，抽出一根雪白的粉笔，奋力在漆黑的黑板上写下两个大字：

耻辱。

学生们怔怔的，眼睛里的光芒时明时暗，眼看着张耕野把粉笔掷到地上，大步跨出了教室。白长岭把拳头砸在桌子上，忽地站起来，又慢慢坐下去。江诗源看着白长岭煞白的脸慢慢变红，也坐不住了，走到教室前面，拾起张耕野扔下的粉笔头，在那两个字后面加了一个大大的惊叹号。白白净净的女同学郑志民，拉了一下旁边的董若坤，两人一起鼓起掌来，其他同学也跟着拍起了巴掌。

"都别拍了！"

郑志民站起来，制止了大家。

"耻辱啊！有什么好拍的，是我该死，还带头鼓掌！"

说完，郑志民低了头，也不管别的同学什么反应，一个人跑到操场上去了。

沉闷的轰隆隆的声音响起来，和小南山上的炮声完全不同。大大小小的冰块被挤压到江岸上，大多数的冰块相互撞击着向前奔涌，遇到前面更大的冰块阻挡，便把它撞碎，继续向前，前面是广阔无垠的大海。

"二哥是什么声音？听起来惊心。"

张耕野看不到前面妹妹的眼神，一边走着，一边感叹。

"开江了！今年是武开江。"

"真有气势，能把那个破塔砸碎！"

张耕野对妹妹的答话感到惊奇，但却不意外，想起马忠显大桥上的血，不自觉把心里面的话拉出来，投放到空气里面。

"那些为抗日战死的中国人应该有一个烈士塔。"

江诗源拎着包袱的手攥成拳头。

"老师，到时候我去修，这个'忠灵塔'早晚要炸掉！"

母亲早已站在门口张望，12岁的宗信跑出栅栏门，兴冲冲迎出来。

"老姐，老姐！"

也许生活的艰辛并不可怕，骨肉的分离才是最大的痛。宗兰的青丝变得黑亮浓密，母亲的头上却已飞上了雪花，老人家一手抹着眼泪，一手拉过宗兰。

"我老姑娘啊！"

"妈，我不是来了吗，咱进屋。"

母亲亲手擀的面端上来，热气腾腾的，初春的凉被蒸腾出去，人们的心里也热乎起来。江诗源要回学校吃去，凤英哪里肯让，把江诗源按坐在凳子上，盛了一碗放到他手里面。

"你这孩子，累了一早上了，怎么也要吃饱了再走，学校虽近，早饭也赶不上了。"

母亲看着女儿吃面，眼睛也不眨一下，似乎那一双眼睛要把女儿全装进去。宗兰见母亲不吃，只是看着她，有些不是滋味。

"妈，你也吃呀，看我干什么，以后有的是时间。"

"我们吃过了，不比你们年轻人，我喝的粥。"

"妈，再吃一口，你不吃，我也不吃了。"

"好好，我老姑娘让我吃我就尝一口，吃多了，我这老肠老肚可承受不起。"

宗兰挑起面放到母亲嘴边，母亲慢慢嚼着。

"嗯，真香！"

"那是，我妈擀的面就是好吃，有劲道不说，一根面条抻二尺长也不断。"

宗兰慢慢吃着，上一次吃母亲擀的面，她还是一个小孩子，但却记得，贫寒人家一年能吃几次面，填饱肚子已经不错了。

江诗源急急忙忙吃完碗里的面，要上学校去，母亲还要给他盛一碗，他怎么说也不吃，借走了一本美国小说《屠场》，上学去了。

宗兰和二嫂刷碗时，二嫂神秘地一笑，小声说的话只有宗兰听得见。

"一会儿，我领你去个好地方……"

带来的行李和包袱打开，被褥垛进被垛里，书都放进了木箱。二嫂解开怀给小万灵喂过奶，拍睡了，起身从厢房棚子里卷了一条麻袋，又拎了一把铁锹，和宗兰走出了家门。

一路向北不远就来在中央西大街上，碎石和黄沙铺设的路面很平坦、很宽阔。路两边的阳沟有一米宽，上面都盖着木板，走在上面觉不出下面是空的，也听不见水声。路两边店铺林立，多是拉合辫房，也有一些青砖灰瓦的高大房屋。店铺的门面全靠牌匾装饰，大都是正楷涂金的大字，买卖幌子在店铺前面一米开外，在风中招摇。路边的电线杆高出门市房半个头，偶尔有麻雀站在电线上叽叽喳喳，路上行人很多，没有一个人关心麻雀在说什么。

呼！呼！

"不好了，快跑啊！抓浮浪了！"

两声枪响过后，大街上窜出一帮戴着"宪"字袖标的日本兵，端着枪抓捕行人。人们四散奔走，纷纷向店铺和胡同里跑。二嫂说了一声又抓劳工了，拉起宗兰跑进了道北的邮局。邮局里陆续进来一些人，二嫂和其中一个人认识，就给宗兰引见，这是董老师的大哥董海山，宗兰叫了声大哥，看这人个子不高，面相平和，应是个稳重的人。董海山是董海云老师的亲哥，在西门外一带口碑很好，是从西门进城办事撞见抓浮浪躲进邮局的。躲邮局里的人都望着窗外，心里面大多揣着一只小兔子。那些没来得及躲闪的青壮男子被日本宪兵用枪逼住，一个个押上了大卡车，十几分钟工夫，抓了一车人，大卡车放了一股黑屁，扬长而去。宗兰隔着窗玻璃向上望去，太阳正在头顶，不冷不热的。

宗兰出生的前一年，汤原西一区警士沈桂林因行为不端被革职，这小子怀恨在心，领着一帮狐朋狗友在龙王庙起事，以庙名报号"小白龙"。"小白龙"先是在汤原城四周抢掠，逐渐积攒下一些钱粮和枪支，便上了江北大青山，匪徒越聚越多，超过300多号。"小白龙"贪欲膨胀，便带着人马南下攻打佳木斯，激战七天六夜之后，没占到什么便宜，只好绑了四名学生退走。在这之前，佳木斯一直没有修筑城池，现在的城门城墙是"小白龙"退走之后修建的。城墙高约一丈，墙上立有木柱且围以刺线，看似除了飞鸟什么都能阻挡。城门楼子没有双城堡城门那么花哨，只用青砖砌就，梯形平顶，高大浑厚，配以三个拱形的门洞，反倒酷似一座大桥，粗糙得和古老的汉文化不搭界，俨然一个远古时代的东西。两边的小门常开着，中间的大门洞有双开黑漆大门两扇，关得死死的，打开的时候就要吃人了。这里是中央西大街的尽头。城门楼子北侧，顺着城墙方向是五间红砖厢房，这里是鬼门关——西门派出所，一个真正吃人的地方。

两个人出了城门，感觉迎面来的风比城里面凉了许多。铁路东侧一字排开的三个纪念碑白惨惨的阴森可怖，其中一个碑，就是给收降

"小白龙"的李少白旅长立的。再往前看过去，不远处的小村落，就是佳西屯了。凤英领着宗兰跨过铁道，沿着佳西屯边缘滑过去，在一处灌木丛停下脚步，风一下子安静下来。这些灌木不像江边柳条那样柔软茂密，而是坚硬挺拔，上面生满了小刺，在这无人的地方现出独特的生机。宗兰一下子认出它们的本性来，不禁轻声叫了。

"啊！这么多野玫瑰！"

凤英微笑着挥出铁锹，把麻袋放在一边。

双城堡里那丛野玫瑰现在应该是什么样子呢？它本属于广阔的原野，吸取着地下的暗流，即将迎接春天的甘霖。现在被围在那个方城里，即将绽放的馨香花朵，在一片死寂里有什么意义？清醒的人可以飞出来，虽然没有翅膀，那一双脚却可以带动着人游走。野玫瑰则完全不同，它的脚只能化成根须，向大地深处扎去。即使依着外力挪动一下地方，血脉断了一时，大概也会疼，需要伸展开来重新连接上生命的源流。而本就生长在原野上的野玫瑰，少了人造物的遮挡，或许会有更多的阳光眷顾，空气也清新，视野也开阔，和兄弟姐妹在一起，开花的时候可以争抢着露出笑脸，更多的蜜蜂和蝴蝶，更多的香气和甜蜜，至于那些刺，是给贪婪的手预备的……

破开一锹厚的土层，下面还是冻土，凤英的鼻子尖已经现出了汗珠。

"二嫂别挖！"

"怎么？你不是喜欢吗？栽到咱家院子里。想什么呢？"

"让它在这里不是更好！算了，都挖一半了，换换地方，它还能活！"

也许这棵野玫瑰将来会在佳木斯一直陪伴着宗兰，双城堡的那一棵只能在她心里成长着，家和灵魂只能带在身边，有什么办法呢？

花根带的土沉重，枝条却轻灵，放进麻袋里背着也不觉得累，只是那刺偶尔扎宗兰一下，疼是避免不了的，不算什么。

夕阳向西，月还没有爬上来。晚饭后客人们陆陆续续进屋，好像到了自己的家一样，宗兰一下子认识了这么多人，心思和眼睛都有些忙不过来了。

先来的是曾经住在一个院子里的董海云老师一家，董老师的女儿董若坤和宗兰差不多一般大，白面皮儿，瓜子脸，眼睛不大也不小，一问年龄和宗兰同岁，都属马，两只手一牵，唠起来没个完，好像已经认识很久的姐妹。先是嘘寒问暖，说些个看什么书呀，在哪上的学呀，双城的风土人情什么的，慢慢地话题转到佳木斯和桦川中学上来。若坤正说到那年上街游行的事时，江诗源和郑志民来了，他们是上董老师家还书的，见家里没人，就一块上这里来了。江诗源早上见过，郑志民的气质与众不同，微胖泛红的圆脸蛋，高鼻梁，大眼睛，双眼皮儿，柔和的目光里好像藏着很多深奥的东西。自然是若坤介绍起来。

"郑姐很有才！书法好，会写诗，能画画，唱歌跳舞打篮球，样样都好，对了，郑姐还会吹口琴，吹笛子，吹箫，什么都能吹……"

"若坤别帮我吹了，人家江诗源也有才，对书法和诗词很有研究。"江诗源脸微红，态度很谦和。

"哪能和郑姐相比啊，我书法先是学的柳体，还是郑姐给了我好多颜体字帖，教了我很多方法，我才学的颜体，也顶多是给南北各屯农家写春联的水平，至于写诗也要向郑姐学呢，郑姐通读过《全唐诗》，郑姐说说喜欢谁的诗。"

"盛唐气象自不必说，我比较喜欢晚唐的张祜，杜牧有云：'何人得似张公子，千首诗轻万户侯。'张祜生性喜爱山水，游览了许多有名的佛寺，题古寺诗20首左右，其中我最喜欢《题润州甘露寺》：'千重构横险，高步出尘埃。日月光先到，江山势尽来。冷云归水石，清露滴楼台。况是东溟上，平生意一开。'"

"这一首颔联虽有气势，颈联却别有韵味，由大而至小，解物理，喻人生。我便喜欢'冷云归水石，清露滴楼台'这一句。"

江诗源接着说，人生只合扬州死，禅智山光好墓田。据说这两句是诗谶，张祜之后果然亡在这里，或许是巧合？郑姐可否相信诗谶？

"诗谶之说或可信些，像张祜这样的诗人不同凡俗，难以被世容，亡在隐居之地也不奇怪。其实人生就是一种选择，若是将来环境允许，能像张祜一样浪游，吟诗作赋，也是一件快事。现今情况写诗有什么用处，自我娱乐罢了。"

宗兰有和赵伯元学书法的底子，诗虽读了不少，却没尝试写过，兴趣就上来了。

"要说写诗，我虽不懂，但能写总要坚持下去。你们都会写诗，不妨念一念咱们听听！"

志民轻拍了一下江诗源肩膀。

"诗源弟弟诗写得挺多的，让他念吧！"

"我诗写得不好，我念一首别人的，你们听听可好？'神武将军天上来，浩然正气系兴衰。手抛日球归常轨，十二金牌召不回。'"

宗兰好像心里有根弦被弹了一下，不禁张口就说。

"好！这是陶行知的《敬赠马占山主席》！"

江诗源目光一收，好像要说什么，却没有说。志民上前拉住宗兰的手，目光更加柔和了。

"妹妹好见识，定会有大志向，我都忘了问了，今年多大了？"

"十六，属马……"

"我属兔，比你大三岁，诗源属蛇，比我小两岁，还有两个姓白的，都属龙，比我小一岁，一下学就没了影，也不知干什么去了。还有一个马成林，身体不太好，但很稳重。其实你们也不用叫姐，叫我老郑就行了。"

宗兰的两只手一边被一个姐妹拉住，有些不好意思，一双大眼睛向江诗源闪了一下，头微微低下。郑志民看了看若坤拉着的宗兰的手，又看了看若坤的脸。

"我看你们两个属马的，还真像一对亲姐妹，个头一般高，都白白净净的。"

"郑姐，你好好看看，我是长脸儿，你和宗兰都是圆脸儿，才像亲姐妹呢！"

"不是吧，若坤，一进屋就看你们拉着手，现在还没松开，刚才说什么呢？这么热乎。"

"我们正说大前年上街游行的事呢，你们就进屋了。"

深秋的风是越来越冷的，大街上学生们手里五色的旗子是别样一种鲜花，和心里的花完全不同——那是鲜红色的。高举着的标语上面的朱砂大字，和血的颜色一致，和心里的声音相通：

打倒日本帝国主义！

还我河山！

不当亡国奴！

抵制日货！

走在队伍前面的是张耕野和金凤英，后面是桦川中学的学生们，二三百人的队伍从西门开始，向太阳升起的方向行进，正义的声音传遍大街小巷。游行队伍像一条长龙，逐渐胀大了身躯，桦川女师和西南门里小学的队伍也加入进来，董老师和郑志民就在这个队伍里。走到县政府门前时，口号声的穿透力越发强了，警卫们慌慌张张，不知发生了什么，却也不敢轻举妄动。这样一来，道路两旁的人越来越多，也跟着喊起口号来，有的忍不住也加入游行队伍中来，这一条长龙似乎长大了一倍有余，行进到东门外的时候，已经是人山人海，点数不清了。整个佳木斯城沸腾着，深秋的寒气似乎被人心驱赶得无影无踪了。

"那时候我在女子师范，还没有合并到桦川中学师范班来，好像大家都想到一块了，真是激动人心，群情激愤，壮志凌云……"

宗兰会心地笑了，若坤撒开宗兰的手，点了一下郑志民。

"郑姐肚子里的词真多，总是爱说壮志凌云。"

"要说词多也没什么用，怎么比不过张老师，一个教算术的，还能写出街头剧来，看得人掉泪。"

江诗源半天没说话，想起往事有些激动，把话接过来。

"记得张老师写的是日本人在中国开鸦片馆,欺骗中国人吸毒,不仅有大烟,还有吗啡。吸毒的人,钱都被骗光了,人越来越瘦,最后悲惨地死去。我现在还记得有几句台词……"

"妈妈呀!你怎么不管我呢?我怎么这么没有志气?给咱中国人丢脸啊!我终于明白了,我是被东洋人骗走了血汗钱,吸干了血,啃光了肉,只剩下连狗都不吃的骨头啊。妈妈呀,我是个不孝的儿子呀,我死不可惜,我死也闭不上眼啊,将来谁给你老堂前尽孝,端水端饭,养老送终啊。兄弟姐妹们呢!你们可不能学我抽大烟了,日本人是想把我们往死里整啊,若是我们都抽大烟,就会亡了国,灭了种啊!太阳底下就再也不会有一寸土地属于中国了,没有中国了,没有中国人了,四万万人啊,四万万啊!都没了,都没了啊!只剩下牛马不如的奴隶啊……"

郑志民右手攥起了拳头,左手捏在右手上,不说话。宗兰听着,看着,眼圈红了,并没有泪。若坤定了定神,身子转向江诗源。

"你记性可真好!别人的诗自己的诗都能背下来,这台词你也记着!"

"我从小就瘦弱,演过那个大烟鬼,几十遍了,也是记个大概,还是张老师写得好……"

张耕野踱过来,看着他们几个,笑中似乎隐藏着什么。

"谁表扬我呢?还是你们演得好,靠一个人的力量做不了什么事的。哎!今天挺热闹啊,怎么不见那两条龙啊?"

说话间,白长岭和白云龙风风火火一前一后进来了,白云龙拎着几条鲤鱼,俩人裤腿和袖口湿漉漉的。白云龙把鱼递上来。

"听说金老师回来了,想是家里没有什么荤腥,我们打几条开江鱼。小万灵还要加强营养不是。"

凤英一手接过鱼,一手扯着他们两个。

"这俩孩子!衣裳都湿了,快上炕,多危险,以后可不行上江沿了,还挺冷的呢!"

白长岭笑着往炕上坐去。

"不冷不冷，都开春了！要说危险也不危险，不就是看着两个死人吗？"

若坤走上前来，盯着白云龙，白云龙被他看得脸都红了。

"怎么回事？白老太太！"

"你让他说吧。"

白长岭在炕上坐稳了。

"说就说。我们俩打了这几条鱼，觉得少点，就又撒了一网，哪知这一网越拉越沉，我以为是大鱼呢，我们俩一起往上拉，捞上来一个死人，死人身上捆着绳子，一拽绳子，又上来一个死人，两个死人手脚都捆着，身上还有伤，好像没死多长时间，刚开江嘛。也不知是什么人干的。"

若坤跺了一下脚。

"还用问吗？准是日本鬼子！"

白云龙瞪了若坤一眼。

"我看是汉奸干的。警察狗子也狠得很呢，就能欺负中国人。"

白长岭站起来。

"不管是谁干的，哪天碰上落单的我们俩非整死他一个不可。对了，鬼子也不落单啊，杀警察狗子。"

董海云坐不住了，面向着他们两个。

"可不能蛮干，都得长长脑子。你们两个浑小子，白长岭是我们师范班的，我就得管你，白云龙虽然是六班的，我和张老师都是学校的老师，都能管你。平常都是怎么和你们说的，不能因小失大，你们和别的同学可是不一样的，明白吗？江诗源，没事看着他们两个。"

"呀，谁在家里还要教育学生啊！"

进来的是刘文翰老师，张耕野赶忙把宗兰介绍给刘老师。刘老师打量一下宗兰，觉得眼前一亮。

"张老师结婚的时候，在双城见过这孩子，长这么高了，一看就聪明。"

"老同学，可别夸我妹妹了，高小没念完，这回来上学也不知道能不能跟上。"

听说宗兰一直坚持自学，又读了不少书，应该没问题。我都和校长讲好了，让她先上预备班补习一段基础课，然后可以跳级上六班，只要肯努力，课程还是可以跟上的。

"谢谢刘老师！"

"谢谢老同学！让几个孩子熟悉一下，我们上外屋坐去。"

三个老师出去了，宗兰目光扫过后来的两个人，白云龙长得文静，但那有神的眼睛可不是一下子就能看透的。白长岭浓眉大眼，口方鼻阔，俨然是还没有长成的典型关东汉子。若坤一边埋怨父亲一边引见两个属龙的。

"我爸真是的，在家里还要教育学生，也不分场合。对了，这两位就是那两条龙。白云龙在六班，我们都叫他白老太太，别看他外表看起来老实，讲起话来头头是道，胆子也大，什么事都敢干，他是细中有粗。白长岭在师范班，看着像个愣头青，却是粗中有细，也满讲义气的。"

白云龙坐下来，面向着若坤。

"行了，别评论我们了！快说说你们刚才讲什么呢？"

"正说你们呢，说曹操曹操就到了，哈！"

郑志民把若坤扯过来，挨着宗兰坐下。

"我们说的都是正事，什么背诗啊，什么看什么书啊，张老师领着我们游行啊，演街头剧啊，发动商家和大家伙抵制日货啊，哪像你们俩，抓鱼玩水的？"

白长岭又坐不住了，站起来面向这郑志民。

"郑姐，可不能这么说，我们可不是玩，我们也看书，张老师家、董老师家我们都借过书看。"

说到看书的事，半天没插言的江诗源接过了话茬。

"要说总看那些诗词歌赋，只能涵养性情，现今不需要这些。我看张老师这里有些个茅盾的《子夜》，巴金的《家》，老舍的《老张的哲学》，柔石的《旧时代之死》，鲁迅的《呐喊》，外国的《铁流》《屠场》……不如我们看这样的书有用，大家一起看，看完了互相交流也方便。"

郑志民想法多，马上生出了一个提议。

"我看咱们组织个读书会，半个月交流一次，就在张老师家，离学校又近，董老师家在西门外，不太方便。"

大家一致赞同，和张老师一商量，就定下来了。

送走了客人，月也升起来了。宗兰躺着是躺着，就是睡不着。月光进到屋里，薄雾一般似有似无，屋子里的物件生出淡淡的影儿，在心里晃动的痒痒。月是反复无常的，多数时候总还有些月光洒下来，但那月光本不属于月亮，是从太阳那里借来的，而太阳也不属于夜晚，不属于黑暗。宗兰仿佛看见了太阳，圆圆的，红红的，正往上升，似乎比今天早上的太阳多了些挣脱黑暗的力量，那太阳应该是明天的吧。

小说中人物的名字用真名，还是另起一个名字，我不知怎么办好。大多数小说是有人物原型的，然后根据作者寄托寓意的需要另起一个名字。也有例外的，王小波的小说中主人公一般叫"王二"，可能因为他行二的缘故，也可能懒得想名字。而历史小说像《三国演义》之类，人物用真名，只不过根据人物性格和形象塑造的需求，把另一个人身上发生的事安在这个人身上，反而非常成功。我不知道我写的是不是历史小说，是不是纪实小说，但我想让我的小说文学性更强一些，我不知道用真名是削弱还是加强了小说的文学性，冥冥中大多数人物用了真名。

这样问题就来了。先说张宗兰，我曾想用"张玉兰"这个名字，虽然是《滨江日报》那篇报道的误用，我觉得这个名字挺好听的。但我已把野玫瑰作为张宗兰的象征物，和"玉兰"的寓意稍有冲突，只好放弃。张宗兰是在我们这个世界上生活过的人，我觉得换一个名字，对她不公平，也不想因文学性的发挥抹杀烈士的事迹。

同时压力也来了，我写的张宗兰只能是我心目中的张宗兰，说到底还是一个文学作品中的人物。真正的张宗兰是一个什么样的人呢？我们只能通过其言行进行逻辑分析，说白了就是猜测。我能做到的是部分地描摹张宗兰的身心，我有感觉，她已经被我的文字激活了一部分，仿佛她就在远处看着我的举动，听着手指敲击键盘的声音，不久之后，她就会被我召唤到身边来，还是20岁的样子。如果真有那么一天，我会虚心接受她的批评，我愿意她用那双美丽的眼睛直视我。萨特说："想把什么东西给写好了，你必须要么爱它到死，要么恨之入骨。"是的，我爱张宗兰这个人物，非常爱。

另一个典型的例子是陈雷，抗联老战士，我们的前省长。到目前为止，我读了他三本书：《征途岁月》《露营集》和《陈雷诗抄》。和张家一门三英烈相比，和冷云赵敬夫相比，和那些没有留下姓名的抗联战士和地下党员相比，他有幸穿越艰难岁月活了下来。从三本书的诗文中，能看出陈雷是一个有理想的人、胸怀家国踏实做事的人。这位老人已经作古，我今生没有机会和他交流了，要不然会了解到更多关于张宗兰的事情，看来我关注这段历史还是有点晚了。

陈雷原名姜士元，我在小说中给他起了一个谐音的名字：江诗源。一是因为陈雷是个诗人，二是陈雷的后人还在，虽然我写的是小说，允许文学上的虚构，我还是怕他的后人读到会不满意，他们肯定比我了解这位长者。我是一个胆小怕事的人，不想因为一篇小说惹出事端，所以没有用原名，给自己留条后路，也够小气的了。从另一方面想，我给他们的先辈树碑立传，尽管可能有些疏漏的地方，毕竟是一件好事，我应该让人们知道，这些先辈远比我们伟大，希望生活在和平年代的人能多了解他们，多些感恩和敬慕。

佳木斯这一段不是很好写，我对这个地方的历史了解不多，不像对双城的历史能烂熟于心，运用起来也灵活。这是张宗兰生活过的地方啊，我必须尽我所能去了解。我又找到了在图书馆工作的同学冉，提出了一个我认为过分的要求：找一张伪满时期的佳木斯地图。哈尔滨图书馆地方文献馆的老师非常敬业，业务能力很强，很快找到了一本《佳木斯事情》，破例借给我阅读。这本书是日文版的，里面也掺杂了一些中文。内容非常详细，当时各个店铺的电话号码都有，我关心的佳木斯市区地图完全是中文的，手绘的，当时的重要部门和街道名称标注非常清楚，这让我惊喜万分，复印后仔细研读。

六、夜与昼

如果不觉得黑夜漫长，白昼很快就会来临，而接下来还是黑夜。大地总是这样半阴半阳地轮转着，似乎没有任何改变的征兆，大地上的一切却在慢慢发生着变化，有的衰败下去，有的恢复了生机。对于这些变化，也许人不是最敏锐的，大多数偶尔感叹一下，然后沿着惯性生活下去，或者根本来不及感叹，便被这夜与昼席卷着拖带下去，而结局谁也不知道，它只是在不远处等着你突然停下来。

这段时间，张宗兰变成了一台机器，或者更像一条鱼。白天疯狂地吞吐着知识的营养和毒素——日本语和奴化教育就是毒素，就像你需要阳光，就不能回避阴影一样，这些附带的东西只是一种工具，只能附着在事物的表皮，不能深入血液和骨髓里头去，而这毒素说不上哪一天就会反弹回去，把那毒素的根源抛到它应该在的阴暗角落里。

到了夜晚，宗兰更是如鱼得水，复习功课，阅读各种书籍，帮助二嫂料理家务，紧张有序，觉得温暖，那些冷酷无情的东西和惨烈的事件只在心里面暂时隐藏着，像是漆黑的炭，只要遇到了一点点火星，便会燃烧起来。

有一些书籍，作者把能量和灵魂注入文字里，碰到会心的读者就能激出火花，释放出能量。读书会，让一些人的心性发生了变化，心灵中芜杂的东西被冲洗掉了，纯粹和真诚显露出来。这些纯粹和真诚的心必然要带动着肢体的行动，从而使肢体的行动在盲目中寻找到了方向。鲁迅的《呐喊》是沉痛的，辛克莱的《屠场》说出了社会的丑恶本相，绥拉菲靡维奇的《铁流》已经开始了行动，前行的艰辛和成功的喜悦也将在这些个读者当中重新演绎一遍，他们仿佛已在夜与昼的接口处看到了曙光。特别是董海云老师手抄的《社会主义从空想到科学的发展》，在他们中间传看着，道路已经清晰了，只需迈开步子一路行走下去。

功夫不负有心人，宗兰在很短时间内补上了所有的课程，成功跳级进入了六班继续学习，和白云龙在一个班。六班教室在学校二道门的西门房，是出入校园的必经之处。这一天，张耕野正在上课，黑板上写满了数学算式，而老师讲的却是岳飞以及鲁迅的"救救孩子！"。王维度老师从窗边闪过，讲解便巧妙地和黑板上干瘪的数字统一起来。鬼大多数不会是孤魂野鬼，这个鬼影刚刚滑过去，又一个鬼影大摇大摆闯进了校门——一个佩戴上尉军衔的日本宪兵军官。张耕野放下粉笔，走出教室迎了上去。鬼上下打量一下张耕野，小胡子下面冒出了鬼话。

"你们学校的老师有没有会说日语的？"

张耕野没用鬼话回答，只用英语反问。

"你说的话，我听不懂，你是否会说英语？若会，咱俩用英语谈谈好吗？"

鬼犹豫了一会儿，也换成了英语。

"那好吧。"

……

夜虽不深，星月无光，只有六班教室里还有微弱灯光。

蜡纸铺在钢板上，宗兰挥舞着铁笔用力书写着，另一边，白云龙翻着白纸，白长岭推着油滚，三个人的流水线，生产着四万万的心声。

白云龙的活最轻，嘴就不闲着了。

"你说张老师厉不厉害？日本宪兵人都怕，见了都要躲得远远的，张老师为啥放下课不上，还迎上去呢？"

"我哥说，事情来了躲不得。一是拖住那个鬼子，二是了解他的来意。"

白云龙咂咂嘴，感叹起来。

"看来我们真得学着点，像张老师这样，有胆有谋，还要有耐心。抵制日货那阵子，张老师领着我们挨个店铺做工作，卖日本货的大都撤下来不卖了。有舍不得继续卖的，张老师第二天还去上门说服，三番五次，直到卖家被说动了才肯罢休。不达到目的绝不罢休，我们也得学着点，还有锻炼口才，三寸不烂之舌作用也很大嘛……"

白长岭一手摁住油印机，一手推着油滚，口中还要跟着答话。

"关键还是要干点实在的，这批传单印出来，还要撒出去，又不能被发现，也不容易。那个警察狗子孙扒皮，动不动就夜里出来到处乱转，要不咱把这个吃里爬外的王八蛋干了，也少了个威胁。"

宗兰抬起头，盯着白长岭。

"先保护好自己吧，日子还长着呢。"

"嗯，还是咱班学生有见识，有胆有谋有耐心，才能干成事。"

"说干就干，我们师范班的胆子都大，我们年龄大嘛。"

宗兰铁笔不停，嘴也不软。

"年龄小怎么了？在最危险的地方，做你们做不了的事，你们等着吧。"

夜在大地上行走着，人们听不见它的脚步声，地上的人们在做什么，做什么有意义，它都不知道，兴许什么都知道，它不说出来，即使能说出来，又有谁能听得懂呢？

消灭日寇！

处决民族败类！

收回国土！

恢复中华！

敢于说出人们憋在心里已久的话，这样的人也许不多。一旦有人说出来，这些话便会变成行动，这些话的力量，就不仅仅在黑夜里显现，还能把太阳底下的阴影抹去。当这些传单在佳木斯城里被传看的时候，人们的心里好像亮堂了许多，白纸黑字的事实，说明人们的心并没有死掉，而人们的行动谁也没有想到。两名汉奸特务不明不白地死了，其中包括孙扒皮。谁干的呢？没人知道。传单到处飞扬的时候，鬼子闹腾了一阵子，死了两个狗腿子以后，鬼子又闹腾了一阵，地下流动的火焰，是能捉得到的吗？

张宗兰站在阳光里，仿佛太阳只为她一个人才升上了天空。白云一丝一丝的，慢慢散去，麻雀们在墙头、房檐、地上来回飞跃着，并不觉得无聊，杂草从墙根冒出来，也不显眼。野玫瑰绽开了叶芽，换了一个地方，没有一点怨恨，照样生机勃勃地挺起枝条，向上伸展着身子。宗兰见越来越暖和，便把小万灵抱出来，让他见见阳光，换换新鲜的气息，感受一下新鲜的绿色。宗信也跟出来，围着小万灵转圈，还不时用手指点着。

"小万灵，小万灵，头儿一个，头儿一个。"

小万灵见宗信转得有趣，眼光一亮，小脑袋左右摇摆起来。

"会头儿了，会头儿了，我小侄会头儿了，妈，嫂子，快来看，小万灵会头儿了。"

宗信连跑带跳地进屋喊人去了。

宗兰盯着孩子水汪汪的眼睛，扫了扫这张白嫩的小脸，不禁笑了。这么小的孩子，第一个让人惊奇的动作竟然是摇头，这预示着什么，说明了什么？对这个世界的不信任，不认可？大多数孩子都会是这样，先学会摇头，然后是点头，随着时间的流逝，大多数人会在生长过程中低下头来，会有多少人一直昂着头，绝不让那颗沉重的头低下呢？

宗信先跑出屋子，二嫂跟出来，母亲也一步一步迈出了房门，最后是张耕野。二嫂轻轻捏着小万灵的小手，看着孩子。

"给妈头儿一个，好儿子。"

小万灵水汪汪的大眼睛一闪，点了一下头。

"刚才还头儿呢，哎呀！嫂子你不好使，让妈来。"

"大孙子，给奶奶头儿一个。"

小万灵又点了一下头。

"这孩子，不给奶奶头儿，还点头，看来我一时半会死不了。"

"小万灵，给爸头儿一个。"

小万灵又点了一下头。

"哎呀！你们都不好使，这么多人把孩子都整不会了，小万灵，给老叔头儿一个。"

小万灵看宗信急得不行的样子有趣，轻轻摇了摇头。

一家子人都笑了。

"这孩子应该会走路了吧。"

张耕野把万灵抱过来，扶着他迈步。小万灵异常兴奋，一开始小腿还不知轻重，迈着迈着越来越稳了。张耕野松开手，让孩子自己走，这小家伙向前摇摇晃晃走了几步，摔倒了。只干哭了一声，便往起爬。

"这孩子真坚强！"

宗兰一边说着，一边抱起了孩子。

学生们进院的时候，正好看见刚才的情景，郑志民把小万灵抱过来，抚摸着那稚嫩的小脸。

"这孩子真刚强，应该起个厉害名字。"

母亲埋怨起来。

"两个人都是大学生，也不说给孩子起个大号，万灵就是个小名，叫着方便。我们老张家下辈范'树'字，你们都是念书的，帮着想想，叫什么名字好。"

白长岭上到前来。

"张树强！怎么样？"

若坤白了他一眼。

"白瞎你读了那么多唐诗,还有鲁迅、柔石的作品,文学功力也挺深的。张树强,这名字一般。"

"我还是喜欢《三国演义》和《水浒传》,看了好几遍,还能叫树羽,树飞?"

"什么破名,我把你踢飞吧!"

若坤说着说着便抬脚要踢,江诗源把若坤拉过来。

"我看名字要起的雅一点,还要有意义。"

郑志民眼珠转了转,捋了捋头发。

"让我说不如叫树镂,《孔传》里说'镂,钢铁。'《荀子·劝学》又里说'锲而不舍,金石可镂。',取这两个意思都不错。"

"还是郑姐有学问,这个名字好。"

若坤首先点头,学生们一致同意,张耕野赞成。

"要是孩子奶奶和妈妈都同意,我看这名字行。"

母亲嘴里面叨叨咕咕。

"树镂,树镂,张树镂,挺好,我大孙子有大号了。"

凤英从志民手里接过孩子,把学生们往屋里让。

"这名字挺好,我也同意。你们快进屋,不是还要搞读书会吗,进屋交流,好像少了一条龙啊。"

太阳挂到当空,空气中的湿气散尽,白云龙走在通往太平镇南山沟的路上,远处起伏的群山还是像影子一样,把道路拉扯得越来越长,似乎走不到尽头。但面前广阔的天地让人眼睛舒畅,憋闷的感觉淡去了,心却越来越沉重。

七岁的时候,白云龙在姨父的资助下,到离家30多里的四合屯念私塾,六年零三个月之后,由于种种原因只好退学回家了。又过了一年,白云龙到吉林省依兰第五师范就读,因为食宿不能接济,只念了三个月便辍学了。在家里帮父亲白芳种了一段地以后,由佳木斯第五小学校长帮忙,白云龙又来到佳木斯,在桦川中学念书。在学校里,白云龙晚上给校长卢国士当文牍抄写文件,每月可得几个小钱。半年后，卢国士用其亲信，夺去了白云龙文牍的差使，幸好董海云老师和第五小学的老师杨德金解囊相助，才得以维持学业。董老师不仅在生活上帮助他，还把他引上了一条光明的道路，白云龙越来越觉得书已经念得差不多了，应该像白长岭说的干点实在的事，这次回家若和父母说通了，自己的愿望就可以实现了。

昨天晚上，在杨德金家里，他们一直谈到了深夜。杨德金讲起话来总是滔滔不绝。

1900 年，义和团的作用很大，粉碎了帝国主义瓜分中国的阴谋，客观上加速了清王朝的崩溃。历史证明，只有人民大众团结一致，共同对敌，走武装夺取政权的道路，才能真正拯救中国。我们在学校教书、念书，只能在口头上抗日，作用是微小的。现在，全国抗日队伍风起云涌，依兰土龙山农民暴动起义打了漂亮的伏击仗，击毙了日军联队长饭冢大佐，震惊全国。我们应该参加这支队伍，杀敌救国……

参加这支队伍，杀敌救国……

白云龙的胆子是越来越大了。前些日子，他独自一人写了两大幅标语：

全国人民动员起来！铲除倭寇！消灭伪警宪特！

趁着夜色，白云龙把标语贴在福顺泰和福顺恒两家商店的墙上。翌日清早，日伪的汽车没头苍蝇似的满街乱窜，到处搜查，闹得全城轰动，议论纷纷，白云龙有些沾沾自喜。后来两位老师和杨德金知道了，非常严厉地批评了他，白云龙觉得委屈，甚至掉了几滴眼泪。但通过这件事，他好像渐渐明白了做事的分寸，知道了做什么才是真正有意义的。

这段时间，白云龙做了很多有意义的事，但还是不够，像收拾孙扒皮，只是小打小闹，起不了多大作用。白云龙被这一线思绪牵扯到这里，心里头不知不觉增添了一分喜悦。

孙扒皮打着酒嗝大摇大摆从饭馆里出来，东张西望想发现点什么，只要看谁不顺眼，就可以先抓起来，一审问，一动刑，钱就来了。其实，他每晚的行进路线早已被人摸清，趴在妓馆房上的两个人，已经等他等得有些不耐烦了。黑夜里，那些有颜色的东西都变成了黑色，连影子都是黑的。白长岭扫了一眼白云龙模糊的身影，有些心焦，悄悄从房上爬了起来，说话声细若游丝。

"我方便方便去。"

跳进妓馆的院子，白长岭轻手轻脚钻进了茅房。重新上了房顶之后，白长岭抑制不住心跳，神秘兮兮地向白云龙努了努嘴。

"一会等着看好戏吧！"

孙扒皮的黑影果然晃进了妓馆院中，刚到房门，又向一边的茅房拐去。

"哎呀妈呀！"

只听一声怪叫，接着是乱七八糟的声音夹杂着骂声响了老半天，当黑影随着骂声踉跄着爬到院子里时，骚臭气也随着冲上了房顶。白云龙看着白长岭，白长岭只是笑，却不敢笑出声。听到嚷嚷声和咒骂声，妓馆里男男女女吵吵嚷嚷出来一帮人，没有不认识孙扒皮的，搭讪议论之后，又被那气味熏回屋子里去了。孙扒皮现出无赖嘴脸，愣是往屋里闯，谁知那房门一关，从里面反锁上了，孙扒皮踢了一气门，骂了一阵，觉得无趣，只好骂骂咧咧摇晃着出来。

走了一段大路，怕人认出来，只好向背胡同里拐。一身狗皮不敢扔掉，那气味又上来了，酒气也上来了，一阵恶心。倚着墙角想吐的刹那间，不知哪里飞来的绳子套在脖子上，酒气没上来，该进的气也进不来，两只胳膊不自主伸直了，满眼都是星星，星星一个一个灭了，只剩下一片黑暗。

六十里地，走了一小天。白云龙到家时天早已经黑透了，一进屋看见父母的笑脸，心里说不出的亮堂。母亲赶紧热饭，还特意煮了两个鸡蛋。白云龙饿坏了，摘帽脱鞋上炕端起饭碗就吃。母亲一边看着儿子吃饭，一边念叨着。

"前些日子，阴历三月二十二，你过生日，是在学校里，快趁热把鸡蛋吃了，今天给你补上。"

父亲也在一边不错眼珠看着儿子。

"十八周岁了，大人了，正是立事的时候，好好念书，毕业当个老师，总比我溜垄沟找豆包出息。"

白云龙狼吞虎咽吃完了饭，放下筷子，端起碗喝了口水。

"我现在长大了，正好有个事要说。现在兵荒马乱的，我看念书也没什么用，我打算和杨德金老师上土龙山，参加抗日的队伍，我和董老师说好了，他也同意我的决定……"

父亲没吭声。

母亲一听就急了。

"不行！当年你爸挑着两个筐，你姐玉兰你们两个一边一个，1000多里地啊，把你们两个从吉林挑到这南山沟来，容易吗？你爸刨荒种地，我采山货，你五岁就和你姐搂柴禾捡庄稼，好容易把你们拉扯大，又口挪肚攒供你念书，那么多好心人帮你凑学费，不念书不行，我和你爸都不答应……"

说着说着，抹起了眼泪，把白云龙的帽子和鞋藏了起来。

父亲还是不吭声。

"妈！你说现在念书还有什么用。前年四月十二，日本兵舰一开进佳木斯，就占了我们学校，好容易复课了，校长卢国士被日本人撵走了，日本参事官宾尾亲自当了校长，派来了日本教师白泽，养了几个汉奸老师。我们不仅学日语，还要学那些什么'王道乐土'的奴化思想。有什么用，我不念了。"

"不行！毕业了再说。现在你姐也找婆家了，省心了，就差你，听话吧，毕了业再说吧。"

"妈！现在东北都被日本人占了，还窥视着整个中国，我们要亡国了啊！我在佳木斯整天看到日本兵到处抓人，电线杆子上挂着人头。经常有什么他们说的'政治犯，思想犯'被捆着游行。岗楼上的日本兵头顶钢盔，手持三八枪，摇摆着明晃晃的刺刀，横眉立目地监视着行人。那些效忠日伪的警察不时在大街小巷窥测人们，特务、暗探们狐假虎威叱责人们……这是人待的地方吗？土龙山暴动之后，前些日子，就在咱眼皮底下，日本鬼子的飞机炸平了20来座村庄，到处尸横遍野，死的人成千上万，死的都是中国人啊！日本人杀了咱多少中国人，把中国人当人吗，凡是有良心的中国人，都应该起来反抗，我也是中国人，堂堂的七尺男儿啊……"

"今天你就是说破天去，我也不答应。他爸！你倒是说话啊！"

母亲话虽硬气，声音却软了下来，父亲白芳还是不吭声。

"爸！妈！和你们说实话吧，我现在和普通老百姓不一样了，我做事不能光为自己着想，我还要为全中国人着想，打跑日本鬼子，建立一个人人平等的社会……"

"你是共产党？……"

父亲终于说话了。

"你是共产党？听说共产党是为穷人着想的，妈还是不放心，咱坚持坚持把书念完再说吧。"

"别管我是不是，你们也不要出去乱说。书我是不能念了，前一段，我在佳木斯杀了一个警察狗子，佳木斯我是待不下去了，土龙山我去定了，儿子干的是好事，你们一定要支持我。"

"也好,让孩子去吧,他现在也是身不由己,消灭日本鬼子早回家。"

父亲眼睛一下子亮了，不住点头。

"我儿子有出息，我支持。"

母亲叹了口气，没再说什么。

夜更深了，月躲远了，一颗星星都没有。三个人在炕上翻来覆去，也不知是什么时候睡着的。

时间就像一条看不到尽头的绳索，两头拴扯着过去和未来。参加读书会同学们的心是扯向未来的，过去是已经死了的东西，无法改变，而未来充满了神秘感，变幻莫测，希望就在这里头。宗兰送走了同学们，只有若坤笑嘻嘻不肯走。

"今天结束得早，天气又好，上我家玩去吧。"

我得问问二嫂还有没有活了，她一个人操持家务够累的。

"去吧，去吧，没什么活了，上董老师家认认门，咱们原来就是老邻居。"

若坤趴着宗兰耳朵小声说着什么，宗兰不住点头。

"行！行！"

一边答应着，一边找出刻钢板的铁笔放进兜里。

"妈！我上董老师家去了。"

"去吧，早点回来！"

"大娘，把你老姑娘绑架了，不回来了，晚上在我家住。"

若坤笑嘻嘻说完，拉着宗兰的手走了出来。

一路向西迎着夕阳，西城门像一座古城堡，上缘现出几个光圈旋转着，似要把两姐妹快速吸过去一般。那五间红砖房和城门相比颜色鲜艳，此时笼罩在城墙巨大的影子里，阴森森的，鬼影闪现。穿过城门，掠过三个纪念碑，佳西屯就在城外不远，几分钟就到了。

李淑云正在收晾晒出去的被子，见宗兰来了赶紧让进屋。董老师正在看书，抬起头来目光迎着宗兰。

"宗兰来了，快坐。这可是六班的高才生，若坤你可要向宗兰学习呀。"

宗兰有些不好意思，若坤倒不在意。

"爸，这不领家来学了吗。"

吃过了饭，天就黑了。宗兰在灯下拿出铁笔，圆圆的光滑的木柄，锃亮的笔尖似有惊人的穿透力，能直指人心。董老师找出钢板和蜡纸，又把一本书放在宗兰面前。

"宗兰字写得真好，受过名人指点吧。"

"我们双城有一个老书法家叫赵伯元，我和他学了一点。"

"我说嘛，这本《社会主义从空想到科学的发展》我手抄了一些，数量不多，流传不广，新来的学生知道得不多，这次只好请宗兰帮忙了。"

"董老师客气什么，我现在找这样有意义的事还找不到呢。"

宗兰把头发捋到了耳后，蜡纸铺平在钢板上，捏住了铁笔，用力刻写起来。若坤给宗兰倒了杯热水，坐在旁边看着书上的字，也看着蜡纸上的字，她能同时读两遍。

"我监视你，看你能不能写错。"

宗兰转过头笑了。

"你像这样安静一会儿，也不容易。"

安静很快被打破了，先来的是杨德金老师，陆陆续续的，董老师的哥哥董海山，小姨子李淑范，大舅哥李晋三，都来了。董老师向若坤努了努嘴。

若坤会意出去了。

宗兰大脑也用不着飞速旋转，一边刻写着，一边听他们讲话。这些人看似轻松地聊天，其实内容很重要。宗兰在脑子里总结了一下，无非是三个方面。

一是白云龙和杨德金参加土龙山的队伍。

二是董海山参选西门外百家长拉选票的事。

三是李晋三从西门外小学调往敖其小学的办法。

事情很多，枝杈也不少，甚至一些细节的问题也要逐个敲定。做事情总要考虑周全，力争稳妥，宗兰潜移默化受到了影响，在心里面暗暗点头。

好在时间并不长，客人一个个离开，若坤也回到屋里来，和宗兰眼光一碰，两个人微微一笑，也不再说什么。

夜还在往后延伸，静静地，慢慢地，把黎明前的时光一点点磨蚀掉了。

宗兰铁笔不停，若坤有些困了，打起了哈欠，宗兰抬起头。

"先去睡吧，我多赶一些。"

"那可不行，咱俩一起睡。"

董海云还在看书，李淑云做着针线。

四个人都在默默和这黑夜较着劲，昏黄的灯光在广大的夜里渺如草芥,但毕竟是光,些许的温暖和光明在这沉沉的夜里,也是有力量的,生命所必需的。

董海云放下书,站起身来。

"宗兰累了吧,早点休息,明天晚上再写。要是把你累坏了,你二哥该找我算账了。"

"我还不困呢,越写越精神。"

"还是早点休息吧,明天还要上学呢。"

一上炕,钻进了被窝,若坤反倒精神了和宗兰小声嘀咕起来。

"咱俩住的这屋,曾经住过一个人,刚走不长时间,我给你讲讲他的故事。"

"好好,我想听。"

"这个人应该说是一个火种,是今天来的这些人的领路人。当时他刚从苏联回来,夜间在山里被鬼子包围,汤原游击队的队伍被打散了,夏云杰队长保护他冲出了包围,隐藏在几尺深的大雪窝里一直到天亮,鬼子撤走后他们两个才出来,但这个人的双脚已经冻伤了,夏云杰把他送出来,他就到我家养伤,我和妈妈照顾他,我们通过他学了很多东西,知道了不少事情,前几天冻伤养好了,我爸把他送上码头离开佳木斯。"

"还有汤原游击队,饶河游击队的事……"

"若坤啊,别说话了,让宗兰睡觉吧,明天还要上学……"

夜又恢复了寂静,难以入睡的人们心里并不平静。

除了睡眠以外,人,大多数时间是行走在路上的。大多数人走的路是不断重复的,为了生计,为了将来的日子。能有多少人大步向前,绝不回头呢。又能有多少人,在黑夜里行走着,心也跟着行走着。

一来一去的路上,看到的,听到的,加上刻意的走访,让白云龙的心扭结着,解散不开,说不上是什么滋味。

当白云龙背着粮食,走到佳西屯的时候,又钻进了夜里。

祁宝堂的"明山队"在大洼和日本开拓团的守备队打了一仗,便撤到老张乡屯,家家关门闭户,只有张家大院开了门,将他们让进院里,并准备了饭菜,正吃饭的时候,鬼子的六辆汽车追上来了。祁宝堂一下子跳起来,弟兄们跟我上！指挥着队伍就和鬼子干了起来,一直打到天黑,鬼子撂下了十几具尸体,什么便宜没占到。听见里面枪声稀落下来,鬼子开始撞院门,等鬼子砸开门进来后,见后墙有一个大窟窿,一个人影都没了,气急败坏把30多间房子都点着了,躲在屋里的一个瞎姑娘被活活烧死了,还有四匹耕马,十多万斤粮食也烧成了灰烬。还不解气,又到前屯抓了没来得及跑的三个人,用刺刀捅死了。三天后,这帮日本兵又来到老张乡屯张家大院,把没有烧完的一间西厢房又点着了,到屯西头抓了三个长工,一刀一个全劈死了。

最惨的是北半截河子一带的村屯,鬼子先是血洗了后居园屯,屯里的人除了不在家的全部被杀,所有的房屋、柴草垛甚至垃圾堆都被点着了,接着马青山、崔和、秦奎武、韩国文、王德花、兰四先生等村屯,也是村子里的人被杀光,房屋被烧光……当时逃难过程中有十几个村屯的乡亲们在韩国文家大院站脚,正要吃午饭的时候,鬼子就来了,整个院子顿时人喊马叫乱成一团,韩国文见势大喊：大家不要慌,我这院套的四个炮台里,有快枪、洋炮、母猪炮十多颗,鬼子来跟前还能抵挡一阵子,一时半会是进不来的。说完,拿起大枪上了东南炮台。东北炮台的年轻人沉不住气先开了枪,距离太远,都没打中,鬼子停下来不再前进,从汽车上抬下机关枪,专门向逃难的大车扫射,当时几十辆大车正长蛇似的向西奔逃,也不知前面谁家的马车趴下,堵住了路,所有车辆都堵在了横垄地里,鬼子的机枪爆豆一般,人和马的惨叫声响成一片。东南炮台有几条快枪,一开始还撂倒了十几个鬼子,后来炮台被鬼子炮弹炸塌了,韩国文也被汉奸指认,让鬼子射杀了。直到韩国文弟弟领来了大排队救援,鬼子才撤走。这次洗劫,不到半小时,200多人被杀,从韩国文门前到西沟子,六里地的大道上,死尸一溜,到处是血,有的老太太和儿媳妇死在了一起,有不懂事的孩子,还趴在死去妈妈的怀里找奶吃……

还有九里六屯，鬼子来的时候，谢文东的队伍和大排队还打死了一些鬼子，鬼子援兵一上来，打到后半夜，谢文东的队伍寡不敌众，只好在大排队的掩护下，带着部分百姓撤走了。日本兵见人就杀，受伤后还有一口气的，也要捅上一刺刀，钻进炕洞的人也被揪出来，用刺刀捅死。有28名百姓被捆起来，在地上跪了一排，然后鬼子用机枪扫射；有80多名百姓被堵在三间草房里，鬼子先用机枪扫射，然后用火烧；被打死的老人、孩子，被强奸后杀死的妇女不计其数，死尸从屋里、院中，一直延伸到大街上，到处是血。共有600多人被杀，全部房屋被烧毁，偌大一个繁华的九里六屯变成一片废墟，惨不忍睹。

……

白云龙放下筷子长叹一声。若坤又气又悲，眼泪止不住地流。宗兰砸了一下炕沿，背过身去。李淑云已经哭出声来了。董海云踱进里屋，取出宗兰她们刻写油印好的材料，递给了白云龙。

"带上吧，我感觉祁宝堂是可以争取的。"

董海云又嘱咐了几句，白云龙不忍再看屋里人的眼睛，抬腿便要走。董海云把粮食袋子拎了过来。

"我知道你是给张老师家背的粮食，带上吧。张老师家人口多，就一个人工作，养活老母亲，供弟弟妹妹上学，他的很大一部分工资又资助了困难的学生，金老师又辞了工作，不容易呀。"

"老师……"

宗兰伸出手来，去握白云龙的手，两只手都是热热的。

"谢谢老同学，真想和你一起去打鬼子。"

"扛枪打仗的事，是我们男人干的，你们在这里做好后勤就行，先行感谢了。"

"女的怎么了，将来我们做的事情可能你们大男人都做不了。"

若坤也走过来，握住白云龙的手。

"是啊，宗兰说的对，别瞧不起我们女的，白老太太。"

"啊啊，我说错了，向你们道歉，其实我心里没有歧视妇女的观念，只是想应该保护你们。"

"行了白老太太，要不看你去打鬼子的份上，今天我就踢你。对了，到了那里要多长几个心眼，别傻了吧唧的。我们等着你的好消息。"

"若坤啊，别啰唆了，白云龙比你聪明。"

李淑云一边说着，一边帮着董海云把袋子抬起来放到白云龙肩上。

白云龙扛着粮食往外走。

"我去看看张老师一家，再和那几个同学偷偷道个别……"

"孩子，慢着点，累了就歇歇。"

李淑云说完，抹着眼泪进里屋去了。

宗兰和若坤站在大门外，眼看着白云龙的身影一头钻进黑夜里去，她们愣愣的，谁也不再说话。

黑夜是漫长的，也是寒冷的。黑夜里两个人影的移动是迅急的，尽管山路上下过雨，因有坚硬的石头垫脚，踩在上面也觉得踏实。

白云龙和杨德金有时一前一后，有时并排急行，不多的话语还要压低声音。他们现在有了新的名字，杨永新和李雨时。这意味着"德金"二字有些老套，需要立新，并且这新应在不断破立的过程中延续下去，世界上的事物是这样，人生也是如此。李姓来自白云龙的母亲，而"雨时"二字则散发出淡淡的诗意，反衬着严酷的外部环境，或从严酷中抽出新的希望，因为春天已经来了，即使寒意还没有完全退去。

十里路，凭着两个年轻的身体跑下来是不成问题的，即便是快走下来，也觉得浑身发热。夜寒被挡在身外，却一直包裹着他们。

五十里路，已经穿越了这夜的一大半，走路变成了飘行，热汗也变成了冷汗，他们变成了夜寒的一部分，快被溶解掉了。

是远处的马蹄声进入耳孔让他们醒转成人，前面申家店方向一队鬼影噼里啪啦撞过来。他们躲进灌木丛，卧倒，屏住呼吸，只有眼睛亮着。身下是泥水，冰凉地洇进衣服，爬进汗毛孔，像一条条小蛇往里钻，这是从来没有经历过的体验，没有人会故意去经历。

这队日本骑兵大约有五六十人，马刀长枪这些杀人的武装齐备，从他们眼前驰过，使这寒夜更加寒冷了。二人爬起来时，已经听不见马蹄声，夜无声的死寂又加深了一层。

冷到了极限，太阳就该出来了，但出来得慢，向上跃升得快。他们又累又饿，上午十点左右才到达五道岗宋家大院，喜悦几乎让白云龙喊了起来：

"这回可见到抗日的队伍了！"

"雨时，现在确定下雨有点早了吧？"

果然不出杨老师所料，他们是被绑着进去的。

下令绑他们的副总指挥滕松柏，瞪着眼睛，来回踱着步，似笑非笑地。

"学生家家的抗什么日？故意整的泥头拐杖地蒙人吧？我看你们两个是鬼子派来的奸细！拉出去，毙了！"

"慢着！"

杨德金一脸正色，并不畏惧。

"我是参谋长阎喜伦的同学，不问清楚就别浪费子弹了吧，留给鬼子岂不更好！"

问起阎喜伦的家世，杨德金对答如流，像是说自己家的事情。

就这样，他们被押着离开了五道岗，将近傍晚才来到湖南营的温家大院。

一见面，杨德金先是一笑，然后摆下脸来。

"有你这样招待老同学的吗？绑着一路不说，连口水也没有？"

阎喜伦连说误会，替他们二人解了绳子，安排人赶紧做饭打酒。

白云龙没喝过酒，辣味在口中烫了一下，然后变成燥热跑遍全身，顿时泪就下来了，汗也下来了，一夜的风寒无影无踪。

"你们来得正好，眼下有场大仗，打完了要留下一批人在那守着，需要识文断字的协助一下。"

"眼下怎么安排我们？总不能空手和鬼子干吧？再说也得给我们一个名分吧。"

"这好办，先给你们一人一把狗牌撸子。谢司令耳根子软，好说话，我想让你给他当个书记官，雨时给你当助手，怎么样？老同学，这回够意思了吧？"

酒容易醉人，夜也来得快，睡意袭来挡也挡不住，热炕上一躺，一夜一天的人和事都被疲倦带走了，下一个白天又是新鲜的。

这座山像一匹趴卧的骆驼，所以叫驼腰子东山。那时候，人烟稀少，野兽出没。有一个姓解的老猎人领着孙子来此打猎，遇见一群野猪拱出一米深的长沟，野猪散后，老人见沟中拱过的茬口分成三层——草皮、石子、泥沙。忽地想起一句老话，黄金三层被，盖着草皮、石子、泥沙睡。仔细一看，似乎有些闪闪发光的东西，用手一划拉，捡出了好几斤黄澄澄的金豆子。之后老猎人带着亲属来此居住，逐渐人烟繁盛起来。

祁宝堂14岁就在驼腰子烧炭，后来在矿上当采金工人，要不是日本人设置了依勃桦金矿局，强占了驼腰子金矿，欺压矿工，祁宝堂也不会拉起队伍来。一说要打驼腰子金矿，祁宝堂拍了下桌子，忽地站了起来。

"好！打！那里就不是人待的地方，打完了留下一批人，咱自己采矿，让矿工们翻翻身。"

说实话，采金矿真不是人干的活，两头不见太阳地劳累不说，有时还得豁出身家性命。就是去年开春，祁宝堂窝在三四米深的矿坑里，憋闷得热汗变成冷汗，铲砂的声音伴随着坑顶不断落下残砂的沙沙声，让人觉得瘆得慌。祁宝堂向上瞅着矿顶的落砂，把铁锹往地上一插，不干了！要冒顶！一边说一边带头往坑外走。监工吆喝着，快干，他妈的，不许偷懒！矿工们气哼哼一阵猛挖快刨，只听"轰隆"一声，事故还是发生了。

祁宝堂双脚受了重伤，被救出来抬进工棚里，他抹去脸上的沙子，对抬他的孙继武说，快去看看兄弟们受没受伤！

"不用看了，砸死了两个，还有两个和你差不多。"

"码人到矿上让他们赔钱治伤，快去！"

孙继武风风火火带一帮人走了，回来时一个个蔫头耷拉脑袋的。

"日本人说，中国人大大的有，死了死了的没关系！说再闹事就把咱都突突喽。"

矿工们议论纷纷，有的说，这送命的活不干了，有的说自己要注意安全，还得养家糊口。

同样受伤的韩忠礼爬起来。

"妈的，不让我们活了，就和他们拼命，大不了都是个死！"

祁宝堂强忍着脚痛慢慢坐了起来。

"咱们都不是孬种，也不能任人欺压，但不能蛮干，空着两双手只能白白送命，大伙先忍耐一下，等思谋好了再动手不迟。"

"对，君子报仇，十年不晚。"

"那好，祁老弟，我们都听你的。"

天越来越热了，驼腰子东山的柞树展叶放绿，到了夜晚，山上的黑更加浓重了。只有三个豆大火点微微闪亮，白烟向上不足一尺四散开来，香气幽幽飘入人的鼻孔，使这七双眼睛汪出水来。祁宝堂、孙继武、韩忠礼……正好凑成了七星聚义，他们在夜黑中向香火拜去，从此就不孤单了，也就成了异姓兄弟，同生死，共患难，以后的活法就不一样了。

到了六月，祁宝堂的脚伤也好得差不多了。他们把积攒起来的金末子凑到一起，走了百多里路，在榆树泡子卖了金末子，买了七套单衣服，又托道上的人买了一把狗牌撸子，一把七星子手枪，十二发子弹，悄悄回到了矿上。

这天吃晌午饭时，阳光普照，矿区上空一片云丝都没有，这世界完全裸露出来。累得半死的矿工们懒得说话，一个个静悄悄地吃饭。七个守矿的日本兵放松了警惕，把枪架到一起，不知道自己接下来应该做些什么。

孙继武来在日军队长三郎面前，掏出香烟递过去，三郎把烟卷在嘴边呷了一下，又拿下来在指间转动着。孙继武把大手探进怀里摸火柴，动作由慢到快，眨眼间一把手枪顶在三郎的脖子上，惊慌的叫喊声还没来得及发出，随着一声口哨，枪已经响了。接着又一声枪响，是祁宝堂的枪口发出的，日军机枪手随即倒了下去。几乎是在同时，另外五个日本兵也被韩立忠他们放倒了。七个异姓兄弟干掉七个日本兵，谁也没闲着，正好一人一个，干净利索，几秒钟的时间就完活了。

矿工们被这突如其来的事件震惊了，一个个还没反应过来是怎么回事，祁宝堂已经跳上了饭桌。

"弟兄们，日本鬼子侵占了咱们国家，霸占了咱们土地，在矿山，还要吃咱们的肉，喝咱们的血，咱们能这样挺着等死吗？俺们弟兄七个不愿意当亡国奴，现在打死了鬼子，夺了鬼子的枪，要拉起队伍跟鬼子干。愿意抗日的跟我们走，不愿意的也赶快离开这里。"

接下来，一挺机枪，六支步枪，三支手枪，700余发子弹和一些军用物资抬了过来，放到了明地上，再加上七具日本鬼子的尸体，矿工们的激情被撩拨出来，当场就有20多个青年加入。他们迅速离了矿区，直奔40里外的大梨树沟十二马架子，他们的东北山林义勇军明山队就这样成立了，因为祁宝堂别号明山，他是这支队伍顺理成章的队长。

谢文东在土龙山起事的时候，明山队就加入进来助战，这次再打驼腰子，祁宝堂更是身先士卒，那里是他流血流汗的地方，有些许的眷恋，也有无尽的仇恨，想起惨死的矿工们，他的心几乎跳了出来。

白云龙这些日有意接近了祁宝堂，发现他思维缜密，勇猛也不是一般人能及的。在彼此的交谈中，白云龙逐渐渗透着一些外面的消息，和抗日救国的道理。

没想到祁宝堂非常坚决，他们的队伍有明确的目标：赶走日寇，救国救民，宁死不投降！他们还有三条纪律：第一，老百姓的东西寸草不动；第二，不许私入民宅；第三，帮助贫苦农民，不准打人骂人。

白云龙心里有了底，董老师交给的任务完成起来也不觉得难了，土壤肥沃，小苗根本不愁长。

一路上，谢文东和祁宝堂谋划着这场仗怎么打，祁宝堂说，咱们趁天黑先拿下两个碉堡，别的就好办了，上千人打这一个小地方，小菜一碟！

果然战斗是激烈的，也是容易的。

胜利后，白云龙和杨德金分开了，杨德金继续跟随谢文东，白云龙留下来帮助队伍采金，狗牌撸子也换成了枪牌撸子，"一枪二马三花口"，身上的家什沉重了，也上讲了。但安静的生活并不长久，鬼子两周后前来报复，白云龙不得不撤出来，直向十二马架子疾行而去。

白云龙上得山来已是下午时分，和祁宝堂还没说上几句话，便有帮助队上卖炭的老范前来求救。原来老范今天儿子结婚，有五个日本兵闯进家里搅闹。祁宝堂听了眉头一皱，雨时，带上家伙和我下山！

十几个人风风火火地来在范家，喝得烂醉的五个日本兵已闯进新房，摇摇晃晃地拉扯着新媳妇，几个胆大的乡民上前阻拦，一个日本兵端起枪对准乡民，枪是响了，倒下的却是他自己。孙继武手疾枪快，毙了这家伙。随后的几声枪响，五个日本兵就全回不了家了。

白云龙不是第一次打枪，但真正打死日本鬼子还是头一次，他收起撸子，看在面前倒下的日本兵还很年轻，似乎不到20岁，唇上刚刚长出茸毛。想想这日本兵的母亲肯定不知道儿子已经死了，于是心中升起一片悲凉。每个人都是有母亲的，每个母亲都不会希望自己的孩子去杀人，或被杀。而战争是集体行为，个人裹挟其中参与这种战争的恶，却不知道自己的罪孽有多大。慢慢地白云龙心中坦然起来，最起码他是醒悟的，知道自己在做什么，他的行为不同于这个毙命的日本小兵，他不是跑到别人家撒野，而是在捍卫受辱者做人的尊严。

打扫完毕，老范摆上酒菜给大家压惊，祁宝堂挥挥手说，免了吧，现今打死了日本人，不见得是什么好事，你们全家和乡亲们最好上山躲一段工夫，我们哥几个也先回山。

十几个人刚要离开，远远看见七个日本兵向这边走来。祁宝堂让弟兄们藏好枪,叫老范把日本兵请进来喝酒。

七个日本兵晃进院门,老范出来迎接,虽然语言不通,但他们明白这里在办喜事,毫不客气地坐下来喝酒,枪也架了起来。叽哩哇啦的谈笑声从院子里飞出,看起来没有异样,入侵者显然把这里当成了自己的家,双方也保持着和谐。

日本的清酒寡淡无味,东北的烧刀子可是劲足。一会儿工夫,日本兵已现醉态,一个个张牙舞爪,搂脖子抱腰,说话声肆无忌惮地放大。

祁宝堂并没有让乡亲们见识血腥的场面,没有在村里动手,而是把他们押到山上,全都枪毙了。

白云龙看到了祁宝堂的机智果断,同时也感受了祁宝堂的倔强和鲁莽。经过几个月的接触,一些抗日救国的道理逐渐渗透给他,在一个深夜长谈之后,祁宝堂提出了加入组织的要求,而且非常坚决:我决心改变旧世界,消灭敌伪,不怕牺牲,誓为实现共产主义奋斗终生!白云龙没有发展党员的任务,他必须回佳木斯请示董老师。

回去的路100多里,全靠两只脚在山林中穿行,有时还要穿越草地,冷风带着雪片往下砸,白云龙冬衣还没有来得及换上,雪溜进他的脖子,化了,顺着后背往下淌。他跳跃了几下,使劲左右甩着身子,身上的雪掉落了一些,过了一会儿又附着上去。因着冷,他加快了脚步,掺杂着小跑,但不能持久,脚步也慢了下来。他逐渐觉得昏昏沉沉的,仿佛看见母亲在家里灰暗的豆灯下给他做棉衣,母亲的白发连着这场雪,一大片白在这阴冷的世界弥漫起来,其他的颜色都淡了,事物都干净了,不需要人再做些什么。

但白云龙能在这白中看见红,那些被屠杀的人的血,牺牲的战士的血,从雪中涌到他的眼前,顿时觉得心里面热了起来,这热遍布全身,又在双脚上聚集,脚步从慢到快了。远远看见佳西屯,看见西门楼子,白云龙停下脚步,寻找太阳的踪影。哪里还有什么太阳?灰蒙蒙的天似乎在下降,整个佳木斯城也在向下沉,惨白惨白的,小南山上的鬼塔光秃秃的,像一只伸出的手指头挣扎着,下面的手臂和身躯是看不见的，却有钻出土皮的趋势。

  白云龙意识到了危险，不能在白天往前走了，要等到天彻底黑了，才能亮出他的双脚。申家店不远处是一个小山林，他毫不犹豫地闪进去，找了一个背风处藏了起来。人一停止了活动，对于冷的感觉越发敏锐了，他先是缩起来，然后开始跺脚，雪踩飞了，露出草，草尚存绿色，在脚下的黑土和白雪衬托下现出独一无二的新鲜来。他不再跺脚，环顾黑夜即将到来的四周，渐渐安静下来，藏好了枪，等待着，等待着⋯⋯

  张宗兰刻写传单和文件用过的铁笔我见的是实物。那一年我到哈尔滨去论文答辩，顺道去了东北烈士馆，把门的保安不让带任何物品进去，我存了包和手机，出示了身份证，充满敬意地开始参观。我最关心的当然是和双城和张宗兰有关的东西，我首先注意到的是抗日义勇军将领李海青的展板，李海青就是我小说中的李破烂，《双城县志》记载过李海青进入双城的事，据伊老师讲，李海青破城入双不是一次，而是七进七出。有资料评价：李海青是黑龙江义勇军最早的创建者，是东北义勇军的著名将领，是参加过江桥抗战、热河抗战、长城抗战、察哈尔抗战、卢沟桥抗战的将军。

  看到张家一门三英烈展板时，我有些激动，最大的照片是张耕野和金凤英的合影，就是我小说中描述过的张宗兰夹在书里的那张照片。而张宗兰的全身照与我以前见过的不同，头发略长，衣服是那种束腰的裙子，鞋是系带的鞋子，背景模糊，似是一片树木。这张照片后来我也在《佳木斯革命人物传》中见过；在伊老师指导下布置的城史展览上，我也见过这张照片。当时伊老师说张宗兰并不漂亮，我心里有些不高兴，但没有反驳。在张树春提供的两张照片中，张宗兰是漂亮的，特别是和董杰合照那张，穿着长袍，亭亭玉立，气质尤佳。穿裙子这张照片，张宗兰显得有些矮小，但坚毅的神情和另外两张一样。在我心中，张宗兰就是女神，外表是一个方面，关键她所做的事情，她的家国情怀，是无可比拟的。若不是伊老师是一个让人尊敬的老人家，我可能会和他吵起来的，或平和地说出所想，也不好说。这样看来，我是够偏激的，最起码在心里面是偏激的。

东北烈士馆张家一门三英烈展板前面是一个玻璃展柜，我跨过栏杆，上前仔细看，那支铁笔虽经过岁月侵蚀但并不像70年前的东西。虽是旧物，颜色却不黯淡，上面微微的光泽应是张宗兰汗水浸润的结果，想来张宗兰使用它也不过三四年的光景，在那样的艰难岁月下，可能一直没有更换过，应是张宗兰一直在用的。这是已经淘汰的东西，激光照排的现代印刷术和它相隔遥远，现在的年轻人已经不知道会有这样东西的存在了。它曾经是充满力量的，表达过那一代有志青年的心声，像一支老箭为民族解放事业做过贡献。

我不怀疑这支铁笔是随便找来的替代品，我也不应怀疑，即便我不知道它是怎样保存下来的。我猜测，一种可能是张宗兰临走前留给董杰的，希望它继续发挥作用，或许只是留作纪念，也未可知，董杰把它珍藏下来，献给了烈士馆；一种可能是张宗兰把它当作心爱之物，一直带在身边，牺牲后作为死者遗物保存在伪满警察厅，也可能交给张宗民或张宗义带回，后来献给烈士馆；还有没有另外一种可能呢？正在我浮想联翩的时候，保安过来揪住我，把我带离了展柜，虽然态度不好，我也没有在意，这是人家的规定，不允许参观者跨过栏杆，以免损坏文物，况且这是人家职责所在，我连连道歉，匆匆下楼。

烈士馆的建筑原为东省特别区图书馆的，后被伪满哈尔滨警察厅占用，哈尔滨解放后，辟为东北烈士纪念馆至今。楼梯拐角处一个小房间，曾是赵一曼被关押的地方，现在恢复了当年的原貌。赵一曼是抗日女英雄，她的事迹几乎无人不知，我非常喜欢她和赵尚志共同战斗时那个白马红枪的形象。曾经在双城工作多年的老作家王忠瑜，写过《中国的夏伯阳——赵尚志传》，前几年有双城的作家去探望他，他说在写赵一曼。介入历史题材的长篇写作实在太难了，光收集资料就要用上好几年的时间，再加上小说比现实更真实，还是现实比小说真实，对这一问题的纠结一直困扰着我。这本不应是个问题，但我认为是个大问题。技术上我不行，情感上我还算真诚，但这真诚能换来真实吗？我多希望我是张宗兰的战友或同学，看着她所经历的事情在眼前发生，那样我的写作将是另一番景象。而如今我的写作像做梦一样，不知从哪里开始，也不知如何结束。想起周作人的一句话："文学不是实录，乃是一个梦。"是的，我现在只能跟着想象中的张宗兰走，被她牵引着目光，她所看到的和经历的，仿佛我也在经历。不止一位小说家说过，人物的命运走向是由不得作者的，只能跟着人物走。但我是写着写着不知怎么就拐到白云龙这里来了，怎么拐回去呢？我没有什么好办法，只能硬拐回来。

七、日与月

东北的寒气来得急，树上的黄叶经过短暂的辉煌，开始掉落下来。佳木斯周边的山色由绿转黄，由黄变灰，雪一场接着一场赶来加重寒气，山色逐渐像老人的头发花白起来，使得这一片天地空旷而又凝重。城里面的人出来走动的少了，直立的身形也有些弯曲，似乎防备着什么，随时都会弹开去，到一个更安静的场所里去。

家里人大多棉衣上了身，只有二哥身上的棉袍还是结婚时的，母亲和二嫂在炕上赶做，宗兰抱着小万灵辅导宗信学习，屋子里的一切都是安宁的。"全家都在风声里，九月衣裳未剪裁。"张宗兰不知怎么在心里冒出了这一句黄景仁的诗。当然，家里面的境况还没有到这一地步，二哥在桦川中学课教得好，课程也多，工资在学校里是最高的，有百多元，一大家子六口人，尚能度这日月。二哥经常拿出钱米接济贫苦的学生，还有那自愿主动的事业是没有经费的，一些必要的花销也要从他的工资里出，这样就有些艰难了。

陈芳钧的到来让这屋子里的氛围活泛了，也热乎了。虽然二哥他们二人扫落身上的雪，同时也带来一股凉气，但毕竟是家乡来的，双城正黄五屯的人，彼此间的亲热劲能把这股寒气迅速驱散。——引见后，母亲把陈芳钧让到炕上来暖和，陈芳钧不肯，把带来的糕点放到炕上，就和二哥到里屋去了。

陈芳钧比二哥小五岁，厚嘴唇，小眼睛，身材也不算高大，和那身伪满警服搭配，并不威严，因他也是读过书的人，儒雅的气质外溢出温和，不像当过兵的人，也不太像警察。当年李杜的队伍被打散了，陈芳钧流落到佳木斯一带，在梧桐河当矿警，读了很多进步书籍，寂寞中需把淤积在心中的块垒倾吐，能结识张耕野这样的老乡让他十分高兴，两个人有说不完的话，慢慢地眼前光亮起来，似乎能看见将来发生的事情。

吃过晚饭，天地间暗了下来，江诗源和白长岭来还书，和陈芳钧彼此见过之后，谈起了"学友会"的事。江诗源目光在老师脸上扫了一下，张耕野轻轻点点头，江诗源明白陈芳钧不是外人，就把这些日组织同学们读书的情况简单说了一下，白长岭不以为然。

"不就是要开辩论会嘛，凭我们几个的口才就能把亲日的学生压住，忘了祖宗，我看他们缺揍。"

宗兰剜了一眼他说："你就不能多动动脑子，光靠武力行事的莽夫一个，能做得什么。"

"我憋闷呀，光耍嘴皮子有什么用，就想动动真章，一个'学友会'休想控制我们。"

江诗源拍了白长岭一下，"我看你还不如咱们的女生稳重，学学宗兰，冲动要分时候，可不能乱来。"

陈芳钧看插不上话，寒暄几句，起身告辞，钻进了落雪的黑夜中。

白雪不能照亮夜晚，轻而无声，只给这夜晚添加了些寡淡的佐料，不甜也不咸，使这夜更加浑浊起来。但在浑浊中有这简陋屋中的一豆灯光散发着，微微地打亮了逼仄的角落。

领了董老师的指示后，白云龙还是冒险进城来，好在没有什么阻碍。在外面快一年了，他想同学，也想老师。能在张老师家见到这么多人，他很兴奋，和白长岭拥抱，和江诗源握手，站在张宗兰面前时，反倒不知说什么了，宗兰笑了。

"没见过咱们的白老太太这么有人情味，黑了，也瘦了，吃了不少苦吧？"

"想你们啊，哎，一会儿慢慢说。"

张耕野把他们带进里屋，这半宿，几个人都没有睡意。

第二天的辩论会白云龙也想参加，张老师觉得不妥，让他抓紧回到队伍上去，白云龙只好依依不舍地离开。

"学友会"是日本人想控制学生的新花样，由于江诗源准备工作做得好，事先组织大家进行了应对，进步学生在里面占大多数。这次辩论会，题目是"物质和精神哪一个是第一性的"，董老师想出来的，目的是向学生宣传唯物思想。

辩论会由师范班江诗源同学主持，各班都有同学参加，部分亲日老师旁听，其中包括到处打探消息的王维度老师，他是属穆桂英的，阵阵不落，没有笑容，脸像一个白板，孤山孤吊的一个配牌。

窗外的雪停了，屋里面的气氛是热烈的。主持人发布题目之后，进行自由发言辩论。

瘦弱的马成林站起来说，物质和精神都很重要，外在和内在都必不可少。让我选择一个，我还是选物质，我们存在的世界若没有了，也谈不上什么精神和思想，人就是这样，先吃饱了饭，再说别的，再说思想……

董若坤说，我同意这位同学的观点，物质是基础，首先有世界的存在，有人的存在，才能有人的精神，这个顺序不能变，也是我们能看见的事实。但这位同学举的例子似乎不那么恰当。只要人存在，就应该有思想，有精神，人就是物质。也就是说在吃饭之前就有思想，比如我们去食堂买饭，要先想好吃什么再买，而不是吃饱了之后决定……

这时，有笑声在飘荡，一个同学在问，你到底是哪头的。

若坤说，让我把话说完，吃饭只是我们生存的必须，在这个过程中，精神一直存在，精神是人的精神，人是物质的，是精神的基础，物质第一性是肯定的。吃饭是一件事情，这里面有物质也有精神，不能把吃饭之前的思想和吃饭之后的思想分开，这位同学的例子容易打自己的脸，自己举的例子把自己的观点推翻了，把哲学通俗化了是不对的。

笑声还在，董同学你把我们都说糊涂了。

郑志民站了起来，摆摆手，我来接着说，董同学的意思有两层，一层是物质和精神先有哪个，正确的说法应该是先有物质世界，然后在物质世界中产生了人，也就产生了人的精神，这是物质和精神先有谁后有谁的问题。一层意思是正因为人的产生，把整个世界分成两个部分，一部分是内在的人的精神，一部分是外在的物质世界，于是这两个部分谁决定谁的问题就产生了，因为人本身都是物质世界的一部分，所以物质决定精神。基于以上两点得出结论：物质第一性，精神第二性。

若坤向志民吐了一下舌头，还是郑姐说得明白，两个人都笑了。

一个男同学摘下帽子，挠了挠头发，笔直地站起来，我看大家先别说物质和精神先有谁后有谁，也别说二者谁厉害，我们学校现在提倡的"精神文明"重不重要？当然重要，人若没有了精神还算什么人，都庸庸碌碌，无所作为，活一天算一天，一点精神都没有，那还有什么意思？人就是活一个精神，做一个文明人，和动物区别开来。

"说得好！"

一个头发梳得油光的男同学站起来帮腔，存在就是合理的，既然都承认精神的存在，精神就是重要的，合理的，合理就是合乎道理，那些非要整出谁是第一性的同学，我看他们的观点不合理。

这时白长岭从座位上走出来，找到扫地的笤帚，走到这位同学面前，宗兰拉了长岭一下，被甩开了，谁也不知道白长岭要干什么。只见白长岭拿笤帚在那位同学油亮的头上轻敲了一下。

"我打你是不是存在的？"

"存在啊！"

"那就是合理的。"

一片笑声，接着是一片议论声，场面有些乱。江诗源走出来让大家安静，辩论继续。

赞成物质第一性的同学占了多数，尤其郑志民的观点说服力最强，使人信服。但认为精神第一性的同学还是有那么几位，张宗兰举了一个例子说，谁要认为精神第一性的，请他在此地的三九天，把衣服脱光，在寒风下待上几个小时，用他的精神力量战胜寒冷，而不被冻死，就算他胜利，这实际是不可能的……

辩论进行了一下午，结束的时候，油亮头发凑到王维度面前，笑嘻嘻地说着在寒风中脱光衣服挨冻的例子。王维度小声说，你们几个笨蛋，何不反驳让张同学脱光衣服在雪地里试一试……这话还没讲完，一只有力的手揪住他的衣领。

"你再说一遍！再说一遍！"

王维度没想到会有学生敢有此举动，一瞪眼睛，白长岭你松手，要造反啊！

"今天就造反了，敢侮辱我们的女同学，我看你是不想活了。"

一拳头着在王维度脸上，接下来的一阵拳头让王维度站立不稳，倒下了，白长岭骑上去一顿乱拳。

眼看要出事，江诗源跑上去欲拉开，这浑小子在气头上，一个人根本不顶用，同学们快来帮忙，大家一拥而上把白长岭拉起来。白长岭气喘吁吁骂道，让你给日本人当狗，今天便宜你了，然后又向地上的王维度踹了一脚，才解气。

王维度那一声你等着起了作用，校方宣布开除白长岭。

接下来的事情越发不可控制，同学们在校长室门前静坐，表示抗议，一夜再加上一天，寒冷和饥饿侵袭着年轻的身体，疲累和困倦也考验着他们，这锻炼的是意志，是对奴化教育无声的反抗，他们的力量是强大的，但事情似乎没有改变的迹象。

董海云和张耕野力主劝回学生，由江诗源和白长岭带头做这件事，第二天傍晚，学生们陆续撤出，寒气越发浓重了，很少有人出来活动，大多待在家里，慢慢挨过这个冬天。

白长岭不忍离开的是同学和老师，但在心中早已厌烦这个憋闷无聊的学校，正经知识能学一些，这一年课本的修改让他气愤，那试图给人洗脑的军事化管理，让这里越来越不像一个学校了，借这次机会离开，是他好冲动造成的，也是天意，新的生活即将开始，眼前的一切因这一事件打开了口子，亮光进来了，反倒松了一口气。

他向两位老师鞠了躬，忍住泪和男同学拥抱，和女同学握手，揣好董老师的信，背了行囊一步步离开。直到感觉人们都进屋去了，才回头望了一眼张老师家的草房，只见江诗源，郑志民，张宗兰几个人还站在寒风中，远远地向他挥手，他使劲挥了一下手，猛然转头，大踏步出了城门，向依兰方向一路下去了。

从山上来到院子里，经过两冬一夏，这个春天，野玫瑰花苞抱得紧。真别小瞧了这一丛灌木，这一冬安安静静的，风雪并没有让它发生改变，春风一吹，枝条的颜色绽新，水意渐浓，花苞呈现欲弹开之势，迎接着温暖的气息。等这春天又深了一层，野玫瑰的尖刺柔软了许多，花说开就开了，一丛红色把小院的生机拓展开来，掠过鼻尖的气息已经是夏天的味道了，人的心中也增添了快意。

宗兰出来倒完了脏水，在野玫瑰前伫立，凝视片刻，又把目光移向远处。

二嫂一手抱着万灵，一手提着包袱，匆匆进了院子。宗兰接过孩子埋怨着，二嫂怎么不拍个电报来，我们好去车站接。

"能省就省吧，我又不是棉花做的，也没带什么东西。"

宗兰热了饭，端到家里唯一的方木桌子上，二嫂吃了三五口，就跑到栅栏边开始呕吐，宗兰放下万灵，给二嫂捶背，是不是坐车累着了？

"没事，没事，一会儿就好了。"

母亲下了炕,抱着孩子走出屋,笑吟吟地说,凤英啊,该不是有喜了?

凤英抬起头,痛苦地点点头。

"咱老张家又要添人进口了,小兰啊,给你二嫂倒点热水喝,暖暖身子就好了。"

二嫂喝了热水,觉得身上舒服多了,上了炕,揽过小万灵,嘴角略带一丝轻松,小万灵,你要有小妹妹了。

"啥时来,啥时来,和我玩,和你玩。"

小万灵现在说话已经能一下蹦出三个字了,一家子人看他说得有趣,都笑了。

张耕野回家后,听说凤英有身孕也很高兴,只是心疼凤英负担又加重了,又听说徐金氏在双城生活的并不如意,就和凤英商量把这一家子接来。

凤英担心这样家里会更加清苦,多了三口人也没有地方住。

张耕野说,一家人在一起怎么都好将就,过些天在厨房间隔一个小屋,搭一铺炕,娘三个住着没问题,你要生产正好姐姐能帮忙,两个孩子上学,找事做都可以。

"那真是难为你这一家之主了,这怎么好。"

"说什么外道话,你一个大户人家的孩子,又是大学生,跟了我吃这么多苦,为了这个家,为了咱们的事业,工作都不要了,我感激还来不及呢,我做这些算什么。事就这么定了,你不是说我是一家之主吗。"

他二嫂你就听这一家之主的安排吧。母亲笑着说。

他二嫂你就听这一家之主的安排吧。宗兰跟着附和。

他二嫂你就听这一家之土的安排吧。正看书的宗信淘气地又说了一遍。

他二嫂,他二嫂。小万灵在炕上转着圈,学大人说话。

一家人笑了,凤英笑了,眼角闪着泪花。

这一家人有什么喜事，笑成这样？董老师和江诗源进得屋来，不知是怎么回事，愣在那里看着一家人。

张耕野说，快进里屋来，慢慢说。

"二哥，二哥，等一会儿，这道题我不会做。"

江诗源抚了一下宗信的小脑袋，我来帮你，题目让我看看。

事情当然是重大的事情，在狭小的里屋，两位老师做出了一个重大的决定，关于白云龙，关于还在山上坚守着的人。

祁宝堂渐渐有了新的想法，彻底脱离了谢队。白云龙下得山来，彻底抛弃了李雨时这个名字，在家乡开始了新的生活。太平镇二里远的李祥屯是一个恰当的地点，进城和上山都方便，接触的人都是熟人，隐藏一下真实身份即可。饶河反日游击队的李树和帮助他在这里开办了一家私塾，白云龙变成了白先生。白先生受人尊敬，20多个学生中贫寒子弟较多，其中有一些是免收学费的。私塾只不过是度日月的由头，他们几个所做的事情重点不在这里，而是见不得亮光时最光明的付出。白家是这里的老户，有两垧地自耕自种，有急事要办抽不开身时，父亲白芳也能帮忙做些跑跑颠颠的事情。

夏天并不算太热，但蚊虫厉害，行走在山路上根本无处躲避，这些东西生着翅膀，却不是天使，俨然微缩版的魔鬼，为了吸血不要命地嚎唱着冲锋，好在白芳吸烟，胆小的蚊虫不来骚扰，胆大的只好由它去吧。

他已经是第三次来往在这条路上了，脖脸手臂上蚊虫叮咬的包微痛，尚能忍耐，身上的负重这次增加了食盐，不占地方，却也不轻，再加上火柴和胶鞋支棱八翘硌得慌，弄得浑身都不舒服，走几里就要歇一歇。还有就是要注意前后左右的动静，稍有风吹草动就要躲起来。

从天亮到中午，也不知歇了几起，躲了几回，终于上得山来，放下给养，歇也没歇一下就离开了曲家营，直奔达子营一带下了山。

往回走身上轻松了，他不禁哼唱起了小调：

高粱叶子青又青，九月十八日来了日本兵。

先占火药库，后占北大营，杀人放火真是凶！

中国军队几十万，"恭恭敬敬"让出了沈阳城！……

白芳有些走得劳累了，索性坐在路边，掏出烟袋，点上一锅烟，刚抽两口就咳了起来，莫不是气管炎又犯了？他在鞋底磕掉了烟沫，喘息了一阵，又是一阵干咳。抬起头时，十几个警察已经把他围住了。

"干什么的？"

"老百姓，到前屯看亲戚的。"

"你刚才唱什么？"

"没唱什么，就是瞎哼哼。"

"我叫你瞎哼哼！接着哼哼！"

不由分说，警棍和枪托涌了过来，落了下来。白芳便倒了，昏死过去。

苏醒过来以后，白芳站不起来了，全身剧痛，也不知哪和哪受了伤。山中的湿气漫过来，像黑夜中的隐藏的小鬼，一个个往身上钻，疼痛越发重了。他咬着牙向前爬，寂静的山林虫鸣已息，偶尔的蟾唱像半大的小鸡怪叫，听得瘆人。慢慢地露水打湿了衣裤，都贴着受伤的肌肤，蛰辣辣的，也不知是什么滋味。他已经顾不得擦鼻涕和眼泪，双手使力向土里抠着，不时抬头向前观望，低下头来咳着……

"爹呀！爹！"

白云龙一路寻来，把白芳背回了家。

白芳就一直在家里躺着，躺着，起不了炕。日和月在窗外轮转着，一些光亮透过窗户纸洒下奇奇怪怪的影子，晃动着，游走着。

郑志民，江诗源，董若坤和马成林这些师范班的同学上奉天实习去了，这次进城给父亲抓药，白云龙只见到了张宗兰。

张耕野进屋时，白云龙一下子抓住他哭了，太多的事情涌入心头，让他控制不住。

宗兰拉开白云龙，白先生，白老太太，别婆婆妈妈的，你要挺住，老同学，你经历那些事情我还没机会呢，回去把药熬了，你爹喝了会好的。

第三次送给养本来我要去的，我爹说我不能停课，停课容易暴露，带着病身子就走了。怨我不孝啊，可李树和又没在，有什么办法呢。

张耕野说，云龙啊，不要难过，我们见过的生死还少吗？老人家会没事的，这一关能过去，尽量去做，努力会有好结果的。

女人的眼泪是水，是清泪，男人的眼泪大多是血，浑浊的，浓稠的，咸涩。白云龙的眼泪情不自禁，他似有某种预感。人在做事时，得到一些东西，也会失去一些东西，绝对的圆满是不可能的。当他擦干了泪水，和这一家人告别，心中的杂草被风吹乱了。

宗兰给他揣了两块干粮，挥挥手，示意他快些赶回家去。白云龙像一个听话的孩子，匆匆迈步离开，宗兰看他走路的姿势，稍微有些晃，心中一股热意蹿上来，变成了眼泪，千里外的家乡双城，不知还能不能回去，那里的一切让人心伤，也让人怀恋。

夏天是漫长的，一切都在生长，院中的野玫瑰盛开着，凤英显怀愈加隆重，经常一手叉腰，一手轻抚腹部，脸上似有和风掠过，舒展而又熨帖。女人这时候是最美的，这是女人一生中的夏天，温暖的身上有一个新的生命默默生长，即将见到外面的光亮，所有的劳累付出都是值得的。

秋天是短暂的，第一场霜下来，青山头上着了多样色彩，变成了五花山。家乡那边传来了坏消息，凤英的母亲病重，她必须回去一趟。婆婆让宗兰陪着回去，凤英不肯，一家子老的老小的小，需要人照顾，宗兰也不能耽误学业。凤英觉得怀孕的女人多活动是有好处的，利于生产，女人没有那样娇性，她有文化，什么事情都能应对。

就这样，家里最能干的女人说走就走了，家里显得空落落的。

等待是漫长的，虽然只有一月时间，寒气说重就重了，转眼已经入冬。直到外屋间壁出的小屋潮气已经挥发净，可以住人了，凤英终于回家来了。

徐金氏扶着妹妹，已经长高的连太和连庆背着大包小包一进屋，家里面又热闹了许多。但热闹只一会儿工夫,就陷入了沉寂。

凤英母亲去世了,父亲分给凤英九垧地,由于没有心思经营,凤英把地卖了,再加上母亲帮她存的体己钱,一同带了回来。

她说,快过年了,过几天给家里人都换一身新衣服,宗兰这么漂亮一个孩子,外衣都洗得发白了。

张耕野说,你身上的蓝布衫不也洗得发白了吗?也该换换了。

"我就免了,现在这身子穿新衣服不是浪费布吗?"

"那就等生完孩子再换新的,现在先给姐姐和俩孩子收拾东西,铺上被褥,宗兰已经把小屋打扫干净了。"

忙活一阵之后,天暗了下来,月适时升上高空,光辉柔和而又清冷,罩着这座城和城里的人们,仿佛怕谁逃脱似的。黑色的云也来得迅疾,遮住了月和天上的一切,第一场雪飘下来,小心翼翼地落地,慢慢地融化,湿气弥漫开,人们吸进肺里的气息变成另一番味道了。

从奉天实习回来的同学们下了火车,一看这景象,顿时心情舒畅起来,回家的感觉被这第一场雪照亮了,有说有笑地向学校方向走去。还一路唱着在奉天郑志民根据凤阳花鼓戏改编的小调:

说奉阳,道奉阳,

奉阳本是好地方,

自从出了土皇帝,

十年倒有九年荒,

大户人家卖田地,

小户人家卖儿郎,

奴家没有儿郎卖,

身背花鼓走他乡……

郑志民在奉天买了很多书籍,挺沉的,若坤帮她一路抬着,几个男同学要来帮忙,若坤一句"女的不如你们咋的"把他们轰走了。

来欢迎的人只有一个,瘦高个子,白净面皮,和一身警服有些不搭,脚步游移地来在郑志民面前。

"我来接你回家。"

郑志民皱了下眉头,眼光还在跟着向前走的同学们,她看见有人回头探看。

"你怎么来了?"

"我来接你回悦来镇,商量一下结婚的事。"

"你怎么知道我今天回来?"

"差事上的便利嘛,我来了好几趟了。"

"你回去吧,我回学校去,毕业证发下来我就回去。"

郑志民说完,头也不回地小跑着跟上了前面的同学,把那个瘦白的警察撂在了原地。她怕同学们问三问四,跟着走了几分钟,说有事情,便跟了董老师和若坤向西门外方向右拐,迎着雪一直向黑夜里走。

白长岭也是悦来镇人,两个人走得比较近,若是他不离开学校,郑志民有些事情可以和他商量,现在只好和董老师说说了。

这个警察叫孙翰琪,是父母给定的娃娃亲,主要看中他家境好,一开始看人也本分,谁知他家花钱让他当了警察,渐渐地被日本人洗了脑,"王道乐土"的一套总挂在嘴上。郑志民反感,不愿意搭理他,心里面藏着悔婚二字。

董老师的想法是:既然是本分人家孩子,暂时受了蒙混是可以慢慢改变的,警察消息灵通,对于以后的事情可能会有帮助,这件事柔软处理一下没有坏处,只要肯接受,委屈一下,牺牲一下也不是不行。但前提是自己来做主,毕竟是终身大事,以后发生什么还无法预料,为了一个更大的目标,这件事显得要小一些。

"好吧,我权衡一下。"

郑志民似乎觉得把这个问题解决了一半,心里面也不再堵得慌了,要回学校去。

董老师拦下她,说天太晚了,安排和若坤住一块,明天早上再回学校。

若坤巴不得有人陪着,拉着志民的手,直到进到里屋去了,才撒手，怕她跑了似的。

李淑云早些时候听志民说此事，她有不祥的预感，这孩子好像要出什么事情。

董海云说，让她自己拿主意，我只是开解一下，以后的事情谁知道，只要心里有大情怀，没什么可怕的。

在这苦寒之地，新的一年是从冬天开始的。北风吹过之处，并不能把一切冻住，人和事不断发生变化，不管这世界是否欢迎，崭新的东西该来的都来了。

在人们的心中，只有春节过后，寒意慢慢退却，春阳暖照才算新的一年开始，刚刚挨过去的冬天被留在了上一年，暂时不会回转了。

董若坤从悦来镇回家换了春装，急急忙忙来到张家看孩子。她从金凤英怀中抱过孩子，喜颠颠地问，我这小侄女叫什么名字？

宗兰说，小名叫万荣，取春天万物复荣之意，大名过几年再取，也不着急。

"这名字好，叫着顺畅。"

宗兰母亲微笑着，小杰啊，把孩子给我吧，挺沉的，和宗兰里屋唠嗑去。

"大娘，我不会把你孙女抢跑的。"

"那我也得防着点，我们老张家女娃少，金贵！我可不放心。"

若坤边说边把孩子送进宗兰母亲怀里，回过头来问宗兰，大娘怎么知道我小名，你告诉的吧？宗兰微微抿嘴，并不回话。

春风的确能力非凡，它带来的一切变化让人始料不及，但接受起来也容易。若坤和宗兰互通的消息也是这样，虽然变化着，但这变化里面蕴藏着新的内容。

江诗源到桦川县署工作，师范班其他同学大多当了老师。马成林、郑志民、董若坤他们都在悦来镇教书，和若坤的姨妈李淑范同在一个地方，虽然几个人在不同的学校，周末还可以见面，读读书，商量一些事情，都是以同学一起吃饭聚会的名义。

若坤说，郑姐结婚了，丈夫调到富锦去了，不常回来。郑姐如鱼得水，她的那些爱好在学校里派上了大用场，业余时间吹吹笛子，练练书法，画画画，写写诗，相当充实了。

我还真有点想郑姐了，她也不来城里看我，我也没有时间去看她。帮嫂子忙家里事情，学校里又来了一批新同学，还得慢慢和他们交往，把一些好东西输送给他们，他们的名字我不能说的。

在这些新同学中，八班的李树昌和马克正非常突出，尤其马克正学习非常刻苦，这孩子祖上是安徽怀远过来的，少年丧父，和老母相依为命，先在汤原鹤立镇落脚，后来陈芳钧带他来佳木斯读书。

这一天是星期日，张耕野来到学校辅导学生，偶然在办公桌上翻看学生的作文，见到马克正的两篇文章后大为惊奇，就带上作文本，下班后就把马克正和李树昌带到家里来吃饭。

若坤见张老师领着两个学生进来，眼光扫过，一个瘦削干练，一个浓眉大眼。就对宗兰说，你不说名字没用，我见到真人啦。

年轻人一会儿工夫就混熟了，若坤翻出马克正的作文朗读起来。

《春天的早晨》：一年之计在于春，一日之计在于晨，一生之计在于青年。夫春晨如此之易逝，与青年同。如不及时以自勉，如春晨转瞬已逝。而学业智识无所成，有碍一生前途之进展，呜呼，岂不殆哉……

《自强不息为新青年必具之精神》：吾等所负重大之使命，岂能因困难而退之乎，必具自强不息之精神，百折不挠之坚志。彼呈难，难关叠起。吾不畏荆棘遍地，吾视若坦途……

好一个"吾不畏荆棘遍地，吾视若坦途。"新青年就要有这样大精神，不然白活一世，岂不可惜！

宗兰的赞叹让马克正有些不自然，挠挠头一笑，学姐称赞，实应如此。

来来，先吃饱了再说话，好有精神。凤英端上饭菜，酸菜炖土豆，炒鸡蛋，咸菜炒肉，黄腾腾的小米饭。十几个人，一张木桌，站着的，坐着的，都吃得香甜。凤英不断给两个学生夹菜，新青年嘛，多吃点。

两个学生走的时候，凤英装了两罐咸菜炒肉给他们带上，又每个人兜里给揣了些钱，嘱咐他们在食堂买点好吃的。若坤见状也从兜里掏出钱来给他们，我现在也挣钱了，你们两个别嫌少。

两个学生向院子里送客的人鞠了躬，红着眼圈，离开了张家。

夏天就要来了，院子里的野玫瑰已经开始现花，香气越过栅栏溢出，在风中飘荡。小雨淅淅沥沥浓重了花香，燕子时高时低地飞着，布谷鸟的叫声里略带惆怅。

宗兰撑着伞和同学们来到运动会场地，全县的学生都来了，宗兰寻找着悦来镇的队伍，满场都是中小学生，在这初夏的小雨中坐下来，也不怎么躲避，还有悠然的歌声响起：

燕双飞，画槛人静晚风吹；

只记得，去年巷风景依稀；

绿扶庭院，细雨润花花枝翠。

雕梁沉，冷簪入梦燕未归；

且衔得，草青泥重筑新巢；

捧垂危姿，其香隐约引人醉。

楼台静，烟云缭绕燕双飞；

流光速，青春即逝何时回？

风雨逐阳，杜宇声声催人泪！

燕双飞，

燕双飞，

风暴雨狂难阻归。

宗兰向唱歌的地方望去，见吹口琴伴奏的女老师身影非常熟悉，那不是郑姐吗？她跑过去时，志民已经迎过来了。宗兰一把抓住她的手，就不撒开了。

"郑姐你学生唱的歌太好听了，从来没听过。"

"前段时间想你们，就写了这首《燕双飞》。这些孩子真是聪明，一教就会。"

"歌词也好，总比'近之则与世界同化，远之则与天地同流'真切，有真情致。"

"那些东西可以忽略不计，表面的东西罢了，我们心里的是另一番景象。"

"郑姐，你说得太对了，是这世道把我们逼得言不由衷，郑姐的大志向我是知道的。晚上就到我家里住吧，我有好多话要和你说呢。"

"宗兰咱们来日方长，这些孩子我是放不下的……"

让我没想到的是，在引号后面我写了1000多字的对话，电脑突然死机。其实这些对话应是神来之笔，因我多日紧张，是突然在醉酒中写下来的，不自觉地就认为她们应有这一番对话。但在现实中，她们是否有这一次相遇我是不确定的，她们说了什么已无从知道，因为这两个人在不久之后就不在这世上了。我不自觉中写下的对话看似合情合理，也不可能还原当时的情景。

这是老天再提醒我！

到这时，我终于明白了，我写的不是她们，我写的不过是我心中的她们。到这里我应该道歉，我的想象是丰富的，但绝不会是当时的现实，只是我的梦，我的想象。我不仅应该向我心目中的英雄道歉，也应该向读者道歉，因为我的无能，我只好采取这种方式。我又不能不写，一是我对她们的敬重使然，一是为了安慰我不能平静的内心，再有就是写作的惯性，我要做一件事情就要做到底的决心。

本来这1000多字对话中暗含了两人的命运走向，自己也很得意。在电脑修好后，我清醒了。就让这些话模糊地留在我的心中吧，不想再写出来了，写出来也可能走样。那梦一般的语言是美的，我曾替她们说出过，也就不遗憾了，若是你觉得遗憾，那遗憾也是一种美吧。

其实，这样的奇女子曾在世上走过一遭，她们的经历已经成为传奇。对于张宗兰，人们关注不是太多，也许其生也平淡，其死也惨烈，只在历史中留下蛛丝马迹。郑志民的不同在于其死得壮烈，若是没有乌斯浑河那一次投江，也可能被人淡忘了，而后人大多知道冷云这个名字，很少有人知道她原来叫郑志民。

我在哈尔滨学习的时候，有一位中学校长和我同室三天，我们聊得非常投机。他是在悦来镇长大考出来的，虽然现在把父母接到身边，也不怎么回桦川了，但他知道在悦来镇有一条冷云大街，有一所冷云小学，还有一条敬夫大街。赵敬夫也就是我们的白长岭，他是为了掩护李兆麟牺牲的。在依兰做了一段时间地下工作以后，白长岭转入抗联三军的队伍了，在行军的过程中，他还写了一首《远征歌》，配上曲后，教战士们唱：

万里长征，

山路重重。

热血奔腾，

哪怕山路崎岖峥嵘。

纵饥寒交迫，

虽雨雪狂风，

我同志，

慷慨勇往直前，

不怕牺牲。

奋斗！

冲锋！

为革命，

流尽血，

事业成，

变为光明。

白长岭牺牲在1940年7月下旬，比张宗兰和冷云晚了两年牺牲，年仅24岁。这些人才华横溢，抱负远大，要是能活到今天，看到家乡翻天覆地的变化，会多么欣慰啊！他们一个个过早地牺牲了生命，失去了活到老年的机会，留给我们的只有精神，或许他们的肉体在祖国的土地上化作清风，一直和我们在一起。

那一年春天，我想从写作的重压中抽出身来，放松一下再写。约好了任老师和李野兄东下牡丹江，去看望一位老诗人。后来我把这段经历写成了一篇《三人行纪》，其中有一段和我的小说写作关联：

第二天清晨早早起床，无意在牡丹江市过多流连，我们看一眼牡丹江就想离开。一路散漫地行走，观赏着牡丹江市容，我们说笑着，为牡丹江的市政建设提了很多合理化建议，但只限于在我们三人中传播。牡丹江发生了翻天覆地的变化，和大多数中国城市一样，这变化是以牺牲城市文化内涵为代价的，使城市千篇一律，毫无特色可言，没有历史感。

著名的八女投江的故事，发生在乌斯浑河，八女投江的群雕矗立在牡丹江边，这有些牵强附会。群雕下面是跳广场舞的大妈们，一招一式像模像样，伴奏的音乐声震耳欲聋，使江边的气氛变得热烈而又吵闹。大理石墙上镌刻着八个响亮的名字：冷云，杨贵珍，胡秀芝，安顺福，郭桂琴，黄桂清，李凤善，王惠民。这些为国牺牲的英勇赴死者，现在都变成了石头，她们似乎什么都能看见，什么都能听见，其实她们什么也不知道，即使知道，也无法说出什么了。我感叹一番，提起被日本人指派的特务追杀的张宗兰烈士，她曾在牡丹江东永德旅馆躲藏过。李野说去找找那地方，我却不抱任何希望，70年前的建筑不会被现代人放过的。

牡丹江还是很美的，朝阳从江面跃起来，透过薄云在江水中漾起波光，水流不急，但阔大而又深邃。江心的小岛上，树木已现葱茏之势，细听可得微弱的鸟音。游船安静地指向那里，随时准备出发的样子。由于雾气没有完全散尽，远处的楼宇和山峦也是安静的，估计不久就会变成乾坤朗朗的所在。自然景象能打开人的胸怀，站在江边和蜗居在房间里，当然会有不同的感觉。这春天将变得越来越绿，一切都充满生机，人们欢快地配合着天地间微妙的变化转换，在江边散步，遛鸟，打太极拳……而那江水一直在流，前面是松花江，黑龙江，还有广阔的海洋。

我不知道冷云当年是否来过牡丹江，她是在牡丹江的支流乌斯浑河牺牲的，但通过张宗民的回忆文章，我知道张宗兰是来过的。不管怎么说，牡丹江边的早晨是美丽的，这里和70年前肯定不同，张宗兰来江边徘徊过吗？我不知道，我也不知道我在牡丹江走过的路，是否和张宗兰当年走过的路有重合之处。我知道，她来过，我也来过，心里就有一番说不出的滋味在往外拱，当然不是暗喜，也不完全是悲伤，但眼泪还是落了下来，砸在牡丹江的土地上。

从牡丹江回来后，我们三人决定下一年到刁翎镇去，也就是八女投江地。具体位置是林口县刁翎镇三家子村附近乌斯浑河西岸，1982年，林口县人民政府在那里修建了一座八女投江纪念碑，纪念碑正面有抗联老战士陈雷题写的："八女英魂，光照千秋"八个大字。不仅为老同学题字，陈雷后来写出《祭冷云》二首：

一首

悄悄夏夜，积胸间愤慨，请缨前线。多少泪花湿罗襟，五更梦里参战。忍弃家亲，奔赴白山，操戈偿心愿。谢党允准，娥女红颜笑绽。

良宵细雨丝丝，远涉征程，引起同窗羡。想当年地下抗敌，一别不复重见。塞北烽火，转战游击，千里雁书断。助我健笔，雪片传单送遍。

二首

牡丹江畔，激浪花战火，拼将敌挫。娇女阵前歼倭寇，今日木兰犹多。水影乍动，心下焦焚，冲上山顶坡。八女英姿，崖壁枪声起落。

怒视敌围重重，弹尽枪空，此际该如何？不陷缧绁遭凌辱，携手踏入清波。忠烈儿女，毅然归去，浩气壮山河。泪伤同学，神凝长天一色。

陈雷赋诗写冷云前后景况，怀念老同学，其情深厚笃实，让人不忍卒读。我想到八女投江地缅怀一下，为我写小说实地踏查一下，找找感觉也是理所应当的。李野兄也是要去找感觉，他计划写和八女投江有关的诗歌，兴致颇高。他还劝我写完张宗兰，再写写冷云，我基本被说动了，在准备资料的时候，我发现冷云这个题材几乎被发掘殆尽了，不仅有文学作品，还有巨幅画作多幅，影视片有《中华儿女》《八女投江》《血染冰河》等，文学作品以王鸿达老师16万字的《冷云传奇》最为详尽细腻，文学性和真实性结合得很好，如果换我来写是不可能超越的。而写张宗兰的作品不多，篇幅短小，支离破碎，一些内容有待考证，我能做到的是尽量去写，多写，写好。

因为多天的大雨，很多地方发了洪水，乌斯浑河满语原意为"凶猛暴烈之河"，我们猜测，这时前往很可能无法走到近前便被阻隔的，刁翎镇我们最终没有去成。大雨过后我们三人换了一个地方，来到安静的小镇一面坡，两位大哥玩两天就走了。我留下来，租了一个民房，接着写我的张宗兰。我一般在夜深人静时写作，打扰我的只有火车驶过的声音，而虫鸣似在伴奏，提醒我这夜还有活的气息存在。我起床很晚，中午吃过饭后，下午经常到普照寺或森林公园散步，淡淡的禅意和大森林清新的空气，让我感到活着的美好。到了晚上，我敲击着键盘，就又和张宗兰在一起了。

八、红与白

日子是飞快的，快得让你感觉不到它的存在，日子也是缓慢的，你甚至不知如何挨过它。山上的人饥一顿，饱一顿，冷一冬，热一夏，身影躲得远且浅淡，即将消失了一般，只有会合时热闹，战斗时充满激情。

张宗兰这里是另一番景象，家里家外地忙活，她从中央大街一路下来，转过南岗街再回来，背着买来的棉帽、棉衣和靰鞡进了仓房。金凤英正在分类整理，然后装袋码放，她接过宗兰买来的东西。

"快回屋喝口水歇歇，这次没少买，累了吧。"

"不累不累，都是轻快物件，就是路走得远些，店铺进得多些，福兴长，福增庆，永丰源，各买了一样，下次还要换别的店铺。"

"嗯，时间也要间隔长一些，免得生出事来，稳妥最重要。"

"我看买得足够了，江诗源，马克正，李树昌他们又送来一批，加上董老师家还有一些，得让江诗源想办法运走了。"

傍晚时分，宗兰领着几个孩子在门口玩，她抱着小万荣，教小万灵背唐诗，宗信，连太和连庆也跟着念叨，一个个蹦蹦跳跳的。

白日依山尽，

黄河入海流。

欲穷千里目，

更上一层楼。

宗兰向门外望了望，见有两个人影滑过来，便不慌不忙拉了一下门边的小绳子。院子里静下来，屋里面更安静。董老师和江诗源进屋后，金凤英走了出来，脸色有些发白，她叫过宗兰，接过孩子。

"铃声一响，吓我一跳，还以为来了外人，不行开玩笑。"

"哈，我试试二嫂安的假电话灵不灵。"

"往后不许淘气，狼没来不要说狼来了，狼真来了就麻痹大意了。"

"好好，就这一回，我也是被孩子们沾染啦！"

宗兰抿着嘴笑，也不出声，凤英脸上慢慢有了颜色，把小万荣放下来，两个人扯着两只小胖手，这孩子就趔趔趄趄小步走起来，几个臭小子就一起喊。

"胖丫，胖丫，走着进家……"

这天夜里，院中垛满了谷草，黑暗中，几个大人扬起了灰尘，灰尘慢慢落下，在黑夜中消隐。到了第二天，灰尘又起，这回在阳光中能看到，升起和落下的是一些小东西，大物件装上马车，由江诗源押车，穿过古堡样的西门楼子，赶车的老板子把鞭子甩得啪啪响，两辆马车呱唧呱唧隐没入了西门外的山中。

西门外百户长董海山正在和他的磕头兄弟西门派出所陈所长喝酒，城墙边的红砖房里传出吆五喝六的划拳声。

"八匹马啊，一挂车呀，哥俩好，六六顺啊，快喝酒啊……"

由于是给日本哨所送马草，警察并没有仔细检查，江诗源又穿了协和服，像模像样嘟着脸，也不言语。

出了西门，马车继续前行，到了哨所，老板子啪的一下甩响了鞭子，向日本兵高声喊着。

"皇军！给你们送马草来了！"

江诗源先下了车，掏出烟卷给哨兵点上，用日语和他们闲谈着，又从车上拿出永兴复老白干塞过去。日本兵得意扬扬，叼着烟，有些忙不过来了。

老板子卸车专挑轻的拎下，一会儿工夫，垛好完活了。

最后一站是敖其小学，李晋三校长早已准备好一辆大车，把剩下的马草倒过来，连夜驶入更深的山中去了。

江诗源长出了一口气，在心里说，这个冬天山上应该温暖了。

江诗源习惯早起，在黎明时分洗漱，把一夜的黑暗从身体中清除出去。但黑的残留经过一夜的挥发在砚台里浓重了，他向砚台里滴了些水，抓住墨划起了八字。郑志民送给他的《多宝塔碑》和《勤礼碑》在桌上展开着，黑中凸显的白惨淡无光，胖墩墩的线条却也方正圆润，内中透出的风骨有一种傲然之气。他蘸饱了墨，在草纸上写下两个大字：中国。

他伫立着，端详着，似乎想起了什么，把这张纸团起来，向外屋走去。母亲正要做饭，接过诗源手中的纸团打开，划着了火，纸边慢慢变黑，闪出火星，冒出火苗迅速燃烧起来，遇到那两个湿润的字，火苗变小，但还是顽强地推进，直到在灶堂里变成一场大火。诗源愣愣地看着这一切，回屋穿好衣服，迈步出门，母亲的声音在后面追着他。

"要吃饭了，别着忙走！"

"啊，一会儿就回来，我上张老师家去一趟。"

他觉得对不住温庆和，就因为大的需要，让温庆和辍学到中西医院当了学徒，开了诊所后因为替他买纸张，无意间在纸上写了"中国"二字，被特务发现，关进了警察局。他恨自己没有像宗兰那样自己直接去买，程序上是没错的，购买物资一般要通过一个中间人。这样危险是小了，但中间人的危险就大了。又不能找生人去办，那样一下子就能追到根上了。可靠的中间人起码是一堵墙，现在他身份不同了，从他再往上追，两位老师就危险了。

诗源叹了口气，绕过福顺恒铺面门口，一拐弯钻进温庆和的家里。

温庆和躺在炕上，嗓子眼直冒烟，觉得出来的辣气要把五脏六腑扯出来似的。手被江诗源握住时，他咳了几下，喝了一大口水。

"没事了，就挨一顿打，辣椒水也领教了，老虎凳也上了，皮鞭蘸凉水也挨了，没那么容易死。这什么世道啊，写两个字还犯法，文字狱都不如。"

"把你家的药上上，好好养着，年轻人命大，还要干大事情。"

"诗源大哥，我现在经历过了，什么也不怕了，我就不信就写俩字他们能怎么样，这不，回来了，以后的药品的事我全包了。"

"庆和啊，你受苦了，好日子不会太远的，咱们都要留条命，等着那一天。"

诗源有些激动，又有些心酸，看着有气无力的温庆和，他不知道说什么好，但心中生起一团火，红红的，亮亮的，闪得让人心跳加快。

"诗源大哥，你别难过，我皮肉伤过几天就好了，你上班去吧。"

"那好，我会再来看你，盼着你精神起来。"

要说县署里的工作杂七杂八，对文化人来说，也不难对付。江诗源只是心里面好像有东西梗着，要吐出来似的。下班后，回家吃了饭，放下筷子，就到张老师家来了。

远远看见徐金氏在门口纳鞋底，孩子们在院子里绕圈跑着。进得屋来，宗兰已经摆上了麻将，董老师、张老师、陈芳钧，还有刚来佳木斯的小孔，依次坐下，哗哗的洗牌声响起，传到屋外，声音就弱了。

茅草房外是独门的小院，木板栅栏，远处日影沉沉，狭窄的街巷寂静无声，准备承受黑夜的到来。

宗兰努了一下嘴，诗源就坐到炕边来。

"近些天写诗了吗？给我看看。"

"天天写，天天撕，扔的多，留下的少，本子在家里，没带来。"

"我也要到县署工作了，当文书，到时上班给我看。"

"本子可不能拿到县署里，过几天我带来给你。"

"考你呢，我要学学你的细致。"

诗源浅笑了一下，我学你的胆气。

"志向是一样的吧……"

他们的谈话声不大，虽有牌声干扰，却也都能听见。

客人小孔的说话声也不大，但是清脆，和麻将牌的碰撞声一样，只是带起的风大些。

"南风不要，红军北上了，北风。"

董老师说，你这打的是红中啊，碰几万合适？

陈芳钧抚了一下牌面，我是幺鸡，警察局的工作不想干了，这张牌错了，白脸儿不打了。

小孔接下话茬，什么风都不要了，我打东风，发财装兜里。

张耕野会意，宗兰，拿剪子来！

宗兰跑到门口，从徐金氏那里取来了剪子，握着剪子尖，剪子把朝向小孔递过来。

小孔接过剪子，挑开缝线，把东西拿出来——传看，麻友们表情各异，都把眼光移向小孔。

小孔笑了，南风太远，堵在山海关了，这是我们的北风。红中我有一杠，现在佳木斯周围的山里到处都是红中，有和的吗？哈哈！佳木斯城里现今也是兵合一处，将打一家，就等着自摸。哎哎，幺饼我要啊，谁藏起来了？

天渐渐黑了下来，日头暂时隐藏起来。宗兰把东西包好，和江诗源来到外屋，点上油灯，两个人挪开东南角的酸菜缸，把东西放进下面的侧洞里，又压上几棵萝卜，把缸挪了回来。

徐金氏岁数大了，宗兰把她换回来睡觉。

打麻将的人有些兴奋，谈了一夜，谋划了一宿。鸡鸣过后，日头又露出脸来，伴随着急促的铃声，宗兰轻巧地闪进屋，一桌真正麻将才开始打起来。

皮靴踏进屋时，陈芳钧把红中往桌上一摔，红中！和了！随即把牌放倒，瞪着几位牌友。

例行检查，都报报各自名姓。

粗重的问话声，让陈芳钧不得不站了起来，我是警察局的，和三位老师切磋一下，没毛病吧？

一个尖细的声音上前，陈警官，我们是例行公事，配合一下。

"怎么配合？不然几位也摸两圈，正好我也赢够了酒钱，中午老独一处请几位赏光。"

粗重的声音减弱，眼光在屋中扫过，狭窄但干净利索，其他的几双皮靴在屋中转悠了几趟，向小孩子的哭叫声寻去，只见凤英正把奶头送进孩子嘴里，巡视的长脖子缩了回来。

张耕野也不站起来，坐在那里慢声说，我这一大家子，老的老，小的小，随便看。我们都是教书的先生，县长来了，也有几分尊重的，就是我这学生也在县署上班，我这妹妹过几天也去当文书。你们可要看仔细了，这些都是守法的良民。

粗重声音给屋里的人一一相了面，两只手指搭在桌边上，下面是什么？

张耕野不得不站起来了，这要说清楚，要是有你们找的东西，我没话说，要是什么也没有，我真得和县长说道说道了。

"行了，不烦劳几位亲自动手了。"

张耕野一边说着，一边双手扯着桌裙，用力一拉，桌上地下麻将牌稀里哗啦地翻滚，然后桌布向着这些皮靴们一抖，一夜的灰尘扬起来。

"下面什么也没有，灰尘倒是不少，几位别呛着。"

捂口鼻的，咳嗽的，眨眼睛的，一个个发愣。

粗重声音翻着白眼，再翻回来，瞪了一下眼，把皮靴踩得咔咔响，头也不回地走了，后面的皮靴相跟着，像闪过的鬼影。

就在这时，晨光已经变得清亮，扫过城里大小物件的外皮，一一给它们打上一针，顺便把这些鬼影抹掉了。

宗兰忙活了一整天，县长下班后，把县长的办公室收拾干净了，见日本参事官也迈着方步慢悠悠走出县署，她才挎上包，大大方方地下班回家。

天黑后凤英点上油灯，披了件衣服到院门旁静立着。

宗兰把几样东西从包里拿出来，摆在木桌上。张耕野坐下来，向宗兰伸了下大拇指，把几样东西对照着翻看，他时而皱眉，时而微笑，轻声沉吟着。

"地点应该是……"

"兴山！"

"对，就是兴山！"

张耕野站起身，走过去打开了房门，轻声向着院门开了口。

"凤英，快帮我把衣服拿来。"

凤英赶紧进屋，从炕柜中找出衣服，给张耕野穿上。

张耕野一边系着扣子，一边交代宗兰，把东西封好，恢复原样，明天早点上班，把东西送回去，摆放的位置不能变。

宗兰点点头，并不言语，把帽子递给二哥。

张耕野接过帽子戴上，转身走出家门，头也没回。

凤英追出去，宗兰也跟上她，在门口，她们只见到张耕野身影拐过福顺恒，消失在茫茫夜色之中。

张耕野敲开了陈芳钧的家门，向陈芳钧交代清楚以后，匆匆离开了佳木斯。

日本兵的夜巡是有规律的，张耕野早已掌握了躲开的技巧，岗哨也可以绕过。路是人走的，只要脚不跑偏，总会走到想去的地方。穿过黑夜，穿过山林，李祥屯也并不算远，想见到自己心爱的学生，也是他亲自跑一趟的原因。

白云龙父亲终于没挺过去，在山林中领受着清风明月，白云龙这边少了一个帮手，自己上山传送消息也成了必然。上山之前，白云龙说出了一个严重的情况，日本宪兵队的特务刘向武来李祥屯勒索，说他和大粮户常山及李凤阁"通匪"，索要五根金条，若是不拿，就要带领宪兵队砍他们的头，这几天学生吓得都不敢上学了。张耕野说，这是一个祸根，早晚要出事情，你先上山报信，回来后到城里来一趟，我和董老师商量一下，这个祸根必须除掉。白云龙急急忙忙上山去了，而老师又回到城中，两个人，两个方向，线头在李祥屯打结，然后甩开，牵扯着即将发生的事情。

三辆马车在上午出发，车上装着平时很少见到的白面，警察在前，国兵在后，看起来也不着急。老板子的鞭子无声，只是偶尔吆喝牲口一下，也懒洋洋的。

盛夏时节，人好出汗，加上山中潮气重，热浪让人憋闷，保守的军服警服硬邦邦，这回贴着汗液直冒的皮肤，软是软了，汗把布的缝隙都堵死了，进不来风，汗水冒出的更多了，挡都挡不住。

陈芳钧看这些人都解开了衣扣，也摘下帽子，往脸上扇风。

一个国兵喝道：帽子戴上！

陈芳钧回头白了一眼，使劲把帽子斜扣上，还摇晃着脑袋，哼起了小曲。

"把帽子戴正了，你不想活了，找死啊！"

国兵端起枪，指着陈芳钧。陈芳钧也不示弱，抽出枪回头指着他。

"老子不想活了，咋的，你想陪着？"

这些个人你一言我一语地劝架，拉拉扯扯摁下两个人的枪。

路倒是不远，容不得一耽搁，中午才到了鹤立镇。

国兵们钻进路边的饭馆，大吃海喝起来，留下警察们看守。

陈芳钧紧了紧腰带，跳下车，点指着路旁的老百姓。

"搬袋面，给擀点面条吃。"

又回头对警察们说，他们进馆子吃饭，咱们也不能饿着呀！

"对！他妈的，他们吃饭让咱兄弟们饿肚子，弄面条吃！"

"不吃白不吃！"

"老子吃它个底朝天！"

警察怕国兵，百姓怕警察。老百姓哪敢违抗警察的命令。

急急忙忙搬面，烧水，和面，擀面，煮面，一会儿工夫，热气腾腾的面条端上来，每人一大碗。

陈芳钧扒拉两口面，假装上茅房，把面又吐了出来。他在茅房磨蹭一会儿，一手端着半碗面，一手捏着筷子，顺势用手背擦了一下嘴。

"他妈的，什么味，不好吃。"

有个警察嬉笑着，茅房味，哈哈，哈啊哈哈，哎哟……捂着肚子躺到地上，哎哟，肚子痛啊！

陈芳钧上去踹了一脚，笑什么笑，小心肚肠子笑折了！

这小子不起来，在地上打着滚，狼哭鬼叫起来。

又有几个警察捂着肚子躺下了，叫声更大，叫声掺杂在一起，不断放大，惊动了半条街的人。

国兵们也出来了，其中一个尖叫着。

"不好啦！他们把毒面粉擀成面条吃了！"

一个巴掌搌上那张尖叫的脸，但已经来不及了，警察和闻声上来的百姓都知道面粉里下了毒，这消息就像一阵风，刮遍了鹤立镇每一个角落，之后像长了膀，飞得到处都是。

陈芳钧自己拔了针，在吊瓶甩动摇晃的时间里，穿上衣服，蹬上鞋，从医院里跑了出来。他晚上来到张家，向两位老师汇报了情况。

张耕野说，这次多亏你机智，事情办得好。这些面粉就是诱饵，扔到山上，我们的人捡了去，说不上要出什么大事情。

董海云竖起大拇指，又拍了一下陈芳钧，双城人了不得，胆大心细，宗兰也是一样的，这一家子将来会写进历史的。

"我也是这一家的人，咱们都是一家人。"

"对对，下面的事情就要劳烦你了，马克正已经在梧桐河站稳了脚，过些天他回来，你就跟去。"

"太好了，在警察局干得太憋屈，这次一定要大干一场，完事我也上山，找祁老虎去。"

张耕野说，具体行事日期要和山上沟通一下，具体哪些人去接应你，如何接应，到时候，我让李树昌通知你们。

"好！好！我绝不给双城人丢脸，不对，绝不给中国人丢脸！"

陈芳钧挠了一下头发，三个人都笑了，但没有笑声，笑声压在心里面，早晚要释放出来的。

在门口望风的宗兰把白云龙领进来，张耕野说，我学生来啦，芳钧你先回去准备一下，事情就这么定了。

陈芳钧心里明白规矩，向白云龙一笑，起身告辞。

过了几天，江诗源连夜把来佳的陈芳钧送走后，陈芳钧就再也没有来过这个家乡大哥的院子，他们一个个好似神仙，都有各自的洞府。

而白云龙得到的回复是，除掉那个祸根，若事不成功，便要逃离此地。

张宗兰也是把这个老同学送走后，再也没有见过面的。

她似乎有什么预感，主动拉了一下白云龙的手。你父亲的事，不要太伤心，你也要多加小心，保全自己最重要，以后还有很多事情去做。

白云龙望着宗兰的眼睛，你们这里看似平静，其实更危险。照顾好你母亲，事情办好后，咱们还会见面的。

张宗兰叹了口气，白长岭走了，若坤也走了，一个个离得都远了。我看郑姐在悦来镇也不能长久的，以她的脾气，必定要上山去的。

"老同学，分离是暂时的，总有一天我们要会合到一起的。对了，我们在一本书上见面吧，把我们这些人都写上，一个也不落下。"

"看把你能为的，野心还不小呢！白老太太，还想流芳百世啊，我看这世道要不变过来，咱们都遗臭万年也不好说呢！"

"遗臭万年不能的，顶多淹没在时间的洪流中，没人搭理咱们。"

"太晚了，你赶紧走吧，找金条买命去吧，然后活着回来见我。"

"好的老同学，我就留着这条好命，好好活着，你也回屋吧。"

白云龙不再看她的眼睛，慢慢转过头去，站得久了，一开始走的几步不太协调，慢慢修正过来，拐了几个弯，出城去了。

宗兰噗嗤笑了一下，随即低下头，推开房门进屋，然后又笑着出来，到院门边伫立着。她的心里有些怪异的东西在作乱，自己也说不清楚是什么，便捂住胸口，让自己慢慢安静下来。

这一晚，这些个人分散开来，各做各的事情。白日里不觉得什么，到了晚上，心里面就燃起一束火来，红红的，热热的，因为黑夜里冷，不得不这样。

白云龙当然拿不出五根金条，经过几个人谋划，由李树和他们两个做代表来和刘向武商议。刘向武一听没有五根金条，脖子一扬。

"拿钱买命的事情是合算的，没有金条，50两金子也行啊！"

"看在乡里相亲的份上，50两金子我们也凑不上，商量一下，30两！"

"30两想买这些人的命，开玩笑吧，日本宪兵队也就几里地远，报告一下也是容易的。"

白云龙看不好商量，话语就硬气起来。

"30两我们还得这几家凑呢，要不今天我就跟你走，金子一两都没有！"

"哟嗬，跟我来不要命的，那我就不客气了。"

话没说完就来抓白云龙，李树和窜到近前，伸手阻拦。

"有话好说嘛，和气生财。种地的没几个钱，白先生不是急的嘛，别和他一般见识，这事我来做主，30两金子晚上就给你送来，我们哥几个这就回去凑。"

"好吧，乡里乡亲的，就 30 两，少一钱都不行，我这也是救你们几个的命。"

"好好，大恩不言谢，就今晚上，东场院不见不散。"

李树和拉着白云龙往家走，一个黑脸，一个白脸，对视成两个笑脸。

他们觉得用枪是方便，但太鲁莽，响动太大，容易暴露，便改用了最平常的家伙。晚上四个人早早吃过了饭，带上铁锹和绳子，来在东场院的草垛后守株待兔，蛮有把握地静等着这个痴心妄想的特务。

日落西山，屯里的炊烟散尽，紫燕归巢，刘向武才晃晃悠悠来到东场院，见场院没人，掏出烟来点着了，吸了几口便开始骂人。

"妈啦个疤子的，还没凑齐！都是找死啊！"

骂了一通，无人应声。他这一路也走累了，便坐在地上，支开两条腿，继续抽烟。

场院上越来越黑，虫鸣声已经把夜的寂静阔开，稀稀拉拉的草垛后面黑洞洞的，似乎隐藏着什么。刘向武刚要坐起来去查看，就在手拄地的瞬间，草垛后面窜出四条黑影摁住了他，他手刨脚蹬想要挣开，哪里能挣得开，就现出野兽的本性，用牙咬。也就咬了那一下，嘴就张不开了，绳子套在脖子上，动弹不得，一开始是上不来气，到最后进的气和出的气都没有了。

四个人七手八脚抬着尸首，来到屯北的乱尸岗子，挖了一个深坑，把尸首扔了进去。

白云龙喘了一口大气，坐了下来。

"这狗特务，真有劲，左腿让他咬了一口。"

几个人拿锹便埋，白云龙说，等一会儿，让我想想，这刘向武孤身来咱屯讹诈，肯定是怕人知道，宪兵队要找人也是没有头绪。就怕万一，万一找到了尸首，一看衣服和脸就能认出来，到时候这屯子可要遭殃了。

李树和说，这好办，衣服扒下来，远一点埋了，狗头剁碎，就认不出来了。

常山扒下衣服，拎起一把铁锹，到远处给埋了。

李凤阁举起铁锹，嘴里嘟囔着，狗汉奸，对不住了，是你起歹意在先，怨不得我们哥几个。铁锹砍下来，一下一下砍下来……

"这回行了，埋吧。"

埋好了土，又挖一些草移栽过来，平整好，妥了，齐活了，这些草有肥料了。

白云龙松了口气，向南面的屯子望了一眼，又转身面向佳木斯方向站了一会儿。对三个人说，都不能说出去，上大刑也不能说，关涉一屯子人的性命，不是小事。天黑透了，都回吧。

谁心里都明白，这事只能烂在肚子里，才能过消停日子。

宪兵队的特务们找了几天，毫无头绪，就以刘向武被抗日军绑走杀害的名义，向上汇报了事。

梧桐河金矿靠山面水，守卫的矿警不足百人。马克正同族爷爷马仿潜在这里当过金矿主任，根基深厚，马克正半年前就来此当文书了，前期准备工作非常扎实。陈芳钧当过兵，以马克正表哥的名义来矿上当矿警后，如鱼得水，很快采取拜把子的方式争取了李阶山、张文汉、孙振华、吕盛田等七八个人为骨干，帮助马克正成立了梧桐河金矿党小组，基本上掌握了矿警队，控制了东炮台、西炮台和农兴沟。二人心里面基本有了谱，陈芳钧借探亲为名回了一趟佳木斯，定下了时间和联络方式。

这个日子天异常热，好在有小山遮挡，前面的河水还能带走一些热量，到了晚上还是很凉快的。陈芳钧买了一只烧鸡，打了一瓶老酒，先预备下。矿警们夜里睡不着，打麻将喝酒闹腾了半宿，到了半夜都累得死猪一般沉睡过去，营房里鼾声一片。

半夜里阴气重，夜空中偶尔有小星闪烁，如同小鬼眯眼，远处的群山旷野寂静无声，梧桐河水在远处流淌，不走到近前看不出流动。

陈芳钧今晚当班，熬到了一点钟，换岗的矿警挎着枪来了，哈欠连天揉着眼睛。陈芳钧说,你等一下,今晚我陪你喝酒,我去去就来。

陈芳钧拎着烧鸡和老酒走出营房,钻进哨所,对矿警说,他们都喝得挺尸了,咱哥俩也整两口。

"不喝了,晚上没少灌啊。"

"客气啥,大长的夜,就是不习惯这前半夜班,精神了,睡不着。"

陈芳钧一边说,一边拽下一个鸡大腿递过去,他自己使劲喝了一大口酒,又把瓶子递过去说,好酒啊,够劲儿!

那个矿警看陈芳钧爽快,也就不客气了。

陈芳钧说,老弟,我来和你值班,省得一个人困不是!

"那是那是,大哥够朋友。"

酒喝了一个小时,那个矿警有些困倦,接连打起了哈欠。

陈芳钧说,你先喝着,我替你转悠一圈,查看查看。

陈芳钧站起身,到四周转了一圈,和早已准备好的马克正一行人碰了个头。回到哨所说,妈的,方才有狼叫,我打两枪吓唬一下,你到后屋告诉他们别害怕。

矿警刚进营房,陈芳钧端枪朝天打了两枪,枪声过后,正西方传来两声清脆的枪声,这是打外援的六军接上关系的信号。几乎就在这同时,陈芳钧和马克正带领四名矿警冲入营房。六军的部队随即赶到,把营房围了个水泄不通。

"都不许动,我们是抗日联军!"

惊醒的矿警,还没弄明白怎么回事,就被缴了械。

陈芳钧指着金库保管员,把钥匙交出来。顷刻之间发生这么大的事情,保管员已经傻眼了,只好交出钥匙。

马克正把全队矿警集合到院中,由陈芳钧来做动员讲话。只因前段时间口军和伪军发生冲突,日本军队屠杀了大批伪军,这些矿警也时时觉得自身难保,不愿意继续当汉奸的居多。陈芳钧号召他们弃暗投明,起义参加抗联打日本,他们大多就坡下驴,被说活了心,80多人参加了抗联。

天亮以后，陈芳钧和马克正带领起义的矿警，携带 80 多条枪，300 两黄金，还有大批米面衣服，和六军的战士们一道向大森河进发，那里的密营在大山深处，易守难攻，是个好去处。这一行人就像入林的飞鸟，扑闪几下翅膀，消失在大山之中了。

张耕野得到消息，非常兴奋，他告诉宗兰，下一步要注意日军动向，新一轮扫荡可能就要开始了。

秋风起后，落叶纷飞，群山没了绿叶的覆盖，人的视线打远，什么都能看得清晰，隐藏不住。而天就要冷了，山上的人又该遭罪了，消息也难得传下来。

张宗兰正在收拾县长的办公室，电话铃响了，县长接起电话，慢条斯理地和对方讲了很长时间。宗兰从听到的只言片语分析明白了可能的扫荡地点，下班后和张耕野汇报，张耕野觉得事态严重，马上安排把消息一步一步往山上传去。

正好曲家庄以南的抗日队伍来送情报，白云龙顺便把扫荡的情报让其带回。曲家庄以北，由李树和给天元队送去，这一路平原多，只能夜里走，还要躲过洼甸子和狼群，李树和顾不了那么多了，用了两夜的时间把情报送到了。第三路去七星砬子最重要，情况紧急，白云龙只好找个理由停课，连夜出发，这一段路山高路险，悬崖众多，夜里行走稍不小心就会滑下山崖，摔个粉身碎骨。白云龙只好白天在密林中隐蔽，趁着黑夜快速行进，两夜的时间终于到达了七星砬子。

祁宝堂好久没见白云龙了，这次见面要留他在山上一起打鬼子。白云龙何尝不想再和鬼子真刀真枪地干上一场，无奈联络站不能丢，这更重要，信息不通畅，什么都无从谈起，他恋恋不舍地下了山，匆匆忙忙回了李祥屯。

白云龙下山后，这祁老虎当即作了周密部署。日伪军到七星砬子搜山，一无所获后气急败坏，烧了些民房，泄完了气往回走。伪军一个连在前面开路，日军一个连断后，日军小队长骑着马在中间，气势汹汹却找不到对手，渐渐有些垂头丧气。

走到大峰堆时，见山势陡峭，树木一排排显得阴森可怖，便让队伍停下查看地形。正犹豫间，祁老虎鸣枪为号，抗联战士一起开火，子弹像下了雨一般落下。霎时间喊杀之声震天，伪军向山脚下躲藏，日军，马上组织反击，不过根本抵挡不住。祁老虎知道时机已到，带头冲下山，抗联战士发起了冲锋。

日军小队长以战马为掩体，向堆峰山后逃窜。当他跑到山后时，一个大水泡子阻断了去路，眼见身后面的士兵一个个倒下，他只好奋力打马试图穿过水泡子，可那马跳入水中后，就不再跃起，慢慢下沉，他乱抓一气，连一根草也没抓到，随着战马下沉，乱叫着被沼泽吞没了。

这一伏击仗打得漂亮，只有少数日伪军逃脱，大部分被击毙。战士们打扫完战场，祁老虎带领他们又上山了，他在心中对自己暗说，多亏白云龙这小子，是个能人。

天元队在曲家庄一带设了埋伏，打死打伤七名伪警察，其他的都跑了。天元队为了感谢，给白云龙送来一把手枪和40发子弹。白云龙把枪弹藏好，心里面也很得意，今后见到宗兰他们，看谁还敢叫白老太太。

深秋时节，老冯化装成理发师来到佳木斯，先住在董海云家，还是若坤那屋。上次来养冻伤若坤还上学，只好和父母挤在一铺炕上，老冯心里有些不安，这回若坤在悦来镇工作，见不着倒有些遗憾了。

老冯高度近视，化装成理发师，不能戴眼镜，这对他来说非常不方便，看近处的还将就，看远处就模糊了。进城时由李树昌引路，董海山在西门派出所照应，很顺利地来到了西门里的张家。

张耕野双手握住老冯的手，老冯，你可来了，这些年我们就像没娘的孩子啊！

老冯掏出眼镜戴上，脱鞋上炕，宗兰递上一杯热水，他喝了一口。

"耕野啊，我可没带来多少好消息，以后你们可能会更加艰难。"

"艰难也不怕，只要山里能打胜仗。祁宝堂这次仗打得非常漂亮，我们正想庆祝一下。"

"两年前，赵尚志和我带领三军进入方正境内，在山边子窝里屯巧遇祁宝堂，我对他说，你和你的部队就要到中国共产党领导的抗日武装队伍里来了，今后，山林队绰号可以不必叫了。你有志抗日，致力于中华民族解放事业，我奉劝你把名字改作'致中'吧！他听了非常高兴，立刻改了名字。如今祁宝堂叫祁致中了，但大家喜欢叫他祁老虎。不久之前，他的队伍改编成抗联十一军，当了军长，大家还是叫他祁老虎，打起仗来不要命，像只下山猛虎啊！"

李树昌喜欢听老冯讲话，又觉得听多了不合时宜，起身告辞。

凤英叫住他，给他带了50块钱，让他把这钱给马克正母亲送去，马克正上山了，家里老母亲年岁大，弟弟妹妹又小，让他多照顾一下。

老冯说，没想到你们这里氛围这么温暖，难得啊！凤英同志没少做工作，是个贤内助！

"哎！大户人家女子，跟我没享着福。娘家分给她的九垧地也卖了，卖地钱都奉献给组织上，比我觉悟高。"

老冯转向炕里宗兰的老母亲李氏，大娘您这一家子都是好人啊！都是干大事的人，将来把日本鬼子打跑了，您也该享福了。

李氏笑了笑，我这把老骨头也不知能不能赶上，孩子们平平安安的就好，不求别的。

"会的会的，我这次来就是办这件事的。现在全面抗战已经开始，地无分南北，年无分老幼，无论何人，皆有守土抗战之责，全国抗战形势越来越好。您就放心吧，这么多人在一起，会互相照应的。"

说完又把宗信叫过来，问了问上几年级，都学什么。

宗信淘气劲也没了，腼腆地一一作答。

吃过了饭，小孔和董老师也来了，宗兰又当上了门卫。

老冯说，我这次来佳木斯感受很深，你们工作做得细致周到。现在，汤原、富锦、依兰的党组织相继遭到破坏，佳木斯形势是最好的。但不能大意，力争保住佳木斯这块阵地，我建议佳木斯党组织暂停发展党员，停止活动，通知党员都要有应付万一的思想准备。

张耕野提出，这几年工作中横竖接触关系人太多，容易暴露政治面目，是否可以带一部分党员和青年学生去抗联武装队伍。

老冯说，在敌人大围剿中抗联大部队准备远征西满，小部队有的转移到偏僻林区，有的与敌人转战中，队伍缺乏武器，同志们暂时不要上队。万一形势突变，你们可以酌情安排，分散转移到部队中去。另外，这几天我观察老董和耕野确实目标太大，学生上你们两家太频繁，这得想个稳妥的办法。

董海云提议，可以把市委工作交给一位不被敌伪戒备的党员担任，开一个杂货铺作为市委联络点。

老冯表示同意，老董和耕野可以作为省委特派员身份指导市委工作，我回去和省委同志汇报一下，在新市委没有成立之前，这里还是由老董负责主持工作。

他们最后商定，江诗源工作扎实稳妥，由他牵头成立新市委。

老冯还提出，要设法找一个社会职业，以便他长期在佳木斯活动。

老冯在佳木斯工作了27天，本来两位老师准备给他找一个小学老师的位置，毕竟是清华大学的高才生，干这工作是小菜一碟，但时间仓促，没有成功。

老冯摊开两手说，你们看，我就是当剃头匠的命！说完，连他自己都笑了。

老冯离开佳木斯后，董老师想到日前自己已经考取了律师证，可以在佳木斯开一个律师事务所，为老冯下次来安排一个社会职业。事情说办就办，耽误不得，况且老冯神出鬼没的，说不上什么时候就闯来了。刚一入冬，董海云就购买了去吉林的火车票，登上火车，取律师证去了。

天越来越冷了，宗兰的母亲这几天特别闹心，因二儿子要把她送回老家去。回去吧，放不下这些孩子们，尤其是孙子孙女，小万灵正是招人稀罕的年纪，小万荣也开始冒话。不回去呢，又真有点想家了，算起来来佳木斯已经八年多了，一趟也没回去过。思来想去，还是回去的好，叶落归根，人老还是待在家乡踏实些。

凤英也说，妈，你就放心回双城住一段时间吧！虽然兵荒马乱的，双城还是比这里消停一些。我们这里，该上班的上班，该上学的上学，俩孩子有我姐帮照看着。双城待够了，我去接你回来。

母亲回双，这是宗兰意料之中的事情。她买了一些好吃的，好让母亲车上吃，又把衣物包好，放到炕里。

母亲说，我老姑娘这是撵我走啊！

宗兰笑着说，妈也不用说歪话，过些日子我也想请假回去呢，多住些天陪你，我也想家了。妈八年没回去，我也快四年没回去了。

"回去回去，佳木斯这破地方我还住够了呢，闹哄哄的。我回双城过年去，在老家过年才算过年呢。"

需要带的东西不多，张耕野一个人送母亲回去就行了。

若坤这些天请假在家，听说张大娘要回老家，也来相送。

这天下雪，雪片飞扬，没用多长时间就盖住了地皮。天空却不显得太灰暗，也看不见云彩，好像高空中有什么东西在注视着下面发生的一切。

一家人看着张耕野扶着老母亲上了火车，火车慢慢开动，向西驰去，像一个大黑虫子喘着白气飞奔，一会儿工夫就没了踪影，大地上白茫茫一片。

宗兰抑制不住眼泪，抽泣起来。若坤上去抱住她，平常没见你哭过，大娘回老家是好事，别尿叽了，上我家去。

城里面下的雪，像洒了一层盐，白花花的显得沉重。西门外村庄稀疏，房屋散落，和起伏的远山相配，雪倒是像棉花了，画上去一般，显得轻，但附着的牢靠。

这回若坤屋里住的是老黄，下江特委书记。四五个人用车把他拉到董家，董老师却不在家，上吉林去了。老黄有些为难，来送他的人说，我们一天没吃饭了，在这吃点饭，暖暖身子再奔桦川或富锦。

李淑云看老黄伤势严重，经不起再折腾了，坚持让老黄留下来。

"老董没在家不要紧，我这一家人可以照顾你。"

"我不能留在这里，太危险了，你们不能因我暴露！"

"一定要留下来！老黄你听我说，我家在西门外，相对比较安全，离城近，药品也好想办法。我家三个人上班，条件好，营养补充上去了，你还能好得快一些。依兰富锦那边太远了，缺医少药，条件不行。吃完饭就让这几位走吧，我用性命担保你的安全。我看转过年来你就能痊愈，到时候让老董派人送你回去。"

"李老师，那就太麻烦了！好，我住下！"

老黄是开会时遇敌袭击，在突围中肛门受伤，这病有些麻烦，好得慢。若坤请下假来帮忙照顾他，慢慢调养。

宗兰看老黄气色还行，吃过午饭到院外望风。

远远的一片大雪的白中,闪过的黑色警衣像一个个小黑点在移动。

宗兰赶忙进屋通知，李淑云说，若坤上门口挡一下，宗兰快来帮忙。两个人扶着老黄来到院中的小棚子，垫上一个破被子让老黄坐上去，李淑云找了几件破衣服给老黄套上，把老黄的脸抹黑，觉得好像还缺点什么，笑着进屋找来假发弄乱了，给老黄戴上。两个人憋住笑，迅速退了出来。

若坤正在和警察理论，我家有病人，怕惊吓，不能进来检查。

"小杰,让他们进来查吧,把我家病人吓坏了,你爸回来找他们去。"

警察们哄哄进了院子，一阵乱叫声从小棚子里传出，推门进去，看见灰尘满地，一个女病人披头散发扬起一屋灰尘，便捂了口鼻，一个个悻悻撤出来，踏着雪咔咔地走了。

老黄说，李老师真有你的，回去和他们讲起，他们还不笑死！

"为了我的命你的命，老黄你当回女的也值了。"

二月二这天，山上的人来接老黄，董海云选派了两个人把老黄送走了。老黄非常感动，临走嘱咐一定要注意安全，现在形势越来越严重，山上的人和城里的人日子都不好过。

董海云说，我们已经做好了准备，没什么可怕的。

我在一面坡住了十几天,单位来电话催我回去,我买了火车票,登上了西去的列车。

上次我到佳木斯寻访张宗兰的事迹,走的是南道,从哈尔滨坐火车出发,途经牡丹江、一面坡到的佳木斯,回来走的是北道,途经汤原、绥化到达哈尔滨。这次从一面坡回来,一面坡到哈尔滨这段铁路线,正是1938年3月张宗兰一家六口从佳木斯出发途经牡丹江到哈尔滨路程当中的一小段,这段逃亡路程当中的这一小段正好和我回来的路重合。不同的是我全身全影回到了双城,他们六人只有一半活下来。

张宗兰在佳木斯学习工作了四年时间,我不知道她在这期间是否回过双城,就我接触的史料来看,她好像没有回去过,如果真是这样,她只有这一次逃亡是要回到家乡的,可惜的是她没有回来,她的骨骸抛洒在了哈尔滨的荒山野岭了。哈尔滨到双城不过百里路程,这么近,她就是没有回来。是什么原因造成革命者不能回到家乡呢?我想起秋瑾的一句名言:"革命是为给天下人造一个风雨不侵的家,给孩子一个温和宁静的世界,纵使这些被奴役久了的人们早已麻木,不知宁静温和为何物。"这应该是主要原因,我不能胡乱猜测是别的原因。

我在火车上浮想联翩,到哈尔滨的时间是下午三点多。哈尔滨火车站离一曼街很近,1946年哈尔滨解放这条街就以赵一曼的名字命名了,东北烈士馆就在这条街上,因我去过,这次时间很短,暂时不想去参观了。但哈尔滨火车站有一个安重根纪念馆,我很快找到了这个门外有铁栅栏的纪念馆,看了一眼它的欧式门脸,似曾相识,想起看过哈尔滨老火车站的照片,就是这个轮廓。我正要进去,出来一个胖胖的年轻人向我瞪眼大喊:闭馆了!闭馆了!我没理他,转身去找回双城的汽车,上车后,我在心里嘀咕:这小子为什么这么横呢?就窝里斗的章程,你看看人家安重根,在哈尔滨火车站前刺杀日本前首相伊藤博文,然后还不跑,真是死士!英雄!

因为有了这次经历,越发勾起我参观安重根纪念馆的愿望。机会有的是，后来我终于达成了愿望，但没有碰到那个胖小子。这天来参观的多为韩国人和日本人，其中还有坐轮椅来的，纪念馆很小，他们看得却很仔细，表情凝重或夸张，也有摇头叹息的，但没有照相的。一个南方口音的小伙子，拿出手机让我帮他照张相，照完，他就走了。

我从头看到尾，后来馆里只剩我一个参观者了。这个小小的纪念馆，展示了刺杀事件的整个过程，有照片，也有文字材料，其中有一张安重根穿长衫、留胡子、短头发的照片，怎么看都像鲁迅先生。最让我吃惊的是安重根的书法，尤其是"弱肉强食风尘时代"八个大字，笔力苍劲饱满，点点若飞弹，撇捺如钢刀，这字的气势把我镇住了。从纪念馆北窗望去，就是当年安重根刺杀伊藤博文之处，现在两个人都已成为古人，是非功过任人评说。我也曾想过，张宗兰当年下火车时是否经过此地呢？

回到双城以后，我才知道单位把我派到哈尔滨卫校教课，我是急急忙忙赶回双城，第二天又到哈尔滨卫校报到了。这所学校有三个校区。主校区在森林街，和兆麟公园斜对着；二校区在景阳街，当年的天泰客栈就在这条街上；三校区在香坊区，校址偏一点。我在前两个校区都有课，主校区课多一些。

中午休息的时候，我一般到附近的新华书店看书，或到兆麟公园散步。兆麟公园南门正对着兆麟街，所以我通常从森林街和兆麟街相接的兆麟公园南门进去。我知道，当年萧红常在这个公园流连，安重根也曾在这里驻足。兆麟公园原来叫道里公园，1946年3月9日，李兆麟将军安葬于此，黑龙江省政府将其更名为"兆麟公园"。

上小学的时候，我来这里观看过冰灯，没注意过里面其他设施。现在园内花木繁多，锦鲤在水中撒欢，鸳鸯在树下纳凉，松鼠时常在树上张望游人，偶尔也跑下来，不怎么怕人。

在园的西南角有一块小草坪，草坪立有一块大石头，上面刻着安重根写的"青草塘"三个字，同时还刻有红色的安重根断指手模。

公园北面是李兆麟将军墓地，高大的墓碑前面是李兆麟雕像，和双城兆麟中学的李兆麟雕像大小相仿。我在雕像前徘徊良久，不由自主地鞠了一躬，鞠躬后，我看见四周游人有向我这里张望的。我曾想，张宗兰要是有这样一个纪念碑，有一个雕像该多好啊，可惜佳木斯烈士陵园里的张宗兰墓地只是一个空冢。

两个校区上课是够我忙活的，时间过得飞快，甚至忘记了时间的存在，包括时间流逝过程中人们给安上的日期。

这天上午我正在景阳街的二校区上课，忽然听到警报声长鸣，我方想起是9月18日。听到警报声，学生们不知所措，有的躲到门后，有的干脆钻到桌子下面。大多数学生不知这是怎么回事，问我发生了什么事情，是不是地震了。我说今天是"九一八"，他们就问我什么是"九一八"，这让我十分吃惊，便给他们讲了日本对中国的侵略，并用十分钟的时间讲了张宗兰一家在景阳街发生的悲惨事件。我发现有几名学生哭了，觉得这些孩子还有救，反倒是我们这些当老师的没有尽到责任。有学生提出，是不是都站起来向烈士们默哀，我说不用，只要你们心里面明白，心里面有这番情感就够了，仪式并不重要。况且你们低头默哀，我站在前面，那不是咒我死吗？我还得好好活着给你们上课呢。学生们破涕为笑，我们接着上课。

事后，我还是后悔了，我讲课幽默，喜欢逗学生笑，这样能让他们提起精神，但因为幽默没有默哀是不对的。当时光想到自己，其实我本可以和学生一起默哀的，一念之差，还掺杂了毫无道理的自私。为这次遗憾的错过，我经常在心里骂自己。在这不久之后，我生了一场大病，住进了医院，再也没有上过讲台，没有机会在"九一八"这个特殊的日子领着学生纪念我们的先烈了。

我病好之后，参加了一次哈尔滨市文联组织的文化干部培训，某日下午，我和学员们参观了侵华日军第七三一部队罪证陈列馆。老馆我曾和诗友参观过，里面黑洞洞的，阴森可怖，在里面喘不上气来，我看了十几分钟就出来了，不敢再进去。新馆建在地下，当我看见布满血迹的活人解剖台时，一阵恶心，差点吐了。解剖台旁边陈列着悬挂人体器官的铁钩子，还有用来锯人的锈迹斑斑的钢锯。参观回来以后，我的心情低落到了极点，久久不能平复，在宾馆里奋笔疾书，写了一首《数学问题》来排解：

  人间地狱里的操刀手，把活人器官切下来
  挂在长满荆棘的问号上，这是一个数学问题：
  7是一把锋利的刀子，随着力道加深
  刀身及至刀柄感受了温暖，这是魔鬼的奖赏
  医生的馈赠，手法凌厉的操作带来红利
  血还在滴，顺着刀锋，它亢奋的眼泪
  像饥饿的人面对食物时点亮的彩灯
  3是一个黑铁钩子，倒悬肋骨般举起双翼
  串挂的内脏重组在另一个空旷的身体里
  晾晒内衣坠落的水，类似这滴下的血
  肉做的沙漏计数着时间，挂钩是有痛感的吗？
  它颤抖着抓住铁钉的镇定，运算无误的话
  铁钉会往墙里躲，若它长眼睛也会闭上
  1是一个人，不！是一根充满理性
  被科学魅惑的木头，它缜密娴熟，转动主干
  挥舞枝杈，是远古人发明的精密仪器
  戴上手套和口罩，工作起来不用加油喝水
  虽然还是依赖血，但血已经凝固
  7加3再加1等于11个人，正好是军队
  一个班的建制，算式的另一个解等于两个人
  站着的和躺倒的构成加号，布满体液的白床单上
  被麻醉的也是一根木头，他还不知道发生在
  自己身上的一切。啊！计算结果不可预料
  还有一位美艳的女士喊道：太吓人啦！
  ——这可以判定为算式的余数

侵华日军这一暴行是令人发指的，简直是没有人性。另一方面，东北抗日联军14年的抗战是理所应当的。之前我们一直提8年抗战，这无形中弱化了东北抗日联军14年苦斗拖住百万关东军的功绩，史学界对此一直存在争论。现在好了，教育部基础教育二司下发了《关于在中小学地方课程教材中全面落实"十四年抗战"概念的函》，课本中"八年抗战"字样已经修改为"十四年抗战"，这无疑是一个好消息，对东北抗日联军牺牲的战士们的灵魂是一个莫大的安慰。

多年来，有许多默默无闻的史志工作者研究发掘抗联历史，还有一些作家诗人以抗联为题材创作了大量的文学作品，影视工作者拍摄了一大批抗联题材的影视片，这些人都是功不可没的。接触这些以后不难看出，抗联的艰苦程度不亚于红军长征。东北抗联长时间和中央失去联系，没有大片的根据地，长期处于游击状态，后期日本鬼子通过"保甲连坐""归吞并户""集团部落"把老百姓和抗联分离开来，抗联部队军需给养得不到保障，在山林密营中不敢开枪打猎物充饥，怕暴露目标，加上东北半年多的严寒天气，其艰苦程度是我们今天无法想象的。

比如杨靖宇牺牲后，日本鬼子残忍地将他剖腹，发现他的胃里是枯草、树皮和棉絮，无一粒粮食！连伪通化省警务厅长岸谷隆一郎也不得不承认："虽为敌人，睹其壮烈亦为之感叹，大大的英雄！"

据伊老师说，抗联战士吃树皮是经过多次煮制，把树皮煮得和面条一样软才吃，吃下去之后，拉不下屎来，很多战士因此被憋死。

陈雷有一首《一张马皮度春节》就是反映抗联当年艰苦状况的。

兴安雪后到寒林，战罢相逢话笑闻。
陈地征夫度春节，马皮佳馔让传频。
青松影伴高风士，篝火光摇子夜魂。
试问豪门肉食者，可知山谷受饥人。

在这首诗的注释中记载了事情的原委："一九四〇年十二月，我随李兆麟同志指挥的三路军一部，转战到北安东北方漂筏河松山老林中，约过一个月，春节到来，米断粮绝，只剩一张马皮，烤食过节。"

当时为抗联提供情报的地下党，与山上抗联的艰苦不同，他们战斗在敌人的心脏，大多有一个公开的身份，不至于受冻挨饿，但危险性更大，一旦暴露，后果不堪设想。还有一种情况是地下党员入党的时间和具体过程无法考察，由于是秘密工作，大多数文件销毁或丢失，他们中的很多人在新中国成立后无法证明自己的党员身份，有一些由于在敌人内部担任过职务，后来还遭到了迫害。

佳木斯的党组织原来分成两个部分。西门外党组织是河北省委的李向之和苏梅发展起来的，主要成员有董仙桥（董海云），李淑云，李恩举（李晋三），李淑范等一些人；桦川中学党组织是唐瑶圃（姚新一）发展起来的，他是张耕野同学刘文翰介绍到桦川中学来的，这一支发展了张耕野、金凤英、高禹民、张宗兰等一批党员。

我在小说中把李向之、苏梅和唐瑶圃三个领路人省略了，是为了叙述方便，如果人物太多，人物关系搭建也比较费力。这里还要说明一下，唐瑶圃的某些事迹我安在了张耕野身上，是为了人物丰满，要不就一个张宗兰形象鲜明，其他人物干瘪无色也不太好。另外，在董仙桥家养伤的是苏梅，不是冯仲云，我这样写是为了老冯这个人物的出场不显突兀。至于刘文翰，实有其人，后来工作调走了，在我的小说中不再出现，只起到了事件连络作用，没有交代他后来的去向，也算是一处败笔。还有杨德金后来也没下文了，其实他在"三一五"事件中也被捕了。我小说中类似的漏洞到处都是，真是写不明白了，只好在这里向读者致歉，原谅我，读者们！烈士们，也请原谅我！

其实，佳木斯两个党组织的成员大多认识，由于没有横向联系，彼此心照不宣，有时也共同组织一些活动。直到后来冯仲云提出成立佳木斯市委，1936年冬（一说1937年1月，差别不大）两个党组织共同组建了佳木斯市委，董仙桥为书记，张耕野负责组织工作，姜士元负责宣传工作，张宗兰负责妇女工作，陈芳钧负责军事工作。这只是一个大致情况，至于何时任职，有无文件批准，我也说不清楚。

还有就是这些人入党的具体情况包括入党时间在内我也是搞不清楚的，史志资料互有出入，我也没有时间一一鉴别。但张宗兰是1935年冬天入党的，我对照了多个史志资料，都是这个时间，我在写长诗的时候，张宗兰入党的情景是这样的：

和许多伸直的手臂一样

全部重量切入肤内胸中

旗帜的颜色是热血的颜色

镰刀用来收割鬼影

铁锤用来砸碎狗头

其实，这样来叙述是有问题的。那时地下党员入党是否有条件面向党旗宣誓？入党誓词几经变更，如果宣誓，用的应该是哪个时期的誓词？党旗也是逐渐演化，直到1951年才基本确立的。而且入党如何申请？如何批准？是否有相关文件保存至今？由于地下工作的特殊性，情况可能相当复杂，我们现在很难弄清楚。陈雷在他的回忆录《征途岁月》中有这样一段记述：

由于唐瑶圃、张耕野等共产党员的教育，由于革命实践的锻炼，我对于中国共产党的纲领、主张有了不断深入的了解，立志革命的思想也不断在成熟。1935年的2月间的一天，唐瑶圃老师派一个人来到张耕野家，并把我也找了去。张耕野老师对我说："这是从依兰来的高禹民，他想找你谈谈。"于是又把我介绍给高禹民。他住在一个姓周的家里，这位姓周的也是我的同学，他也参加了我们的秘密反日活动。高禹民和我说了几句话之后，说："我们到外面走一走好吗？"于是我跟着他走到正房的东头，这是一栋破烂不堪的房子，我俩装作看房子的样子，以不引起过路人的注意。高禹民先向我询问了我们近期来的活动，询问了读书会的情况，我都一一作了回答。稍停，高禹民严肃而庄重地问我："你愿意参加共产党吗？"自"九一八"事变后，我目睹了日本帝国主义的侵略暴行，亲眼看到群众自发抗日斗争的溃败，我也亲眼看到唐瑶圃、张耕野、董仙桥等老师们为抗日而奔走的情景。我当时虽然并不知他们是共产党员，但我在他们身上看到了抗日救国的希望。我当然希望成为像唐瑶圃老师他们那样的人。高禹民的到来，他同我的谈话。证实了我藏在心中已久的想法：唐瑶圃、张耕野、董仙桥这几位老师是共产党！想到这里，我的心中豁然开朗，立即庄重、低声但有力地回答高禹民的问话："我愿意加入中国共产党！"高禹民接着说："加入党组织要求是很严的，要服从纪律，严守秘密，绝对服从组织，叫你干什么你就得干什么，甚至叫你去牺牲，你能做到吗？"我又一次严肃向他庄重地回答："我一定能做到。"高禹民满意地点点头。第二天，高禹民就走了。后来我才知道，高禹民就是当时的下江特委的干部。直到1936年2月，高禹民再次来到佳木斯时，正式通知我说："你的入党要求已经被批准了，你现在是一名中国共产党的正式党员了。"

　　从这段记述可以看出，当时的地下党员入党是严肃的，正式的，形式也是简便的。在董仙桥的回忆录《回忆佳木斯地下党组织的革命斗争》中，也有一句"党员入党不举行任何仪式"。也多亏有了陈雷的回忆录，让我们了解了他入党的情景，我想其他党员入党时也可能是这样的吧。陈雷的回忆录非常详细，特别是"三一五"事件后，他一路逃亡，寻找抗联的过程，惊心动魄，艰难曲折，再现了当时佳木斯一带的风土人情、地理状况和社会环境，有那个时代的特色。

　　在这里，我引用了一大段陈雷的回忆，有一万多字。后来觉得有些多余，虽然和我的小说有关系，但所起作用不大。况且岔开去再转回来也别扭，征求任老师意见后，决定删去为好，读者有兴趣可以读陈雷的《征途岁月》原书，这样我的小说就简省了，也更开放了。

　　"三一五"事件后，陈雷如其所愿找到了抗联，随后经历了一段艰苦卓绝的烽火岁月。而后来张宗兰这些人的经历各不相同，有的事先转移到了抗联，有的在这次大搜捕中被捕了，有的牺牲了，有的隐藏起来，光复后顺利找到了组织，有的由于缺少证明，很长时间以后才恢复党籍。我综合了史志材料，在小说中大致描述了他们后来不同的命运。关于张宗兰后来的情况，虽然史志材料在事件发生的时间上稍有出入，但基本情况大致相同，只有少部分细节不太一样。我基本采信了张宗民的回忆，结合我能找到的大部分资料，把小说的最后部分完成了。

　　写作的时候，时间过得快，你会觉得没写多少东西，几个小时就突然消失了；时间也过得慢，当你一旦停下来，找不到接下来的方向或方法，日子仿佛停滞了一般在折磨着你，有时你毫无办法，近乎崩溃。似乎是在梦中游荡，不得醒转。这些人物后来的命运，我大多数是知道的，张宗兰的牺牲过程也是比较清晰的，但就是难以落笔，也可能是不忍落笔。其实，小说的结尾也是很自由的，怎么写都行，理论家的总结是他们的事，和我无关。我也不想再玩什么花活了，什么开放式的、反转式的，好像都不实用，就按时间顺序来，简便，也恰当。因此，我就不纠结了，每天大约2000字的样子进行下去了。据说，老舍先生年轻时一天能写三四千字，到了晚年，写《正红旗下》时一天只能写1000字。我是中年人，取平均值也不是刻意为之，我就能写这么多。

九、死或生

　　生活有时是混乱的，它不按照你预想的路线行进，某些时间节点上发生的变化，外部环境的压力，都会让人突然刹车或拐弯。

　　其实，在老黄走的前两天，张耕野已经出发了。

　　因为过了春节以后，发生了很多事情，他们通过这些事情透露出的信息预见了可能发生的事情，就研究决定：尽快把大部分地下党员和一部分参加抗日工作的中学生转移出去，到抗联参加武装斗争。对准备留下继续潜伏的同志做了相应的调整和布置。指示他们要坚守地下党的秘密工作岗位，服从党的统一指示。

李淑云提议让李树昌上山和抗联部队联系。张耕野说，我看不妥，李树昌是学生，还年轻，他可能说不清党组织的上下级关系。若被部队误当成奸细，就麻烦了，时间上就耽搁了。我看还是我跑一趟，伪装成给咱们的杂货铺办货的样子，也不扎眼。

　　张耕野脱去了西装，换上了协和服，脚下一双高腰毡疙瘩，头戴一顶旧毡帽。

　　凤英笑了，这才是出远门的样子！

　　宗兰说，二哥这回真成了采货的老客啦！

　　徐连太拉住了张耕野，姨父，这次我要陪你去。

　　张耕野看了看他唇边长出的茸毛，你知道我做什么去吗？

　　"姨父你这趟根本不是去办货，我是大人了，什么都明白，我要给我爸报仇！"

　　一听说报仇的事，连庆也来了精神，姨父姨父，我也去。

　　徐金氏把连庆拽到一边，去去，你还小。耕野啊，昨晚我和孩子商量好了，就让连太和你一块去，有你在，我放心。

　　张耕野看了一眼凤英，凤英轻轻点了一下头。

　　"那好吧，我这掌包的有伙计了。"

　　张耕野沉默了一会儿，抱起了小万荣，在她白嫩的小脸上亲了一下。这孩子见爸爸这副打扮，有点害怕，哇哇哭了起来。

　　凤英抹了下眼睛，快把孩子给我吧，你这身鬼皮把孩子吓着了。

　　"着什么急，凤英，车还没来呢，我再抱一会儿。说着伸出大手给万荣擦眼泪，爸爸过几天就回来，给你买好吃的，好孩子不哭的啊！在家听妈妈的话。"

　　小万荣似乎听懂了，抽嗒了几下，不哭了，从嘴里冒出一个字：听！

　　张耕野把万荣放到凤英怀里，又抱起了小万灵，树镂，你是大孩子了，以后遇到什么事情不要害怕。小万灵说，我不怕，我不怕！

　　宗兰看这场面有些领受不得，一扭脸，进屋去了。

　　宗信赶紧跟进去，老姐，老姐！

宗信拉着宗兰出来，张耕野抚摸着宗信的小脑袋，向凤英说，我这小弟弟怎么不长个儿呢？

凤英说，二十三还窜一窜呢，净瞎操心。你一个大男人怎么这么啰唆，这一家人就交给我好了，你干你的事去！

张耕野转头对宗兰说，你，哥放心，照顾好你嫂子，等我回来后再安顿你们。

宗兰没说什么，只是咬咬牙，点了一下头。

周师傅开着卡车来了，张耕野和徐连太跳上车，张耕野坐上车，不再转头，只有徐连太隔着车玻璃回头看着，摆着手。

卡车发动，突突冒烟，扬起很大的灰尘走远。一家人站在院门口，看着车后面的灰尘渐渐矮下来，矮下来，随着风倒向一边去。

汽车开到太平镇地界，张耕野似乎想起了什么，便对周师傅说，上李祥屯，咱们歇一下。

白云龙完全没有想到张老师会来，看老师这身装束，知道有事。赶紧把三人让进屋，准备饭菜。一盘白煮猪头肉，一盘酱猪尾，酸菜汤，小米饭。张耕野乐了，好吃的不少，小日子过得不错呀！

"我家这几垧地谷子种得多，还养下一头猪，这不过两天就二月二了，提前预备好，等着龙抬头。没想到老师来了，正好赶上，真是太好了，你们快吃，快吃。"

张耕野伸筷夹了片头肉，蘸了点蒜泥，放到嘴里。嗯，烀得正好，劲道。但是今天没时间慢慢品尝你的美味了，我一边吃一边和你说，完事着急走。

"老师，你说，我在心里记下。"

"是这样，现在形势紧张，市委决定派我去找队伍，好给将来上队的同志创造条件。我走后，要小心注意动态，最近可能要发生意外，你这里要早做安排，停止活动，不要暴露，上下线不要再联系了。佳木斯若有大事发生，你可到别处躲藏一下。记住，先留下一条命，以后什么都好办。"

"老师，我记住了，你放心，我听从安排。"

一行三人匆忙吃过了午饭，汽车加上水，白云龙就把他们送走了。

张耕野走后，老黄走后，这年也过完了。果然事态严重起来，惊蛰这天，下江特委的刘志敏领着八岁的孩子来到董老师家，她说，佳木斯周围个别地方的地下党组织已经遭到破坏，看来他们预想的事情可能就要发生了。

惊蛰后第六天下午，董海云正在上课，李晋三的二儿子李桂林来送信。

"姑父，刚才我爸让汤原宪兵队抓走了，是小方带得队，看来是叛变了……"

董海云赶紧和校长请了假，匆忙出了西门，来在李晋三家，看见家里并没有怎么被翻动，大舅嫂牟氏脸色煞白，正不知如何是好。

"桂林检查一下，把书刊藏好，防备再来搜查。嫂子你不用着急，我们会想办法营救，你收拾一下，尽快领孩子回榆树老家，晋三回来我派人通知你。"

交代完毕，董海云回到家中，和李淑云说了下情况。又对刘志敏说，看来我家不安全了，明天若坤回来，让她送你和孩子上张老师家，那里现在相对安全。

董海云对李淑云说，马上彻底检查文件和宣传材料、信件，能藏的藏，能烧的烧。两个人迅速行动，李淑云负责分拣，董海云负责在灶堂里点火烧文件，刚烧了几张，烧到了手，噌地站了起来。不行，还有几件事得安排一下，我去找宗兰，你处理完毕，若坤回来后，一起到城里马车会李纪先家和我会合。没等李淑云答应，他就迈着大步出门去了，这时，天就要黑了，红太阳用半张脸，把他的身影向东拉长，一会儿工夫，那影了变得若有若无的。

宗信和连庆在屋里看书，凤英和徐金氏一人看着一个孩子，宗兰烧火做晚饭，刚点着了灶堂，就听见了汽车急刹车车怪叫声，赶紧出来看发生了什么事情。

汽车停在院门口，一车警察噼里啪啦下了车，两个警察堵住院门。谁也不许动，不能进，也不许出！

警察们闯进屋，一顿乱翻，领队的问：张耕野哪去了？

凤英定了定神回答，出门去了，想办点货，回来做点小生意。

"到哪办货去了？"

"上下江去了。连庆，宗信，到院子里来。"

带队的在屋中转悠着，脚步挪到酸菜缸前慢了下来。

宗兰使劲把柴禾塞进灶堂里，一股烟被顶出来，她又把柴禾拽了出来，烟更大了，漫了半个外屋，又向里屋窜去。

凤英就势骂她，你这败家孩子，烧火都不会，快填进去，书都白念了！

宗兰被呛出了眼泪，嫂子你讲不讲理，你们姐俩闲着，我刚下班还得做饭，净欺负我，等我哥回来的，找你们算账，呜呜……

"行了，别尿溏了，姐，快抱孩子出来！一边说着，一边跑到院子里。"

警察们都被呛了出来，带队对凤英说，等张耕野回来，让他在家等着，我们找他有事。说完，稀里嗖噜带着这一帮警察上了车，扬长而去。

宗兰揉着眼睛出来，二嫂，好像出事了！

凤英说，肯定是了。

屋里的烟放尽了，也进了一屋子冷气。一家人刚进屋，董海云就来了。

"凤英，宗兰，出事了。小方叛变，晋三老师被抓走了。"

凤英说，警察从我家刚走，说要找耕野，我看你们两个都暴露了。

"不要着急，听我安排，来这一路我已经想好了。凤英你看好家里人，宗兰你记好了，有三件事交给你来办。一是马上通知所有党员李晋三被捕的消息，让他们做好应付一切紧急情况的思想准备，保守秘密，相互间不要来往，尽量躲藏起来。二是到我家把刘志敏和孩子接来暂住，看来你家也不安全了，要尽快把她们娘俩转移到李树昌家。三是一般的文件销毁，重要的想办法转移出城。"

宗兰说，董老师我都记在心里了，三件事我都能办到！

"另外，凤英，如有意外，带全家离开这里，回双城老家暂避，留得青山在，不怕没柴烧，这样我也就放心了，对耕野算有个交代。"

"我会恰当判断情况，及时撤离的。"

"现在看来你们必须回老家了，一定要走，不要犹豫。对了，宗兰，我们一家会在马车会李纪先家会合，这几天有事可到那里去联络。"

董海云走后，宗兰饭也没吃，嫂子你看家，我出去一会儿，就回来。

宗兰走进了黑夜里，一开始心里有些打鼓，随着脚步的平稳，渐渐心安下来，轻甩了一下短发，似乎能把一切抓在手中，又随时可以松手放开。

第二天上午，宗兰雇了一辆马车，到西门外董老师家来接人。

这天是星期日，若坤昨天晚上已经从悦来镇赶回来了，父亲去想办法营救舅舅一夜未归，她和母亲已经把该做的都做好了，就等着宗兰来接人。

宗兰对若坤说，你和李老师到下一个地点去吧，我知道那地方，我会去找你的。

若坤说，宗兰你慢着点，稳妥一些。

"若坤，急脾气的是你，我你就放心吧。"

若坤笑了。好，我放心，需要我时不要客气。

宗兰把刘志敏母子接上车，老板子一声吆喝，马跑了起来，很快穿过西门，来到了家门口。

宗兰让二嫂安排她们母子歇息，并准备午饭。

吃过了饭，宗兰叫过小弟宗信。

你现在去学校，把李桂林叫到家里来，就说我有急事找他。

宗信应了声，跑跑颠颠出去，宗兰叫住他，小弟你慢点，别叫人看出你着急的样子。

"明白！"

李桂林来了以后，宗兰写了一张便条。桂林，你把这张便条收好，到学校去交给八班的李树昌，尽量不要被别人发现，只要在放学之前交给他就好了。

"我姨父让我们回老家躲避，我妈正在犹豫。"

"听董老师的不会错，帮我把这件事办完了，你就抓紧回家，不要耽搁。"

"好，我这就去办。"

李桂林走后，宗兰又出门雇了一辆马车，在家等候。

晚上五点，李树昌来了，宗兰和他说明了情况，便和刘志敏母子一起上了马车，因事先宗兰已经和老板子说好了地点，老板子鞭子一挥，打马直奔南岗大街景家胡同。

胡同里这个小草房很僻静，是李树昌爷爷给租的，为了方便李树昌学习。

宗兰为保险起见，对刘志敏做了交代。你就说是李树昌的嫂子，从农村跟送烧柴的大车来的，进城给小叔子做饭。今天晚上，就让李树昌详细介绍一下农村家里的情况，你们俩的说法对上了，将来若出事情，也好应对。

离春分还有一周时间，天黑早，还很冷。

这几个人草草吃了点饭，早早灭了灯，在黑暗中睁着眼，都睡不着。

刘志敏有很多情况要熟悉，和李树昌一直在小声说话。

宗兰回想着这一天做的事情，昨晚董老师交给她的第一件事做好了，第二件事看来也很周密，明天把文件送出去是最难、最危险的，要想个稳妥办法。她翻来覆去睡不着，大眼睛睁一会儿，又闭上，像两盏灯明明灭灭的。

清晨，天空飘起了小清雪。宗兰早饭也没吃就往家走，落在头上的小雪粒化了，她也顾不得。

走着走着，她听见了警车声，远远看见主路口有大批警察和便衣特务，心说，这可难了。绕过主路口，走到福顺恒商店附近，胡同和街口都有人盯梢。

宗兰镇定一下心神，没看见这些人似的，大大方方回了家。

把文件送出城是大事，这里面关乎很多人的性命。她和二嫂商量半天，也没有想出什么好办法。

"小弟，你上门口看一下。"

宗信看过回来说，门口还是有人。

凤英说，别管他们，就是盯梢的，不一定就有什么目标，只要你二哥不回来，就没事。先做饭吃，一会儿再说。

凤英点着了灶，锅里添上水，洗了米，下到锅里。又拿出大萝卜削了起来，准备做菜。

宗兰坐到炕上，也不言语，眼睛直直地盯着地面。

她盯了一会儿，来到外屋。不想了，我还干老本行，烧火！在双城就帮三嫂烧火，烧火的丫头我是干定了。

"要不你削萝卜，我烧火，咱俩换换。"

宗兰看着二嫂手上的萝卜。这萝卜也真够大的！二嫂，有办法了！昨天我送小刘，经过北市场时，那里要饭的可多了，警察、宪兵盘查那么紧，就是不管他们。我看可以把大萝卜掏空，把文件塞里，然后装成要饭的，就能把文件送出去。

凤英一听转忧为喜，这个办法好，我这就掏空萝卜。

宗兰对宗信说，小弟，你到门口看着。

宗信跑出去了，宗兰和二嫂挪开酸菜缸，取出文件，分拣起来，一般的文件扔到火里烧了，几份重要的卷起来，放进萝卜里。

吃过午饭，宗兰说，二嫂你找个大提包，装满东西，我找若坤帮忙去。

下午三点多，两个人回来了。若坤穿了一件花布旗袍，头戴长围巾。

凤英说，若坤真漂亮！

金老师你先别夸我，我给宗兰也打扮一下，你再说漂亮。

若坤找出火剪子，给宗兰烫了头发，给宗兰也换上蓝士林旗袍，戴上白围巾。二嫂金老师，你们满族人的衣服穿上就是漂亮，看看你小姑子穿上如何？

"什么满族不满族的，都是中国人！你们两个都漂亮，心里就都满足！"

若坤拎起提包走到院中，宗兰赶上去大声说，提包太沉了，看你都提不动，我送你一段吧。

出门时，迎面进来一个要饭的老婆子，破衣烂衫，一手拄棍，一手端个破碗，胳膊挎着空空的柳条筐。

"小姐，行行好，可怜可怜我这个老婆子，给点剩饭吃吧。"

宗兰有些不耐烦，大声说，哪有剩饭给你，到别处要吧。我们还有事呢。然后就把老婆子往门外推，老婆子不走，继续乞求着。

二嫂，有剩饭剩菜的给她点，打发她走吧。

凤英用围裙兜了几个破萝卜、土豆和白菜帮，倒进老婆子的筐里，然后挥挥手。

"要饭的这么多，哪给得起呀。快走，快走，再别来了。"

老太太千恩万谢，慢悠悠走了。宗兰和若坤抬着提包，跟在后面。她俩后面有两个人影，左晃右晃，两个人停下来歇气，影子也停下来。

宗兰说，我给你买点东西吧，下次说不上什么时候见面呢。

"不用不用，你看我这大提包多沉，拿不动了。"

宗兰使个眼色，买点儿，花不多少钱。

宗兰拐进店铺买东西，从店铺向外望去，那两个影子没了。

快到西门时，两个人加快了脚步，赶到了老婆子前面。

后面两个影子追上来，要检查她们的提包。因这两个漂亮人非常扎眼，人们围过来看热闹，站岗的日本兵也被吸引过来。宗兰镇定地慢慢打开提包，查吧！

两个影子一本一本翻看包里的书，没有什么可疑的。

这时，要饭的老婆子也凑过来看热闹，脏兮兮的身上一股难闻的味道，日本兵怕脏，一挥手，把老婆子撵走了。老婆子蹒跚着脚步，不情愿地出了城门。

两个影子又把包里的衣服一件件抖出来，里面也是什么也没有。

宗兰蹲下来，把衣服一件件装好，合上包说，你快到家了，我不远送了。

宗兰站在城门口，望着老婆子和若坤远去的身影，嘴角掠过一丝微笑。

回到家，二嫂问，若坤和他妈妈都出城了吗？

"出城了！"

"好！漂亮人干漂亮事，你可是真有办法，可惜李老师了，都混得要饭了，看董老师回来不找你算账。"

宗兰一笑，算账我就不怕了，三件事都办好了。说完，笑容退去，似乎心中充满了惆怅。

这天晚上，日本宪兵和特务秘密出动，开始在桦川中学抓人了。让董海云没想到的是他们先抓走了王维度，这家伙亲日，不受老师学生们待见，现在却被日本人抓走了，真是两头不落好。董海云据此分析，日本人的行动很盲目，没有掌握多少情况，只是在一个统一行动中完成任务罢了。但也不能大意，城内抗日的中坚力量多为知识阶层，桦川中学师生当然是怀疑重点。他料想，宗兰可能已经把消息通知下去了，日本宪兵和特务抓不到大鱼，只能捉些虾米凑数。而他自己肯定是大鱼，是抓捕的重要对象。

想到这里，他赶紧回到李纪先家。李纪先早些年受过他的救济，现在已经是一个富绅了，和日伪官员交往甚密。这次来他家躲藏，李纪先态度有些暧昧，生怕有什么不好的东西沾身似的。打探李晋三消息无果，回来后，李淑云母女也不知去向了。

李纪先说，日本人在你们中学抓人了，我这里不安全，快走，我送你到一个安全地方去。

董海云被送到三江日报社长李晋青家，李晋青和董海云只是一般相识，没有过深入交往。李晋青态度不冷不热，三人就这样坐着，说些不咸不淡的话，董海云看他俩时不时盯一眼电话机，就产生了去意，琢磨着如何脱身。

吃过晚饭，三人喝了会儿茶，便各自睡去。董海云只是假寐，挨到半夜，趁二人熟睡，穿衣爬起，悄悄离开。

黑夜中街上无人，虽是三月中旬，春天还没有真正到来，夜的寒气只侵袭着他一人。董海云加快了脚步，返回马车会办公室，值班的会计非常热情，留他住下了。

第二日天明，董海云决定迅速离开佳木斯，上山去寻找队伍。从城门出去太危险，他打算越过城壕。不想走到佳西大街时，从大昌当铺胡同口窜出一个人来，持枪堵住了去路。董海云一看这人是小学主事日本人河合，原来也是个特务。

董海云被捕后，李树昌、杨德金等一些地下党员相继被捕，一时间佳木斯阴云笼罩，陷入一片恐怖气氛之中。

这一天，宗兰一家没有出门，但全城戒严他们是知道的，日伪军、警察和便衣特务全都出动了，开始大搜捕，警车到处乱窜抓人。

凤英提议按原计划全家回双城暂避，宗兰觉得还有一件事情需要办理，就是二哥不知道佳木斯的情况，万一回来非常危险，需要及早把消息送出去，让二哥不要回来。

宗信说，我去给二哥送信。

徐连庆抢着说，还是我去送信，宗信还小，我比他大，我去找姨父。

宗兰和徐金氏商量，连太已经上了山，你家就这两个传宗接代的，不能再让连庆去，我去送信。

徐连庆一听有些着急，小姨，你目标太大，我是小孩子，不容易被怀疑。

凤英对姐姐说，我看让连庆去送信可以，但有一点，送完了信就回来，不要留在队伍上，到时候回双城找我们。

连庆非常兴奋，妈，听我姨的，我送完信就回来，放心吧。

徐金氏拗不过连庆这个犟小子，只好答应。

凤英找出纸笔飞速写完了信，折好，让徐金氏把信缝在连庆衣服里。信的大意是：佳木斯开始大搜捕，让张耕野不要回来，我们回双城老家了，不用惦念。

一家人送走了连庆，宗信有些不快，没让他去给二哥送信只是一个方面，主要是这一家十口人，母亲走了，二哥走了，连太和连庆也走了，感觉心里空虚得很，便在院子里转圈，拍了那丛野玫瑰一下，扎了手，很疼。

凤英和宗兰倒是没有工夫想别的，这一天就收拾东西，准备明天一早出发，况且回老家去也不是什么让人悲伤的事情。

离春分还有两天时间，天还是亮得晚。趁天没亮，宗兰就起来了。洗漱完毕，从灶堂撮了些草灰，撒在了院门口。这当然是一个危险的提示，让明白人知道发生了什么，好对危险有准备。

一家六口人吃了早饭，天已大亮。凤英领着小万灵，挎着包袱，徐金氏抱着小万荣，宗信拎着包袱，出了院门。宗兰锁好房门，把包袱挎在胳膊上，望了一眼院中的野玫瑰，春天就要来了，它还没有返青的迹象，在风中轻轻摇晃，也不发出声响。宗兰虚掩了院门，一行六人奔了火车站方向走去，这个家从现在起就空了。

九点钟左右，他们到了火车站，买了票，乘上了前往牡丹江的列车，佳木斯城向身后退去，越来越远，在那里发生的一切被甩掉了，无法再重演。

六个人正好坐在相对的两排座位上，很少说话。车上声音嘈杂混乱，但都各安其位，偶尔有人走动，打水或去厕所方便。宗兰眼光扫过过道另一侧，两排座位上坐着四个男人，神情怪异，不时用眼睛瞟着这一边。

宗兰转过头直视着凤英，又把眼珠向一旁转了一下，凤英顺着方向看去，心里明白了大半。宗兰让两个孩子睡觉，小声告诉宗信不要乱说话，她和二嫂偶尔交谈，也是些不着边际的话，和没说一样。

中午，在车上吃了些带的干粮。傍晚时分，车到牡丹江，六个人下了火车，宗兰注意到那四个人也跟着下了车。

宗兰和二嫂商量先不买票，在牡丹江住一宿，看看情况再说，如能甩掉这四个人最好。六个人出了站，向牡丹江街里走去，住进了东永德客栈。

安顿好了，宗兰出来买东西，发现那四个人住在了对面的房间。她回来和凤英说，二嫂，我观察这四个人是佳木斯的特务，但他们跟着我们是要干什么，又不抓我们。

想必他们的目标是你二哥，抓我们又没什么证据，是想引出你二哥来，或我们接触的别的什么人。对了，他们想放长线捉大鱼！

这样看来，我们拐来拐去遛他们也没用，他们这是在遛我们呢。干脆明天买上哈尔滨的车票，然后回双城。

"宗兰也不能大意，还是要争取甩掉他们，引不出人来，向我们动手也不是没有可能。"

"我们这六个人老的老，小的小，甩掉他们谈何容易。"

"管不了那么多了，先睡觉，明天再说。"

夜是安静的，但两个人心中并不平静，睡得不踏实，但还是睡着了，在这异乡，牡丹江边。

第二天，六个人离开了牡丹江，买了去哈尔滨的车票，登上了火车，火车跨过尚未开江的牡丹江，向西奔驰。

情况还是老样子，那四个人还是坐在过道的另一侧，监视着他们。

哈尔滨是一个颇具欧陆风情的繁华城市，在这里下车的人很多，宗兰抱起万灵抢先往前挤，后面凤英抱着万荣，宗信挽着徐金氏紧跟着。

六个人在下车的人流中快速跑动，从出栅口挤出来，已是华灯初上。

一辆摩电车像一个大红虫子趴在那里，宗兰说，快上车！

摩电车一关门，司机踩下脚旁的响铃，发出叮当叮当的铃声，随即启动电车，电车顶上的弓子搭在空中的电线上，擦出耀眼的火花，电车便在铁轨上平稳地行驶着。

宗兰松了口气，放下孩子。车厢上的两排座位已经坐满了人，其他人扶着把手站立，大多数人挤在一起，靠别人的身体支撑保持平稳。车窗玻璃上了一层薄薄的雾气，外面的灯光、行人和建筑依稀可见。宗兰观察着车内的乘客，在人缝中发现那四个人站在车的后门口，感觉已经把他们甩掉了，却不知他们什么时候上的车。

宗兰抱起孩子往前门挤，凤英几个人也往前串。电车很快过了警事厅、老巴夺、桃花巷等车站，乘客陆续下车，又有乘客陆续上车，车上的人没见少，还是那么拥挤，但六个人已经借机串到了门口，瞅准机会在下一站迅速下了车。

天泰客栈是双城人开的，六个人上到二楼，住进了20号房间。宗兰借着让伙计送晚饭的机会观察了一下，那四个人已经住进了隔壁21号房间。

三个大人无心吃饭，让两个小的吃饱了。宗兰说，宗信你也吃饭，吃饱了做什么都有劲。姐姐和二嫂，咱们也吃饭，先别管那些。

奔波了一天，都累了，凤英说，睡吧，都困了。

宗兰说，都不用脱衣服，我去闭灯。

房间里黑了下来，外面的灯光弱弱地爬进来，只有两个孩子睡熟了。

到了十点多钟，那四个人闯进来，说是要查夜。其中一个问：

"你们是从哪来的？"

宗兰回答，牡丹江。

"不对，你们到底是从哪来的？"

宗兰和凤英没有回答。

"不说，那好吧。"

四个人出去了，两个孩子也被吵醒了，几个人费了好大劲才把他们哄睡。

宗兰说，双城老家不能再回去了，不然会连累全家。明天我想办法出去，看看能不能联系上老冯。

凤英说，不能去联系，联系不上不说，联系上了，在这里他们也没有办法，反而会暴露。

"实在不行就和他们拼了！"

"那孩子们怎么办？"

"有徐姐姐照看，他们能把孩子们怎么样？反正也出不去了，不能束手被擒。身不得，男儿列。心却比，男儿烈……"

宗兰抚摸着熟睡的万灵，陷入沉思。

凤英抱起万荣，紧紧搂在了怀里。

突然，楼下响起了汽车马达声，宗兰从窗口望下去，一辆汽车停在客栈门口，警察们正在下车。

他们来了！

两个人抓起了茶碗和木凳。

房门被踹开，那四个人领着警察闯进来。茶碗和木凳向他们砸去，一个警察冲过来，抓住宗兰的胳膊，扭到后面去。宗兰奋力向身前的警察撞去，咬住他的胳膊不撒嘴。警察尖叫着，薅住宗兰的头发，向墙上猛力撞去。

宗信抱起哭泣的万灵躲到炕角，看见二嫂也被警察抓住，她正撕扯着使力挣脱。

被咬的警察一直把宗兰的头撞出了血，见宗兰昏死过去，还不解气，拉起炕上的小褥子，把小万荣拉到地上，使劲上去踩了几脚。

凤英撕心裂肺地哭喊着，咒骂着，试图向孩子扑过去。警察们拽住她，薅着她的头发向墙上猛撞，直到凤英不动了，才把她扔到地上。

房间里一下子静了下来，刚刚发生的事情不过几分钟的时间。

当徐金氏挣脱了警察，抱起小万荣的时候，孩子已经断气了，老泪噼里啪啦落下来，却没有哭声。

警察们拽着凤英和宗兰的脚，把她们从房间里拖了出来，两个人头发蓬乱，满脸是血。一个警察用小被裹着万荣跟在后面，徐金氏被推搡着跟在最后面。

宗信踉跄地抱着万灵跑出来，哭喊着，老姐，二嫂，小万荣……

一个警察拦住他,你回房间去,她们都有病了,我们送她们上医院看病去了。

宗信站在走廊里,又蹲下去,只听见脑袋磕碰楼梯的声音,一下一下,声音闷闷的。

张宗信抱着万灵回到房间,见地上血迹斑斑,带的东西被翻得乱七八糟。万灵哭着要找妈妈,宗信把他放到炕上,看着这四岁的孩子抹眼泪,他的眼泪也啪啦啪啦掉了下来。

那四个人并没有离开,找来帮忙的之后似乎意犹未尽,他们又返回到二十号房间,开始审问张宗信。

"你多大了?"

"11岁。"

由于个子长得小,宗兰在登记时,说小弟11岁,看来是没有坏处的,但也不起什么作用。

"你二哥到哪里去了?"

"不知道。"

"都谁常上你家?"

"学校的学生和老师。"

"他们通不通匪?"

"不知道。"

"你这么大个小子什么也不知道?"

然后就是一顿谩骂。

宗信当然不傻,什么都明白,知道这是在让他交代那些有用的事情,想从小孩子口中套出什么,就不再言语,问什么都不说。其实他心里清楚,哥哥、嫂子和姐姐干的事情不是什么坏事,这些年耳濡目染,也学了不少东西,凡是有良心的中国人不会给日本人当狗的,他已经恨死了这四个人。另一方面,从自我保护,对亲人的信任,他也不能透露自己知道的任何信息,虽然是小孩子,但做人的基本原则是有的,出卖亲人是做不得的,出卖任何人都不行。

这四个人不让他们走，天天来审问，却问不出什么，终于失去了耐性，把日本人找来了。日本人带着翻译，问过之后，回答还是"不知道！"，就对这小孩子动刑了。

先是灌辣椒水，然后用皮鞭抽，小宗信咳着，叫着，就是不说。

皮鞭每抽一下，旁边的小万灵就哆嗦一下，看着小叔在受罪，他也不知道是怎么回事，只有哭着，哭着，吓得尿湿了裤子。

到了晚上，被绑着的宗信也睡不着，眼前就是那四个人、日本人、一帮警察。有时迷糊过去，自己大喊了一声，又醒了。

小万灵的裤子已经被尿碱漤得梆硬，一道一道的白茬，他的眼泪已经流干了，不会哭了，身体中的水分伴着恐惧和悲伤只能从一个地方排出。这个四周岁的孩子，像一只受惊的小动物，瑟缩着，苟活着。

20多天过去了，来送饭的伙计开始摇头，小宗信不吃不喝，不断咯血，只好喂给小万灵。小万灵吃了几口，就捂着肚子喊疼，也不再吃东西。

伙计急了，上21号房间骂了一通，你们这不是造孽吗，这么小的孩子，你们都不是父母生养的啊？往后送饭的活我不干了，愿意找谁找谁去，我不造这个孽了！

一个月后，徐金氏被放回来，来到天泰客栈，她看着两个奄奄一息的孩子，眼泪就下来了。

小宗信睁开眼，小万荣，我嫂子，我老姐，老姐……

徐金氏把两个孩子搂过来，什么也不说，一直哭。哭过后，她说，我被单独关着，什么也不知道，什么也不知道……

当天晚上，天泰客栈的老板来了，送上了两碗面，对宗信说，你姐姐和你嫂子的病没有治好，她们都死了。我给买棺材埋了。你们走吧，我给你们拿路费，明天我找人把你们送回双城。说完，叹了口气，抹着眼睛走了。

第二天，送饭的伙计把三人送到火车站，买了票，把他们送上了火车。徐金氏抱着万灵，扶着宗信说，多谢了兄弟。伙计眼泪汪汪的，老姐姐，都是双城人，别说客气话，走吧，走吧……

三个人上了火车，一会儿工夫，在五家站下了车，跟跟跄跄走了12里路，到了新宁屯。一进家门，张宗义就哭了，我老弟弟呀，我大侄儿啊，徐姐姐快进屋……

小宗信向三哥伸出了三只手指头，一上炕，就躺下，不想再起来了。

这一年白云龙35岁，被派到双城当县长。他坐在办公室里思绪万千，忽地站起身踱着步，来到窗前，凝视着院中的古树，他实在憋闷得很，叫来公安局长和通讯员，严肃地布置着任务。

几天后，他挎着枪，孤身一人来到新宁屯。一进院子，张宗信迎了出来，仔细打量了一下，就抱住了他，白大哥，白大哥……

宗信啊，你这些年怎么过的，冯主席找了你好多年，我终于找到你了。

我跟四野抬担架去了，一直打到海南岛，我刚回来，你就来了，快进屋。三嫂啊，来客了。

敖氏把两个亲热的人拉进屋，麻利地炒两个菜端上桌，没什么好吃的，白县长别见怪，没有酒，也没有茶。

三嫂别客气，有吃的就行。这二十几里路真走饿了，都怨我来晚了，我早就该来，一直脱不开身，这回到家了。

说着说着，眼泪就止不住了。

"兄弟别难受，真到家了，咱不难受，不是饿了吗，快吃饭。"

"对了，三哥呢？"

"上山干活去了，这就快回来了。"

"等等三哥，我和他有话说。"

张宗义从地里回来后，听宗信介绍了情况，也不知是悲是喜，上得炕来对敖氏说，上舅舅家拿点酒来，我和白县长喝点。

说着，给三个碗倒上水，先喝水，走这么远都渴了吧。

白云龙说，三哥别叫我县长，我愧得慌，就叫我兄弟，我和你老妹妹同班同学，张老师和金老师都是我的亲人，要说对这国家的贡献，我和你们家人没法比。

张宗义低下头，不说了，都是过去的事了。

"不说不行，宗兰和金老师到底是怎么死的？你得告诉我。"

"我也不知道啊，当年我被叫到哈尔滨，天泰客栈的老板买的三口棺材，套车让我陪着去埋，我哪里肯干，非要问清楚，老板就说，别问了，这世道没处说理去，警察说是病死的。我就非要打开棺材看看，他们说，死人不能见天，找个阴阳先生给叨咕的。我一看，我老妹妹和我嫂子脸上、脖子和手上都是伤痕，小万荣脸色煞白，就什么都明白了。"

"你把她们埋哪了？"

"哈尔滨的皇山，我记得坟前有一棵野玫瑰，已经要发芽了。这些年又打仗又吃不饱的，净顾活人了，也没去上坟。"

"好，你明天耽误一天活，领我去看看，宗信也和我一块去。"

过了一会儿，敖氏找来了酒，给三人倒上。

白云龙端起碗，下炕在地上洒了三回，张老师，金老师，宗兰，我敬你们！

四个人就都哭了，好半天才缓过劲来。

第二天，他们赶到哈尔滨，找到了老冯。宗信一见老冯就流下眼泪，止都止不住。

老冯说，宗信啊，长大高个了，我都快不认识了。当年我在报纸上登启事，又在双城贴告示，找你和树镂，知道你上前线了，我还一直担着心。树镂现在在行知师范学校学习，你也不要走了，就留在我身边，你现在有什么专长？

"我和三哥学木匠。"

"木匠好啊，亚细亚电影院现在正在改造，缺木匠，你去那里吧。"

"我要回屯子。"

张宗义捅了一下宗信。

"我就是要回屯子，我这次来就是要问问我二哥现在在哪里，我想他。"

"宗信啊，听我的，一定要留下来。你二哥的事我现在就告诉你，你也长大了。当年在依兰黑背子下山筹集给养的时候，和鬼子遭遇了，你二哥受了伤，我要背他走，他不肯，一个人留下掩护我们，子弹打光了，牺牲了。你二哥是好样的，不要悲伤。"

说不悲伤,但人的情感是自然流露的,在场的人谁也没有办法掩饰。

接下来，他们四人驱车来到皇山，张宗义找了半天，急得满头大汗，只见满山的野玫瑰盛开，火红的一片，像晚霞在流淌一般。

张宗义匍匐在地上大声哭喊：嫂子呀，妹妹呀，小万荣啊，你们在哪里呀！在哪里呀！

写到这里，已是 4 月 20 日深夜，窗外还有灯光闪烁，不远处的歌厅隐隐传来歌声。明天就是金凤英的生日了，而我写作的地方，正是她出生的地方——双城堡东北隅。金凤英要是活着，应该 117 岁，她牺牲时 37 岁，算下来已经 80 年过去了，也就是说，张耕野、金凤英、张宗兰已经牺牲整整 80 年了，还有那个没来得及起大名的小万荣，也已经离开这个世界 80 年了。而张宗兰要是还活着，正好是 100 岁，可惜我不知道她的生日，要是知道的话，我可以独自一人纪念她的百年诞辰，我这篇小说也是她最好的生日礼物，可惜我不知道她的生日。

我控制不住自己激动的情绪，大哭了一通，为了他们，也为了我的写作。

按理说，写到这里就应该是小说的结尾了，但我还是觉得缺点什么，拿起笔，翻着资料，把小说中提到的主要人物牺牲的时间、地点和年龄写到一张白纸上，排列起来：

张宗兰，1938 年 3 月，哈尔滨，20 岁。

金凤英，1938 年 3 月，哈尔滨，37 岁。

张耕野，1938 年 10 月，依兰黑背子，37 岁。

冷云，1938 年 10 月，林口县刁翎镇三家子村附近乌斯浑河西岸，

23 岁。

陈芳钧，1939 年 2 月 23 日，佛爷碹子，33 岁。

李恩举，1939 年 4 月 15 日，哈尔滨道外第一监狱，44 岁。

赵敬夫，1940 年 7 月，嫩江东部沭河屯，24 岁。

马克正，1949 年 1 月 8 日，天津附近，29 岁。

这样一排列可以得出两个结论，一是没有一个是在家乡牺牲的，都是为了一个大家，牺牲在遥远的异乡，只有张宗兰和金凤英的牺牲地离家乡最近，只差不足百里就能回到家乡的土地上了。二是牺牲时都很年轻，李恩举最大，44 岁，张宗兰最小，20 岁，他们把最好的年华献给了抗日事业，献给了这片热土。

这些人当然都是烈士，没有什么争议。在这里，有一个重要人物我没有列出来，就是祁致中，其他人要么是地下党，要么有过地下工作经历，后来转入抗联的。祁致中是一位在我小说中正面出场的抗联人物，作战勇猛，打过很多胜仗，是抗联十一军军长，他 1939 年被赵尚志枪毙了，年仅 26 岁。这个事件很复杂，研究起来很费工夫，我没有能力去做这件事了。但不管怎样，祁致中没有投敌，无论怎么死的，在我心目中他是个英雄，是个烈士。

在这些烈士中，只有马克正一人看到了抗战的胜利。我在一本书中读到过马克正的战地日记原文，日记曾落到日本人手里，辗转多年后被发现。但这本书我找不到了，由于我的书太多了，将近万册，又没有书柜用来整理，堆得满屋都是，我把书翻了个底朝天，最终没有找到。马克正是在平津战役中牺牲的，就我掌握的资料，一说他是牺牲在扫雷战斗中，一说他是被敌人的炮弹炸死的，两种说法是否矛盾，我弄不清楚。我很无能，只好猜测为他牺牲在天津附近，平津战场那么大，具体地点我也不知道。

我在网上发现了一个朔风征马 HS 侯昕的博客，这个博客所有博文内容都与抗联有关，计有几百篇博文，显然博主是一位研究抗联历史的学者，他的工作让人敬佩。他的博文对我非常有用，在关于马克正的多篇博文中,有一篇《坚强的马老太太》,我在这里全文引用,有助于我们了解马克正后来的情况及他家人的情况。

马克正是东北抗联著名中下级指挥官,早在佳木斯读书期间就在董仙桥老师领导下参加抗日救亡运动,加入中国共产党组织。1937年组织派他到梧桐河金矿策划矿警起义工作,不久率起义的矿警参加了东北抗日联军第六军。

由于马克正在东北抗联队伍中勇猛善战,战功卓著,为日本侵略者所痛恨,几欲杀之而后快。

日本关东军在马克正及其战友面前一筹莫展,气急败坏的将气撒到马克正家属身上。

卑劣的敌人捉到为抗联做秘密工作的马克正的母亲——马老太太、十几岁的小妹妹以及刚刚四个月的小弟弟马克忠后,自以为得计,以为马老太太好唬,甜言蜜语哄骗马老太太规劝马克正投降日伪政府,在得到马老太太严词拒绝后,恼羞成怒,严刑拷打马老太太,妄图使之屈服。

敌人将蘸着酒精的棉花球肆意抛在马老太太身上,再将她抛进水牢,但马老太太依旧坚持不会规劝马克正投降和出卖抗联的秘密。

敌人卑鄙地提出是要儿子还是要女儿时,马老太太对敌人投去蔑视的目光。

敌人将老人的女儿放在碾盘上一点一点地碾压,逼迫马老太太看着女儿的痛苦死去的场面,小女儿痛苦地哭喊着,血水合着骨肉从碾盘中溢出,可爱的小女儿在母亲的没有一滴泪水满是愤怒怒火的眼睛注视下一点点被碾成齑粉。

敌人的卑劣伎俩在马老太太身上得到的是失败,它们在杀害马小妹妹后没有得到它们想要的,得到的是更多的仇恨,与此同时英勇的马克正和他抗联战友们依旧奋勇的击杀着杀害中国人民的法西斯强盗。

"8·15"光复后,凯旋的马克正见到了日夜梦想的母亲和小弟,将他们接到身边。

1949年1月，时任三十九军一五五师四五四团副团长的马克正在天津战役中牺牲，东北军区的领导将马老太太接到哈尔滨，住进道里区地段街一套日本住宅，马克正的弟弟马克忠提前退伍进了哈尔滨工业大学读书并照顾烈属马老太太，党和人民政府同时也为马老太太送来了温暖，给予了极高的荣誉。

1973年，坚强的马老太太走完了她坎坷的一生，带着满身伤痕和对小女儿的歉疚去永远陪伴她那个惨死在日寇碾盘中的小女儿。

此时，马克正的弟弟马克忠也因为工伤离开人世多年，马克正的弟妹带着幼小的两个侄子艰难度日，由于当时的极"左"思潮影响，马老太太去世后，住房被街道办事处收回，金银细软、粮票等也全部充公。改革开放、拨乱反正后也没得到公正的解决。

此事无疑是一大憾事，是对为民族解放和独立做出贡献的老马家的一大不公平，是对不起老马家流血和流泪的两代人啊。

博文作者已经发出了感慨，我就不再画蛇添足地空发议论了。我们再说陈芳钧，他的牺牲地也有争议，一说为大屯，一说为佛爷碇子。后来有研究者翻阅大量资料，确认为佛爷碇子，我这里采用这一说法。陈芳钧是双城人，我这里列出的八人中有一半是双城人，当然会感到自豪，感到亲近，对于他们的牺牲也更觉悲伤。但在1990年版的《双城县志》中并没有陈芳钧的名字，非常遗憾。在这本《双城县志》中，双城出来的抗联人物有赵永新、傅显明、张耕野、李文彬等，就是没有领导梧桐河起义的陈芳钧，汉奸的名字倒是有几位。

说到《双城县志》，我还要顺便说一下唐聚五。唐聚五不是抗联，是抗日义勇军领袖。他1898年生于双城新镶蓝旗三屯，曾经是张学良的部下，"九一八"事变后，他率领辽东十四县民众起义，张学良任命其为辽宁省代理主席，晋升陆军中将，兼辽宁民众自卫军总司令，兵力多时达到15万人，与日伪军战斗百余次，被日寇重兵击溃后，又参加了长城抗战。"七七"事变后，他两次晋见蒋介石，请求上阵杀敌。在太行山一带与日寇进行游击战时，曾拜见朱德，请求援助，朱德命吕正操部拨出部分武器弹药予以补充。1938年9月16日，在迁安县被日寇包围，和其部下200余人全部壮烈牺牲，时年41岁。1940年2月12日，《新华日报》发表了《追悼唐聚五将军》的社论。

这是《双城县志》记载的大致内容，我未全文引述。一是因为《双城县志》原文错字连篇，还有丢字落字现象，有些地方无论怎么猜，就是读不成句；二是怕别人说我写小说引文太多，有胡乱拼凑之嫌，有偷懒的意思。后来，我在别的资料上看到唐聚五兵力多时达20万人，牺牲时间是1939年5月，《新华日报》发表的社论是1940年2月18日。这对我来说又是悬案，破解不了。我对家乡人编撰的《双城县志》真是服服帖帖，没有话说。

就在前年夏天，唐聚五旧居发生了火灾。澎湃新闻以《哈尔滨抗日名将唐聚五旧居遭遇火灾，系双城区不可移动文物》为题进行了报道：

在东北民主联军原参谋长刘亚楼旧居等7处不可移动文物被铲车化为一片狼藉前一周，哈尔滨另一处不可移动文物遭遇不测。

日前，澎湃新闻接获爆料，6月18日，哈尔滨市双城区一处不可移动文物——抗日名将唐聚五旧居遭遇火灾。

8月31日，澎湃新闻记者来到唐聚五旧居发现，这座位于哈尔滨市双城区建志胡同附近的抗日名将旧居已经破烂不堪，房顶、窗户、玻璃、门框等都严重损坏，室内、院内均是垃圾遍地，但这座老宅仿罗马式的门柱头和几处精美的蝙蝠口衔铜钱的图案依旧清晰可辨。

唐聚五旧居大门上贴着一张由双城市公安消防大队（2014年双城撤市设区后不少单位公章还未改，实际上为双城区公安消防大队）于2016年6月18日出示的《封闭火灾现场公告》。

该公告显示，从2016年6月18日12时50分起，对双城区南二道街唐聚五旧址火灾现场予以封闭。

8月31日，唐聚五旧居附近居民告诉澎湃新闻记者，6月18日上午9时左右,他们发现唐聚五旧居着火,后拨打了火警电话,由于胡同路太窄,消防车只能停在胡同口进行灭火,一直到下午3时左右,火势才被彻底扑灭。

上述居民称,起火原因或是由于屋内居住的一对男女生火做饭所致,火灾发生后未见两人再来此居住。

澎湃新闻从双城区有关部门了解到,唐聚五旧居所在的片区也属于棚户区,路面比室内高出很多,下雨天室内经常倒灌,唐聚五旧居的业主已经多年不在此居住。

另据附近居民反映,失火前在此居住的那对男女并非租客,也不是业主,只是见房子长期没人住便在此住下。但这一说法未获得官方和唐聚五旧居业主证实。

日前,澎湃新闻曾多次联系双城区公安消防大队确认唐聚五旧居起火原因及扑救细节,但截至发稿,双城区公安消防大队并未给予回复。

与双城区此前被强拆的刘亚楼旧居等7处不可移动文物一样,唐聚五旧居也是在第三次全国文物普查时被认定的一处不可移动文物,并在2015年获双城区文体广电局挂牌为证。

澎湃新闻记者发现,双城区文体广电局为唐聚五旧居挂的铭牌已被烧至变形,哈尔滨市双城区8月30日、31日连续两天都在下雨,本就已经被烧毁的唐聚五旧居屋顶却没有任何的遮盖物,裸露的木制屋顶框架任凭雨水冲刷。

8月31日,澎湃新闻记者从双城区有关部门证实,唐聚五旧居6月18日发生火灾后,双城区文体广电局曾组织哈尔滨市有关专家对其进行鉴定,并计划对此进行保护性开发。

针对唐聚五旧居下一步的详细保护计划,澎湃新闻曾于近日向双城区文体广电局联系采访,但截至发稿时,尚未获得回复。

据我诗友胡国讲,发生火灾当天,双城十字街的信号灯突然失灵,车辆堵在十字路口很长时间,救火车难以通过,直到唐聚五旧居被烧毁，信号灯才恢复了其应有的功能。我不知此事是否为真，但此事十分诡异。其实调查一下双城老百姓，核实情况并不难。我不想发表什么感慨了，也不想妄加评论，你们自己想去。

还是接着说陈芳钧。伊老师在研究了陈芳钧的事迹后，写了一篇《陈芳钧传》。在文章的结尾，伊老师感慨道：

人不知而不愠，可以为君子。芳钧英烈，人名与事迹家乡皆不知，新修《双城市志》亦没有其名。死者不愠，生者盍不愠？为烈士愠，不亦君子乎！

伊老师说的是新修《双城市志》也把陈芳钧落下了。在《露营集》中，我读到陈雷给陈芳钧写过的两首诗，《送陈芳钧同志至梧桐河》中有一句"灯火元宵君别去，尚期来日会军前"，在《梧桐河起义》中有一句"暗度当年灯节夜，良谋数载斩秧瓜"。从诗中可以看出，陈芳钧奔赴梧桐河酝酿起义，陈雷是相送过的，时间是元宵节。因我在小说中的很多地方把时间模糊处理了，梧桐河起义的时间是确定的，但和其他事件发生的时间搭配不上，只好写了季节，没有暗示具体年份，陈雷送陈芳钧这一段就没有写，也挺遗憾的。

然后再说李恩举，董仙桥在《回忆佳木斯地下党组织的革命斗争》一文中，记述了一些"三一五"大搜捕后的情况，里面提到了李恩举，也提到了李树昌。

被捕的地下党员在佳木斯日本宪兵队内无所畏惧，坚持斗争。我被捕当天在日本宪兵队本部被重刑审讯。敌人刑逼中提出"董仙桥是大大的共产党"。我以为我暴露了，于是暗下决心：敌人抓到共产党领导人必杀，纵然是一死何所惧，宁死什么也不承认。一天酷刑，被打得头破血流。傍晚，我又被押送到佳木斯日本宪兵分队，二十分钟后，又被敌人转送到佳木斯铁路拘留所羁押。当夜，我争取了一位年青的铁路警察看守鲍俊峰，通过这位有民族气节的青年在深夜为党转送出了一封重要秘信，信中指示：党员同志要坚持工作，等待上级党来人。同时，鲍也为党带回来秘信。我在铁路拘留所关押六天，正寻机准备和鲍一同逃出寻抗联之际，不料又被敌人押回宪兵分队。

我在宪兵分队看到了敌人大抓乱刑之中，多数是受嫌疑分子，但其中也有个别亲日分子被误抓的。我在敌人的欺诱收买下，在各种酷刑下没有动摇，并痛斥敌人的罪行。敌人被激怒，把我抬起来往下摔，左臂被摔断。我坚决不承认是共产党员。李恩举同志被汤原县宪兵分队逮捕后，叛徒小方咬住"李恩举是共产党小组长"，李在重刑下什么也没承认，脖子后被敌人用战刀锯出一条血糊糊的长口子。后来李恩举就装疯，不论在敌刑讯室或牢房里都大喊、大笑、大闹，敌人的打骂他全不在乎，敌人以为他真疯不注意刑审他了，他没暴露佳木斯党组织，没有牵连任何人。

桦川中学学生，十九岁的共产党员李树昌同志，在敌人每次刑讯中，他一直大骂"日本帝国主义是野兽"不止，被打半昏半死拖回牢房，苏醒过来还大骂，提审他的朝鲜人洪翻译背着日本人伸出大拇指说："这家伙真英雄！"敌人对这一条铁汉毫无办法。

但此时情况出现了意外，被敌人误抓进来的亲日分子王维度挺刑不过，无中生有伪供出桦川中学有反满抗日"北星全"组织，并恶毒诬说："董仙桥是秘书，曾两次在操场上向全校学生做反满抗日宣传。"同时，还诬供了桦川中学校长郑师谷、教员刘哲夫、陈毓文也是"北星会"重要成员，桦川县公署教育股长马长寿（亲日分子）是"北星会"领导人。然而，马长寿不等敌人用刑就承认是"北星会"领导人。刘哲夫被从新京大同学院抓回佳木斯。陈毓文已退职回故乡铁岭，也被抓回佳木斯。对这突然出现的复杂的假"北星会"罪案，为防止敌人假案定罪，我咬紧牙根坚持受刑十多天决不承认"北星会"问题。

但敌人为了找到地下党的线索，继续对桦川中学、师范学校的学生进行大逮捕。一些外县与佳木斯市委有过联系的党员，也有多人相继被捕。为保护党，提防有人挺刑不过暴露出木斯党的关系，我经过慎重考虑，只有牺牲个人，顺水推舟混进"北星会"假供案里去，才能转移敌人视线，保护党组织，保护同志。于是，当敌人又提审我关于"北星会"一案时，我策略地伪供认是"北星会"的，王维度三次派我进城开会，但皆因故没去参加，会上有什么活动和分工全不知道。我借假"北星会"转移了敌人视线，引敌人把注意力集中到"北星会"上去，保全了佳木斯市委组织始终没有暴露。

但狡诈的敌人仍不死心，为了追查佳木斯地下党组织，敌人的新京日本关东军司令部西藤大佐从外地调来一些翻译，重新审查"北星会"案，并采取"怀柔"政策，企图软化我。西藤亲自到西门外看望我的父亲，并让我女儿和我会面，还去看望我的一些学生，说什么只要我承认是共产党员就给官当。这样更加使我看清了敌人并未掌握佳木斯地下党组织情况，更加坚定了我与敌斗争的决心，始终假供自己是"北星会"不知情的成员。敌人气急败坏，继续对我用刑，打昏几次，不改口供。敌人无奈，只好把我错定为"北星会"秘书而结案。

1938年6月1日，我被押往哈尔滨伪高等法院受审。1939年4月伪哈尔滨高等法院判我20年有期徒刑。李恩举同志在我之前另案判了10年徒刑，后来死于狱中。李树昌、杨秀钟、杨德金等被捕的地下党员，由于未暴露身份，很快都被释放。

1945年8月祖国光复，我被释放出狱，找到了党的组织。由周保中同志介绍我与合江省政府领导人李延禄、李范五见面，同他们返回佳木斯开展革命工作，担任了光复后民主政权的佳木斯市第一任市长。

其实，他们每一个人的一生都是传奇，深入挖掘可以分别写成几本大书。对于这些值得我们敬佩的人，期待将来有人来写他们，歌颂他们的英雄事迹。而我研究张宗兰近十年，还有很多事情没有搞清楚，最让我纠结的是张宗兰的牺牲过程。她被捕的情况大致是明确的，被捕之后的情况，目前伪满档案不允许查阅，当时的历史见证人要是活着应该百余岁了，我找不到他们，他们大多应该不在人世了，即便找到他们的后人，所得到的也是二手资料，我也没有什么好办法，只有查阅历史资料。

我又一次来到哈尔滨市图书馆，在地方文献馆要求查阅1938年3月和4月的《滨江日报》和《盛京时报》。没用上五分钟时间，工作人员就把报纸的影印件抱来了。在我的旁边，有六七个人在查找《哈尔滨日报》，似乎是为了一个经济案件搜集证据，他们吵吵嚷嚷的，来回走动，在工作人员多次制止后，他们才坐了下来，变成了小声嘀咕。我没时间看热闹，尽量静下心来，仔细地翻阅着。

1938年3月24日《滨江日报》第三版上的报道，前面我引述过，这次也找到了。我很快找到了另一篇报道，在《滨江日报》1938年4月2日（星期六）的报纸上，题目是《西门脸天泰栈旅客一行五口吞毒续讯：张耕野在佳木斯因事被捕，一行感到身边不安乃吞毒》，原文内容是：

道外天泰栈，有满人妇孺一行六名，于本月廿一日下午九时许，由佳木斯来哈，在该栈下榻。不料竟而演出共同服毒自杀，张耕野之小女胖丫（三岁），立即死去，其他如张之妹玉兰（二十岁），张之嫂张金朋（三十五岁），与张金朋之姊徐金氏（四十四岁），因毒势危险，一并送往医院救治。而张金朋于前日（二十三日）午前九时许，亦已死去各等情，已见本报。查此自杀案内幕，因当事人精神昏迷，致使人不明真象。兹者，张玉兰入院后，亦因无法救治，于前日（廿三日）午前十二时半许，当即身死。目下在南岗市立医院静养中者，只有徐金氏一名，其余如张金朋之子张万龄（六岁），及张耕野之弟张宗民（十二岁），现因其家人，彼死此散，于无法中，尚在该栈中居住，乃此案之内幕，据云如左：张耕野者，现在佳木斯充当小学教员，其妹张玉兰，则在桦川县充当雇员，张耕野之大姨徐金氏，亦在其家中居住。彼等皆系双城人，不料最近张耕野，因在佳木斯被当地机关逮捕，彼等因感觉万分不安，遂即一行来哈，在该处起身时，系购到至双城之通票，不料途中金朋，因三岁女胖丫身体不适，即不得已在哈下车，乃居住在该栈楼上二十号。当即由该栈介绍正阳街好生堂药房诊病，迄至廿二日下午七十许始归，即令茶房倒水，旋即闭门，在室内睡去。及至该日下午十时许，该号茶房闻到该室内有小孩打门声，茶房即为之将门开启，茶房入室后，见室内人等，俱在床上昏睡不醒人事。而张万龄，张宗民二人，则尚在室内玩耍，询之彼等，则云其姑姊等，皆因身体不好，在床上睡去。而茶坊见状不佳，更因彼等面色苍白，知系服毒，当即报告执事。由执事报告分所，一方并电招救急车前往，判明系服鸦片，遂即送往南岗市立医院救治云。

比较下来，两次报道有很多不同之处。

这一次多了两个人，张耕野和张树镂，住店的人数由五人变成六人。关于张耕野有两个地方错误，一是说张耕野是小学教员，一是说张耕野已经被捕。

名字上也有变化。张恩明变成了张宗民，这无形中暴露了他们对张宗民进行了审问，因张宗兰住店时把小弟年龄故意报小了，我想名字也可能报假的，我听张宗民的儿子说过，他父亲也叫张宗信，不知道还有别的名字。而金朋年变成了张金朋，我就不明白是怎么回事了。

几个人的年龄上也发生了变化。小万荣由二岁变成了三岁，张宗民由十一岁变成了十二岁，金凤英由三十八岁变成了三十五岁，徐金氏由四十六岁变成四十四岁。只有张宗兰的名字和年龄没有变化：张玉兰（二十岁）。后加上去的张树镂年龄为六岁也不对，1934年生人1938年周岁应为四岁。这里当然不排除年龄计算上的习惯不同，周岁和虚岁是有差别的。但第二次报道，有的年龄变大了，有的年龄变小了，我也不明白他们怎么算的，最起码在同一篇报道中年龄计算方法应该相同。关于年龄，我不想再分析下去了，总之就是乱，报道的失实可见一斑。但他们也在改正错误，终于不再说小万荣是张宗兰的女儿了。

我继续查阅《盛京时报》，找到了1938年三月廿九日的报道，报道时间在前两者之间，题目是《惨剧：丈夫嫌疑被捕，一家六口自杀》，原文是：

【哈尔滨】道外景阳街天泰栈，于二十二日下午九时，突然发生有投宿客男女一家六口均服毒自杀之惨。自此惨剧发生后，一时轰动全市，令人闻之酸鼻。记者为明嚓内幕详情，及服毒原因，特赴现场探询。兹将所得探询情形，爰之志于左：张耕野年三十八岁，双城县人，曾在佳木斯充当中学教授，其妻张金朋，年三十五岁，生有一子，年六岁，一女年三岁。张有弟名张忠民，年十二岁，在佳木斯附属学校读书，现在三年生。张有一胞妹张忠兰，年二十岁，尚待字闺中。张妻之叔姊徐金氏，年四十六岁，数年前本夫因病逝世，乞食于张家。张某一家数口，依张一人，每月所得薪金为生。五六年前，张某因在佳木斯充职，家中无人照顾，故将其家族均率领于佳木斯，赁租房屋同居。讵知人有旦夕祸福，天有不测风云，于数日前张有一学生李某，有某种嫌疑，被当局逮捕，经严重审询之下，供出教员张耕野为其同党，责任当局于本月中旬，即将张某逮捕，现在拘留侦查中。其妻张金朋年，见本夫被捕，罪名重要，惊惶之下，又无生计，遂于二十日由佳木斯购得双城通票，于二十一日下午九时搭列车来哈投宿于天泰客栈内。待至翌晨，该栈对张妻声明到双城现在有事，不知你们走否，而张妻声称三岁之女儿有病，意欲请医诊治，今日深恐不能走，该栈闻客人不走，亦决不能驱逐，况且指店客为生涯，遂置不在追问。不意至二十二日下午九时许，有茶房忽闻其室内有悲?之声，即拽门而入，见张忠兰，金朋年，徐金氏及三岁之女孩四人口吐白沫，其余张忠民及六岁之男迷睡不醒，疑为均系服毒，管栈见状大惊，急奔告执事人，立即报告分所，以电话叫来救急车，送至市立医院，应急手术救治。因服毒时间太晚，抵医院未久，张金朋年，张忠兰及三岁之幼女当即死去，惟孀妇徐金氏，因服大烟较少，现无生命危险。张忠民及六岁男孩，因未服毒，仍留在客栈中，啼哭不息。客栈恐发生意外，尚未敢通知其胞姊及嫂妇人等已死。噫此不祥之惨剧，凄惨已极云云。

这篇报道提到张耕野说是中学教授是对的，张宗兰和小弟的名字分别为张忠兰和张忠民，而张忠民这个名字是新中国成立后冯仲云给改的，取意忠于人民，不知道他们是怎样知道的，这有点穿越了。

这篇报道提供了一条重要的信息，张耕野是被李姓学生供出后被捕的，难道说这个学生是李树昌？完全不可能。首先，张耕野没有被捕，若被捕没有上抗联的可能，况且从很多资料显示李树昌没有背叛，不用别的，董仙桥的回忆录完全可以证明这一点。他们这样说，是为迫害张家人找借口，从这个蛛丝马迹可以透露出他们的心虚。

我们再回到事件发生的时间上来，据张宗民回忆，他们一行六人应该是3月18日九点多来到佳木斯火车站，3月19日晚到的牡丹江，3月20日乘火车去的哈尔滨，到哈尔滨时天黑了。魏燕茹的《一枝不畏严寒的花朵——张宗兰烈士传略》中的说法是六人3月18日九点多出发到佳木斯火车站，3月18日晚到达牡丹江，3月19日乘火车去哈尔滨。而孔繁莉在《金凤英烈士传略》中的说法与魏燕茹大致相同。我想，张宗民的回忆已经是20世纪80年代，40多年过去了，他的记忆不一定准确，况且他还被日本鬼子折磨得精神失常过。两位史志工作者可能考虑到3月18日九点多出发，3月19日晚到的牡丹江，可能是张宗民记忆有问题，火车不可能那么慢，所以认定：3月18日出发，当晚到达牡丹江，3月19日乘火车去哈尔滨，当天晚上到达，这才是合理的。有没有可能3月18日买的火车票是3月19日上午发车的，3月18日晚六个人是在佳木斯火车站度过的，如果是这样，张宗民的说法就对了。

而在三篇报道中，这六人来天泰栈住宿的时间均为3月21日晚。从道理上讲，张宗民的回忆有错误的可能，史志工作者根据他的回忆作了修正，或许两者都错了，因为时间太久远了。但当年白纸黑字新闻报道不应该出错，这涉及新闻工作者的职业道德，六人到达哈尔滨的时间为3月21日晚，我应该采信。令我怀疑的是三篇报道在其他方面漏洞百出，这个时间会如此一致并正确吗？据张宗民回忆，敌人把姑嫂二人抓走时，不能判定是否已经死亡，二人怎么死的张宗民无法知道。若是敌人对二人施以酷刑致死，或秘密杀害，然后在报道上把来住宿的时间拖后一两日，二人吞服鸦片致死的说法就合理了，这样可以掩盖他们的罪行。如果是这样，张宗民的说法又对了。我这种推测是基于情感上的考虑，若从理性上讲，应该采信报纸上说的时间，但我不甘心。另外，《盛京时报》上说："遂于二十日由佳木斯购得双城通票，于二十一日下午九时搭列车来哈投宿于天泰客栈内。"是否有意掩盖敌人的跟踪追查，把六人出发时间提前了，从而抹掉了六人拐道牡丹江并住一宿的时间，这也不好说。

再看二人牺牲的时间。《滨江日报》第一篇报道说："金朋年于昨日（二十三日）上午五时，即行死去。张玉兰毒势亦未减消……"《滨江日报》第二篇报道说："而张金朋于前日（二十三日）午前九时许，亦已死去各等情，已见本报。查此自杀案内幕，因当事人精神昏迷，致使人不明真相。兹者，张玉兰入院后，亦因无法救治，于前日（廿三日）午前十二时半许，当即身死。"而《盛京时报》并未说明二人具体死亡时间。

如果二人真的吞服了鸦片，这很可能就是二人的牺牲时间，但牺牲地点会是医院吗？问题是吞毒自杀的说法，到目前为止，除了这三篇报道，我接触的史志资料只有被《双城县志》采信了："为了不使敌人从他身上得到任何线索，天黑时，张宗兰与金淑英等人全部吞服了大量的鸦片，当敌人发觉时，只有张宗兰还一息尚存，则被送到医院抢救。张宗兰视死如归咬紧牙关，拒不服药，为革命献出了宝贵的生命。"也就是说，只有张宗兰双城家乡的亲人们相信日伪报纸的说法，我不痛心，因为亲人之间应该互相信任，张宗兰，你就按亲人的说法死吧！成全他们，同时也成全那两个日伪报纸，我不知这算不算功德。

可张宗兰的亲弟弟张宗民不相信，他也没有看见二人吞服鸦片，看到报纸后非常气愤。记得张树春和我讲过，他父亲说，我们上哪整大烟去！张宗兰的亲二哥张耕野看到报纸后，也不相信。魏燕茹在《撒在佳木斯土地上的第一颗火种——张耕野烈士传略》中写道：

3月18日，张耕野接到徐连太的弟弟徐连庆送来的妻子金凤英亲笔信。从字迹潦草的信中，张耕野得知，佳木斯的敌人已经开始大搜捕，党的组织遭到严重破坏，市委书记董海云等共产党员先后被捕。

妹妹张宗兰和妻子金凤英幸免脱险,已携孩子回双城老家。

　　张耕野读完信后,知道自己暂时不能回佳木斯了,就留在了抗联三军四师政治部工作,随部队转战在勃利、宝清一带。不久,张耕野从伪《滨江日报》上看到妹妹、妻子和女儿在哈尔滨道外天泰客栈吞毒自杀的消息,他悲痛万分,将信将疑地去抗联六军,找到高禹民和周绍文,让他们分头到佳木斯、哈尔滨打听情况。但未等他们回来,张耕野所在部队便从夹信子开拔,张耕野没有得到任何消息⋯⋯

　　这两小段文字让我们知道,张耕野从报上看到亲人吞毒自杀的消息,并不相信。我不知道他看到的是哪张报纸,3月24日的《滨江日报》说的是姑嫂二人吞毒自杀,小万荣是病死的;4月2日的《滨江日报》说的是除了张宗民和张树镂外其他四人均吞毒。若是张耕野看到第一张报纸,他有可能相信,二人的决绝他是知道的;若是看到第二张报纸,他就不会相信了,三个大人不可能把孩子毒死的。我想魏燕茹正是由于这个原因,用了"将信将疑"四个字。

　　关于第一小段文字,虽然字数很少,信息量非常大。张宗民的回忆录里说,金凤英是3月17日写的信,这里说张耕野3月18日接到了信,是不是有些太快了,从佳木斯城到山上送信,一天时间送到可能性有多大,需要分析的情况很复杂,就不展开了。如果我分析得对,说明张宗民记忆有误,或魏燕茹的文字有误,我也不再分析了。

　　关于这封信,由于我的错误,在写长诗的时候,把写信者安在了张宗兰的身上,在诗里面,张宗兰有很长的倾诉。后来我发现了这个错误,没有把这段倾诉删掉,是觉得这样强化了张宗兰的形象。虽然文学的真实和生活的真实可能是两码事,但我还是要说一声对不起,我的亲人们!

　　既然说到了张耕野,我觉得还有一个人的命运需要交代,这个人就是张耕野的母亲李氏。在《难忘的岁月》中,张宗民回忆二哥送母亲回双城老家是1937年秋天。张宗民的儿子张树春和我说,他奶奶去世时，二大爷张耕野回来了，还带着枪，并交代要把家里的土地卖掉一些，不能剥削别人，这件事他是听三大爷张宗义说的。张耕野是1938年10月牺牲的，老人家去世的时间应该在1937年秋到1938年10月之间，很可能是在张耕野转入抗联之后。

据白云龙在《我的回忆》中说，张耕野、周绍文和徐连太三人是1938年2月29日到的他家，我一查《万年历》，1938年没有2月29日，只有2月28日。我弟弟曾经借出一笔钱给朋友，朋友说2月29日还钱，过了2月28日才发现是3月1日，没有2月29日，去要钱没要来，才知道上当了。白云龙当然不是骗子，可能是记错了，所以我在写小说时，把那个时间模糊处理为二月二前两天。

这样看来李氏去世的时间可能在那年3月到10月之间，而3月份还发生了那么多事情，那么她的去世时间很可能在4月份之后了。当然也有可能，老人回到老家不久就病故了，她是急着落叶归根了，而张耕野可能在处理完母亲后事才回到佳木斯。但张宗民在《难忘的岁月》中没有提到母亲去世的事，因为按理张耕野回到佳木斯后，母亲去世的事大家都会知道的。

最后一种可能是3月份之后，老人知道了家里一下死了三个孩子，着急上火得了重病去世的，这种可能性最大。关于这位伟大的母亲，我就知道这些，还是胡乱分析出来的，对不起，老人家，我不知道如何写你，只好写你的儿女们。

关于姑嫂二人是否吞服鸦片自杀的问题，我不想再纠缠了。因为在我心中已经有了定论，除非谁以后找到可靠的人证物证，我就信他的。其实，即便是二人吞服了鸦片，也是视死如归，为了不暴露组织秘密，为了敌人放长线钓大鱼的阴谋不能得逞，慨然吞毒自杀，也是英雄行为，令人敬佩的。

从张宗民的叙述来看，张宗兰和金凤英被拖走时还没有死，警察们也不会蠢到当场把二人打死，如果是这样，也不好交代。我敢肯定他们不是来杀人的，是要带走后试图审问出对他们有用的东西。那么，二人被带走后领受酷刑就不可避免了，因为二人不会说出敌人想知道的东西，敌人的办法就只剩下野蛮了。连张宗民这样的小孩子都受到了非人的折磨，何况两个大人了。

孔繁莉在《抗日一家人》中描述张宗兰和金凤英被拖走后的情况是这样写的：

敌人拖着昏迷中的凤英和宗兰爬上了汽车，向黑暗中驰去。当她们二人醒来时，发现已被绑在哈尔滨道外日本宪兵队院内的一棵大树上。

哗，哗！一桶桶冷水泼在凤英和宗兰的身上。

"快说！张耕野到哪去了？还有谁是共产党？"敌人疯狂的嗥叫着……

"不说，说不说，只要你们说出张耕野的下落和你们知道的共产党名单，就放了你们。如果……"敌人不停地逼问着。

"哼！张耕野和共产党员们都在他们的战斗岗位上。你们是抓不到、杀不完的，总有一天他们会替我们报仇的！"凤英和宗兰缓缓地抬起头，眼睛里闪着坚毅的目光。

"啊！"一声撕心裂肺的惨叫，3岁的小万荣被敌人摔死在地上。

"还不说！"敌人吼叫着，手举木棒逼近了凤英和宗兰。

"民族的败类、狗强盗，你们的日子长不了。让我们出卖党组织，痴心妄想！"凤英和宗兰饱含着泪水的双眼，喷射出无比仇恨的火光。

接着，敌人手中的棍棒和枪托雨点般地落在凤英、宗兰的身上……

这段描写虽然在小万荣被摔死的地点和张宗民的回忆有出入，我也不想追查下去了，我也不想分析什么了。一个两岁的孩子被敌人摔死，这是多么惨烈的事情，我还有纠结地点的必要吗？当然，孔繁莉写敌人审问的具体细节是否真实我不知道，虽然语言有些夸张，留有那个时代的语言特征。但我明白孔繁莉是史志工作者，接触的资料肯定比我要多，很有可能调查过亲历者。毋庸置疑，金凤英和张宗兰受过酷刑，被敌人秘密杀害。

后来我又注意到陈雷的诗《烈女——悼张宗兰同志》当中的这样几句：

> 拷问闭口紧，囹圄风雨凄。
> 炮烙施妲刑，焦肤几昏毙。
> 姑嫂同罹难，塞北山河泣。

陈雷就是那个时代的人，比孔繁莉又近了一层，他说的可信度更高一些，更何况这些人是和他共同战斗过的革命同志呢！我这本《露营集》是1988年10月修订第二版第一次印刷的，我在写长诗的时候参考过上面的《烈女——悼张宗兰同志》，同样的原因，写小说的时候，这本书找不到了。我从孔夫子旧书网上又购买了一本，书邮到后，我发现这本书是《露营集》1983年9月第1版。有意思的是这个版本购买不久，1988年修订版《露营集》找到了。对照下来，发现修订版很多诗做了改动，平仄都捋顺了，语言更流畅了，诗味也更浓了。刚刚引用这一小节诗，在1983年版中本来是这样的：

> 刑拷闭口紧，囹圄风雨凄。
> 炮烙妲纣术，神昏嫩肤夷。
> 姑嫂同罹难，塞北胡笳泣。

改动后，"刑拷"变成了"拷问"，是为了后面一句"炮烙妲纣术"改为"炮烙施妲刑"后"刑"字不能重复。"塞北胡笳泣"修改为"塞北山河泣"，更贴切了，因为"胡笳"多表现思乡之情，思念战友用"山河泣"更恰当，这让诗的境界一下子提上来了，更有气势，能表现纪念者的大悲大痛。显然诗修改后更好了，基本意思却没变。从诗中可以看出，张宗兰姑嫂二人是受过酷刑的，至于"炮烙"也许只是借用典故，可能二人受过的酷刑与此相似，具体什么情况，陈雷肯定比我知道的要多。写诗的第一要务不是想象，而是真实。我相信陈雷诗里描述的情况是真实的。

既然说到了《露营集》，我就不得不交代一下赵敬夫的情况了。由于两本《露营集》对照着读，这回我读得非常仔细，发现了陈雷写给赵敬夫的诗，这是我原来没有注意到的。

《遇战友忆当年》

一

偶遇同窗泪自流，烽烟万里又经秋。
林中分别同相勉，马革悬鞍战寇仇。

二

回首当年松水头，扁舟慢驶有何求。
巧施诓敌游人计，分道同心报国仇。

《谒金门·吊赵敬夫》

一

家山陷，泣别松江夜半。追忆同窗明志愿。共消家国难。投笔跨鞍征战，南北无机相见。聚会别分林子畔，暂离成咏叹。

二

风云变，白雪朝阳望断。力救兆麟君殉难，好教人怀念。野火月钩幽淡，凄咽金沙犹唤。雄影三更魂梦现，恍如仍苦战。

注：赵敬夫，原名白长岭，是我的老同学，曾任东北抗联三路军三支队政治委员。1940年，在朝阳山为护卫李兆麟同志壮烈牺牲。

读着读着，我的眼圈红了。我是不爱哭的人，这些年经历了风风雨雨，已经麻木了，但我的经历怎能和这些在抗日战场上生离死别的人相比呢。这次虽被感动，我还是忍住了眼泪。细思我不自觉要落泪的原因有两个。

《遇战友忆当年》写的是陈雷和赵敬夫在海伦县八道林子偶遇的情景，里面第二首分明是在说赵敬夫（白长岭）当年离开佳木斯的情况，可能是这样的：赵敬夫是陈雷他们假借游玩用船送走的，或是借此过江的。而我的小说写赵敬夫离开佳木斯的情景不是这样的，虽写到了分别，却胡编乱造，和实情相比，简直不值一提，我为此伤心，是被自己气的。

另外，还要顺便说一下，赵敬夫打的亲日老师是不是王维度我并不知道，只是据一些回忆资料说王维度亲日，也没具体说有什么行为。而且我不知道赵敬夫打的是哪位亲日老师，只好安在王维度身上，错了就错了吧，反正王维度亲日，在小说里被打也就打了吧，不冤。

我被感动主要是因为《谒金门·吊赵敬夫》中的"雄影三更魂梦现，恍如仍苦战"一句。这是陈雷听说赵敬夫牺牲后，在林中夜梦赵敬夫的情景。我们可以想象，赵敬夫是夏天牺牲的，陈雷听到消息时已经白雪皑皑，这个冬天已经不能退回到那个夏天，从他露营的地方也望不见战友牺牲的朝阳山，而他半夜梦到赵敬夫，惊醒后见亮的只有篝火和弯月，他应该是什么心情？反正我是被感动了，这才是好诗！至于赵敬夫的牺牲地，是嫩江东部沭河屯，还是朝阳山，这两个地方是不是一个地方，对我来说，已经不重要了，有陈雷这样的战友为赵敬夫赋诗，彰显其功绩，已经足够了。

最后我还想说说冷云的事，冷云的事迹已尽人皆知，我想说的是冷云送人的孩子。冯仲云曾派人寻找过这个孩子，没有找到。冷云的哥哥用了两年的时间去寻找，耗尽了金钱和精力，跋山涉水走遍了东北大地，还是没有找到。时至今日，我连这个孩子是男是女都不知道，我只希望收养这个孩子的百姓，善待我们烈士的后代吧，他的亲生父母都已在抗日战场上牺牲，希望能换来这孩子幸福的一生。当然，这个孩子和他的养父母可能不会知道这些情况，也好，很多时候就是这样的，也许这就是命。这个孩子要是还活着，应该80岁了，他能来人世走过一遭，体验生命的伟大，就足够了。他的亲生父母若是天上有灵，早该安息了。

是的，冷云和吉乃臣，你们安息吧！

我这张白纸上列出名字的人，你们安息吧！

还有那些为抗日牺牲的抗联战士和地下党员，留下名字的，没有留下名字的，你们都安息吧！

我的小说写完了，仿佛做了一场大梦。

张宗兰和她的嫂嫂

　　我猜，肯定有人会问：有你这样写小说的吗？说了好几次已经结尾，还是没完没了的。

　　这真不能怨我，因为小说结尾的机缘未到，我也没有办法。要是不把后来我知道的事情说出来，我对不起张宗兰，恐怕读者也不会原谅我。

　　其实，小说的后半部分我写得很艰难，主要原因是我的老母亲病了。她去了一趟牡丹江，回来就住进了医院。是因为我老姨得了癌症，她去看后受了刺激，眼见得自己的骨肉同胞，最小的妹妹被病魔折磨得没有人样，化疗后口不能言，我母亲当天晚上在牡丹江就犯了心脏病，我弟弟开车把她拉回来，就进了医院的急救室抢救。好在人活过来了，在医院住了11天，就出院了，用中药调理。

　　有时我会觉得这个时代并不好，科技太发达，信息太通畅，使人的情感联络直接而又快速，失去了浓度和绵长。我非常怀念能够写信交流情感的年代，一封饱含情感的信件在路上走得很慢，盼望和等待把人的情感变得深厚。现在有了智能手机，交流倒是简便了，同时也带来了一些麻烦。

　　我母亲也是有文化的人，智能手机的大多数功能一学就会，在微信里发朋友圈，发链接，在群里聊天，她都会。春节前，母亲在群里看见一句"一路走好！"，就知道我老姨去世了，一着急，又犯病了。我想，要是再能回到写信的年代就好了，我老姨去世的消息可以瞒母亲一段时间，等过了这个冬天，病好利索了，再找个恰当时机告诉她，也不至于这样，但时间不能倒流，谁都知道的。

这下可好，我母亲是三进三出医院，后来就吃中药，喝鹿心血，连大仙都看了，一直是好一天、赖一天的，持续了三个多月。我请了长假，天天陪护，弄得我心力交瘁，不知如何是好。后来我干脆写起小说来，母亲在那里挂吊瓶，我一边看护，一边敲字。有时会觉得自己真不是人，母亲都那样了，你还有心思写小说，弄些虚无的东西。有什么办法呢，母亲我必须要管，这是我做儿子的责任，文学我也不能放下，它能提高我生命的质量，精神的层次。往低一点说，文学能帮助我完成唯一的生命体验，让我活得更真实、更真诚。

母亲也知道我写小说的事，总是埋怨自己身体不争气，耽误了我写小说，所以我每写一段，都要和母亲汇报，好让她高兴。有一天晚上，为了安慰母亲，我说自己今天写了一万字。母亲突然问我，你能写对吗？一下子把我问住了，我不明白她心里想的是什么，也不知如何回答，只好拐弯说，不管我写得对错，能讲良心，你就放心吧。

后来，任老师来看我母亲，顺便送给我一本书，是在孔夫子旧书网买的，本来是想研究东北沦陷时期文学要用的，发现可能对我写小说有帮助，就给我送来了。这本书是1950年4月天下图书公司出版印行的，属于大众文艺丛书，是白朗的报告文学著作《真人真事》。

白朗我是知道的，白朗是和萧红一样活跃在20世纪30年代的东北作家，二人是好朋友，萧红初到上海时就住在白朗家。东北解放后，白朗还重返东北工作过。我翻开书一看目录，当时就吓了一跳，当然没有真跳，是差点跳起来。这是因为第五篇文章——《张宗兰和她的嫂嫂》，我完全没有想到会有这样的书。这本书已经发黄，接近破碎，现在很难找到了。我对任老师千恩万谢，这本书的到来，让我抓住了救命稻草一般，如饥似渴地阅读起来。

我一直觉得写张宗兰却不写张宗兰的恋爱是一种莫大的遗憾。爱情，人类最美好的情感之一，我们能来到这个世界上的大部分原因是拜它所赐。虽然张宗兰20岁就牺牲了，但没有爱情，生命就不算圆满。这下好了，原来张宗兰真的恋爱过，这是多么令人高兴的事情啊！

我曾经问过张宗兰的侄子张树春，他姑姑有没有过恋爱对象，张树春说有，不知道叫什么名字，这人后来上抗联了。我也暗自猜测过这人是谁，白云龙或陈雷，又好像都不是，这事可不能乱点鸳鸯谱，不能瞎写，所以在小说中就没有写张宗兰的恋爱。正因如此，我对自己写的小说很不满意，和小说其他地方的不满意比起来，这是最大的不满意。

既然白朗这样的大作家都写出来了，而且写得非常好，语言也好，细节也好，我就没有必要重复了。但我还是心存疑虑，在我接触的材料中，佳木斯地下党和抗联中根本没有叫高禹明的。高禹民倒是有一个，他是唐瑶圃的学生，而且是班长。《佳木斯革命人物传》中有一篇《传播革命火种的人——唐瑶圃烈士传略》，这篇文章摘录了高禹民的作文片段：

我家庭的不幸遭遇，仿佛岳飞的幼年；如今的处境，是千千万万中国人的共同苦难。欲从水深火热中解脱出来，必学岳飞奋雪靖康耻精神不可……

其实，高禹民的名字在我这篇小说中出现过两次，一次是在张耕野家介绍陈雷入党，另一次是张耕野让他去打听亲人下落，只是没有正式出场。黄成植在董仙桥家养伤，接送的人都是高禹民带队，那句"我们一天没吃饭了，在这吃点饭，暖暖身子再奔桦川或富锦"就是高禹民说的，我之所以没露出他的名字，是觉得这个人物不重要，就省略了。其实，当时负责照顾老黄的还有董仙桥的二女儿董秀坤，这个人物我也省略了。原因你们都知道，我写作能力不行。

高禹民是1916年生人，比张宗兰大两岁，和白云龙、赵敬夫同岁。他在山东高密县出生，幼年随父母闯关东来到依兰县，在依兰上中学时，唐瑶圃发展他入党，他入党时间是1935年秋，比张宗兰早了几个月。高禹民先后担任过依兰县委书记，下江特委书记，北满省委执行委员。他后来转入抗联部队，先是配合抗联六军战斗，后来在三军九支队、三支队担任过政治委员，1940年在阿荣旗的一次战斗中牺牲，年仅24岁。

高禹民的事迹很多，我就不一一列举了，况且小说前面的内容已经写完，虽然不是严丝合缝，把高禹民这个人物再加进去也很困难了。因为这篇小说以写地下党为主，我就把资料上看到的高禹民参加地下工作时的一件事摘录下来，作为遗漏补缺。

伪康德三年（1936年）夏的一天，依兰县日本宪兵队和守备队突然在城里大搜查，街上来往行人全被拦截。高禹民身带党的绝秘文件也在被拦截搜查的人群里，敌人按人搜查，马上就要轮到他时，他急中生智，借前面人做掩护，装做被马路边的阴沟绊倒，趁机把文件塞进阴沟里，摆脱了险境。

这里的最大问题是：白朗写的高禹明是不是高禹民。关于张宗兰恋人是谁的问题，可是不能胡乱猜测的，一定要找到可靠的证据，才能下结论。说不猜测，我还是在心里犯起了嘀咕。是不是刚刚解放，许多历史资料还没有发掘出来，即使发掘出来也需要时间鉴别，白朗把名字弄错了？可张宗兰的名字没有弄错，张耕野的名字也没有弄错，只有金凤英的名字变成了金凤年。金凤英，金鹏年，这两个名字合起来不是金凤年吗？作者是故意的还是失误？我想还是失误的可能大。这样看来，把高禹民的名字失误成高禹明也是有可能的。或许高禹民有个弟弟叫高禹明？我知道高禹民是有姐姐的，弟弟没在资料中发现有提过的；或许作者有什么忌讳，故意把名字改成了高禹明？或许，简单点，就是不知什么原因把名字弄错了……嘀咕了半天，我又回到了原点。

我又读了两遍《张宗兰和她的嫂嫂》，发现其中有些内容还是指向高禹民的：

"这个同志是依兰县委书记高禹明……"

"高禹明因为担任中共下江特委书记必须坚持，张宗兰和金凤年为了未完成的任务没有走，但为着逃避田川清的追逐，她们迁了一个住处。"

高禹民担任过依兰县委书记，也担任过下江特委书记，而且由于张耕野原来的家离桦川县公署太近，也确实搬过家。从这几个方面看来，白朗写的高禹明很可能是高禹民。

"在一九四二年甘南战役中，高禹明也流了他最后一滴血，在战场上殉国了。"

这一句就有问题了。高禹民是1940年在阿荣旗牺牲的，时间上对不上，地点呢？我在网上查了下地图，现在的呼伦贝尔市阿荣旗离甘南县仅20多公里，两种说法很接近。但在没有找到确切的证据之前，我还是不能下定论。

我忽然想起一件事情，在纪念反法西斯胜利70周年的时候，哈尔滨有个郭老师，编辑一本《醒狮与腾龙》，收集大量的纪念文章和诗歌。任老师把我写张宗兰的长诗送去，郭老师从中选了部分章节用上了。后来，我在哈尔滨遇到了郭老师，谈起这件事。他说，你的诗太长了，应该分分节，我编辑时试着替你分了一下。我说，谢谢郭老师，你分得非常恰当，我这首诗现在都分诗节了，读着能喘上气来了。郭老师还表示，要把这本书送给陈雷的夫人——抗联老战士李敏一些，托她带到北京去，送给习总书记。那年在北京要举行纪念反法西斯胜利70周年阅兵，李敏是受邀代表抗联老战士接受检阅的。至于后来郭老师的心愿有没有达成，或许他只是说说而已，我就不知道了。

李敏是幸存并一直健在的抗联老战士之一，老人家已经90多岁了。要是有机会去问问她一些我困惑的问题，或许能够找到答案。但我不想打扰她，老人家回忆起往事肯定会伤心的，所以，我认为这样解决问题，不是很妥当。我知道李敏老人是写过回忆录的，不妨买一本慢慢研究。我到网上的书店搜索，书名是叫《风雪征程——东北抗日联军战士李敏回忆录（1824—1949）》，分成上下两册，卖家卖得都很贵，这说明了这本书的价值，同时也能证明研究抗联历史的人很需要它，我不再犹豫，花了200多买了一套。书到后，我洗了手，用白酒把书擦拭干净，翻阅起来。翻着翻着，张宗兰和高禹民的照片同时出现了，我当时的激动心情是无法用语言描述的。高禹民很帅，高鼻大耳，眉宇间透出英气。一读里面文字，我一下子全明白了。

到了这里高禹民同志就要和我们分手了，他是到这里视察工作的。根据这次渡江的经历，他创作了一首《浪潮歌》。这首歌是对抗联战士们在狂风暴雨之夜驾渔舟渡江的艰险和对日寇"三光政策"的真实写照。

高禹民同志原籍山东高密县人，1924年随父母闯关东来到依兰、勃利等县。其父摊煎饼养家糊口，还送他上了学。但是，不久父亲故去，他只好依靠半耕半读（给地主放牛）坚持读完了中学。

高禹民早在中学时代就参加革命，从事抗日活动。曾任下江特委书记、北满省委执行委员、抗联第三路军第三支队政委等职。他的未婚妻张宗兰同志，是张耕野的妹妹。张宗兰1918年生于黑龙江省双城县城，13岁小学毕业，1934年春进桦川中学读书；1935年冬加入中国共产党；1936年12月任中共佳木斯市委妇女部长，年末到桦川县公署当文书，利用这个职务给党组织收集情报；1938年3月15日日伪统治者制造震惊东北的"三一五"大搜捕事件，她化装离开佳木斯市到了哈尔滨住进道外天泰客栈，3月20日晚在特务搜捕时牺牲，年仅二十岁。

残酷的对敌斗争使这对恋人没有机会成家，张宗兰同志过早的牺牲使他们生死相隔。

高禹民同志是一位忠诚、优秀的指战员。在敌人高压和饥寒交迫中他以"只要头尚在、血尚温，誓死抗日"的思想鼓舞战士。他在给北满临时省委的信中写出了自己的一片赤子之心：

亲爱的同志们：
现在夜已深了，室外的狂风配合着树声呼呼怒号，冷风阵阵袭来，吹得一盏昏暗的野兽油灯的灯火动摇不定。燃烧鼓舞起革命的热情，吃马皮、树皮、松子的战士们正在酣睡着，负伤同志们的咳声打动了我的心弦，周身的热血在奔腾狂流……使我一刻也不能忘掉，同时也没法忘掉，这一切的一切都是在指示我们在急转的漩涡里踏着点点的鲜血，前进——杀敌——冲锋！

不幸的是，1940年11月9日，高禹民同志在呼伦贝尔盟阿荣旗鸡冠山战斗中壮烈牺牲，他所写的《浪潮歌》永远地留在了抗联史册。

《浪潮歌》

法西斯残暴，
战火烈焰烧，
革命斗争汪洋大海谨防水底礁。
狂风起浪潮，
水手舵把牢，
毁船难上岸，
冲！冲！
敌溃也难逃脱，
资本主义坟墓俱备了，
丧钟一声敲。
阶级仇恨难消，
誓死高举红旗摇，
红旗摇！
赤光普照中华万恶消。

这就是铁证。高禹民就是张宗兰的恋人！两个材料还可以互相佐证：他们是订了婚的！并且高禹民很优秀，能文能武。我非常高兴，张宗兰虽然只在这世界上活了20年，至此已经圆满了。遗憾的是二人最终没有结成眷属，原因很清楚，白朗已经写了。李敏老人交代得更加清楚明了:"残酷的对敌斗争使这对恋人没有机会成家,张宗兰同志过早的牺牲使他们生死相隔。"更何况两年后高禹民也牺牲了,一对恋人只有在地下相见了,我们脚下的这片热土可以为他们证婚。到这时,白朗的报告文学可以作为旁证,李敏老人的文章就不是孤证了。我的推导成立,且事实如此。

我喜欢白朗这篇报告文学,一个重要原因是她塑造了特务科长田川清这个人物。现在我无法知道是否真有这样一个人,但这个人是正式出场的,矛盾冲突也有了,能吸引读者往下阅读。而我的小说,正式出场的反面人物没有几个,也不在意设置悬念,随着人物的一生推着往前写,可读性不大。

另外,我也喜欢白朗的语言,干净,朴实,人物对话符合那个时代的特点。而我的小说大多人物是扁平的,对话也是拙劣的,我不知道那时人们怎样说话,语言习惯和特色怎样,单凭自己想象来臆造对话,再加上多余的环境描写,励志的过渡句子,简直是烂透了。

但从史实的角度来讲,白朗文章在有一些地方的叙述也是值得商榷的,大约有这样几处:

"张宗兰今年已经二十二岁了,但还没有跟谁恋爱过,她一直朴素严谨地生活着,工作着。"

"这时,张耕野在抗三军四师的一次战役中光荣牺牲了,消息传来,姑嫂二人已经顾不得悲痛……"

"据说是在被捕之前服毒自杀的。"

张宗兰的年龄,无论从史志资料和其家人的讲述,都是一致,她牺牲时应是20周岁;张宗兰姑嫂二人牺牲在张耕野之前,这也是定论;至于是否服毒自杀,白朗也拿不准,所以用了"据说"二字,虽然是文学作品,作者也是很小心处理的。我想,这可能是白朗听说了张宗兰事迹后非常激动,调查可能很匆忙,急于写出来的缘故。不管怎么样,我要感谢白朗这个文学前辈对我的启发,也应感谢李敏老人的鸿篇回忆。

请读者再次原谅我，我还要接着啰唆下去，因为这世界上独一无二的、生离死别的爱情还没有画上句号，这爱情还在不断延续和消解。

为了研究这段历史，我买了很多与此相关的书籍。我买过《冯仲云传》，还买过一本冯仲云回忆抗联的书，书名不记得了，只影影绰绰记得里面有一个抗联战士结婚的事。我又把这本书找出来，是《东北抗日联军十四年苦斗简史》2008年版，中央文献出版社出版的。在这本书的附录《1940年及克山奇袭》一文中，我找到了那段记述，在书的234—236页：

还在我们一起从小兴安岭东部经科尔芬河、沾河、越小兴安岭的大分水岭的艰险、饥饿的行军中，我们年轻的高禹民同志和从部队里长大的李同志发生了爱情。是的，我们抗联部队在多少年战斗中，青年们长大了，成年变老了，我们不能要求青年的男女不恋爱、不结婚。抗战还需持久下去，胜利还不知道何年何月，虽然我们深信胜利是属于我们的。所以，部队里青年干部结婚，我们是允许的。我们决定为高禹民和李同志举行婚礼。

是在一个晚上，没有月亮，夜很深很静，在南北河东岸的密林里，燃烧着熊熊的篝火。这一大堆篝火较之过去一般火堆都大得多，火光射到四周密林的幽暗的地方。火是这样的旺盛，夹杂着人们的欢笑，更显得旺盛。火用热烈的感情在燃烧着。火焰不断地飞舞，发出噼啪声响。除了离火堆很远的地方，有岗哨注视敌人而外，人们都在庆祝着婚礼。

今天，由于猎人们的功绩，猎获了几只狍子、兔子和野鸡，同时，王明贵同志也带来了一些酒，所以，同志们都吃得很好，简直比过年还好。欢宴以后，由张寿篯同志宣布批准了高、李的婚事。他说："我们的胜利是必然会来到的，现在是黎明前的苦寒，我们必须坚持斗争，突过这苦寒。高、李的恋爱和结婚，我祝他们花好月圆，在革命事业中共生共长，在党的领导下共同努力，争取革命事业的胜利。"接着，高、李在篝火旁红旗下向大家宣布了他俩未来在革命事业中如何共同奋斗，相亲相爱，直到革命狂欢开始了，大家围绕着篝火跳舞。我们的部队里面，确实有一些多才多艺的人物。朝鲜女同志跳了朝鲜舞，也有别的同志跳了其他的舞。也有的同志唱了革命的军歌，唱抒情小调。当然，新郎新娘在婚礼开始的时候，就已经成为大家嬉笑的对象，晚会开始以后，大家更要求他俩跳舞和歌唱。新郎和新娘总算应付过去了。

新月已经升起，月光透入森林，夜已经深了。在人们的欢笑正浓中，宣布了送新郎新娘入洞房，晚会结束。洞房是一个可以住两个人的小帐篷，下面铺了树枝和枯叶，布置在一个离篝火较远的角落。篝火慢慢熄灭下去，人们都酣睡了。微风吹过森林的树梢，吹散了篝火的余烟。

高、李举行婚礼以后，第二天，高禹民同志就出发到三支队，李同志留在后方。高禹民同志在三支队转战各地，在1940年的冬天，战死于甘南。他们婚礼后第二天的分别却成了永别。

我以前读的时候，没有记住新郎的名字，第二次读，还是让我震惊不小，新郎竟然是高禹民！看来高禹民在张宗兰牺牲后，走出了痛苦的深渊，又恋爱了，而且很快结婚了。这是多么好的事情，生活在他面前又打开一扇大门，光芒涌入进来，他又开始了新的生活。也许现在的年轻人会认为，在密林中燃起篝火，伴随着伙伴们的祝福和歌舞，是很浪漫的事。但是，这两个人只做了一夜夫妻，就分别了，而且是永别，生离死别。这样的事情，只有在那样的年代才可能发生。

我不想再探寻那位李同志是谁了，我猜她一定是个美丽可爱的姑娘，要不然高禹民不会在失去一个爱人的情况下爱上她。冯仲云没有说出李同志的姓名，可能是没有记住名字，也可能是有意没有透露她的姓名，我似乎理解了冯仲云为何这样做。

这位李同志只有那一日一夜的新婚生活，若她没有牺牲，回忆起那一日一夜，是幸福的，更是痛苦的；若她活的时间很长，这回忆一直伴随着她，将是怎样的煎熬啊。我在心中默默为李同志祝福，祝她不要在战斗中牺牲，胜利后走出那段阴影，重新找到一位爱人，两个人相亲相爱，生儿育女，相伴终老。我又想到，在那艰难的岁月中活下来是多么难啊！这位李同志很可能牺牲了，抗联战士牺牲的太多了，又有几个能留下姓名呢？我恨老天，为什么给了人爱情，同时又给人以死亡呢？

我越写越痛苦，同时伴随着护理母亲的煎熬。有时为了排解，我也喝一点酒。我感觉我就是行尸走肉，整天浑浑噩噩的，梦游一般在人间走动。

有一天，我梦见自己变成了野玫瑰，满枝头盛开着鲜红的花朵，眼前光亮越来越大，张宗兰微笑着向我走来，抚摸着我的头，突然，野玫瑰的刺扎了宗兰的手，她就跳开去，从手指挤出一滴血来，那血滴逐渐扩大，瞬间变成一股洪流，淹没了我。我一下惊醒，心情久久不能平复。

这是张宗兰在暗示我什么吗？我爬起来，打开了电脑，在浏览器上输入张宗兰的名字，一条一条地寻找。我找到了一个姜老师的博客，这位姜老师写了一部长篇小说，名字叫《难了情》，是以他父亲姜义为原型创作的，在他2008年3月的博文《解读〈难了情〉》中，先后提到了董仙桥、张宗兰、马克正和李树昌的名字，怎么会这样？没有办法，又来活了。

小说《难了情》由花城出版社出版几年了，地方党报也做了转载，可是人们有谁知道这是个真实的故事呢！主人公原型就是一个1936年入党，为党的事业贡献一生的姜义，他有着光荣的历史，他有一生是伟大的。在黑龙江《三江名人大典》有记载，可是他又是不幸的！他和他的儿女们经历了多少不幸和磨难……这些只有在《难了情》书里才能看到。

……

你说对了，我是小说原型姜义的儿子。从我懂事的时候，我家就在松花江南岸一个好大的坟场东侧，只有百户多人家的牤牛哈屯住着。

我爸爸是这屯的教书先生。我常翻爸爸的照片，都是穿着西服革履，他不像是乡下人呢！那他怎么来到这屯子的呢？我忍不住便向他发问："爸爸，你好像城里人，怎么到这里来了？"爸爸微微一笑："你不喜欢这里？可我非常喜欢这里。告诉你吧，我过去是中共地下党员，后来组织遭到破坏，我失去了组织关系，解放了，我的地下党老领导董仙桥任佳木斯市长，我高兴地找到他，他说，我在监狱关了这么多年了，外边情况我也不清楚，你失去组织关系后都干了些啥？我也不知道。我现在不能委你重任，你要求为党工作很好！那你就先到九区黑通乡去抓土改办教育去吧。等全国解放了，对你那段历史调查完了，再说……"

……

原来是这个情况，从此，我便常和一些小朋友讲，我爸爸是地下党，还讲一些和日本鬼子做斗争的故事。后来一个小朋友和我说："我爸说了，你爸就能吹，要真是地下党还会在这教书，别骗人了……"

回家后我问我爸爸，他说你和他们讲那些干啥！爸爸不会和你们撒这个谎的。他把珍藏多年的地下党时和同学战友三人照，还有和张宗兰烈士的合影拿给我看。我相信爸爸了。

……

他的上级，就是他的女友张宗兰，"三一五"事件和他最后一面，是通知他赶快到乡下避避，她决定回双城老家，以后到那里去找她。可是她和嫂子却被特务发现了，第二天不幸惨死在哈尔滨天泰旅馆里。一个党小组的马克正从苏联过江一直打到天津不幸也牺牲了。只有李树昌还在哈尔滨，但也因为党籍问题，从部队下放到地方，当了老百姓，他俩还常书信往来等待组织给恢复党籍呢！

……

我下了决心一定还要找到物证，就是"三一五"事件那天，爸爸把下江特委指示信装在枕头里，不是叫李树昌妹妹带回老家去了吗，这个人还在吗？如果指示信在，不更好吗！我通过户籍找到了，可是她早就死了。我又到铁路商店找到了她爱人聂福全，他说："是有个材料一直在枕头里，她一直枕着，还说不要给任何人，直到死时我才把它和枕头一起烧了。"这非常让我失望！

姜义这个人我是知道的，他和马克正、李树昌、杨秀钟是桦川中学八班的同学。董仙桥在回忆文章中提到过，姜义是佳木斯市委成立后发展的党员。七班的姚建中在《关于佳木斯地下党活动片段的回忆》中曾写道：

1940年我已步入社会，在悦来镇小学校当了教员。但有机会仍去董家看李淑云同志，一直至1943年，仍与她保持联系，在此期间在董家也常遇到白云龙、姜义、高鸣时、杨秀钟等同志。

1943年春，我与李树昌同志去找李淑云同志，商量寻找上级党组织的办法，李淑云同志说，最好利用李树昌的爱人樊春霞同志是助产士的方便条件，在哈尔滨市设立一所联络点。这样李树昌从佳木斯兴农合作社退职，与樊春霞同志去哈尔滨三棵树开设了一所"扶坤产院"，作为我们继续寻找上级关系等工作的来往联络地点。

当时我已在南岔铁路找到职业，经常到铁路局取款给工人开支，来往于佳木斯与哈尔滨之间很方便，所以李淑云与李树昌同志之间也由我和他们保持着联系。至1945年东北解放初期，我与李树昌同志找到李兆麟同志，从此我俩都参加了部队。

并且掩护刘志敏母子到李树昌家躲避，姜义也参加了，这一点是有史志资料可查的。从姜老师的叙述来看，李树昌后来到了哈尔滨的事也能对上，他说的张宗兰的事，马克正的事，也都没错。如此看来，姜老师说的一些情况应该是属实的，而且还透露了当年送出去的文件，经过辗转被烧掉了。

让我不相信的是姜老师说张宗兰是其父姜义的女友，难道张宗兰会脚踏两只船？或者与高禹民的恋爱时间上有先后之差？我心存疑惑，查看了姜老师博客上的图片，发现了很多照片。有董仙桥和李淑云的合影，马克正、李树昌、姜义三人的合影，张宗兰和董杰的合影，还有陈雷、姜义、李树昌三人年轻时的单人照，其中有些照片在网上和一些书籍上可以找到。但姜老师博客就是没有他说的"和张宗兰烈士的合影",我对这一点存疑,很可能有一些自己的想法,不想惹麻烦,不能公布这张照片?还是有别的隐情?

我不知道高禹民是何时离开佳木斯的,高禹民下江的工作很多,不能总在佳木斯,但在两人已经订婚的情况下,张宗兰是不可能和姜义恋爱的。关键姜老师说的是"女友",这和恋人应该不是一个概念吧?

再看《难了情》小说原文的片段:

欧阳一峰轻轻又叩开了董老师家的大门,家人已经都认识了欧阳一峰,便打开了门,又小心的把门闩好,便领他到了经常去的客室,这时客室里已经有几个人了,欧阳一峰都认识,有张耕野老师,还有他的妹妹张耕芸、八班的杨忠、七班的唐云涛、马克正,不一会儿苏姝也来了。

欧阳一峰的原型是姜义,苏姝的原型是张宗兰。杨忠的原型可能是杨秀钟,李树昌也叫唐云峰,我猜唐云涛的原型可能是李树昌,但李树昌是八班的,不是七班的,他小说里马克正用的是原名。

这里多了一个张耕芸,难道张耕野还有一个妹妹?从魏燕茹提供的资料显示,张家兄妹六人,张宗兰排行老五。老大张宗福,老二张宗儒(张耕野),老三张宗义,老五张宗兰,老六张宗民,这中间缺了一个,我从史料上从没有见提过这个人,我问过张树春,他说年代久远不知道了。难道张耕芸是老四的原型,张宗兰的姐姐?或许苏姝的原型不是张宗兰?

再看《难了情》小说原文的另一片段:

欧阳一峰一刹间又想起了苏姝,她在哪里呢?是否能逃出日本鬼子的魔掌呢?他感到真对不起她,这些年来,她一直深深地爱着自己,而自己却把爱,在心灵深处埋得很深很深,没有一点外露。直到厄运到来的时候才那么匆忙地吐出了自己埋藏很久的爱,时间是那么暂短,又那么仓促。当初为什么让她一个走啊!她去哪里?是回双城老家?那么远的路在火车上,在途中能不能遇上危险?就是到了老家,兵荒马乱的，他们又什么时候才能相见。双城，有多么大？她的家具体在什么地方？父亲叫什么名字？他什么都不知道。

从这里叙述的事情上看，苏姝的事情不是在说张宗兰吗？欧阳一峰和苏姝确实在恋爱，可这是小说啊，能说明姜义和张宗兰恋爱过吗？

再看姜老师博客上提供的《难了情》故事梗概：

这部小说重笔描写了中共地下党员欧阳一峰和三个女人阴错阳差的婚恋故事。

他的恋人苏姝死里逃生后一直军旅生涯。她听说欧阳一峰惨死在松花江里，终生未嫁。欧阳也听说苏姝死在车轮之下。半个世纪这对刻骨铭心的恋人却天各一方。

苏姝阻挠女儿婚事，有谁能料到对方梅良松却是欧阳一峰的儿子。那么这对恋人又是否是亲兄妹呢？

"文革"时批斗欧阳最狠的，是不是他和孙淑洁在敌后遗失的那个儿子？

还有救过欧阳妻子命的恩人，非把钱全给他们让去寻找党组织，自己却没钱看病死在家里不被人知。

替苏姝而死的她是哪里人，到后来也不知道她是谁……

苏姝没有牺牲，而且后代还闹出一出"血疑"。难道张宗兰也没有牺牲，有人替她死了？如果是这样，我可是太高兴了！但这根本不可能。小说是文学作品，现实就是现实，张宗义已经把张宗兰埋在了皇山，这不会有假吧？想起哈金说过的话："首先小说必须是虚构的。不管写得多么真实，多么贴近生活，小说是建立在虚构基础上的。我们所说的真实只是感觉或幻觉，小说不可能原原本本地把生活搬进来，细节要经过筛选、改变或重塑才能跟故事融合。"

对，是虚构！我们允许姜老师在小说中虚构，而且必须虚构，文学性才会强，才能表达作者对这个世界的认识，因为小说是有思想的，现实供我们去体验。

我什么都明白了，但心里面一直结个疙瘩，总想把事情弄清楚，翻遍了姜老师的博客，想通过蛛丝马迹联系上姜老师。当我知道姜老师退休后在佳木斯收藏协会工作过，我就联系上了在佳木斯工作的诗友米粒儿，说了情况，让她帮我联系。第一天，她告诉我，姜老师不在收藏协会了，她要找别人问电话，还听说这位老人写了很多书。第二天，她说联系上了姜老师的女儿，姜老师的女儿说她老父亲现在在哈尔滨生活，还说她管陈雷叫爷爷，让我留下电话，他们主动联系我。

米粒儿说，怎么这样复杂，是不是有什么隐情不能说。我说，这事就随缘吧，你也尽力了。至于姜老师女儿管陈雷叫爷爷，很可能是陈雷和姜义有亲戚，两个人都姓姜，还是桦川中学的校友，同为地下党员，晚辈这样叫，也是一种尊称吧，你就别乱猜了。

但是姜老师一直没有联系我，我也不抱什么希望了。就这样，我匆匆把小说写完了，虽然不满意，毕竟是完成了。在这同时，我母亲的病也好了，我终于放松下来。

写这篇小说，很多人帮助过我，包括前面提到过的那些老师，我应该感谢他们，没有别的办法，请他们吃饭，因为大家都是这样的。我先邀请了在双城居住的一部分老师相聚，喝酒是必须的，由于我兴奋过度，喝多了。

第二天，我躺在床上，爬不起来。迷迷糊糊的，昏昏沉沉的，似乎是在梦中。没想到的是，姜老师突然来电话，他约我到哈尔滨的家里相见。说实话，我已经兴奋不起来，写作的失落，昨天的兴奋过度，再加上醉酒的虚弱。但我必须要去的，因为这也是我一块心病。摇晃着上了汽车，一小时工夫到了哈尔滨，按照地址找到了姜老师的家。

老人家非常儒雅，客气地让座，倒茶，找书。当这位老师把他的小说送给我的时候，我大吃一惊，书名根本不是《难了情》，竟是《一首诗的注释》，作者的名字是陈伟忠，翻开来看，和我写的这篇小说一字不差，这怎么可能？我的小说并没有出版，只是给一些文友看过部分章节，这完全不可能！再说一个经历丰富的80多岁的老人怎么可能去抄袭别人的作品，我对这个年纪的人是充满敬意的。

我坐下来，喝了一口茶，慢慢平复自己的疑惑。忽然想起读过一本乔斯坦·贾德的《苏菲的世界》，我似乎明白了，我就是《一首诗的注释》中的人物，我是被虚构出来的！但张宗兰的事迹应该是真的啊！即便所有的一切都是假的，我的感情是真的呀！难道我经历的一切，所有的一切都是在做梦？我偷偷使劲捏了自己一下，竟然没有疼，我彻底崩溃了，不想再说什么，起身和老人告别。与他握手的时候，感觉他的手很凉，这应该是30年之后的我啊！我非常悲伤。

2018年4月24日于双城